古典文獻研究輯刊

二五編

曾永義 主編

第13冊

楊家將戲曲之研究（上）

李孟君 著

國家圖書館出版品預行編目資料

楊家將戲曲之研究（上）／李孟君 著 -- 初版 -- 新北市：花
木蘭文化事業有限公司，2022〔民 111〕
目 4+220 面；19×26 公分
（古典文學研究輯刊 二五編；第 13 冊）
ISBN 978-986-518-795-8（精裝）
1.CST：楊家將 2.CST：戲曲 3.CST：雜劇 4.CST：宋代
820.8   110022417

ISBN-978-986-518-795-8

9 789865 187958

古典文學研究輯刊
二五編 第十三冊   ISBN：978-986-518-795-8

楊家將戲曲之研究（上）

作　　者　李孟君
主　　編　曾永義
總 編 輯　杜潔祥
副總編輯　楊嘉樂
編輯主任　許郁翎
編　　輯　張雅淋、潘玟靜、劉子瑄　美術編輯　陳逸婷
出　　版　花木蘭文化事業有限公司
發 行 人　高小娟
聯絡地址　235 新北市中和區中安街七二號十三樓
　　　　　電話：02-2923-1455／傳真：02-2923-1452
網　　址　http://www.huamulan.tw 信箱 service@huamulans.com
印　　刷　普羅文化出版廣告事業
初　　版　2022 年 3 月
定　　價　二五編 19 冊（精裝）台幣 48,000 元

楊家將戲曲之研究（上）

李孟君　著

作者簡介

李孟君，彰化縣人，輔仁大學中文研究所博士，現任建國科技大學通識教育中心副教授、彰化縣影劇協會會長，曾獲優良導師及教學優良教師。專長：戲劇、詩詞、民俗與文化、電影與文學，長期關注民俗文化與戲劇文學等範疇，〈文化與民俗——彰化人文風情〉〈通俗文學與流行文化〉多次獲教育部優良通識課程，且多次擔任彰化縣影劇協會「讀書會帶領人培訓活動」「多元文化藝術」等課程講師，著有《唐詩中的女性形象研究》、《楊家將戲曲之研究》，輔仁大學中研所博士論文。

提　　要

　　楊家將故事自北宋以來流傳久遠，老幼婦孺皆耳熟能詳。凡我中華民族之人皆感其悃款為國，一門忠烈之偉績。統治者利用它來歌功頌德、施行忠君愛國的教化；劇作家用它來寄託主觀情思、寓風化於娛樂及表現審美意趣；觀眾則涕零於楊家將崇高悲美的人格情操，藉此砥礪志節、獲得歷史的經驗教訓。

　　此故事起源甚早，發展則頗為遲緩，歷時約七百餘年，始盛於世。約當宋仁宗之世，即楊業、楊延昭父子身後不久，就有村氓野老的傳說，宋室南渡之後，始有文字記載，如今僅存元《燼餘錄》一書，然上距故事初起之時約二百餘年。現存元明有關楊家將之戲曲有五種：《昊天塔孟良盜骨》、《謝金吾詐拆清風府》、《八大王開詔救孤忠》、《焦光贊活拏蕭天佑》、《楊六郎調兵破天陣》等五本雜劇，楊家將故事之流傳，入清始盛，最初由地方南劇之傳播，繼之以嘉慶時昇平署所編之《昭代簫韶》，此故事之流傳始漸廣，之後花部亂彈興盛後，各劇種都有楊家將戲曲，不下百餘種，尤以秦腔、京劇、豫劇等為多。

　　楊家將戲曲是在史傳、民間傳說、說唱、小說的基礎下慢慢成型的，它忠勇愛國的思想內容及悲美崇高的人格情操深深撼動國人，迄今電視劇仍持續地改編演出，但有關它的主題思想、人物形象、情節演變、文學與藝術等全面性研究的專著卻闕然，此乃筆者研究楊家將戲曲之動機。論文寫作時採「全方位美學觀點」，包括表演、導演及其他相關劇場元素、劇本／編劇技法，並借助主題研究法。探討雜劇、傳奇、地方戲曲的劇目源起、劇情演變、主題思想、人物形象、文學與藝術等等。

　　楊家將戲曲情節有歷史的根據，但絕大部分受民間傳說、說唱文學及小說的影響，尤以源自小說為大宗，因為小說與戲劇都是在「勾欄瓦舍」發育成長的民間文學，兩者都以故事情節為其主要組成部分，都要表現一個以時間或事件為序的過程，在表現手法有相似之處。《楊家將演義》、《北宋志傳》與楊家將戲曲雖然體裁不同，但彼此間互相融會、吸收、借鑑、參照，所以它們的關係是雙向性的，亦即戲曲舞台上楊家將故事的繁盛，促使作家將它改編成一部首尾完整的小說，而小說的情節更反轉來為戲曲舞台提供了素材。隨著京劇及各地方戲曲之發展，楊家將戲曲有新情節的產生，如諷刺羸弱無能的政府、用女性意識改造歷史傳說題材及提出新觀點的翻案文章，不管是改編或翻案之作，都應注意不僅只是舊瓶裝新酒而已，在表演程式、唱腔、科白等都要更精緻化、更有創意，才能經得起時間考驗，成為傳世之作。

第一章　緒　論

　　楊家將故事自北宋以來流傳久遠，老幼婦孺皆耳熟能詳。凡我中華民族之人皆感其悃款為國，一門忠烈之偉蹟。統治者利用它來歌功頌德、施行忠君愛國的教化；劇作家用它來寄託主觀情思、寓風化於娛樂及表現審美意趣；觀眾則涕零於楊家將崇高悲美的人格情操，藉此砥礪志節、獲得歷史的經驗教訓。

　　有關楊家將其人其事載於史冊，班班可考者如《宋史》、《宋史新編》、《史質》、《東都事略》《隆平集》、《古今紀要》、《續資治通鑑》，〔註1〕戲曲中的楊家將以楊繼業、楊延昭為核心人物，楊繼業即宋史所稱之楊業，他原為北漢人，後投降北宋，太宗借重他長於邊關事務之特長，讓他戍守雁門關、古北口等地，驍勇擅戰、克敵無數，人稱「楊無敵」，遼人雖畏懼他，卻又非常欣賞他，曾蓋「楊無敵廟」來紀念他。根據宋史記載楊業死後，六郎楊延昭繼承父業戍守三關，然而到了其孫楊文廣，史書的記載只有寥落幾行字，家道中落、身世蕭條可見一班。但相反地，在其祖孫生活的時代，民間就已經出現了楊家將的傳說，如北宋・歐陽修曾經說過：「楊業父子皆為名將，其智勇號稱無敵，至今天下之士，至於里兒野豎，皆能道之。」〔註2〕明清之後越來愈多的傳說，甚至以佘太君、穆桂英為主的楊門女將，

〔註1〕見楊家駱主編《新校本宋史並附編三種四》，台北：鼎文書局，1978年9月；趙鐵寒編《東都事略》，台北：文海書局，1966年；王雲五編《四庫全書珍集二集──隆平集》、《四庫全書珍集三集──古今紀要》，台北：商務書局；清・畢沅《新校標點續資治通鑑》，台北：文光出版社印行，1975年。

〔註2〕見歐陽修《歐陽修集》卷二十九〈供備庫副使楊君墓誌銘〉，（台北：河洛出版社，1977年4月），頁39。

也加入了戰場，這些女將們為戲曲中的女性增添了另一種風采，她們有血有肉，不再只是逆來順受、悲情無助的女人。此外，越來愈多有關楊家將的地名和古蹟，顯示百姓對他們的懷念，藉此讓忠勇與正義長存人間，浩然正氣不因改朝換代而消失隱匿。

第一節　研究動機、步驟、方法和目的

一、研究動機

　　楊家將故事起源甚早，約在宋仁宗之世，即楊業、楊延昭父子身後不久，就有村氓野老口耳相傳的故事，但其發展卻頗為遲緩，元明有關楊家將之戲劇僅有五種：《昊天塔孟良盜骨》、《謝金吾詐拆清風府》、《八大王開詔救孤忠》、《焦光贊活拿蕭天佑》、《楊六郎調兵破天陣》等五本雜劇，楊家將故事之流傳入清始盛，最初由地方戲劇之傳播，繼之以嘉慶時昇平署所編之《昭代簫韶》，此故事之流傳始漸廣，而至於家喻戶曉，由此可看出在昔日戲劇之功用效果遠勝於小說。〔註3〕之後花部亂彈興盛，各劇種都有楊家將戲曲，尤以秦腔、京劇、豫劇等為多。

　　曾師永義指出中國古典戲劇的取材，始終跳不出歷史故事和傳說故事的範圍，作者很少專為戲劇而憑空結撰、獨運機杼。甚至同一故事，作而又作，不惜重翻舊案，蹈襲前人，其原因約有三點因素：一、因為中國古典戲劇的美學基礎是詩歌、音樂和舞蹈，作者所關心的是文辭的精湛，而演員則講求歌聲的動聽和身段的美妙，觀眾更由此而獲得賞心樂事的目的。如果觀眾對於劇中的情節早就了然，就可以把注意力集中在歌舞樂的聆賞上，所以歷來劇作家都取材於膾炙人口的故事，尤以說話人的「話本」為大宗。二、中國古典戲劇既然不重視故事的創新，那麼改編前人的劇本，在關目的布置和排場的處理上，以其有所憑藉，自然可以省下許多精力，便於專意文辭的表現。倘能再稍用心思，由易於邁於前人。三、取材歷史和傳說故事，可以逃避現實，因為元代文人社會地位不高，雖有滿腔憤怨，但仍不敢以當代的現實事件來編撰，所以藉古人古事委婉諷喻，而明代以降又嚴格規範戲劇的內容，

〔註3〕參見鄭師騫〈楊家將故事考史證俗〉，(《景五叢編下集　燕台述學》，台北：台灣中華印書局，1972 年 3 月)，頁 2。

戲劇被貼上宣揚道德教化的工具。所以中國古典戲劇所要表現的大抵不過是一些傳統的宗教信仰和儒家思想。〔註4〕

　　楊家將戲曲符合曾師以上的分析，大部分的劇目不是改編就是翻案，完全無所依傍，匠心獨運者僅有當代幾齣戲曲。〔註5〕雖然其取材跳不出歷史和傳說故事的範圍，但隨著民智日開，有些不合情合理的劇目被淘汰了，有些需大部頭演出或不容易取景的劇目也少有機會演出，留下來的是經過歲月淬鍊的菁華劇目，如《四郎探母》，觀眾早已熟知劇情，為何還要一看再看，或一聽再聽？大部分的老觀眾是來看演員的做派及唱腔，他們把戲曲的內容與形式剝離開來，一味醉心於形式的美。隨著時代的演變，話劇、京劇小劇場、視劇不斷地改編演出楊家將戲劇，〔註6〕說明其有歷久不衰的原因及其價值，而且其主題、演出的劇種劇團、表演風格等迭有創新之處，此乃筆者願意野人獻曝，從事楊家將戲曲研究之一動機。

　　此外，楊家將戲曲是在史傳、民間傳說、說唱文學及小說的基礎下慢慢成型的，它忠勇愛國的思想內容及悲美崇高的人格情操深深撼動國人，〔註7〕但有關它的文學與藝術、主題思想、人物形象、情節演變、劇種劇團、表演藝術等全面性研究的專著卻闕然，唯一僅有的博士論文——韓軍《楊家將戲曲研究》，又寫得不完整，詳見本章第二節分析，此乃筆者研究楊家將戲曲之另一動機。主題戲曲之研究自五、六十年代以來一直沒中斷過，名著如紅樓、三國、水滸、聊齋，名人如昭君、相如文君都有相關的博碩士論文研究，〔註8〕但楊家將戲曲卻沒有得到相對的重視，此乃筆者研究楊家將戲曲之又一動機。

　　綜上所述，戲曲與史傳中的楊家將有相當程度的歧異，它寄托了許多民間的理想和希望，並將之不斷的傳奇化，楊家將儼然已成為中華民族抵禦異

〔註4〕參見曾師永義《中國古典戲劇的認識與欣賞》，（台北：正中書局，1994年4月），頁2287～290。

〔註5〕參見本論文第五章第四節〈地方戲曲名作之文學與藝術〉。

〔註6〕參見鄭師騫〈楊家將故事考史證俗〉，（《景五叢編下集 燕台述學》，台北：台灣中華印書局，1972年3月），頁2。

〔註7〕如山西電視台《楊家將》、央視電影頻道《楊門女將》、湖南電視台《火帥》等。

〔註8〕如宣中文《水滸戲曲研究》，師大國文所博士論文，1996年。梁美玉《三國故事戲曲之研究》，師大國文所碩士論文，1980年。洪珠瑛《相如文君戲曲之研究——以明清雜劇傳奇為範疇》，台大中研所碩士論文，1986年。金容雅《昭君戲曲之研究》，台大中研所碩士論文，1987年。

族入侵的英雄化身。其忠勇愛國的思想內容、悲美崇高的人格情操及歷久不衰的表演魅力，值得我們去挖掘、深耕。

二、研究步驟及方法

本論文評析戲曲時採「全方位美學觀點」，包括表演、導演及其他相關劇場元素，劇本／編劇技法，〔註9〕並且借助主題研究法，探討雜劇、傳奇、地方戲曲的劇目源起、劇情演變、主題思想、人物形象，並評述其文學與藝術。相關步驟及方法如下：

一、楊家將故事與戲曲之關係：從文學社會學、歷史與主題學等研究法探討以下三部份：（一）楊家將的史實：分條敘述歷史記載的楊家將事蹟及與楊家將相關的人物如寇準、蕭太后之事蹟，從而探討為什麼戲曲中潘美、王欽若等人物形象與史傳的記載有相當程度的歧異。（二）楊家將戲曲情節探源：除了分析其源自史傳、說唱文學、小說戲曲外，還探討其演變，有些情節如《四郎探母》「回令」在史傳可以找到一些影子，而非大量襲自某情節，也在本文研究之列。（三）楊家將戲曲新情節的意涵：除了忠奸爭鬥、民族問題、諷刺朝政外，值得注意的是以女性為題材的戲曲大增，此外，一些翻案文章也值得注意。本節又細分成三點：1. 諷刺羸弱無能的朝政 2. 用女性意識改造歷史傳說題材 3. 提出新觀點的翻案文章。

二、楊家將戲曲之主題思想：本章分成雜劇、傳奇、崑劇、京劇及地方戲曲幾個部分，分別從時代背景、觀眾心理學、戲曲美學、傳統民俗文化、民族差異性等加以探討：（一）元明清雜劇：從 1. 忠奸之辨 2. 民族抗爭 3. 封建道德的教條 4. 宗教迷信（二）明清傳奇（以清宮大戲《昭代簫韶》為主）：1. 褒善懲惡 2. 歌功頌德 3. 美化四郎、八郎、遼邦瓊娥公主及青蓮公主 4. 神怪思想濃厚 5. 宿命的婚姻觀。（三）崑劇、京劇及地方戲曲：1. 為君臣之義而仕 2. 女性意識的覺醒 3. 單脈獨傳的宗族觀念 4. 南北和 5.宗教迷信。

三、楊家將戲曲之重要人物形象：戲曲藝術應當把人物形象的塑造視為首務，舉凡戲曲的組織結構、情節的推動、語言動作等，都當以彰顯人物為出發點。戲曲人物的形象塑造與其他文學作品不同之處在於戲曲腳色有類型化的作用，寓褒貶於其中，如果再加上一段自報家門和臉譜的幫助，觀眾大概可以八九不離十知道人物的好壞了。此外，再從戲曲人物的語言（對話及

〔註9〕見王安祈《當代戲曲》，（台北：三民書局，2002年9月），頁7。

獨白、唱詞）、動作，人物與環境的關係歸結出楊家將戲曲的人物形象。本章分成三部分：（一）主要人物：戲份多，人物形象較鮮明豐富者如楊業、佘太君、楊延昭、穆桂英、蕭太后等（二）次要人物：戲份次多，人物形象頗富特色者如潘美、寇準、王欽若、楊八姐等（三）陪襯人物：戲份較少，性格較單一，形象較不突出者如楊五郎、七郎、楊七娘、楊排風、楊宗保、孟良、焦贊等。

　　四、楊家將戲曲之文學與藝術：分成二章五部分：（一）元雜劇之文學與藝術：《昊天塔孟良盜骨》、《謝金吾詐拆清風府》之搬演方式、曲牌聯套、曲文賓白（二）明雜劇之文學與藝術：《八大王開詔救孤忠》、《焦光贊活拿蕭天佑》、《楊六郎調兵破天陣》之搬演方式、曲牌聯套、穿關砌末、曲文賓白（三）崑劇、京劇中的名作：崑劇《擋馬》《雁門關》、《三岔口》、《穆桂英掛帥》、《楊門女將》、《北國情》、京劇小劇場《穆桂英》（四）地方戲曲中的名作：豫劇《穆桂英掛帥》、上黨梆子《三關排宴》、揚劇《百歲掛帥》、評劇《楊八姐游春》、楚劇《穆桂英休夫》。（五）《昭代簫韶》十本，分別從搬演形式、關目結構、曲牌聯套與排場、穿關〔註10〕砌末、曲文賓白等加以評賞。

　　五、回顧總結上文要點，得出楊家將戲曲歷久不衰的原因，及它在「當代戲曲」中的意義。

三、研究目的

　　歷史劇是藝術作品，而不是歷史教科書，因此，歷史劇作者可以大膽進行藝術虛構，不必拘泥於史料。但是，既然利用歷史題材來進行藝術創作，就必須在一定的範圍內忠於史實，如把握歷史精神，營造真實可信的歷史氛圍；對於歷史事件的重大關節，基本上保留原貌，儘量少作改動。〔註11〕如果僅以楊家將的史實加以改編，根本不可能有這麼多膾炙人口的精采好戲，所以楊家將戲曲中有許多虛構的情節如金沙灘救駕、撞李陵碑而死、楊七郎殺潘洪之子、夜審潘洪、八姐闖幽州、十二寡婦征西等，虛構的人物如孟良、杜金娥、楊八姐、宗保等，移花接木張冠李戴之處如將其孫楊文廣之妻慕氏

〔註10〕「穿關」是指串演關目的各類腳色，其所穿戴的冠服和所執的器械或其他物品。參見曾師永義《中國古典戲劇的認識與欣賞》，（台北：正中書局，1994年4月），頁231。

〔註11〕見鄭懷興《戲劇編劇理論與實踐》，（台北：文津出版社，2000年10月），頁232。

改編成巾幗英雄穆桂英，將楊業絕食而死改編成撞李陵碑而死，這些變動可以讓劇情更生動、更有懸疑性，也可讓人物形象更鮮明。

本論文希望能為楊家將戲曲建立一套完整的研究體系，諸如：

（一）探討楊家將戲曲與史傳、說唱文學、小說的關係

（二）探討楊家將戲曲同一主題之孳乳演變

（三）探討歷史劇在歷史真實與戲劇虛擬中的剪裁藝術

（四）探討楊家將戲曲新情節之成因

（五）探討楊家將戲曲之文學與藝術

（六）比較楊家將傳統戲曲與當代戲曲之差異

（七）說明楊家將戲曲歷久不衰之原因及其價值

舉凡元明雜劇以至當代地方戲曲之劇本與光碟、影帶或實際演出，只要筆者能力所及，儘可能蒐集、觀賞，並逐字爬梳、整理，尤其清宮大戲《昭代簫韶》十冊更仔細地翻閱至少五次以上，期許自己用心、嚴謹地做學問，更希望能拋磚引玉，讓更多不同領域的同好來參與此主題研究。地方戲曲方面因劇種、劇團龐多，筆者在本論文只能介紹一些名作，期待將來有機會再擴大研究範疇，也盼望先進的提攜與指教，讓拙著更臻完美。

第二節　文獻回顧與研究範圍

一、文獻回顧

研究楊家將故事的論文有韓軍《楊家將戲曲研究》、輔大中文研究韓仁先《平劇「四郎探母」研究》（1989 年）、文化大學藝術研究所李淑娟《京劇「四郎探母」之研究》（1991 年）、文化大學戲劇研究所鄭榮華《上黨梆子「三關排宴」及京劇「四郎探母」之情節結構比較研究》（2000 年）、國立藝術學院戲劇研究所柯立思《傳統戲曲旦行表演新詮釋——以「穆桂英掛帥」、「杜鵑山」及慾望城國》之劇場表演為範疇（2000 年）、卓美惠《明代楊家將小說研究》等，由上可看出「四郎探母」是最熱門的研究主題，雖然在歷史上並無四郎探母之事，但此劇因人性之衝突矛盾形成一種深沉的悲哀，引起人們的共鳴，圍繞著四郎探母，尚有上黨梆子「三關排宴」及新編京劇《北國情》之翻案劇情。至於考證戲曲小說與歷史中楊家將故事歧異的文章也有可觀之成績，如余嘉錫〈楊家將故事考信錄〉、鄭騫師〈楊家將故事考史證俗〉、李安〈楊家

將的真人真事〉這三篇主要以信史為考證範圍；邱坤良〈楊家將的人物與傳說〉、錢靜方等《楊家將研究資料》、林岷〈歷史與戲曲舞臺上的楊家將〉、顧全芳〈楊家將的傳說與遺蹟〉、李裕民的〈楊家將新考三題〉、唐翼明在〈重讀「楊家將」——試論有關作者、版本諸問題〉、楊子堅〈楊家將演義考證〉，主要從傳說、遺蹟、戲曲、文獻學等方面深入淺出地論說、考證楊家將故事。顧歆藝《楊家將與岳家軍系列小說》、周華斌〈楊家將故事的歷史衍變〉，旨在探究楊家將小說、戲曲的主題、思想與演變。

　　綜合上述楊家將故事的研究方向集中在信史與人物史蹟的考證，專論戲曲的專書僅有韓軍《楊家將戲曲研究》，但此論文缺少明代楊家將戲曲京劇及地方戲曲，〔註12〕所以還是不夠完整。而研究楊家將戲曲的單篇文章主要集中在少數主題如謝伯梁〈「楊門女將」中的穆桂英形象〉、魏子雲〈論「四郎探母的藝術結構」〉、吳祖光〈愛國主義萬歲——說說「三關宴」〉，〈西皮腔之板式變化研究——以京劇「四郎探母」「坐宮」為例〉、劉佩雲〈傳統戲曲中的現代女性形象——京劇中的穆桂英〉、楊華〈一聲休字，千古絕唱——觀楚劇「穆桂英休夫」〉、李維魯〈內容與形式的雙重變奏　「魂斷天波府」導演簡析與總體構想〉、吳同賓〈亂花迷人眼　未歌先有情——劉秀榮「戰洪州」表演藝術剖析〉等，或從情節、人物、戲曲音樂、表演藝術來探討，謝伯梁〈「百歲掛帥」搭台，「楊門女將」唱戲〉、王安祈〈探母知多少〉則是探討同一主題戲曲的演變。

　　以下擇要探究楊家將故事研究文獻，韓軍《楊家將戲曲研究》與本論文有直接相關，其餘如鄭騫師《楊家將故事考史證俗》等六篇文獻為本論文相關資料，這些著作提出一些值得注意的觀點，而且寫作方式比較嚴謹，分析如下：

（一）韓軍《楊家將戲曲研究》

　　韓軍《楊家將戲曲研究》〔註13〕是第一本全面研究楊家將戲曲的學術論文，他以時代先後探討楊家將戲曲之演變，其內容分成七章，分別為：第一

〔註12〕筆者於 2005 年 4 月 22 日中央大學舉辦的「世界崑曲與台灣腳色——崑曲國際學術研討會」請教韓軍論文之指導教授吳新雷先生，為何韓軍論文缺少明代楊家將戲曲及京劇兩章時，他指出因為當時規定博士論文只要寫五萬字即可畢業（就可看出程度），兼以他已在山東司法庭擔任幹部，所以其他章節並沒有寫完。

〔註13〕韓軍《楊家將戲曲研究》，南京大學中文所博士論文，2001 年 6 月。

章 楊家將故事的歷史事實，第二章 宋代的楊家將文藝作品，第三章 元代的楊家將戲曲，第四章 明代的楊家將戲曲，第五章 清代民間的楊家將戲曲，第六章 清宮大戲《昭代簫韶》研究，第七章京劇中的楊家將戲曲，但實際上缺少第三章元代的楊家將戲曲，第四章明代的楊家將戲曲及第七章京劇中的楊家將戲曲，上文已說明。

作者認為前人對楊家將戲曲的研究不夠深入，民國四十年前的楊家將戲曲研究百分之九十以上集中在京劇及梆子腔的單一劇本，以《四郎探母》、《洪羊洞》居多，而且多半侷限於劇曲的研究和演員的表演上。真正能以文學和史學的方法來研究楊家將戲曲作品的，是史學家余嘉錫先生的《楊家將故事考信錄》。民國四十年後，徐朔方、楊正華、常征等人作過元明清三代楊家戲的劇目研究，對楊家將戲曲的劇目進行了梳理；陳中凡先生、吳新雷先生也做過具體作品的考證和分析，這對後來學者作進一步的研究無疑有很大的幫助。但過去的學術界在楊家將戲曲的研究中仍存在一些問題。它主要表現在：（一）原始資料的佔有不夠全面，在研究中難以作出確鑿的結論。這一方面由於新的材料沒有發現，難於作出定論。另一方面，某些研究者在研究中發生常識性的錯誤，故而研究結論也顯得比較粗糙。（二）研究範圍不夠全面。對某一個時代的楊家將戲曲研究相對集中，而另一些地方則近似於空白。如宮廷大戲《昭代簫韶》，近年來編寫戲曲提要的書籍雖多，但沒有涉及於此。（三）缺少相關的文化背景。在對楊家將戲曲的研究中，多數是對某個現象進行就事論事的描述，極少把它們和當時的政治、文化等背景聯係起來。

其研究的創新之處在於：第一，在楊家將故事由歷史真實進入文藝作品的階段，藉助正史、《代州楊氏族譜》、地方志等材料考證楊家將的歷史事實；第二，結合北宋初期忠義觀的發展變化，考察楊家將故事所體現的忠義觀，以及北宋時期忠義觀對楊家將故事形成的影響。第三，結合楊家將故事與民眾的關係、與歷史環境的關係，探討其文藝發生的根源。第四，結合近年來發現的戲曲資料，考察戲曲在明代民間的流傳、演出情況；第五，以《昭代簫韶》為代表，集中研究楊家將戲曲在宮廷中發展的情況。第六，以其訪學所得之《祥麟現》、《昊天塔》為基本資料，對明末清初楊家將的發展線索進行了梳理。第七，搜集整理了《女中傑》的散佚資料，探討了楊排風形象的演化。第八，對《寡婦征西》這類僅有存目的作品，藉助於當時的筆記材料，進行了力所能及的考證。

　　筆者在北京國家圖書館所見韓軍之《楊家將戲曲研究》博士論文定本，
僅有緒論，第一章　楊家將故事的歷史事實，第二章　宋代的楊家將文藝作品，
第五章第三節《女中傑》研究，第六章　清宮大戲《昭代簫韶》研究，其餘章
節論文從略，並無資料，所以僅能針對這幾部分加以評論。此書的優點正如
作者所說充分利用戲曲手抄本、善本叢書、筆記小說，進行第一手資料的考
證，如推論出《昊天塔》與《女中傑》是兩本既獨立又有一定聯繫的劇本。他
認為將《女中傑》裡的情節與《昊天塔》混為一談的是北京圖書館根據館藏
昇平署戲曲資料編輯的《昇平署曲本目錄》。該目錄中收有題為《昊天塔》的
四個零折，書中的原文是「《昊天塔》李玉撰，存《激良》二冊，《五台》二
冊，《求救》一冊」。這有可能是編輯者疏於考證造成的。一九二六年，朱希祖
把自己購得的《昇平署檔案》和鈔本戲曲千有餘冊出讓給北京圖書館，但這
些資料是從宮中散出的，缺乏系統性。很有可能北京圖書館在整理這些散出
時，僅根據《求救》一齣中，孟良說楊延昭因為夢見楊繼業，第二天出關祭奠
時被遼軍捉住的情節，將其歸入《昊天塔》中，以至於後來的研究者均以為
楊柏風是《昊天塔》裡的人物。試想李玉《昊天塔》中，第十八齣是令公託
夢，第十九齣是激良，第二十齣是盜骨，第二十一齣是五台，這一個「孟良盜
骨」的情節十分完整，結構十分緊湊，排風自告奮勇去解救六郎的《求救》情
節根本插不進去。這樣的推論極有見地，不但推翻了前人的錯誤，並樹立了
從事學術研究實事求是的精神。

　　但此論文少了探討楊家將地方戲曲之專章，包括京劇及各地方戲曲，使
得論文的架構不完整，是嚴重的缺點，雖然京劇裏的楊家將劇目已經很多，
而且與各地方戲曲有所交集，但地方戲曲思想主題迭有新創、翻案之作，值
得分析比較，如潮劇《楊令婆辯本》與楊家將鼓詞中的佘太君性格直率，大
罵國君為昏君，甚至想謀反，不願服事宋朝，與京劇中逆來順受卻不改愛國
熱忱的佘太君，相去不啻千里，這便值得我們好好去分析比較。此外，劇種
不同，表現出來的效果自然不同，秦腔的高亢與崑腔的溫婉當然有所區別，
即使是京劇小劇場所標榜的改造精神也與傳統京劇不同。所以，缺少這一章
節，就無法全面窺探楊家將戲曲的面貌。

　　又作者花了很多心血來分析《昭代簫韶》，從產生背景、人物體系之新因
素、關目和結構、穿關與舞台美術、曲牌與曲韻等來研究這一套劇本，是第
一位較全面性研究此書之學者，有開創之功勞，但很可惜的缺少了主題思想

的分析，雖然此書神怪情節、宿命色彩太濃厚，但吸收了許多道教、巫術及方術的信仰，表現庶民的趣味，可以挖掘不少傳統民俗文化。作者相當肯定《昭代簫韶》的新人物體系，在此筆者持不同看法，太多支線、太龐雜的人物，分散此戲的張力，試想由元雜劇的四折演變到二百四十齣大戲，其中加油添醋的部份一定很多，如楊家第三代除了宗保和桂英外，又增加了楊宗顯和李剪梅，遼國除了四郎和耶律瓊娥外，又增加了八郎和耶律青蓮，實在有點畫蛇添足，所以後來的戲曲都只保留一條支線，刪除另一組人，這是有道理的。

此外，作者在引用資料時有錯、漏字或引用錯誤之情形，如他指出明代王驥德《曲律》中認為戲曲的整體結構組成可分為「起」、「接」、「中段敷演」和「後段收煞」，筆者檢索王驥德《曲律》，並未發現此說法。而他引用吳梅「文至歌曲，操觚家幾視若畏途焉，至若厘其名讀，正其宮調，折其陰陽，示人以規矩準繩，則譜錄之作焉，不可少矣。……乾隆七年，和碩莊親王奉敕編《律呂正義》後，編既卒業，更命周祥鈺、徐興華輩分纂《九宮大成南北詞宮譜》八十一卷，至十一年刊行之。……自此書出，而詞山曲海，匯成大觀，以視明代諸家，不啻爝火之與日月矣。」〔註14〕這段引言出現好幾個錯誤：1.漏字：「乾隆七年」之前要加「遜」字 2.標點錯誤：應為「《律呂正義》後編，」非「《律呂正義》後，編」 3.錯字：應為「釐其『句』讀」、「『析』其陰陽」、「不啻爝火之『興』日月」。一段引言就錯了三處以上，讓讀者誤解吳梅語義，而且重要之處卻省略不引，此乃做學問不嚴謹之處，學者需小心求證，引以為鑒。

（二）鄭騫師〈楊家將故事考史證俗〉

鄭騫師〈楊家將故事考史證俗〉〔註15〕被視為研究楊家將故事的重要資料，此書分成七部分：1. 楊家將故事之源起與流傳 2. 楊業姓名籍貫及稱謂考證 3. 楊氏家族考證 4. 折氏（佘太君）與慕容氏（穆桂英） 5. 楊氏父子兩次救駕之歷史來源 6. 三關六使之解釋及楊延昭汝州發配傳說之由來 7. 各種地方志所載楊家將古蹟輯證。

鄭師在第一節說明其考證楊家將故事之動機為：今日舊式之楊家將戲劇，

〔註14〕參見本論文第六章第一節《昭代簫韶》之〈關目結構〉。

〔註15〕鄭騫〈楊家將故事考史證俗〉，（《景五叢編下集 燕台述學》，台北：台灣中華印書局，1972 年 3 月），頁 1～90。

無論崑曲、梆子、皮黃均已漸趨沒落，有關楊家將小說如《北宋志傳》其文筆結構又極拙劣，難以傳世，地方志更非一般人所常涉獵者，所以他研究考述楊家將流傳於民間，事實與「幻設」雜揉之傳說，使其轉為學術性質而不致完全失傳。

　　鄭師理路清晰，常借助地方志、史傳、戲曲等佐證，提出新穎的論點，如在第三、四節指出元明小說戲劇從無所謂義子八郎，其見於紀載始於《昭代簫韶》，但「老調梆子」劇之「瓦橋關」有「八郎送飯」一折。「老調梆子」之全盛時期當在清初，《昭代簫韶》則為清中葉劇本，關於八郎之傳說當是起於明清之間，而《昭代簫韶》因襲之。〔註16〕《燼餘錄》所謂延昭於「真宗時與七子延彬，初名延嗣者，屢有功，並授團練使。」鄭師懷疑是與延昭同時守邊之楊嗣混為一談，輾轉傳訛，〔註17〕小說戲劇所描寫之楊七郎武藝最為高強，亦由楊嗣之勇敢善戰而來。所可笑者，楊嗣之年長於延昭二十四歲，反屈居為弟。此外，楊家三世為將，第一代為楊業，第二代為延昭，第三代正史為文廣、在一般小說戲劇則為宗保，鄭師懷疑宗保為文廣之乳名，文廣、宗保實一人也。又各方志中所記折氏及慕容氏事蹟，雖無旁證，亦無反證，而與後來小說戲劇及民間傳說，則確相符合。以麟府二州相距之近，楊折兩家俱為當地豪族之「門當戶對」，結為婚媾之可能性自屬甚強。關於此事之傳說必有相當可靠的事實根據，為史實所失載，不能全視為無稽之談。

　　此文在考據方面功力甚深，是研究楊家將故事的必備參考資料，雖然以正史為主，但小說與戲曲並不偏廢，然而仍以楊繼業、楊家八子、佘太君及穆桂英為研究主軸。其云：「本文主旨為『考史正俗』，凡與史書、方志等正式記載毫無牽涉、無從考證之民間傳說，皆不在範圍之內；故於『楊門女將』之事跡，一概從略。僅佘太君與穆桂英，史雖不載，而見於方志，文獻足徵。」〔註18〕楊家將戲曲近年來迭有新作，劇種不同則藝術特色也不同，內容主題亦隨著時代變化而與日翻新，戲曲中如蕭太后、潘美、寇準、王欽、楊八姐等

〔註16〕見張大夏〈關於楊家將的戲〉，轉引自鄭騫〈楊家將故事考史證俗〉，（台北：中華書局印行，1972年），頁25。

〔註17〕《宋史·楊嗣傳》（二百六十）云：「咸平三年，以功拜保州刺史，召還，授本州團練使。時楊延昭方為刺史，嗣言嘗與延昭同官，驟居其上，不可，願守舊官。上嘉其讓，乃遷延昭官。嗣與延昭久居北邊，俱以善戰聞，時謂之二楊。」同書《延昭傳》（二百七十二）亦載二楊關係密切。

〔註18〕鄭騫〈楊家將故事考史證俗〉，（《景五叢編下集 燕台述學》，台北：台灣中華印書局，1972年3月），頁27。

人物亦有其研究價值，是以筆者《楊家將戲曲之研究》取材於鄭師者，以第二章《楊家將故事與戲曲的關係》為大宗，其他則兩不相同，各有其旨趣。

（三）唐翼明〈重讀「楊家將」——試論有關作者、版本諸問題〉

唐翼明在〈重讀「楊家將」——試論有關作者、版本諸問題〉[註19]一文，將元明雜劇、小說中演出楊家將的劇目如《昊天塔孟良盜骨》、《謝金吾詐拆清風府》《八大王開詔救孤忠》、《焦光贊活拏蕭天佑》、《楊六郎調兵破天陣》等五本雜劇及《楊家府世代忠勇演義志傳》（即《楊家將演義》）、《北宋志傳》兩本小說的主要人物列表比較。得出以下四個結論：1. 主角楊六郎和楊業妻子之名字有四次變化，由此可以推定以上七部作品大約作於四個時期（1. 元雜劇 2. 明雜劇 3.《楊家將演義》4.《北宋志傳》）。2. 其中 1、2 兩個時期，3、4 兩個時期較為接近，而 1、2 與 3、4 之間可能隔得較久，這從王欽若變成王欽可以看出。3. 主角楊六郎在雜劇中名景，在小說中名延昭，由此可以推斷五本雜劇的成書年代當早於兩本小說。因為雜劇是片斷，小說較系統，若雜劇在小說之後，則情節通常取自小說而人名當保持一致；反之，若小說在雜劇之後，則需補充許多情節，人名也就可能改動了。4.中國古代戲劇一般本於史書或話本小說、民間傳說，憑空杜撰者絕少。五本雜劇中楊氏七子之名既不同於《宋史》，又不同於徐大焯《燼餘錄》的記載，於此可見宋元之間必然尚有其他有關楊家將的傳說及話本存在。5. 楊家將故事中的主要人物在雜劇中大都已經出現，可見楊家將故事的基本情節及大致輪廓宋元之際即以成型。作者由此斷定《楊家府世代忠勇演義志傳》與《北宋志傳》是在宋末到明代中葉社會上大量流傳有關楊家將的民間傳說、筆記、話本和雜劇之基礎上加工而成的。

有關《楊家府世代忠勇演義志傳》與《北宋志傳》的作者，唐翼明認為紀振倫只是《楊家府世代忠勇演義志傳》的校閱者，熊大木也不能確定是《北宋志傳》的作者，所以兩書的作者還是闕疑較好。至於這兩本書到底有何關係？唐翼明從兩書的情節、語句、內容優劣的比較，得出這兩書是根據當時流傳的楊家將有關資料獨立寫成的，並非哪一書根據另一書改編的。此外，他認為這兩書從頭到尾充滿著一種令人無法忍受的淺薄：語言淺薄、刻畫人物淺薄、描寫世態淺薄，連主題都淺薄——忠奸之爭、夷夏之辨是二書的主

[註19] 見唐翼明《古典今論》，（台北：東大圖書公司，1991 年 9 月），頁 221～252。

題，這是絕大部分中國古代講史小說的主題，自然也是南宋至明末社會的反映。他又認為全書中除焦贊、孟良外，楊業父子好像作者筆下的傀儡，看不出他們有何性格，除了「忠君」、打仗外，彷彿什麼人情世故都不懂，連無佞府中哪一群無辜的寡婦也是雌性的戰爭動物，好像連一點活人——活女人——的慾望都沒有，只有那個高蹈遠舉、飄然不戀爵祿，率領全家人毅然上太行的真正平民英雄楊懷玉值得喝采！

　　《楊家府世代忠勇演義志傳》與《北宋志傳》是明代僅存的兩部楊家將小說，作者唐翼明從不同的版本來分析，比較兩書情節、語句之差異、思想內容之優劣、與明代內府本雜劇情節之承襲關係，進而考證作者，自有其價值。但作者對這兩本明代小說的評價是很低的，認為「忠奸之爭」、「夷夏之辨」是二書之主題，也是中國二十五史的兩大主題，實在淺薄得可憐。筆者認為雖然這兩本小說的確有上述之缺失，但不可否認的楊家將戲曲人物、內容情節在此也有些萌芽，雖不完美仍提供一些雛型，這就是它的價值。

（四）顧歆藝《楊家將與岳家軍系列小說》

　　顧歆藝《楊家將與岳家軍系列小說》〔註20〕有關楊家將小說的部分，她從1. 歷史上的楊家將 2. 楊家將故事的演變 3. 楊家將小說的故事梗概 4.楊家將英雄群像 5. 楊家將小說的藝術特點 6. 楊家將小說的版本流傳及作者，六個小節來探討。第4、5點是其與他書較不同的創見，撮其大要為：她認為《楊家府演義》、《北宋志傳》二書在藝術表現手法上有一些共同之處，但比較而言，《北宋志傳》略顯粗糙和簡單些，《楊家府演義》則於樸素、稚拙中見出流暢、優美來。就小說的結構而言，兩書前半部分離史實相去不甚遙遠，內容平實合理，而後半部分則滿紙妖異，荒誕不經，因此全書風格不夠統一。在人物形象方面，她認為孟良是《楊家府演義》著墨極多、描寫十分生動、傳神的一個人物，也許是其中最成功的一個，他突出的特點是機智果敢，粗獷中有精細，善於完成各種別人很難完成的任務。楊家將小說的人物形象有一些共同的不足，如人物刻畫得不細膩，有的地方人物性格顯得比較模糊，個性不突出等，比較而言《楊家府演義》比《北宋志傳》稍強一些。但是楊家將小說人物塑造關鍵還不在於其本身成功與否，而在於他為後代戲曲中楊家將人

〔註20〕見顧歆藝《楊家將與岳家軍系列小說》，瀋陽：遼寧教育出版社，1993年。

物的形成提供了基本的素材，定下一個基調。在此基礎上，經過人們長期不斷地充實和豐富，最後完成中國古典文學中楊家將形象的塑造。

有關《楊家府演義》、《北宋志傳》兩書之優劣，筆者贊成顧歆藝之說法。試以楊業投降北宋之例比較之，《北宋志傳》云：

> 楊光美曰：「吾聞良禽相木而棲，賢臣擇主而佐。且將軍出兵來援河東，本盡其忠。今猜忌日生，無以自明，事必敗矣。我宋主仁德遠數，諸鎮仰服，只有河東未下，其能久安乎？棄暗投明，古人所貴，願令公垂察焉。」業聞罷半晌不答，乃曰：「吾不殺汝，放汝去，速令勇將來戰。」光美…墜落一密封於軍中而去，左右拾得。被延德拆開視之，卻是圖局一張，有無佞宅、梳裝樓、歇馬亭、聖旨坊，內寫接待楊家父子之所，極其美麗。……七郎曰：「莫說與吾等居住，便得一見亦甘心也。」延輝曰：「且莫露機，看漢主勢頭如何，若不善待我父子，即反歸南朝也。」……數日劉鈞遣人督戰，糧草賞軍之物，又不給應。……八王趁機布謠言，道北漢主以楊家父子有玩兵私逃之罪，欲結大遼出兵討之。令公坐臥無計，憂形於色。夫人呂氏問之，令公只得將漢主見罪之事告知，又言眾兒子商議，「多有勸我投降，只恐非長策。」夫人曰：「若大朝厚待爾父子，歸之亦是長策，何必深憂？令公曰：「正不知待我之情何如，若使不及漢主，反受負忠之名，那時進退無及矣。」延德曰：「我父子有王佐之才，定亂之武，何所歸而不厚待哉？」言罷，即以所得宋人繪圖展施與呂氏觀之，延德一一指說其詳。……八娘、九妹聞說如此之富貴，力勸其母勸父歸順。夫人乃曰：「……光景易去，年華日逼，使今功名不建，深為可惜，不如從眾孩兒之言，棄河東歸順大朝，上酬平生之志，下立金石之名，豈不勝幽沉於夷俗，萬古只是一武夫乎？」〔註21〕

以小說家眼光看，儘管一再強調「天命有歸」，但讓楊業主動勸說北漢主投降，未免存損於他的赫赫英名，基於此認知，《北宋志傳》便讓八王設下反間計，令楊光美徑詣楊業寨中，楊業雖憤恨漢主之相信讒言，感戴宋君之愛重，但為物欲所誘，卻也是重要的原因。此處將楊家諸子女描寫成貪財嗜欲之人，

〔註21〕見《北宋志傳》（收入《古本小說叢刊》第三十九輯第一冊，北京：中華書店，1987年6月），頁750～754。

佘氏在此被改成呂氏，也是貪愛功名之人，與傳統中的形象相去甚遠，是其極大之敗筆。

　　《楊家府演義》的處置與此大相徑庭，敘述太宗兵圍太原之時，楊繼業適患病於太行山，漢將為宋兵所敗，棄甲奔走。漢主得令婆保駕，殺回太原。令婆神勇，射中潘仁美，絆倒黨進，然太原糧餉將絕，漢主只得獻城乞降，太宗封為彭城郡國公，遣使臣諭楊繼業歸降。楊繼業反問道：「何不驅兵死戰？戰不勝，寧死社稷，見先君於地下，庶幾無愧，奈何甘心屈膝，北面事人，以受萬世之唾罵乎！」怒氣攻發舊病，昏悶在地。漢主多次遣使臣諭其歸降，楊業言「事已定矣，抗拒枉然」，甚至扣以「假主死於此，臣當殉之；今日不來，即反臣矣」的帽子。楊繼業迫不得已，便約以「惟居漢主部下，不受大宋之職」、「惟聽宋君調遣，不聽宣召」、「我所統屬斬殺，不行請旨」三事，方肯歸降，將楊繼業塑造成大義凜然之形象，較符合庶民心中之英雄，所以《楊家府演義》在此描寫得比《北宋志傳》佳。

　　此外，《北宋志傳》有關楊家的人名及血緣世系表，明顯與後來的戲曲不同。如稱楊令婆為呂夫人，又說楊文廣是柴郡主所生。如卷八第三十七回《木桂英破陣救姑》，敘述柴郡主破鐵門陣時，衝動其胎，陣中產子，血氣衝落鐵頭太歲。令婆看此兒長相與宗保無異，遂命名為楊文廣。雖然正史上記載楊文廣是楊延昭之子，但在此將宗保與文廣安排成兄弟，而這些改動又不為後世戲曲所取，說明其不合理，較沒有說服力。

　　《楊家將與岳家軍系列小說》此書篇幅短小，又分成楊家將與岳家軍兩部分，所以只能簡淺地分析明代楊家將小說。明代內府本雜劇《八大王開詔救孤忠》、《焦光贊活拏蕭天佑》、《楊六郎調兵破天陣》三本戲，取材與楊家將演義小說頗類似，所以本書可與明代內府本雜劇參照比對，尤其在〈楊家將英雄群像〉一節，可讓初學者很快了解楊家將重要人物及次要人物如孟良、焦贊之性格。整題而言，本書是介於通俗文章與學術論文之間之作品，為研究楊家將故事之入門書。

（五）周華斌〈楊家將故事的歷史衍變〉

　　周華斌〈楊家將故事的歷史衍變〉〔註22〕一文，〈明代內府本雜劇所強調的忠奸之爭〉一節提出元明雜劇思想內容的三點改動，主要參考卓美惠《明

〔註22〕周華斌〈楊家將故事的歷史衍變〉，（《中國戲劇史論考》，北京：北京廣播學院出版社，2003年2月），頁501～518。

代楊家將小說研究》〔註23〕一書，較無創見。較有見地的部分是〈民間楊家將演義小說的新突破〉和〈清宮大戲昭代簫韶的僵化和民間楊家將戲曲的勃勃生氣〉二節。

他認為值得注意的是《楊家府演義》出現了折太君、木桂英、柴郡主、八娘、九妹、宣娘、十二寡婦等一系列楊門女將，其中尤以木桂英最有典型意義，他推翻木桂英的原型是楊文廣妻「慕容氏」，提出新見解：「木，來自降龍木，以及由此而杜撰的木閣寨，後來才改為慕。桂英就是桂花，乃民間常用的俗名。應該說，木桂英這個形象是人民群眾創造的，是勞動者理想的化身」，因為這樣一個婚姻自主、報國殺敵的婦女形象，在正統而僵化的封建文人腦袋是不可思議的，他只能是民間生活和理想的結晶。這個形象能夠在男尊女卑的封建社會，尤其在宋朝以來理學統治森嚴的時代出現，是一件不尋常的事。又焦贊、孟良二將過去一直是三關上將身分，是楊六郎手下二十四個指揮史的代表，在小說中，他們變成了綠林好漢，而且分別以渾鐵飛錘和大鐵斧為武器，後代戲曲更把焦贊說成是荒旱之年帶領饑民搶糧殺官的英雄，把孟良說成是路見不平、翦除惡霸的好漢（秦腔《董家嶺》）。這兩位綠林出身的大將勇猛、魯莽、嫉惡如仇，這些特點，再加上他們質樸、詼諧的性格，給人們留下了深刻的印象。

《昭代簫韶》意思是「生平時代的雅樂」，共有二百四十齣，演的是情節連貫的楊家將故事。該劇以《北宋志傳》小說為註腳，作者是嘉慶年間的宮廷御用文人，它是皇上「不惜萬機之暇」親自御定的，演出的目的是為了「喝破愚蒙」、「感發忠孝」，慈禧太后還曾把御用文人召集起來，親自一齣一齣地講評，並將它們改成皮黃本。「天命論」是全劇的總綱，「三綱五常」是劇中人行動的準則。

與僵化的宮廷大戲比較起來，清末楊家將民間戲曲的顯著成就，在於進步的民主性，其主要體現是對帝權的嘲弄和對女權的尊重，民間戲曲對楊門女將的刻畫，概括起來有以下幾點特色：1.楊門女將敢於向父母之命、媒妁之言、門當戶對之類封建婚姻制度挑戰，她們往往自己選擇丈夫，而且在擇夫過程中毫不隱晦愛情。2.楊門女將敢於向「大門不出，二門不邁」、「女子無才便是德」之類封建婦德觀念挑戰。她們幾乎個個能挺槍躍馬、殺敵保國。3.楊門女將敢於向以男子為中心的封建夫權觀念挑戰，甚至懲罰失職的丈夫，這

〔註23〕卓美惠《明代楊家將小說研究》，逢甲大學中研所碩士論文，1998 年 6 月。

種寫法，表現了對男女平等的追求。4.楊門女將敢於向封建的等級尊卑觀念挑戰，如折太君敢於譏笑皇帝，八姐、九妹敢於提兵威嚇朝廷。

本文優點是綱舉目張、簡潔明瞭，讓初學者可以在短時間內掌握楊家將戲曲故事之演變，但《昭代簫韶》及地方戲曲之思想內容沒有多面向探究，前者強調「天命論」、「三綱五常」，後者強調進步的民主性、對女權的尊重。《昭代簫韶》一書鮮有人研究，其侷限性、糟粕不少，但某些人物及情節，如美化四郎、八郎、遼邦瓊娥公主及青蓮公主，始見於此書，啟發各地方戲曲，亦有其研究價值，筆者在第三章第二節有仔細分析。而地方戲曲除了女性意識的覺醒外，還有仕與隱、單脈獨傳、南北和之主題，亦在第三章第三節歸納分析。

（六）卓美惠《明代楊家將小說研究》

卓美惠《明代楊家將小說研究》〔註24〕分成四部分：1.楊家將小說的版本及作者，此節吸收了顧歆藝《楊家將與岳家軍系列小說》、唐翼明在〈重讀「楊家將」——事論有關作者、版本諸問題〉等有關楊家將小說版本、作者的概念，再加以綜合整理。2.楊家將小說的源起與演變：她說大部分的文章也多以一本楊家將小說情節、人物的史事考證為主，並未兼及兩種小說內容的差異程度，故將這兩種系統小說作內容上的比較，透過這個結果，更能明瞭明代楊家將小說，情節敷衍史實的差異程度，以及是否有先後相承的關係。3.楊家將小說內容思想分析：對於楊家將小說所蘊含的思想內容，大多數人僅注意到楊家將忠君愛國的行動而已，如或余嘉錫先生認為楊家將小說「自大破天門陣以下，牛鬼蛇神，無理取鬧……。」〔註25〕她認為其實楊家將小說事屬於英雄傳奇的故事，與偏重敷衍歷史事實的講史小說是有所區別的，所以它們虛構的比例會比敷衍史實的歷史小說有彈性得多，如果從正史對楊業父子記載的簡略材料來看，是遠不夠創作長篇「演義」小說的需要，所以虛構乃是無法避免的。大體上說來，楊家將小說是將史實豐富化了。而所虛構的神怪與神秘情節雖比例頗高，但這些成分也不一定應被視為楊家將故事的糟粕，因為這些有可能是當時社會風氣和文化現象的反映，另一方面也是基於小說的趣味性，所以深入揭開楊家將小說所蘊藏的思想及其意義，是其論文的重

〔註24〕見卓美惠《明代楊家將小說研究》，逢甲大學中研所碩士論文，1998年6月。
〔註25〕見余嘉錫〈楊家將故事考信錄〉，（收於《余嘉錫論學雜著》，1976年3月），頁417～490。

點之一。4.楊家將小說的人物類型：她不同於前賢所論，侷限於楊業父子或是折太君等史有其人的考證，而是透過小說人物所處的環境與其行動，來分析小說人物的性格特質，不僅分析奸臣如潘美、王欽，也有楊家諸子孫及女將們。

本文在前人研究的基礎上，進行較縝密的研究工作，取得還不錯的成績。其第四章第三節〈神怪玄秘的內容特色〉一節，分成一、楊宗保遇神授兵書二、楊家將大破天門陣 三、楊家將征南與征西的戰役三小節，第一小節從道教文學「誤入、服食、授兵書」探討其神秘色彩，第二小節從原始巫術的渲染、五行與軍陣、星宿信仰的陣形等探討其成因，第三節從民間巫術信仰、道教對傳統小說的啟迪與滲透來解說，說明傳統民俗文化對演義小說的影響不容小覷。楊家將戲曲有很多神怪玄秘的內容，不能只以牛鬼蛇神、荒誕不經視之，有其民俗、文化、時代背景、插科打諢等成因在內，值得分析研究，但筆者對明代楊家將小說的評價不是很高，因為一些神怪玄秘的情節顯現出先民思想的侷限性，所以楊家將戲曲雖然承襲小說情節，但這些關目結構必須加以調整，才能跟得上時代。

（七）李裕民先生〈楊家將新考三題〉

宋史專家李裕民先生〈楊家將新考三題〉〔註26〕中，提到張詠〈贈劉吉〉〔註27〕一詩最關鍵的句子是「冒死雪忠臣」（自注：證楊業中赤，為奸臣所陷），不僅僅指王侁等人逼楊業執行錯誤路線，更主要的是指王侁等在事後對楊加以污衊，這種污衊需要冒死去雪，只能是給他扣上投敵叛變的帽子。以往，歷史學家多以王為主犯，潘為從犯，現在看來這個結論還有問題。認為王是主犯的理由是：錯誤方案是王提出來的，又是王逼楊去執行，首先帶兵逃跑的還是王。不錯，王的確有這些問題，然而王的身分只是監軍，他有權監督，但決定權在主將手裏。王提出錯誤方案，如果潘堅決反對，這一方案就不可

〔註26〕參見〈楊家將新考三題〉，（《晉陽學刊》2000年第6期），頁67～73。
〔註27〕此詩為：「天地有至私，劉生與英氣。學必摘其真，文能取諸類。叫回堯舜天，聒破周孔耳。通塞不我知，要在歡生意。居危不苟全，憑難立忠義。（自注：仕江南偽主，指斥奸佞曰：果信是人，國將亡也。）歸國有賢名，天子聞之喜。倒海塞橫流，掀天建高議。（自注：治黃河有功，議邊將不才，廷辨大臣阿諛。）冒死雪忠臣，（自注：證楊業中赤，為奸臣所陷。）讜言警貴侍。（自注：重指中貴弄權）四海多壯夫，望風毛骨起。」見張詠《乖崖集》卷2，（收於紀昀等總纂《景印文淵閣四庫全書》第1085冊，台北：台灣商務印書館），頁584。

能付諸實施，悲劇就不會發生，就帶兵而言，主要兵權仍在主將手中，楊臨走時對潘說好的，潘當時同意，楊才會部兵於谷口，王逃跑後，如果潘堅守崗位，悲劇也能制止，然而這位主將帶著主力跑走了，所以罪魁禍首是潘美，不是王。

楊業死前一年，太宗之子趙恒（即後來的宋真宗）娶潘美女為妻，此時潘美的權勢達到了頂峰，他為了逃避罪責，必然要想辦法為自己逃脫責任。他說楊業為雲州觀察使，如果是正常死亡，按宋制規定，應賜「錢三百貫，絹布各二百匹，酒五十瓶，羊五十口。」（《宋會要輯稿》禮 44 之 6）戰場犧牲，賞賜更高，然而對楊的待遇只是「賜絹布各百匹，栗一十石」（同上禮 44 之 12），比規定低了一半多，說明楊死後仍然有人給他潑髒水。然而不久，楊業得到了表彰，賜品改為「布帛千匹，粟千石」，（《宋史·潘美傳》）顯然這中間有著一個變化過程，那就是劉吉冒死為楊業聲張正義的結果。戲劇、小說裏描繪的潘美陷害楊業的故事，儘管有許多誇大和虛構，但潘害楊的基調並沒有錯。

潘美是箭垛型之人物，集陷害楊家父子之人成，有很多文章紛紛為潘美抱屈，認為真正陷害楊繼業者為王侁，本文從張詠〈贈劉吉〉一詩，提出潘美是陷害楊的罪魁禍首，在舊瓶中裝新酒，值得吾人參考。

二、研究範圍

綜合上述，原始資料亡佚、殘缺不全或搜羅不易，是研究楊家將戲曲的最大困難處，是以前人之研究集中在京劇及梆子腔的單一劇本，而且侷限在主題戲曲的研究和演員的表演上，全面性研究楊家將戲曲之論文仍有待耕耘。筆者企圖從雜劇、傳奇及地方戲曲，全面性來研究其主題思想、人物形象、演出排場、關目結構、曲牌套式、穿關砌末、曲文賓白等。由於資料龐多，搜集時頗費工夫，利用二次暑假到香港、上海、北京搜購楊家將地方戲曲之光碟、劇本、韓軍之博士論文及其他戲曲資料，由於停留時間有限，無法取得李玉《昊天塔》希罕珍本之資料。而地方戲曲因劇種、劇團太多，牽涉的層面如唱腔、音樂、表演等較複雜，需要長時間做田野調查，是以本論文以「京劇名作」、「地方戲曲之名作」為探討重心，並在第一章第三節頁 25～29，附錄上演劇目以供參考。就建立一個面向寬廣而周延的楊家將戲曲研究而言，雖稱不上盡上盡美，但自認已盡心盡力了，尚未達成的目標，將是筆者繼續努力的課題。

第三節　楊家將戲曲之劇目 〔註28〕

　　人民群眾的相遞傳說，往往會使歷史事實和歷史人物趨於藝術化、典型化、理想化，從而衍變成為文藝作品。宋末元初，有南宋遺民徐大焯著《爐餘錄》。此書成書於《宋史》之前，已經載有比較完整的楊家將事蹟，雖然所記之事「半從先世筆記中錄出」，基本上是記實的，但是關於楊家將的記載卻帶有民間傳說故事的色彩，如楊業父子救駕、楊延昭有子名宗保等。及至南宋，有說書藝人在勾欄瓦肆演述《楊令公》、《五郎為僧》的評話（宋·羅燁《醉翁談錄》）；而北方金朝地域，則有戲曲藝人在表演《打王樞密爨》的院本（元·陶宗儀《輟耕錄》）。

　　傳統戲曲故事與傳統小說交互影響，楊家將故事由宋人話本改編成金院本、元明雜劇，後來戲曲舞台楊家將故事的繁盛，促使作家將它改編成一部首尾完整的小說（《楊家將演義》），而小說的情節更反轉來為戲劇舞台提供了素材，促進了舞台上的再創造。現將歷代有關楊家將戲曲劇目輯錄如下，既可見故事衍變的線索，又可見楊家將故事在人民群眾中的影響。

（一）金代院本

　　《打王樞密爨》（存目。見元.陶宗儀《輟耕錄》），〔註29〕與此同時，南宋有話本《楊令公》、《五郎為僧》，亦但存名目，見羅燁《醉翁談錄》。

（二）元代雜劇

　　《昊天塔孟良盜骨》（劇本見明·臧普叔《元曲選》）〔註30〕

　　《謝金吾詐拆清風府》（同上）

（三）明代雜劇、傳奇

　　《八大王開詔救忠臣》（雜劇。劇本見《涵芬樓藏版孤本元明雜劇》）〔註31〕

　　《楊六郎調兵破天門陣》（同上）

〔註28〕參見周華斌〈楊家將故事的歷史衍變·附錄　楊家將戲曲劇目小輯〉，（《中國戲劇史論考》，北京：北京廣播學院出版社，2003 年 2 月），頁 519～525。

〔註29〕見陶宗儀《輟耕錄》第二十五卷，收於《津逮秘書》第九冊（《百部叢書集成》第一百六十七冊），藝文印書館印行。

〔註30〕明·臧普叔《元曲選》，（台北：正文書局，1999 年 1 月），頁 826～841。

〔註31〕明·趙元度輯《孤本元明雜劇》，台南：平平出版社，1974 年 12 月。

《焦光贊活拿蕭天佑》（同上）

《三關記》（傳奇。施鳳來撰。劇情見《曲海總目提要》）〔註 32〕

《祥麟現》（傳奇。姚子翼撰。劇情見《曲海總目提要》、或《故宮珍本叢刊》第六六四冊總四本）〔註 33〕

《十二寡婦征西》（存目。見明‧范濂《雲間劇目抄》卷二《記風俗》——又見《元明清三代禁毀小說戲曲史料》335 頁）

（四）清代乾嘉年間以前戲曲

《昊天塔》（傳奇。李玉撰）〔註 34〕

《陰送》（梆子腔。劇本選折見《綴白裘》或《清‧車王府藏曲本》）〔註 35〕

《擋馬》（同上）

《兩狼山》（存目。見焦循《劇說》及《花部農譚》序）〔註 36〕

《女中傑》（存目。見《昭代簫韶‧凡例》）〔註 37〕

《昭代簫韶》（清宮大戲）

《鐵旗陣》（清宮大戲）〔註 38〕

（五）清代以來傳統的地方戲曲

據陶君起所編《京劇劇目初探》統計，有關楊家將的劇目就達四十三種，〔註 39〕此外，梆子腔系統的秦腔、蒲州梆子、同州梆子、上黨梆子、豫劇、

〔註 32〕見黃文暘《曲海總目提要 卷十一《三關記 序》》，（台北：新興書局，1967 年 8 月），頁 496。

〔註 33〕見黃文暘《曲海總目提要 卷十四《祥麟現 序》》，（台北：新興書局，1967 年 8 月），頁 650。《故宮珍本叢刊》第 664 冊，（《清代南府與昇平署劇本與檔案》昆腔單齣戲第二冊，2001 年 1 月），頁 139～147。

〔註 34〕手抄本，現藏於北京中國戲曲研究院。

〔註 35〕見善本戲曲叢刊‧（十三）《綴白裘》，學生書局印行，1984 年 7 月。或《清‧車王府藏曲本》第六冊，（北京：首都圖書館），2001 年 1 月，頁 406。

〔註 36〕焦循〈花部農譚 序〉，收錄於《續修四庫全書》，上海古籍出版社第一七五九冊。

〔註 37〕參見清宮大戲《昭代簫韶‧凡例》，（台北：天一出版社，1986 年 9 月），頁 1～10。

〔註 38〕簡要劇情見曾白融《京劇劇目辭典》，（北京：中國戲劇出版社，1989 年），520～524。

〔註 39〕見陶君起《平劇劇目初探》，（台北：明文書局股份有限公司，1982 年 7 月），頁 210～223。

河北梆子等劇種；弋陽腔系統的川劇、湘劇、贛劇、婺劇等劇種；皮黃腔系統的徽劇、漢劇、京劇、滇劇、桂劇、粵劇等劇種；還有揚劇、越劇等，均有楊家將題材的傳統劇目，尤以流行在北方地區的梆子腔和京劇為最多。以豫劇為例，豫劇劇目多取材於歷史故事和民間傳說，其中楊家將戲有三十多齣：《兩狼山》、《審潘》、《董家嶺》、《闖幽州》、《破天門》、《破洪州》、《十二寡婦征西》等。以下就秦腔、京劇為主列舉劇目，且以其他梆子腔中有特色者補之，其他劇種則大同小異，茲不贅錄。

1. 秦腔

《佘塘關》，又名《七星廟》（劇本見甘肅省文化局編《甘肅傳統劇目匯編》）

《傳槍傳》，又名《錘換帶》、《馬踏立營》、《盤蛇峪》（同上）

《後河東》（同上）

《千秋廟》，又名《楊七郎打擂》，《鐙打石擂》（同上）

《太君掃北》（同上）

《狀元媒》，又名《老轅門》、《傅楊爭親》、《六郎追車》、《銅台救駕》（同上）

《金沙灘》，又名《雙龍會》（同上）

《兩狼山》（同上）

《李陵碑》，又名《令公碰碑》（同上）

《永靖橋》（同上）

《告御狀》（同上）

《審潘仁美》，又名《黑松林》（同上）

《董家嶺》（同上）

《楊六郎招親》（同上）

《五台會兄》（同上）

《打孟良》，又名《紅火棍》（同上）

《打焦贊》，又名《黑火棍》（同上）

《焦贊殺府》（同上）

《鐵丘墳》，又名《善牌關》（同上）

《奪三關》（同上）

《銅鈴記》，又名《寇准背靴》（同上）

《天門陣》（同上）

《破澶州》（同上）

《破洪州》（同上）

《二天門》（同上）

《楊家將征遼》（同上）

《楊文廣征西》（同上）

《楊娥坤征西》，又名《探地穴》（同上）

《太君辭朝》（同上）

2. 陝西省地方戲曲

《轅門斬子》（又名《白虎堂》）。同州梆子（劇本見陝西省文化局編《陝西傳統劇目匯編》）

《洪羊峪》又名《打王強》。西府秦腔（同上）

《楊八姐鬧館》。漢調桄桄（同上）

《核桃園》。漢調桄桄（同上）

《王世寬大鬧相國寺》。漢調桄桄（同上）

《歐子英擺擂》。漢調桄桄（同上）

《牡丹山》，又名《收柳枝仙》、《飛雲洞》、華劇（同上）

《恩陽關》，華劇（同上）

《滿堂征西》，華劇（同上）

《下淮河》，漢調二黃（同上）

《破雄州》，漢調二黃（同上）

《九龍峪》，漢調二黃（同上）

《蒙雲關》，陝南道情（同上）

《四郎探母》，鄲鄂調（同上）

《楊文廣》，線戲（木偶）（同上）

《金山峪》，線戲［木偶］（同上）

《黃蠟印》，又名《決山寺》線戲（木偶）（同上）

《永合會》，老腔（皮影）（同上）

《勗天關》，又名《搗楊唐》。秦腔、華劇（劇情見陝西省劇目工作室編《陝西傳統　劇目說明》）

《女探母》，又名《倒探》。鄅鄁、道情（同上）

《石佛口》，蒲州梆子（劇本見《中國地方戲曲集成》山西省卷）

《金沙灘》，上黨梆子（同上）

《雁門關》，上黨梆子（同上）

《三關排宴》，上黨梆子（同上）

《楊金花奪帥印》上黨落子（同上）

《佘塘關》，上黨皮簧（同上）

3. 豫劇

《穆桂英掛帥》（河南洛陽豫劇團演出本）

《楊八姐鬧酒店》（即《擋馬》，劇本於 1955 年由北京寶文堂書店出版）

《楊八姐游春》（河南豫劇團演出本）

4. 京劇

《紫金帶》又名《佘賽花》（劇情見陶君起《京劇劇目初探》）

《佘塘關》又名《七星廟》（劇情見陶君起《京劇劇目初探。劇本見《京劇匯編》第八十九集》

《鍾換帶》又名《獅子崖》、《楊衰教槍》及《氾水關》劇情見陶君起《京劇劇目初探》。劇本見《京劇匯編》第六集》

《龍虎鬥》又名《風雲會》劇情見陶君起《京劇劇目初探》。劇本見《京劇匯編》第六十集）

《鐵旗陣》（劇情見陶君起《京劇劇目初探》）

《打潘豹》又名《瓦橋關》（劇情見陶君起《京劇劇目初探》。劇本見《京劇匯編第五十五集》

《楊七郎吃麵》（劇情見陶君起《京劇劇目初探》）

《金沙灘》又名《雙龍會》、《八虎闖幽州》（劇情見陶君起《京劇劇目初探》）。劇本見《京劇匯編》第五十五集）

《雙被擒》（劇情見陶君起《京劇劇目初探》）

《五郎出家》（同上）

《呼延贊表功》（同上）

《李陵碑》又名《兩狼山》、《托兆碰碑》（劇情見陶君起《京劇劇目初探》。劇本見《京劇匯編》第五十五集）

《攔御狀》（劇情見陶君起《京劇劇目初探》。劇本見《京劇匯編》第五十五集）

《雁門摘印》又名《永平安》、《拿潘洪》（劇情見陶君起《京劇劇目初探》。劇本見《京劇匯編》第五十五集）

《清官冊》又名《審潘洪》、《霞谷縣》及《升官圖》（劇情見陶君起《京劇劇目初探》。劇本見《京劇叢刊》第十七集，又見《京劇匯編》第五十五集）

《黑松林》又名《紅岐山》（劇情見陶君起《京劇劇目初探》。劇本見《京劇匯編》第五十五集）

《董家嶺》（劇本見《京劇匯編》第六十集）

《五台山》又名《五台會兄》（劇情見陶君起《京劇劇目初探》。劇本見《京劇叢刊》第十七集）

《神火將軍》又名《收孟良》（劇情見陶君起《京劇劇目初探》）

《孟良盜馬》又名《翠黛山》（劇情見陶君起《京劇劇目初探》。劇本見《京劇匯編》第十八集）

《鐵丘墳》劇本見《京劇匯編》第五十集）

《三岔口》又名《焦贊發配》（劇情見陶君起《京劇劇目初探》。劇本見《京劇叢刊》第十集）

《脫骨計》又名《寇准背靴》、《寇准探地穴》（劇情見陶君起《京劇劇目初探》）。（同上）

《赤梅嶺》（同上）

《洪羊洞》

第四節　楊家將人物事迹所涵蘊之意義

楊家將是典型的悲劇人物，他們符合所有忠臣義士的特點，但各種不公平正義的對待亦輻湊其身，本節從歷史背景、人物身世、戲曲美學、觀眾心理來探討楊家將人物事迹所涵蘊的意義。

一、對北宋「將從中御」制度之反思

宋太宗趙光義與太祖趙匡胤是同母兄弟，在「陳橋兵變」事件中，他與趙普等人斡旋，聯絡諸將，為宋朝的創設立下了大功。但中國自西周以來「父死子繼」的宗法制度已深入民心，所以太宗雖然因功勳彪炳而繼位，但總不

是「名正言順」，在他內心深處一直擔心太祖之子趙德昭會重演「陳橋兵變，黃袍加身」之歷史，遂產生強烈的猜忌心理。

為了鞏固自己的權勢，他刻意清除異己，將欲擁力趙德昭之將領貶官降職，用言語刺激趙德昭，使他憤而自殺，又流放皇弟，秦王趙廷美到海南島，〔註40〕至此，他的心頭大患已不構成威脅，終於可高枕無憂了。之後，他進一步解除武將之兵權，設置了「將從中御」之制度。太宗在給出征大將設置監軍的同時，賦予監軍們更大的監督權，於是統軍將帥的一舉一動都掌握在天子手中。當日，這些監軍們往往盛氣凌人，乃至於敢加害主將，如郭進便因為不能忍受監軍田欽祚的欺壓，終於憤而自殺。然而，此後監軍的設置卻越益廣泛，還出現了掛「走馬承受公事」頭銜的軍校，隨時向遠在京城的皇帝匯報軍中的動態。〔註41〕

楊業之死跟監軍王侁與潘美有密切的關係。楊業不贊成直接從雁門北川中出師，鼓行而攻馬邑（即寰州），但王侁卻以他是北漢降將，質疑他的忠誠度。楊業不甘受辱，只得挺身說明因為時勢不利，硬打只是白白葬送士卒。說完後立即引部下出陣。臨行前，他要求潘美在陳家谷口（在今山西寧武北）埋伏接應。潘美答應此要求，但當楊業兵敗之消息傳開後，潘美和王侁不但沒去救援，反而率軍逃逸。

楊業的死訊傳到汴京，宋廷並不在乎，竟連規定的撫卹錢也不給足。據《宋會要輯稿》說：「凡觀察使卒，賜錢三百貫，絹、布各二百匹，酒五十瓶，羊五十口。」（《宋會要輯稿》《三十四冊，禮四十四》）但楊業家屬僅得到絹、布各百匹，粟一十石。可見，楊業死後還繼續受到猜疑不置。後經佘太君及楊延昭力辯，才改為「贈布帛千匹，粟千石」（《宋史列傳第三十一楊業》），追贈太尉、大同節度使。對潘美的懲處僅降官職三級，監軍王侁、劉文裕除名斥逐，但一年後，潘美不僅官復原職，且提升了職務，接著王侁、劉也被召回，重新授官。宋太宗之所以這樣處理楊業之死，說明他不重視外，還有其難言之苦，一來是有意祖護元凶潘美，再就是趙宋王室一貫採取對臣下（特別是武人）的猜防和箝制策所致。

〔註40〕 參見陳峰《武士的悲哀——北宋崇文抑武現象透析》，（陝西：陝西人民教育出版社，2000年），頁53～64。

〔註41〕 參見陳峰《武士的悲哀——北宋崇文抑武現象透析》，（陝西：陝西人民教育出版社，2000年），頁53～64。

　　蘇轍在出使遼朝時，曾專程憑弔了契丹人修建的楊業祠，寫下了〈過楊無敵廟〉：「行祠寂寞寄關門，野草猶知避血痕。一敗可憐非戰罪，太剛嗟獨畏人言」，〔註42〕對於楊業明知此役兇多吉少還拼死血戰之行為，寄予無限的同情。他並提出楊業之死與「畏人言」有關，其實並非真的是畏懼王侁一類的監軍之言，而是監軍背後的專制天子。而王船山在所著《宋論》〔註43〕中說道：

> 楊業，太原降將也，父子握兵，死士為用，威震契丹，謗書迭至，宋主自任以邊圍而無猜。（卷二太宗　六）

> 宋自雍熙以後，為平章、為參知、為樞院、總百揆掌六師者，乍登乍降，如拙棋之置子，顛倒而屢遷。……十餘年間，進之退之，席無暇暖，而復搖蕩其且前且卻之心，志未伸，行未果，謀未定，而位已離矣。……夫宋之所以生受其敝者，無他，忌大臣之持權而顛倒在握，行不測之威福以圖固天位爾。自趙普之謀行於武人，而人主之猜心一動，則文弱之士亦供其忌玩。（卷二太宗　十）

宋太宗常調動百官的職務，甚至隨便安插人事，此乃他馭臣之術，避免他們擁兵自重。但正確的作法應該是「疑人不用，用人不疑」，楊業當初極力勸降劉繼業，抱持良臣擇主而事的信念，他大概沒想到宋太宗「崇文抑武」的政策，讓陷害他的小人肆無忌憚，間接導至他的死亡。

二、對民族氣節的禮讚

　　中華民族是重視節操，講求氣節的民族，孔子、孟子所提倡的仁義道德，對國人影響甚鉅，所謂「歲寒，然後知松柏之後凋也」、「志士仁人，無求生以害仁，有殺身以成仁」〔註44〕，「生亦我所欲也，義亦我所欲也，二者不可得兼，舍生而取義者也」、「富貴不能淫，貧賤不能移，威武不能屈，此之謂大丈夫。」〔註45〕強調凜烈的正氣、浩然的情操，遇到國家存亡、個人生死之重要關頭，寧願捨棄生命，挽救危亡者，才值得吾人效法謳歌。

〔註42〕見北大古文獻研究所編《全宋詩》第十五冊〈奉使契丹二十八首——過楊無敵廟〉，（北京：北京大學出版社，1993年4月），頁10049。

〔註43〕見王船山四部刊要／史部・史評類《讀通鑑論・宋論》，（台北：漢京文化事業有限公司，1984年7月），頁43、46。

〔註44〕參見《新譯四書讀本　論語・子罕》、《新譯四書讀本　論語・衛靈公第十五》，（台北：三民書局，1991年2月），頁168、245。

〔註45〕分見《新譯四書讀本　孟子・告子上》、《新譯四書讀本　孟子・滕文公下》，（台北：三民書局，1991年2月），頁580、438。

　　此外，從戲劇的創作功能及統治者的教化觀來說，謳歌民族情操之作是有益風化的。儒家的文學觀特重改良社會、微言諷諫的實用功能，戲曲是文學的一環，卻被視為「小道」、「末技」、「賤藝」，這是一種世俗的偏見，戲曲家只好在劇作的風情外，藉助道德教化提升其價值，如湯顯祖說：

　　　可以合君臣之節，可以浹父子之恩，可以增長幼之睦，可以動夫婦
　　　之歡，可以發賓友之誼，可以釋怨毒之結，可以已愁憤之疾，可以
　　　渾庸鄙之好。然則斯道也，孝子以事其親，敬長而娛死；仁人以此
　　　奉其尊，享帝而事鬼；老者以此終，少者以此長。疫癘不作，天下
　　　和平。豈非以人情之大竇，為名教之至樂也哉！〔註46〕

長期以來人們為了提高戲曲的價值，仍然不得不沿用君臣父子、忠孝節義以及興觀群怨等思想原則和價值標準，連湯顯祖這樣激進的人都未能免俗。其他如祁彪佳稱讚孟稱舜的劇作「曲之中有言夫忠孝節義，可親可敬之事焉，則雖騃童愚婦見之，無不擊節而忭舞；有言夫姦邪淫慝、可怒可殺之事者焉，則雖騃童愚婦見之，無不恥笑而唾罵。自古感人之深而動人之切，無過於曲者也。」〔註47〕在此亦是用儒家的教化觀作為品評的標準，畢竟儒家思想是中國文化的主幹，衡量戲曲的優劣也不能出其範圍。

　　楊家將戲曲影響人心最深者莫過於他們的忠貞報國、浩然正氣。學者余嘉錫指出：「楊業與契丹角勝三十餘年，卒之慷慨捐軀，以身殉國。子延朗於澶淵之役，請飭諸軍扼其歸路，襲取幽、易等州。孫文廣，亦獻策取幽燕。雖功皆不成，而祖孫三世，敵愾同仇，以忠勇傳家，誠將帥中所稀有。由是楊家將之名，遂為人所盛稱，可謂豹死留皮，歿而不朽者歟？」〔註48〕雖然楊業三代在歷史上並沒有赫赫偉業，但冰雪般的情操在民間卻廣為流傳，他們忠勇傳家之精神如日月之皦然，照亮亙古之穹蒼，引領後世人瞻仰古道。

　　戲曲《李陵碑》刻意以李陵的投降匈奴對比楊業寧死不屈。眾所皆知漢武帝讓李陵帶領五千名步兵與匈奴的十萬鐵騎交戰，他深踐戎馬之地，與單于連戰十餘日，但奸小不派兵救援，以致兵困糧絕，敗而被俘。李陵投降匈奴後娶單于之

〔註46〕見湯顯祖〈宜黃縣戲神清源師廟記〉，(收於隗芾 吳毓華編《古典戲曲美學資
　　　　料集》，北京：文化藝術出版社社，1992年10月)，頁126。
〔註47〕見祁彪佳〈孟子塞同五種曲序〉，同前註，頁241。
〔註48〕參見余嘉錫〈楊家將故事考信錄〉，(收於《余嘉錫論學雜著》，台北：河洛圖
　　　　書出版社，1976年3月)，頁490。

女拓跋，〔註49〕在匈奴享有較高的政治地位及豐厚的家產。他奉命去勸降蘇武，蘇武寧死不屈，兩相對照之下，更顯出蘇武的凜然氣節。楊業原是北漢之將軍，在什麼情況投降宋朝呢？據《楊家將演義》敘述，楊業對宋太宗的招降，最初表示抗拒，云：「戰不勝，寧死社稷見先君於地下，奈何甘心屈膝，北面事人，以受萬世之唾罵乎？」，後「夜出觀天象，見宋主之星炯炯臨於幽薊」，才願受招降。但在《宋史》的記載是太平興國四年（西元997年），宋太宗率大軍親征北漢，兵圍太原，楊業忖測江山不保，不願讓百姓受流離之苦，於是力勸漢主劉繼元歸降大宋，而他也隨北漢主出城降宋。太宗早聞楊業大名，見楊業歸降，大喜過望，命為左領將衛大將軍、鄭州防禦使，並復其姓名為楊業，仍帶兵鎮守代州。楊業自歸附宋朝以後一直帶兵馳騁在河東的抗遼戰場上，因此楊業投降宋國是為社稷蒼生著想，與李陵因滿門抄斬，怨恨漢武帝而降匈奴的情況有別。

楊業之後，楊景繼承父志，出生入死完成抗遼大業，但他卻不斷被王欽若陷害，曾充軍流放，甚至被下旨賜死，戲曲中一針見血地揭穿了昏君臨朝，重用權奸之黑暗朝廷。楊家數代人都投入戰爭，無論男女老少都是能征善戰的將領，他們雖然或明或曲地埋怨昏君，但還是回心轉意為大宋的江山而努力，這種精神體現了孔子「知其不可而為之」的人格情操，最後因國家失序，無力可回天，也為了保住楊家的根苗而飄然遠引，這種為國戰鬥、為民族獻身的愛國主義精神，深為國人所喜愛。

古典戲曲中有許多謳歌民族情操之作，如元雜劇《漢宮秋》熱情歌頌王昭君為國死節的崇高行為；明·馮夢龍《精忠旗》歌頌岳飛在民族危亡前，明知成敗未卜，吉少凶多，仍要涅背明志，捐軀邊野。這些作品之所以感人，受民眾的喜愛，主要因王昭君、岳飛體現出濃郁的民族情感。「花木蘭代父從軍，不是『行孝』，而是為國分憂，佘太君百歲掛帥、十二寡婦征西，主要不是嘲笑國中無人，而是說明『國家興亡，匹夫有責』。」〔註50〕這些置個人死生於度外的英雄，揭櫫「板蕩見忠臣」、「疾風知勁草」之真諦，是國人最好的精神典範。

三、「一悲到底」之戲曲美學

語諺：「人生不如意事，十之八九」，現實生活中生離死別、是非顛倒、

〔註49〕參見蕭子顯《南齊書·魏虜傳》卷五十七，台北：宏業出版社，1972年。
〔註50〕見鄭傳寅《中國戲曲文化概論》，（武漢：武漢大學出版社，2003年3月），頁332。

殘酷迫害之事時時上演,與中國古典戲曲中報應昭彰、圓滿團聚的結局,構成了強烈的對比。所以有些人批評中國戲曲的「大團圓」結局,如明末卓人月罕見的悲劇理論,他以現實為依據,提出:

> 天下歡之日短而悲之日長,生之日短而死之日長,此定局也;且也歡必居悲前,死必在生後。今演劇者,必始於窮愁泣別,而終於團圓歡笑,似乎悲極得歡,而歡後更無悲也;死中得生,而生後更無死也。豈不大謬耶!夫劇以風世,風莫大乎使人超然於悲歡而泊然於生死。生與歡,天之所以鴆人也;悲與死,天之所以玉人也。第如世之所演,當悲而猶不忘歡,處死而猶不忘生,是悲與死亦不足以玉人,又何風焉?〔註51〕

他認為戲曲應反映人生悲慘的定局,而不是以悲情、死亡當戲的開頭,以還魂、大團圓來收尾,這樣如何能產生較好的社會效果,來感動人心呢?胡適也提出「做書的人明知世上的真事都是不如人意的多,他明知世上的事不是顛倒是非,便是生離死別,他卻偏要使『天下有情人終成眷屬』,偏要說善惡分明、報應昭彰。他閉著眼睛不肯看天下的悲劇慘劇,不肯寫天公的顛倒殘酷,他只圖說一個紙上的大快人心。」〔註52〕他指出這種「團圓」的小說戲劇,只是腦筋簡單,思力薄弱的文學,不耐人尋思,不能引人反省。的確,有些戲曲為了要取悅觀眾,不管劇情合不合理,最後總是荒腔走板地歡喜結束。但如果僅以古典戲曲「團圓」的傳統不符合現實生活來苛求,亦是忽略中國民俗心理、傳統思維及戲曲的審美趣味,因為主體審美趣味的形成、倫理思維和作品結構形式的選擇,是受多種條件、因素的限制和影響。

我國古代文藝批評不是像西方那樣,將一部渾然一體的作品肢解為主題、情節、人物、語言等單一成分,做局部的細緻深入的理論分析,而是注重整部作品給人的總體感受,戲曲「評點」往往用片言隻字對某些情節、曲白、人物做出評判,如「此語本色」、「此劇設色於濃淡之間」、「字字如畫」等,故在理論上比較零散,不成系統。又西方人把崇高美置於和諧美之上,崇高美強調的是「分」,由劇烈的衝突導致毀滅,造成感情的極度傾斜;和諧美強調的

〔註51〕轉引自俞為民、孫蓉蓉《中國戲曲理論史通論》,(台北:華正書局,1998 年 5 月),頁 547。

〔註52〕見胡適〈文學進化觀念與戲劇改良〉,(收於《文學改良芻議》,台北:遠流出版社,1988 年,9 月。

是「合」，強調和協與統一，實現感情的宣洩與補償，導致滿足與寧靜。〔註53〕國人素崇尚「天人合一」、「中庸之道」，在戲曲美學上也認為只有亦悲亦喜、悲喜中節的美，對人才是適宜的，那種過份的悲、喜或者恐懼，都對人有害。也因此，在我國古代純為悲劇的劇作較少見，與此相關的悲劇理論也極為罕見。朱光潛從傳統道德思維與宗教信仰的角度指出，中國人的倫理信念很強，深信善有善報、惡有惡報，這樣的觀念影響中國古典戲劇之創作，戲劇中的人物不管歷經多麼悲慘的事，故事的結尾一定是皆大歡喜。所以元代有五百多部劇作，卻沒有一部可以真正算得悲劇。〔註54〕他說中國沒有悲劇，這顯然是用西方的標準來衡量中國古典戲劇，當然是圓鑿方枘、格格不入。

中國古典悲劇劇情的重點，多凸顯在好壞衝突的對立，而過程亦有悲喜相間，劇中的結局，則多脫不出賞善罰惡的套式，在「悲」的過程後，總要留下光明的尾巴，如《竇娥冤》的「伸冤昭雪」、《趙氏孤兒》的「孤兒報仇」、《清忠譜》的「除奸慰靈」，這就是「悲喜交集」，「始困終亨」的悲劇特色，相對於西方悲劇「一悲到底」的情節結構是不太一樣。這些團圓、報應的結局，表現了受壓迫者敢於向邪惡勢力抗爭的大無畏精神，對黑暗現實強烈不滿的批判意識，並展現善必勝惡的美好願望。所以，我們判定一部劇作的屬性，不能單看結局，而應看「全劇的基調和風格」，如果結局損害了悲劇衝突的嚴肅性、完整性和貫串性，那就改變了劇作的屬性，否則就仍應視為悲劇。

學者蘇國榮依據前人對悲劇的研究，結合我國悲劇的實際表現，提出看法，他說：「悲劇是正義的、合理的一方，與非正義的、不合理的一方在矛盾衝突中，前者因後者的暫時強大或因本身失誤等因素而導致失敗或挫折，悲劇主人翁（正義的、合理的一方代表）遭到不應有的死亡或不幸，從而引起人們的同情。」〔註55〕強烈的、不可調合的衝突，是悲劇構成的核心。楊家將戲曲極大部分改編自《楊家將演義》，它是一部反映社會歷史悲劇的小說，楊家五代中楊業死於陷害，楊文廣差點被全家抄斬，楊懷玉殺死奸相後舉家逃上太行山，是一部較早地不追求大團圓結局的英雄傳奇小說。〔註56〕《李

〔註53〕參見鄭傳寅〈古典戲曲大團圓結局的民俗學解讀〉，（《中國戲曲學院學報》第25卷2期，2004年5月），頁3～8。
〔註54〕見朱光潛《悲劇心理學》，（台北：日臻出版社，1995年2月），頁261～267。
〔註55〕參見蘇國榮《中國劇詩美學風格》，（台北：丹青圖書公司，1987年），頁162。
〔註56〕見紀振倫撰《楊家將演義》，（台北：三民書局，2002年1月），頁2。

陵碑》、《昊天塔》、《洪羊洞》、《楊門女將》等楊家將系列戲曲中楊業及其子為國捐軀、壯烈成仁，還落得尸首異處，不都揭露不公平、不正義之一面，可說已達到人類「悲情」之極致。

在悲劇中，悲、美和崇高總是聯繫在一起的，悲劇主人公的道德情操是美的，但他卻遭到醜惡勢力的摧殘、蹂躪，他與醜惡勢力的抗爭愈激烈、愈艱苦，愈能展現一種崇高的悲美，愈能從審美和道德兩方面教育觀眾和讀者。楊家將戲曲中大郎延平明知假扮宋王至金沙灘赴會，必然死路一條，但為了救宋王，他仍然無怨無悔。六郎延景金沙灘之役死裡逃生，常年駐守三關，卻屢屢被王欽等小人陷害，他也曾隱匿別處，不想理會朝廷之事，但當國君召請他保國抗遼時，他又九死無悔地貢獻一己之力。在大郎延平、二郎延定、三郎延光均戰死沙場，四郎延輝、八郎延順被擒，七郎被潘美射死、楊業撞碑而死、五郎延昭到五臺山出家、六郎與宗保死於征西夏之戰事後，十二寡婦並沒因此退出抵抗外侮之行列，後來因為要保住楊家的血脈，太君才辭朝隱居。

楊家將戲曲突破中國人喜歡的「大團圓」結局，塑造了光輝閃爍、蔽天掩月的悲美崇高形象，揭發了悲劇形成的社會原因，具有普遍性和典型性，激發我們學習堅忍卓絕的戰鬥精神，不要輕易被惡勢力所擊倒。

小結

楊家將戲曲是在民間傳說、小說、說唱文學、史傳的基礎慢慢成型的，因為戲曲中充滿了對楊家將氣節情操的禮讚，對北宋崇文抑武、「將從中御」制度之反思，並表現「一悲到底」的戲曲美學，所以有其歷久不衰的原因及價值。但原始資料亡佚、殘缺不全或搜羅不易，是研究楊家將戲曲的最大困難處，如金院本《打王樞密爨》、《楊令公》、《五郎為僧》、明傳奇《三關記》僅存名目，文本已不可見。李玉《昊天塔》手抄本存於北京中國戲曲研究室、〔註57〕《女中傑》殘本保存於北京首都圖書館，如果不是北京市民或利用特殊管道者，則不容易窺見文本。《昭代簫韶》此套宮廷大戲在台大圖書館及國家圖書館是用微卷的方式保存，必須耗費許多時間、精力來檢索，幸賴曾師永義負責的台大戲曲研究室，藏有天一出版社出版的十本嘉慶十八年內府刻《昭代簫韶》，讓筆者節省不少時間。

〔註57〕此手抄本為傅惜華先生所捐贈的。

　　有關楊家將研究，較早期的研究者，主要集中考證楊家將的人物與事蹟，其後則是探討楊家將小說的優劣，全面性探討楊家將戲曲者只有韓軍的《楊家將戲曲研究》博士論文。楊家將戲曲真正富有時代性，穿關及妝扮、樂曲與科白等創作俱佳的劇本，屈指可數，所以前人的研究集中在單一劇目或演員身上，造成研究的不夠全面性，殊為可惜。雖然元、明、清時期楊家將雜劇、傳奇數量、質量都有限，但這些作品反映當時的政治文化背景、體現雜劇與傳奇不同的體制、語言、主題思想、演唱方式，尤其《昭代簫韶》對楊家將故事的傳播有重要的貢獻，雖然其有大量的神怪思想、歌功頌德、宿命的婚姻觀等消極的主題內容，在佈局結構也顯得龐雜無章法，但讓此故事之流傳漸廣，而至於家喻戶曉，由此可看出在昔日戲劇之功用效果遠勝於小說。楊家將地方戲曲蓬勃發展，京劇有四十幾齣，豫劇也有三十餘齣，其他林林種種的劇種劇目不下百種，其表演風格、唱腔流派、舞台美術等各有挖掘不盡的特色，這些劇本的主題思想比以前更加深化、寫作技巧也更有變化，所以筆者特別蒐購了各劇種、劇團的楊家將戲曲，在評析時以特定的劇團所演出者為主，其他劇團為輔，畢竟編導、演員、師承、音樂、唱腔不同，各劇種、劇團當然就呈顯不同的風格，除了可互為比較外，論文內容也會比較精確單純。

　　本論文旨在分析楊家將戲曲由元、明、清至今的發展流變，包括楊家將故事與戲曲的關係、楊家將戲曲的主題思想、重要人物形象、名作述評，期許對大家耳熟能響的楊家將戲曲作一個全面性的研究，筆者在評介戲曲時雖採「全方位美學觀點」，包括表演、導演及其他相關劇場元素，但以劇本／編劇技法為核心，並借助主題研究法，與韓軍的《楊家將戲曲研究》以考據為主的研究方法有別。

第二章　楊家將故事與戲曲之關係

　　一代有一代的戲曲，隨著時代的演變，人們詮釋歷史劇的角度也有所不同，如「忠」或「貞潔」之觀念，元、明、清時代一定迥異於現代。即使是同一時代，因劇種不同、劇作者旨趣、上位者提倡、觀眾審美趣味之因素，使得歷史劇虛構、渲染的成分越來越多。以劇種而言，評劇乃新興劇種，其思想內容往往較新穎，又中國是多民族之國家，不同的種族當然關懷自己的原鄉記憶，所以像李學忠之吉劇《契丹魂》、漫翰劇《北國情》等都極力為蕭太后翻案，將她的形象美化，這些都帶有濃厚的地域色彩。以劇作者旨趣而言，保定老調《狄楊合兵》之編劇李木成、蔡晨指出此劇根據《楊金花奪印》加以改編，但在總體結構和立意上，從新的角度作了全新的處理，其中主要是對狄楊兩家的關係及對狄青這個人物的處理上。他們認為老百姓都承認狄青是好人，但在戲中的表現他卻是好處不多，壞處不少，而在《楊金花奪印》中狄青更是個反派人物，所以在《狄楊合兵》中便為狄青翻案，使他成了正派人物。

　　本章旨在探討楊家將戲曲之源起、真實與虛構，以及新情節的時代意涵。在各類的楊家將故事中，老令公楊業及其妻子兒女是正義的代表，潘仁美、王欽若則是反面人物的化身，在上述人物中，只有楊業一生的梗概，與史實最為貼近──先仕北漢後降宋、死於抗遼戰事，至於其他人物，與史實出入甚大，乃渲染改編而成。歷史劇之所以需要虛構，不外由於兩個目的：1. 為了要更加典型更加深刻地開掘某一歷史題材所反映的主題 2. 更加典型地塑造歷史人物。為此，劇作家除了必需對歷史題材進行必要的概括、集中和藝術加工之外，有時必須通過劇作的虛構，糾正某些歷史記載的謬誤，或者揭

開掩蓋歷史真面目的某些歷史現象的帷幕,指出歷史發展的可然律和必然律,使觀眾能透過某些歷史現象更深入地看出歷史的本質。

第一節　楊家將之史實

　　明代著名的劇論家王伯良認為戲劇本事出於史傳雜說的,就算是「實」,否則就算「虛」。曾師永義針對其「虛」的定義,加以補充說:「所謂『虛』,除了『脫空杜撰』者外,應當還包括對於『史傳雜說略施丹堊』的『點染』」。此外,曾師還將我國古典戲劇作者運虛實的方式,分為四種,即:以實作實,以實作虛;以虛作實,以虛作虛。〔註1〕綜觀楊家將戲曲有關楊業、楊延昭、王欽及蕭太后等人之情節以史傳為憑,但其內容則有所剪裁和點染,此正是以實作虛型,而穆桂英、楊排風、八姐等女將史無所載,正是以虛作虛型。以下便從數點加以辨明:

一、金沙灘救駕之真實與虛構

　　最早具體記錄「沙灘會」這一傳說的是宋末元初人徐大焯。徐在《燼餘錄》中說:「太平興國五年,太宗莫州之敗,賴楊業扈駕,得脫險難,…楊業及諸子奮死救駕,使得脫歸大名。」《開詔救忠雜劇》、《楊家府演義》、《北宋志傳》、《昭代簫韶》也有記載楊家救駕事,但地點、皇帝、次數略有不同。鄭騫師歸納楊氏救駕約有五種說法 1.《燼餘錄》:莫州救太宗 2.《開詔救忠雜劇》:幽州救宋天子,未云是何帝 3.《北宋志傳》:幽州救太宗,前後兩次 4.《楊家府演義》:幽州救太宗,魏府救真宗 5.《昭代簫韶》:太原救太祖。〔註2〕

　　雖說《燼餘錄》的內容有相當程度的史實根據,但因正史並沒有紀錄金沙灘救駕之事,所以歷來頗有爭議。今日北京市郊有個地名叫金沙灘,傳說這裡就是幽州大戰,楊家將救出宋太宗之地。山西山陰縣也有個金沙灘,也說是宋遼沙灘會戰,救了宋太宗之命的地方。楊業父子是否參加了高粱河之戰,史書上未有任何記載。余嘉錫《楊家將故事考信錄》指出,雖《燼餘錄》的記敘極為不詳,而且楊業父子救駕之事僅元雜劇及小說有記載,「蓋官書之

〔註1〕參見曾師永義《論說戲曲》,(台北:聯經出版社,1997年3月),頁2。
〔註2〕鄭騫〈楊家將故事考史證俗〉,(《景五叢編下集 燕台述學》,台北:台灣中華印書局,1972年3月),頁39～43。

所譌言，流傳於故老之口，其事容或有之，未必純出於捏造。」〔註3〕鄭師騫則以蘇頌《和仲巽過古北口楊無敵廟》為佐證，〔註4〕說此詩第二句「死戰燕山護我師」即所謂救駕也，因為楊業自太平興國四年到雍熙三年戰死的八年間，雖然與遼人多次交戰，但都在山西北境，最遠曾至雲州（今大同縣），拼死力戰於燕山，只有在太宗親征幽州之役較有可能。

　　學者顧全芳則持不同意見，他認為宋朝人的史書筆記很多，記述的內容無所不包。如果楊家將確曾「奮死救駕」，在當時是件天大的事，史書上不可能不加記錄。與楊家將差不多同時代的文史大家楊億、歐陽修、司馬光、曾鞏，都曾記載了關於楊家將及其族人的事蹟，楊億有〈楊無敵〉，曾鞏有〈楊業傳〉，但都沒有提到金沙灘大戰救了宋太宗的事。且楊業即使隨軍到了幽州，也不可能到宋太宗身旁，去保衛皇帝，更不可能僅靠七郎八虎，救出宋太宗。實際上，在高粱河之戰後，楊業的七個兒子都活著，七年之後還都被封了官，也沒有一個兒子當了和尚，更沒有一個被俘。可見「沙灘會」歷史上實無其事，而是來自傳說。〔註5〕

　　《楊家將》全劇中包括《金沙灘》《碰碑》、《清官冊》，其中《金沙灘》敘述七郎八虎戰幽州，護駕救出了宋太宗，大郎、二郎、三郎為此而捐軀，四郎為遼國所俘，後來當了遼國駙馬，楊五郎逃到山西五台山，當了和尚，頗富傳奇色彩，悲劇性相當濃烈，由於此劇須腳色眾多，而武淨人才又相當貧乏，所以現在較少演出，大部分劇團僅演出《碰碑》及《清官冊》。

二、楊業是絕食身亡，非撞李陵碑而死

　　歷史上的楊業，世居并州太原，在北漢為官。楊業驍勇善戰，屢立戰功，被國人稱為楊無敵。宋太宗久聞楊無敵之名，非常希望能在滅北漢的戰事中降服這員猛將。當宋太宗兵臨太原後，楊業洞察到遼統治者已經改變支持北漢的方針，力勸「其主繼元降，以保生聚」，楊業隨同北漢國主劉繼元一同降宋。鑑於楊業長期在晉北一帶戍邊，宋太宗令其接替潘美，駐紮在代州及三交一帶。楊業曾在雁門關北口擊敗入境劫掠的數千遼兵，「以功遷雲州觀察使，

〔註3〕見余嘉錫〈楊家將故事考信錄〉，（《余嘉錫論學雜著》，1976 年 3 月），頁 423。
〔註4〕全詩為「漢家飛將領熊羆，死戰燕山護我師。威信仇方名不滅，至今奚虜（原作邊塞，據丁本改）奉遺祠。」參見北大古文獻研究所編《全宋詩》第十冊卷 531，北京大學出版社，頁 6414，1992 年 6 月。
〔註5〕顧全芳〈楊家將的傳說與遺蹟〉，（《歷史月刊》1995 年 9 月號），頁 4。

仍判代州、鄭州。自是契丹望楊業旌旗即引去。」楊業的功績深得宋太宗的
青睞，「帝密封橐裝，賜于甚厚」，正是這種知遇之恩使得楊業受到宋開國將
士的忌妒，「有潛上謗書，斥言其短，帝覽之，皆不問，封其奏以付業」(《宋
史‧列傳第三十一楊業傳》)這固然反映出宋太宗對楊業信賴加固，但其中也
未必不包含警省之意。楊業畢竟是歸服不久的降將，無論如何也不可能等同
開國元勳。

　　雍熙三年（西元九八六年）──楊業歸宋後的第七年。宋遼爆發關鍵性
的大戰。這年春天宋軍兵分三路，從雄州（河北雄縣）、飛狐（河北淶源縣）、
雁門（山西代縣）向遼進攻，雁門這一路的主帥是潘美，楊業為副帥，王侁、
劉文裕監軍。原先攻打山西、綏遠境內的應、寰、朔、雲四州，進展十分順
利，但從雄州出兵的主力曹彬卻大敗於歧溝關（今河北琢縣西南），而後潘美
又大敗於飛虎口，楊業乃奉詔引四州人民內徙。這時遼將耶律斜軫已陷寰州，
楊業認為敵兵聲勢正盛，不可與之交鋒，但王侁等人卻以「君侯素號無敵，
今見敵逗撓不戰，得非有他志乎？」楊業在主帥、監軍逼迫之下，勉強出兵。
臨行前，流淚對潘美說：「此行必不利。業，太原降將，分當死。上不殺，寵
以建師，授之兵柄。非縱敵不擊，蓋伺其便，將立尺寸功以報國恩。今諸君責
業以避敵，業當先死於敵。」(《宋史‧列傳第三十一楊業傳》、《隆平集》卷
十) 在陳家谷駐軍一事由潘美與王侁負責。如果潘美與王侁能堅守對楊業的
承諾，在陳家谷嚴陣以待，即使不能扭轉整個戰局，也會在陳家谷打一個漂
亮的伏擊，殺一殺敵軍的銳氣。然而由於輕敵、爭功以及對楊業的妒忌，使
得楊業的殲敵部署成為泡影，對於這位身陷困境的老將來說，只剩下以身殉
國這一極其悲壯而又無奈的選擇，他只能以死來謝宋太宗的知遇之恩，以生
命作為粉碎誣陷的代價。

　　當蕭太后得悉楊業率宋軍直奔朔州、馬邑而來之後，喜不勝收，她惟恐
西線宋軍在得悉曹彬、米信的慘敗後，避免與遼軍交戰，或躲入城中以城堡
為掩護，或從晉北迅速回撤，這樣一來，各個擊破的戰略目標就要半途而廢。
依舊保存實力的西路宋軍稍事整頓，就又會挺進晉北，從左翼威脅幽州。潘
美派楊業直插馬邑、援救朔州的決策，正中蕭太后的下懷，她立即傳令尚在
飛狐一帶的耶律斜軫趕往朔州。耶律斜軫不負太后厚望，不僅搶在宋軍之前
抵達朔州，對尚被宋軍佔據的朔州進行包圍，而且派副部署蕭達凜帶精銳之
師埋伏在狼牙村。當楊業率軍從陳家谷谷口出塞向北挺進之時，突遇遼軍狙

擊，老令公奮不顧身揮刀與耶律斜軫交戰。在經過幾十個回合的較量之後，已有些不支的耶律斜軫率部沿灰河而下，且戰且退；正在興頭上的楊業則窮追不捨，愈殺愈勇。突然殺聲四起，楊業楊無敵陷入遼軍設下的埋伏，前有耶律斜軫掩殺，後有蕭達凜襲殺，腹背受敵。宋軍迭經苦戰纔殺出重圍，直奔陳家谷。在後面掩殺的遼軍，卻咬住敗撤中的宋軍不放，從狼牙村至陳家谷不過三十多里的路程，且戰且退的宋軍卻整整用了大半天的時間，從日正中午到暮色降臨，每後撤一步都要經過一場惡戰。

然而當九死一生的宋軍將士抵達陳家谷時，卻發現那裏空無一人，根本沒有接應的軍隊。敢與楊業爭功的王侁帶領軍隊擅離谷口，而潘美則率所部沿灰河向西南方向撤去。楊業所提出的設伏陳家谷，重創遼軍的作戰計畫，全部落空。擺在楊業及其將士面前的，只有血戰到底這唯一的選擇。已經苦戰一天的楊業，在將士大部分犧牲，他自己也多處受傷的情況下，依然「手刃數十百人」，直到他的坐騎再也無力馳騁戰場之時，纔被迫停止格殺，「繼業敗於朔州之南，匿深林中，奚低望袍影而射，繼業墮馬」（《遼史‧列傳第十三傳耶律奚低傳》），他不幸被遼將耶律奚低發現，身負重傷的楊業於是被遼軍生擒，他慟然歎道：「上遇我厚，期捍邊破賊以報，而反為奸臣后嫉，逼令赴死，致王師敗績，復何面目求活耶！」（《宋史‧列傳第三十一楊業傳》、《隆平集》卷十）遂絕食三日而死。

從表面上看，釀成楊業敗死於陳家谷的直接責任者是王侁。王侁所提出的率軍直奔雁門關、馬邑以解朔州之圍的作戰方案，給予蕭太后集中優勢兵力，各個殲滅宋軍的戰略，提供一個難得的機會，所以王侁當然難辭其咎。但身為西線主帥的潘美，實際上應比王侁承擔更多的責任。王侁所提出的敗軍之策，他有權予以否決，且王侁對楊業的人格污辱，他應該立即制止。此外，當王侁從陳家谷擅自撤離時，他可以軍法從事。但是潘美非但不對王侁進行制裁，反而自己也率部撤離。何以潘美竟置勝敗全局於不顧，而行此下策呢？不能清醒地分析戰場形勢的變化、希圖僥倖取勝固然是一個重要的原因，然而對他的見死不救就不能以「俄聞業敗，即麾兵卻走」來為其開脫了。楊業並無冒犯潘美之處，但楊業對晉北軍務的瞭如指掌及善於用兵，都使潘美有一種危機感，惟恐有朝一日揚業會取而代之，正是出於嫉妒這樣一種極端利己的動機，纔置國事於不顧，藉敵軍之手除掉楊業。儘管潘美對楊業之死負更多的責任，宋太宗卻對潘美相當寬大，只降其三級，而作為幫凶的王侁與劉文裕反倒被罷官發配。

對楊業之死還有一個應該承擔一定責任的人，此人就是宋太宗。宋太宗明明知道潘美等老臣對楊業受到重用心懷不滿，頗有陷害之意，卻又不能化解這一嫌隙，而當策畫北伐時，在人員安排上就應考慮到人際關係的因素，宋太宗不僅未把楊業與潘美等分開，反而把楊業置於潘美的指揮之下。楊業之敗，敗在潘美的決策失誤，而其死，又死於潘美的妒嫉心。如果宋太宗在調兵遣將上，能避免上述失誤，楊業及其部下又豈能遭到全軍覆滅的厄運？宋軍在西線又焉能遭到比東線還要慘重的失敗？

三、潘美之形象被醜化

據《宋史·列傳第十七潘美傳》〔註6〕載潘美係後周舊臣，在柴榮還在擔任開封府尹時，就已經投靠柴榮。潘美同趙匡胤也私交甚厚，因而當趙匡胤發動陳橋兵變、黃袍加身時，潘美為「禪讓」一事，穿梭於後周與趙匡胤之間，保證政權的和平交接。在趙匡胤登基之初，割據中的群雄飛揚跋扈，根本不把新主看在眼裏，其中尤以陝帥袁彥為甚。袁彥為人凶殘嗜殺，貪婪聚斂，繕甲募兵，頗有不臣之意，而其他稱霸一方的悍帥唯袁彥馬首是瞻。對宋太祖趙匡胤來說，能否制服（或者除掉）袁彥是能否臣服各路豪傑、能否鞏固統治的一個關鍵，堪稱是牽一髮而動全身。宋太祖「慮其為變，遣美監其軍以圖之。美單騎往諭，以天命既歸，宜修臣職，彥遂入朝」。宋太祖對「潘美不殺袁彥，能令來覲」，而喜出望外。

此後潘美頻頻出征，平定各類反叛勢力，他曾協助太祖平定李重進，也曾領兵平定在嶺南一帶時時為叛的溪峒蠻獠。溪峒蠻獠等部族，自唐以來屢屢侵掠，中原地區統治者一直未能解決這一問題。潘美統軍南下，「窮其巢穴，多所殺獲，餘加慰撫，夷部遂定」。對潘美來說，最輝煌的一頁便是平定以廣州為都城的南漢。宋太祖開寶三年（遼景宗保寧二年，九七零年）潘美統兵抵嶺南，相繼攻克富川、賀州、昭州、桂州、連州、韶州，殲敵數萬。之後又在距廣州一百二十里的地方，同南漢主劉　的十五萬軍隊展開鏖戰。南漢軍隊憑藉山谷為掩體，又編竹木為柵，企圖以火攻阻擋宋軍，可惜天公不肯作美，由於風勢突變，彼燒的反而是南漢軍隊。潘美乘勢發起攻擊，再次殲敵數萬，長趨直入廣州，並把「盡焚其府庫」的南漢主生擒活捉。

〔註6〕見楊家駱主編，《新本宋史并附編三種一》，（台北：鼎文書局，1978年9月），頁8990～8993。

在宋太宗滅北漢的戰事中，潘美也是一員得力的戰將，而且在滅北漢後，一直由其駐守代北。潘美襲取地勢險要的方圓三百里的三交，作為屯積糧草之地，以守為戰，保證北邊安堵，他因治邊有方，被封為「代國公」，未幾又改封為「韓國公」。潘美深得宋太宗的賞識與信賴，太宗把潘美第八女許配給在藩邸的宋真宗（太宗第三子）。但這位被封為國夫人的潘妃實在是紅顏薄命，於宋瑞拱二年（遼統和七年，九八七年）五月病逝，時年二十二歲，宋真宗即位後追封潘氏為章懷皇后。潘美在女兒去逝前四年，就已經病逝，當時為維熙四年（九八七年）——太宗大舉北伐後的第二年。在結束五代十國的分裂割據局面中，潘美功不可沒。

在《宋史·列傳第十七潘美傳》中，未提及傳主同楊業的關係，而在楊業傳中雖有「主將戍邊者多忌之，有潛上帝書，斥言其短」，但並未寫出「主將」的姓名，很難斷定其中是否有潘美。但有一點是毋庸置疑的，楊業對代州及三交的治理，至少也會在潘美的心中引起不快，就像潘美地位的提高在曹彬的心中激起無限波瀾一樣。

然而，當歷史上的潘美被演繹成潘仁美時，已經面目全非，變成一個置國家民族利益於不顧，挾私報復，心胸極狹隘又極端殘忍的奸佞之臣。據《楊家將演義》載，楊業之子楊七郎曾與潘仁美之子擂臺比武，不幸地潘仁美之子被楊七郎打死，為了給兒子報仇，潘仁美在同遼交戰的關鍵時到把楊七郎用亂箭射死，仍不肯對被遼兵圍困在兩狼山的楊業發兵援助，致使老令公內無糧草，外無救兵，盼兵不到，盼子不歸，碰碑而亡。於是又演繹出調寇準、夜審潘仁美等故事情節，上述種種已與歷史風馬牛不相及。至於其女潘妃，也從宋太宗的兒媳變成宋太宗的寵妃，本來同皇帝是兒女親家的潘美，則成為皇帝的老丈人。還有一個編得也十分離奇的人物，此人就是八賢王趙德芳，歷史上的趙德芳死於太平興國六年（西元九八一年），享年二十三歲，時距宋太宗第二次發動北伐尚有五年，早已一命歸天的趙德芳，又焉能在潘、楊兩家的公案中幫助受害的一方？

四、楊六郎排行老六，楊文廣才是楊業的獨孫

根據《宋史·列傳卷三十一楊業子延昭等》、曾鞏《隆平集·卷十七楊業子延昭》、《歐陽修全集·卷二十九供備庫副使楊君墓誌銘並序》〔註7〕等史料，列舉可考的楊家將世系如下：

〔註7〕 見歐陽修《歐陽修全集 卷二 居士集二》，（台北：河洛出版社，1977 年 4 月），
　　　頁 39～40。

楊信（一作弘信）┌ 1. 楊繼業（原名重貴）～延玉（淵平）、延浦、延訓、
　　　　　　　　　　　延瓌、延貴、延昭（本名延朗）、延彬～傳永、德
　　　　　　　　　　　政、文廣（均延昭子）
　　　　　　　　└ 2. 楊繼業（原名重貴）～延玉（淵平）、延浦、延訓、
　　　　　　　　　　　延瓌、延貴、延昭（本名延朗）、延彬～傳永、德
　　　　　　　　　　　政、文廣（均延昭子）

傳說和戲曲中，楊業的八個兒子有三個戰死，一人被害死，兩人被俘，一人出家，只有楊延昭能夠始終堅持在前線抗遼，這與歷史的真實大致不符。因為只有二子延玉是戰死的，其餘諸子在楊業死後皆拜官職。據《宋史·列傳卷三十一楊業 子延昭等》載：「業既沒，朝廷錄其子供奉官延朗為崇儀副使，次子殿子延浦、延訓並為供奉官，延瓌、延貴、延彬並為殿直」，〔註8〕但真正能繼承父業，繼續抗遼者首推楊延昭。

延昭被稱為六郎的說法紛紜，有的學者從星象學來解釋，有的學者則從職官等第及排行加以考辯。如郝樹侯〈楊業傳〉中認為六郎是南斗六星的簡稱，其云：「古代往往以天上的星宿比擬世間正面人物。契丹稱宋為南朝、南國，因而他們贊揚楊延昭為南斗。南斗六星在宋初已成習慣語。這樣久而久之，就直呼為六郎了，這和楊業被稱為楊無敵是同一個意思。」常征《楊家將史事考》中則認為六郎是北斗六星的簡稱，他引《太平禦覽》卷六〈大象列星圖〉「南斗六星主兵機」、「北斗六星中第六星主燕」兩條進行類比，並進一步闡述說「南斗星固主兵機，為大將之象，而作為大將之象的北斗第六星更『主燕』——燕地在當時正是契丹之所在，楊延昭鎮守河北正為對付契丹，契丹人畏之憚之，因而喻以為震懾本國之大星，稱之為北斗六星楊延昭，其後輾轉而為楊六郎。」〔註9〕儘管這兩種說法在今日看來有些玄奧，但因契丹敬神祭天的風氣濃厚，而且有關元明楊家將小說戲曲屢屢引用星宿相對應人事，所以此解亦有其歷史環境。然而根據鄭師騫之引述，延昭為業之第六子，非為長子，宋史將延昭排在首位，乃因其官職是所有兄弟中最高者：「楊延昭為業之第六子，無可疑者，而宋史敘諸子次序以延昭為首，蓋崇儀副使職位高

〔註8〕見楊家駱主編，《新本宋史并附編三種一》，（台北：鼎文書局，1978 年 9 月），頁 8990～8993。
〔註9〕轉引自韓軍，南京大學中文所博士論文，2001 年 6 月，頁 11。

於供奉官，供奉官高於殿直，宋史敘次以職位為先後，職位相同者始以長幼為序也。」並引余嘉錫〈楊家將考信錄〉之論證，余氏認為「史稱延浦為次子，則延玉必為長子，延昭為六郎，則其排行必為老六，……。」〔註10〕

　　傳說和戲曲中楊宗保是楊延昭的兒子，而楊文廣被降了一輩，成了楊延昭之孫。據說楊文廣的妻子復姓慕容，「慕」與「穆」同音，就成為穆桂英，讓原本是夫和妻的兩個人成了子與母。〔註11〕根據《宋史・列傳卷三十一楊業　子延昭等》，楊文廣雖然是名將之後，但它的前半生沉滯於下僚，幾乎與二個哥哥一樣寂寂無聞；幸而他終能在仁宗慶曆三年（西元1043年），當已步入中年時，獲得平亂立功的機會，後來他又有幸先後跟范仲淹、韓琦、狄青建立功業，得以中興楊家，勉強撐起家門將倒的旗幟。楊文廣後來被英宗拔擢為龍神衛四廂都指揮使，是莫大的榮寵，比起父祖幸運得多。英宗稱他「名將後且有功」，沈遘及鄭獬代表宋廷說他「材武忠勇，更事有勞」、「忠謹佐騎兵，環御道而侍，夙夜有勞」，甚而稱他「仁者之有勇」，可見楊文廣尚能維繫楊家之聲望於不墜，但可惜的是楊文廣之後竟沒有一個較出息的子孫，以致無人為它寫一篇像樣的墓誌銘，也無法保存他的著作或奏議書柬，〔註12〕而讓我們對楊文廣的所知如此有限，連《宋史》對他的敘述都不足二百七十字。

五、寇準不曾夜審潘洪

　　據《宋史・列傳四十寇準傳》載，寇準是宋太宗時代的進士，為人剛烈正直，深受太宗的賞識，太宗曾說：「朕得寇準，猶文皇之得魏徵也。」然因性情剛強不諳柔軟之道，屢遭政敵毀謗，所以在政壇上起起伏伏。真宗即位後，寇準被重用，擔任宰相職務，適逢外族契丹來犯，寇準請求真宗至澶州御駕親征，振奮民心士氣，在滿朝疑懼的情形下，寇準此舉竟使得外族入侵的傷害減至最低，並訂下了澶淵之盟，使得宋朝轉危為安，此事件使寇準的聲名大噪，達到人生的巔峰，真宗對他更是敬重有加。

〔註10〕鄭騫〈楊家將故事考史證俗〉，（收於《景五叢編下集　燕台述學》，台北：台灣中華印書局，1972年3月），頁22。

〔註11〕周華斌〈楊家將故事的歷史衍變〉，（收於《中國戲劇史論考》，（北京：北京廣播學院出版社，2003年2月），頁501～518。

〔註12〕參見《曾鞏集》卷十二，頁202、203。轉引自何冠環〈北宋楊家將第三代傳人楊文廣事蹟新考〉，《嶺南學報》新第二期，2000年10月，頁128。

　　大臣王欽若、丁謂對此非常嫉妒，不斷向真宗下讒言。據《續資治通鑑（二）》卷三十四載，寇準認為丁謂是奸佞，請真宗另擇賢臣楊億來輔佐仁宗，但丁謂、錢惟演先下手為強云：「寇準朋黨盛，王曙又其女婿，作東宮賓客，誰不畏懼！今朝廷人三分，二分皆附準矣。臣言出禍從，然不敢不言」，〔註13〕丁謂又命宋綬草擬寇準罪詞，云：「春秋無將，漢法不道，皆證事也」，〔註14〕這些黨人為了自己的利益，誅逐君子，賊害朝廷甚深，從此真宗慢慢疏遠寇準。後來寇準被罷免相位，又接連三次遠貶，歲餘，真宗突然想起寇準，京師也紛紛有傳言：「欲得天下好，莫如召寇老」，寇準被真宗召回，丁謂因「無將之戒，舊典甚明；不道之辜，常刑罔赦」而被貶。性格直率剛毅的寇準為國盡心盡力，乃嚴格執行原則，與皇上論爭虛偽真實，真可謂「兩朝開濟老臣心」。

　　從史書的記載中，並沒有發現寇準曾經擔任霞谷縣令，這就是《清官冊》一劇情節純為虛構的明證。然而夜審潘洪的主角為何是寇準呢？除了時代背景因素外，與寇準正直的個性也不無關係。〔註15〕在劇中《行賄》一折，後宮潘娘娘聽聞寇準要審問其爹爹，馬上派人送一份給寇準，並傳話：「只要太師好，不要太師壞，如能做到，福祿無窮。」寇準雖然耿介正直，但對方來頭太大，於是他便請示八賢王，八賢王安慰他說：「禮照收不誤，官司依法審理不誤」，有了宋帝的聖旨及八賢王的力挺，在《審潘》一折中，寇準動用了各種大刑，包括鞭笞、夾棍、銅鐵鍊，逼迫他招認罪行。由於潘洪頑強不招，最後才會用陰審的形式，這齣戲的排場十分特殊，為了營造陰森詭譎的氣氛，所有的衙役都打扮成鬼卒及牛頭馬面，而寇準扮判官，八賢王扮閻羅王，除了裝扮誇張恐怖外，若以現代劇昏暗的燈光、乾冰及音效配合，會有很不錯的戲劇效果。

　　近人范鈞宏《調寇審潘》〔註16〕是根據《清官冊》改編，也是他為劇壇奉獻的又一部力作。他改編時並未另起爐灶，而是以原作為起點，並且盡可能保留了馬派之特色，但從立意上對原作進行昇華，使之從一般的忠奸對立

〔註13〕見清・畢沅《續資治通鑑（二）》，（台北：文光出版社，1975年），頁780。
〔註14〕見清・畢沅《續資治通鑑（二）》，頁804。
〔註15〕參見林鶴宜《劇校國劇科劇本研讀 拾、清官冊》，（台北：國立復興劇藝實驗學校，1996年3月），頁98、99。
〔註16〕這部戲於1988年參加了大陸文化部主辦的「京劇新劇目匯演」，受到好評。見范鈞宏《范鈞宏戲曲選》，北京：中國戲劇出版社。

和鬥爭的主題質變為對封建王權和法制的揭露和審判。原本中寇準在機智中帶點狡猾，但仍屬性格較的單一的忠臣型人物。而在范鈞宏筆下成為性格複雜、血肉豐滿而又不斷發展變化的真實可信的形象。寇準一開始是幻想以王法來斷「潘楊訟」，但在實際的審理過程中，卻受到一系列的壓力、挫折和打擊。他的對手表面上是驕狂奸詐的潘洪，實際上是潘洪後面的靠山──潘妃和宋王。〔註17〕因此《調寇審潘》就從原來的忠奸之爭變成了對封建法制的嘲諷與審判，具有時代性。

六、王欽並非遼人派來的奸細

在楊家將戲曲中王欽是城府很深的小人，金院本《打王樞密爨》及元雜劇《謝金吾詐拆清風府》是以奸臣王欽迫害楊家為主要情節。劇中有意違背歷史的真實，把實有其人的北宋樞密使王欽若處理成遼邦的奸細，說他的真名叫「賀驢兒」，本是番邦蕭太后的心腹，而且在左腳心上刻有「寧反南朝，不背北番」的朱砂字。這樣一來，王欽若迫害楊家的目的原是為了削除遼邦的勁敵，迫害三關抗遼的楊六郎，以入主中原，所以，劇中王楊兩家的矛盾，也是關係到民族存亡的複雜爭鬥。

據《宋史‧王欽若傳》：「王欽若字定國，臨江軍新喻人。……欽若狀貌短小，項有附疣，時人目為癭相」，〔註18〕雖然他其貌不揚，但智數過人，每朝廷有所興造，委曲遷就，以中帝意。如真宗皇帝命王欽若、楊億等總纂《冊府元龜》，本意乃借歷代君臣世蹟，以為當今君臣形式之鑑戒，但此類書之思想、框架設計，以至全書的細部規劃，甚至材料增刪取捨，無一不由真宗皇帝主導，總纂官王欽若及楊億，只是聽命行事而已，其下之纂修官則更無論矣！纂修官計有十六人：錢惟演、刁衎、杜鎬、戚綸、李維、王希逸、陳彭年、姜嶼、陳越、宋貽序、陳從易、劉筠、查道、王曙、夏竦及負責音義的孫奭。其中以陳越、陳從易、劉筠用力最多。真宗尚派內臣劉承珪及劉崇超典其事。此外，未參與實際纂修工作，但偶爾提供意見的大臣，仍所在多有，如

〔註17〕此戲寫寇準三審潘仁美遇到種種困難：一審：限十天結案，不准動刑；二審：毒死人証，行賄收買；三審：皇帝要駕臨西台，親自結案。這哪裡是寇準在審潘洪，分明是步步緊逼寇準就範。嚴酷的現實使他逐步清醒，他終於意識到，自己的對手不只潘洪，而是皇帝。

〔註18〕參見《宋史‧列傳第四十二王欽若》，（台北：鼎文出版社，1978年9月），頁9564。

王旦、趙安仁等即是。蒐錄及篩選材料，當然很費功夫，然而，最講究功力的恐怕是序文的撰寫，全書三十一部、一千一百多門，皆各須一總括各該部、門的內容大要、精神旨趣，以至學術源流的序文，這是一項需要何等學養始可完成的艱鉅工程？真宗乃從十六名纂修官中，選定李維等六人負責其事，最後交由從小天資聰穎，七歲便能屬文的當時第一流文章高手並長於史學的楊億負責定稿。王欽若為本書總纂官之一，且名列各人之首，但未見有若何名副其實的貢獻，以其人實為攬功諉過之傾巧小人也。〔註19〕

小人擅於忖度上意，結黨營私，人們將王欽若和丁謂、林特、陳彭年、劉承珪稱為「五鬼」，他屢進忠臣之讒言，是顛倒是非黑白之高手，如他曾接受別人的賄絡但卻誣陷知舉官洪湛所為，讓湛死於貶所；澶州之役，寇準力勸真宗渡河決戰，與遼簽訂協議後，王欽若故意搧風點火說：「準以陛下為孤注」、「城下之盟，春秋恥之。今以萬乘之貴，而為澶淵之舉，是盟於城下也，何恥如之！」〔註20〕如果說力勸皇帝出征，在較為有利的條件下締結和約是「春秋恥之」的「城下之盟」，那麼在大敵當前的情況下置江山社稷、黎民百姓於不顧，提出南逃金陵的王欽若，就是天下唾之的千古罪人。然而就是由於王欽若的一番詆毀，宋真宗罷免寇準的刑部尚書，貶其為陝州知州，改用投降派王欽若為宰相，這樣一來，楊延昭收復燕雲，消滅契丹的宿願就更無法實現了。

王欽若等一夥人根本不考慮整頓邊防，收復失地，不斷慫恿真宗封禪泰山，郊祀汾陽，動用國家大量財力興建道觀，並說「唯封禪可以鎮服四海，誇示外國」，據《儒林公案》〔註21〕及《皇宋通鑑紀事本末》〔註22〕之記載：

> 一日，欽若因論澶淵事，曰：「城下之盟，古所深恥。今陛下初御海內，為夷狄侵侮，亦不幸爾。」上曰：「為之奈何？」欽若曰：「非天表瑞貺，威儀畢命，則無以奪狄人而掩茲醜。」由是，上志在奉符瑞，勒功岱嶽，以誇戎夏。丁謂輩遂從而希合之。《儒林公案》

〔註19〕參見黃兆強〈《冊府元龜・國史部》研究〉，（台北：吳歷史學報第七期，2001年3月），頁22、23。
〔註20〕見清・畢沅《續資治通鑑（二）》，（台北：文光出版社，1975年），頁584。
〔註21〕田況《儒林公議》（收入《筆記小說大觀》續編），台北：新興書局。
〔註22〕楊仲良《皇宋通鑑紀事本末》第一冊第十七卷，台灣商務印書館發行，1981年，頁415。

欽若曰：封禪當得天瑞，稀世絕倫之事，乃可為。既而又曰：天瑞
安可必得，前代概有人力為之，若人主深信而崇奉焉，以明示天下，
則與天無異也。陛下謂：河圖洛書果有此乎？聖人以神道設教耳。
上久之乃可。《皇宋通鑑紀事本末》

雖然真宗也懷疑過天書、祥瑞之事，但在王欽若的勸說及王旦的默許下，促
成真宗走向崇道之路，大肆的封禪和天書事件弄得人心惶惶，但卻幫助真宗
度過外交挫折期，而得真宗寵信，鞏固了他在朝中的地位。綜合上述可知何
以仁宗會對輔臣說：「欽若久在政府，觀其所為，真姦邪也」，〔註23〕這樣的
人物實在具有戲劇性，也說明王欽若被搬上舞臺，又加以醜化的歷史背景。

　　在簽訂澶淵之盟時，契丹國內也發生變化，遼軍元帥蕭達蘭被宋軍射死
於陣前，會盟不久後，大中祥符二年（西元 1009 年），蕭太后和大丞相韓昌
（韓德讓），也於同年病死。他們的死標誌著遼國由強盛走到衰弱，第二年，
契丹與高麗國發生戰爭，國內也出現爭奪皇權的鬥爭。這正是宋朝收復失地
的大好時機，可是王欽若等一夥投降派，根本不以國事為念，不但不想作戰，
還一再壓制楊延昭等人反擊外來侵犯的主張，甚至屢次想羅織其罪名。〔註24〕
景德三年（1006 年），楊延昭出知保州兼緣邊督巡檢使時，王欽若等以朝廷名
義命令楊延昭，他的任務只是鎮壓群盜，不是對付契丹，其活動地區僅限於
保州，巡邊的事由副將去做。又如楊延昭在繼任高陽關路副督部署之後，於
大中祥符五年正月，朝廷又下令給楊延昭，責成他以峻法規範遣兵襲遼的愛
國部將，以求得邊境安謐無事的目的。與此同時，王欽若等奸臣們，還派出
一批又一批的監軍去就地監視、控制楊延昭的行動。從澶淵之盟以後的九年
裏，楊延昭雖然受任為相當河北邊防總司令的高位，但由於北宋朝廷君臣們
的一味苟安，他那收復失地的雄心壯志一直未能實現。

　　雖然歷史中的王欽若沒有助遼賣宋，但金元以來戲曲中的王欽若一直以
負面形象出現，乃因百姓不滿朝中被奸小盤據，寇準、楊延昭屢被王之讒言
毀謗，其壞形象有歷史根據，也反應出劇作家對歷史的再詮釋。

〔註23〕見《宋史·列傳第四十二王欽若》，（台北：鼎文出版社，1978 年 9 月），頁
　　　　9564。
〔註24〕如「咸平五年，契丹侵保州，延昭與嗣提兵援之，未成列，為契丹所襲，軍
　　　　士多喪失。命李繼宣、王汀代還，將治其罪」見《宋史·列傳第三十一楊業
　　　　等傳》，（台北：鼎文出版社，1978 年 9 月），頁 9307。

七、蕭太后之文治武功

　　《續資治通鑑》卷二十八載蕭太后之功績，云：「太后明習政事，能用善謀。素嫻軍旅，澶淵之役，親御戎車，指揮三軍，賞罰信明，將士用命。教遼主以嚴，遼主初即位，或府庫中需一物，必詰其所用，賜及文武臣僚者與之，不然不與。遼主既不預朝政，縱心弋獵，左右有與遼主諧謔者，太后知之，必杖責其人，遼主亦不免訴問；御服御馬，皆太后檢校焉。歸政未幾而殂，遼主哀毀骨立，哭必嘔血。」〔註25〕說明蕭太后執政時，事必躬親，文治武功都很強盛，不但參與澶淵之役，對遼世宗的管教也很嚴格。

　　在文治方面，蕭太后用人的一大特點，是不分民族、門第，不管是契丹人、漢人、貴族世家、寒門子弟，她都根據其才能予以任用。在契丹官員中最受到重用的是耶律休格、耶律斜軫與室昉。蕭太后令耶律什格負責南面事務，防禦宋軍對幽、雲一帶的進攻。對於當年國丈蕭思溫舉薦的耶律斜軫，蕭太后不僅以姪女妻之，還令聖宗與之結為兄弟，令其節制西南諸軍。至於歷侍太宗、世宗、景宗三朝的老臣室昉，蕭太后則令其繼續擔任樞密使兼北府宰相，加同政事、門下平章事，協助太后總理朝政。

　　在蕭太后統治時期，漢族官員較之以前更為受到重用，其中以薊州韓最為突出。薊州韓的代表人物就是韓知古之孫、韓匡嗣之子──韓德讓。蕭綽在當上皇后、協助景宗處理政務以後，為了避免給她同景宗的婚姻帶來麻煩，曾有很長一段時間迴避韓德讓，即使在任用韓氏防守幽州之後，她依然避免單獨召見韓氏，惟恐會引起誤會。寡居後的蕭綽雖然對於可畏的人言不能置之不理，但她也不可能再像以前那樣畏手腳的，更何況眼下首當其衝需要考慮的是度過權力交接的非常時期、鞏固遼帝國的統治。她必須讓韓德讓的聰明才幹充分發揮出來，於是韓德讓成了蕭太后的智囊與股肱，官至大丞相，兼領南北樞密使，成為有遼一代最有實權的漢官。朝中所有軍國大事，太后隨時都要同韓德讓商議，為此她令「德讓總宿衛事」，便於韓氏出入宮禁。

　　蕭太后對漢官的重用，引起契丹貴族的強烈不滿。在他們看來，大遼的江山社稷是他們靠血戰開拓出來的，契丹貴族的地位高於漢人是天經地義的。面對韓德讓在政治舞臺的迅束崛起，種種流言也就隨之而生。《續資治通鑑（一）》在遼景宗乾亨四年十二月甲子日（的景宗逝後三個月）就有如下一條

〔註25〕見清・畢沅《續資治通鑑（二）》，（台北：文光出版社印行，1975年），頁634。

記載：「遼達喇干（國語解云：縣官也。）酒曼實，醉言宮掖事，法當死，杖而釋之。」〔註26〕自從韓德讓成為太后的智囊，有關他們私通的傳言就一直在暗中傳播，除非蕭太后對韓德讓棄而不用，否則就很難擺脫被流言蜚語糾纏的厄運。當此主少國疑之際，蕭太后別無他擇，毅然頒布「所在官民不得無故聚眾私語」的命令。與此同時，韓得讓的兄弟韓德源、韓德凝、韓德威也都受到重用，其中韓德威「擅騎射，以戰功著」，韓德凝以「廉謹」聞名。

這個由室昉、耶律休格、耶律斜軫、韓德讓組成的核心，即能取長補短又能和衷共濟，他們同心輔政，整析蠹弊，知無不言，務在息民薄賦，故法度備舉。除了韓德讓家族之外，還有一批頗有文采的漢族官員得到提升，統和二年（西元九八四年）太后任命翰林學士馬德臣為宣政殿學士，一年後又任命翰林學士邢抱撲為禮部侍郎兼知制誥，任命左拾遺劉景為吏部郎中。蕭太后還詔諭各級官吏當秉公執法，不得徇私枉法，不得勒索下屬中飽私囊，她在統和元年十一月頒布「三京左右相以及錄事參軍等，當執公方，不得以阿順為事。諸縣令佐，如遇州官及朝使非理徵求，毋或畏徇」的諦令，從而使得不守法紀的契丹貴族受到一定的約束。

除了文治外，蕭太后不但有武韜，還馭駕親征。如宋太宗雍熙三年，宋朝的數十萬大軍，向遼邊境進發，東路軍以曹彬為幽州道行營前軍馬部水路督部署，以崔彥進為副督部署，其下有米信、杜彥圭諸將。東路軍兵多將廣，抽調禁軍中的精銳部隊組成，所以戰鬥力在此次北伐的諸路軍隊中最強，是宋太宗寄望北伐成功的主力。《續資治通鑑（一）》載帝謂彬曰：「南方之事，一以委卿，切勿暴略生民；務廣威信，使自歸順，不須急擊也。」且以匣劍授彬曰：「副將而下，不用命者斬之。」潘美等皆失色。〔註27〕宋太宗交代曹彬不可輕敵急擊，為了達到迷惑遼軍之目的，還須虛張聲勢，在境內雄霸諸州間游弋往來，以吸引遼軍主力於幽州周圍，並迫使其調動雁北等地軍隊入援幽州，致使其西線防守虛弱，為中、西二路大軍收復山後諸州造成可乘之機。

然而曹彬卻沒有貫徹切勿輕敵急擊的誥示，在三路北上的大軍中，最先與遼軍接戰，並且又以不慢於中、西路軍的速度很快向遼朝境內推進。尤其當東路軍得知西路軍收復很多失地後，更加躁動不安，竟一步一步掉進蕭太后所設計的圈套。蕭太后與遼聖宗曾多次觀察州境內的駝羅口，她對宋軍的

〔註26〕見清‧畢沅《續資治通鑑（一）》，（台北：文光出版社印行，1975年），頁271。
〔註27〕見清‧畢沅《續資治通鑑（一）》，頁183。

弱點看得更清楚，她對耶律休哥說：「南朝三路兵馬並進，佔我城池，掠我人口牲畜，氣勢頗大，似有敵強我弱之象。戰事至此，南朝皇帝已經鑄成大錯，其一，數路並進，用兵不分先後主次，此乃兵家大忌；其二，隨戰事進展，南朝諸路間難說不顧此而失彼，形成各自為戰局面，露出破綻，為我所用；其三，南軍客地作戰，難以就地籌措糧草，後方轉輸又必然因路途遙遠難以為繼。為今之計，對涿州之南宋軍以不作正面阻擊為宜，縱其深入，我大遼諸部可輪番出擊，對南朝軍隊不分晝夜襲之擾之，使之疲於應付，待其人疲師老之時，我主力兵馬亦會應時趕到，乘勢合擊，破南軍必矣！」〔註28〕後來東路軍幾乎全軍覆滅，西路軍敗退、楊業殉命，雍熙之役宣告失敗。宋太宗即位後對遼發動的兩次大規模的攻勢先後慘遭失敗，對他的打擊是很大的，此後，以燕雲之地為中心的對遼政策上由積極進取走向消極防禦。

蕭太后通過高梁河大戰和反擊宋朝「雍熙北伐」的勝利，不但使她經受了戰爭的磨礪，增長了軍事才幹，更重要的是加深了她對宋朝的認識，自從統和十七年（西元 999 年）蕭太后親自策劃的大規模侵宋以後，每年對宋朝的入侵都保持了相當的規模。真宗景德元年爆發了宋遼規模最大的軍事衝突——澶淵之戰，真宗在畢世安、寇準的請求下馭駕親征。遼統和二十一年（宋咸平六年，1003 年）十一月，被遼軍俘獲的高陽關副部署王繼忠向蕭太后言道：「竊觀大朝與南朝為仇敵，每歲賦車籍馬，國內騷然，未見其利。孰若馳一介，尋舊盟，結好息民，休兵解甲！為彼此之計，無出此者。」〔註29〕雖然王繼忠講得很有道理，但一開始蕭太后還是沒有接受，然而和平對峙的心願慢慢被催生，他對澶淵議和有不可抹滅之功。

宋、遼之間幾十年的對峙即將成為過去，但真正要跨過這一步，還需要雙方當權者對時局有清醒的認識，雙方畢竟敵對了幾十年……統和二十二年（宋景德元年，一〇〇四年）十二月初四，曹利用在韓杞的陪同下來到遼軍御帳，進行第三輪談判。由於絕大多數契丹貴族及官員並不瞭解蕭太后堅持索取關南之地的真正用意，故在宋已同意支付歲幣的情況下，他們仍然「以關南故地為言」，不肯作出相應的讓步。對此曹利用則明確答道：「北朝既興師尋盟，若歲希南朝金帛之資，以助軍旅，則猶可議也。」遼政事舍人高正則針鋒相對說道：「令茲引眾而來，本謀關南地，不遂所圖，則本國負愧多矣。」

〔註28〕參見王德忠《蕭太后傳》，（遼寧：吉林人民出版社，1995 年 9 月），頁 151。
〔註29〕見清・畢沅《續資治通鑑（一）》，（台北：文光出版社印行，1975 年），頁 541。

曹利用則斷然言道：「稟命專對，有死而已！若北朝不恤彼悔，恣其邀求，地固不可得，兵亦未可息也！」表明宋在土地上，絕不會讓步的決心。

曹利用的態度，使蕭太后的心靈受到強烈的震憾。遼軍一次又一次的南伐，帶給南朝的固然是滾滾狼煙，對於契丹自身來說亦是生靈塗炭，無論是勝利的一方還是失敗的一方，都要以將士的生命與百姓的財產為代價。更仍況像楊延昭那樣堅持抵抗的宋將實實在在威脅著遼軍的本土。楊延昭堅決反對宋遼訂城下之盟，他在給朝廷的疏奏中有如下之論：「契丹頓澶淵，去北境千里，人馬俱乏，雖眾易敗；凡有剽掠率在馬上，願敕諸軍，扼其要路，眾可殲焉，即幽、易數州可襲而取。」只不過楊氏的建議並未引起宋室君臣的重視，但的確提出一個令蕭太后必須慮及的問題——遠離本土作戰隨時都有可能被截擊，而且在事實上楊延昭已經「率兵抵遼境，破古城，俘馘甚眾」，誠如曹利用所言：「恣其邀求，地固不可得，兵亦未可息也！」蕭太后接受宋議和使所提出的每年遺絹二十萬匹、銀十萬兩的議和條作，雙方達成以實際佔有領上劃界的共識，以巨馬河及白溝河作為界河，瓦橋關與益津關都作為邊城，留在宋的版圖之內。其結果，是雙方都在領土問題上作出讓步：宋放棄了幽、雲等大面積土地，遼也捨棄了關南十州。但一個不容忽視的現實是，在宋太宗大舉北伐失敗以後的二十五年裏，宋軍未再深入遼境，而遼軍卻一直威脅著關南，正是出於這種軍事實力對比的考慮，宋室君臣從議和之始就同意向遼支付歲幣。

為了表明議和的誠意，蕭太后派王繼忠會見曹利用，由王繼忠向宋轉達「願兄事南朝」之意，以宋真宗（三十六歲）為兄，以遼聖宗（三十四歲）為弟。經過三輪的談判，終於「南北通和」，遼、宋結為兄弟之邦。宋景德元年（遼統和二十二年）臘月二十二日，宋、遼兩國的結盟誓書正式頒布，但宋真宗受挫於澶淵之盟，後來聽信王欽若的建議，寄情於封禪、造神等宗教迷信活動，雖然兩國以和平收場，但宋室的威望受損，對後來的國君也產生消極不良的示範作用。

第二節　楊家將戲曲情節探源

楊家將戲曲的來源有史傳、民間傳說、說唱文學、小說等，其中以小說為最大宗，因為彼此的性質、敘事結構類似。曾師永義提到民間故事的發展

必然經過「基型」、「發展」和「成熟」三個階段，而且期間的差別往往不只十萬八千里，「如果再仔細考察，則「基型」之中，都含藏著易於聯想的「基因」，這種「基因」，經由人們的「觸發」，便會孳乳，由是再「緣飾」、再「附會」，便會更滋長、更蔓延。……有時新生的「緣飾」和「附會」照樣含有再「觸發」的「基因」，如此再「緣飾」再「附會」，便幾乎沒有完了的一天……。」〔註30〕如《車王府藏曲本》之《五郎出家》內容與後世《五臺會兄》略有不同，前者的主題是忠奸爭鬥，後者是民族問題，為何有這些變化，則值得我們去探究。有些劇目如評劇《楊八姐游春》，其故事來自民間口頭傳說再經孳乳演化，已經無法確切考察其來源，所以本論文，以確實可考證其來源的史實、小說、說唱文學為主，探究同一劇目情節之孳乳與演變。以下分成源自（一）史傳（二）小說戲曲（三）說唱文學等加以探討。

一、源自史傳

關於歷史劇的選材，常見的一般有兩種選法，一種是以某一歷史人物為主，另一種則是以某一歷史事件為主，學者指出：以歷史人物為主的劇作因全劇時間跨度大，事件分散，很難設置貫穿到底的戲劇衝突，懸念薄弱，吸引力和感染力都比較差，人物形象往往不能給人以生動深刻的印象。以某一歷史事件為主的劇作，可以將人物置於戲劇矛盾衝突中心，從諸多側面去刻劃人物性格，深入揭示人物在各種情勢下的精神狀態。因為事件集中、情節緊湊，從而有利於加強主題的深刻性。〔註31〕京劇《李陵碑》、《澶淵之盟》是以歷史事件為主的劇作，而陳美雲歌仔戲《大遼天后蕭燕燕》與陸光國劇團《蕭太后》則是以歷史人物為主的劇作。

（一）李陵碑

北宋潘洪（仁美）奉旨掛帥征遼，保薦楊業為先鋒，命其率子六郎、七郎出戰，不發援兵，使楊業父子被困兩狼山。楊業遣七郎突圍回雁門關求救，潘洪以七郎打死其子潘豹，用酒將他灌醉後，亂箭射死。楊業知子不測，又令六郎回朝，自已率殘兵堅守，後因救兵不至，人馬凍餓，業乃碰李陵碑而

〔註30〕見曾師永義〈從西施說到梁祝〉，（收於《說俗文學》，台北：聯經出版社，1984年12月二版），頁160〜163。

〔註31〕見陳貽亮〈論歷史劇創作問題〉，（收於《戲曲研究》十六輯，北京：文化藝術出版社，1985年9月），頁17。

死。此劇一名兩狼山，又名托兆碰碑，為京劇名角譚鑫培之代表作。故事源起於《宋史·楊業傳》，但《楊家將演義》第八回略改其情節。漢劇、湘劇、晉劇、河北梆子、北管、婺劇、粵劇、豫劇均有此劇目，秦腔有《八郎送飯》。

根據《宋史·楊業傳》楊業乃絕食而死，但後世小說戲曲卻敷衍成撞死李陵碑而死。宋·蘇頌〈和仲巽過古北口楊無敵廟〉〔註32〕詩之上聯云：「漢家飛將領熊羆，死戰燕山護我師」，即以漢代李廣飛將軍美喻楊業之勇猛善戰。李陵乃李廣之孫，祖孫俱以驍勇見稱，令匈奴人聞之變色。所謂「但使龍城飛將在，不教胡馬度陰山」便是歌詠李廣之功勛偉蹟。但二人命運數奇，李廣到最後刎頸自殺，李陵投降匈奴，是很典型的悲劇性人物。撞李陵碑之情節，一方面是強化楊業之悲壯性與李陵一樣皆力戰到兵盡糧絕；一方面以李陵對比出楊業之忠心耿耿，因為楊業雖是北漢降宋之將帥，但在遼軍之威逼利誘之下仍奮血浴戰，絕食身亡，比起李陵憤而投降匈奴，他「甘心就死李陵碑，稜稜正氣彌天地」，〔註33〕磅礡的正氣永遠留存在天地間，令人景仰崇拜。

京劇《李陵碑》有「拋甲丟盔」絕活，刻畫楊業壯烈成仁的心理：老令公這裡有四句念白：「廟是蘇武廟，碑是李陵碑，老令公到此，拋甲又丟盔！」在念「拋甲丟盔」時，將身上的靠掀起直拋下身後；同時一抬頭，頭上的盔也跟著向身後飛去，以表現在面對寧死不屈的蘇氏牌位和屈膝投降的李陵墓碑，一番對比下，選擇前者的決心。這個動作力很強，幅度很大，將整齣在大段獨唱之後推向高潮，從而引出碰碑自盡的壯烈結局，將觀眾帶入更深層的悲愴境界。

北宋·劉敞〈楊無敵廟〉〔註34〕及彭汝礪〈古北口楊太尉廟〉〔註35〕云：

西流不返日滔滔，隴上猶歌七尺刀。慟哭應知賈誼意，世人生死兩鴻毛。(《全宋詩》第九冊)

〔註32〕全詩為「漢家飛將領熊羆，死戰燕山護我師。威信仇方名不滅，至今奚虜（原作邊塞，據丁本改）奉遺祠。」參見北大古文獻研究所編《全宋詩》第十冊卷531，（北京：北京大學出版社，1992年6月），頁6414。

〔註33〕見紀振倫《楊家將演義》，（台北：三民書局，2002年1月），頁49、50。

〔註34〕詩題下註明：「在古北口，其下水西流以上五字原缺，據名賢本、傳較補」，見北大古文獻研究所編《全宋詩》第九冊卷488，（北京：北京大學出版社，1992年7月），頁5916。

〔註35〕北大古文獻研究所編《全宋詩》第十六冊卷897，（北京：北京大學出版社，1995年7月），頁10504。

將軍百戰死嶽岑，祠廟巖巖古到今。萬里胡人猶破膽，百年壯士獨
傷心。遺靈半夜雨如雹，餘恨長時日為陰。驛舍悵懷心欲碎，不須
更聽鼓聲音。(《全宋詩》第十六冊)

前者以漢朝賈誼隱喻楊業，說明兩人具有報效朝廷之心，但朝廷卻不信任他
們。賈誼是漢初一位優秀的政治家、思想家、文學家，曾提出鞏固中央集權、
削弱諸王勢力、抵抗匈奴等主張，其中有的為文帝所採用，有的則在後來為
武帝所採用，可見得他是有遠見之人，只可惜仕途不順，被遠貶他鄉，曾寫
《弔屈原賦》抒發「讒諛得志，賢聖逆曳兮」的憤恨，最後憂傷而死。後者充
分肯定楊業的百戰功勳，並以古喻今興發感慨。運用大雨如冰雹、白日變成
陰天等「以景寫情」的方式，貼切生動地「借他人酒杯澆胸中塊壘」。

由詩歌及戲曲，都可看出老百姓肯定楊業對宋室的忠心，他的情操可以
鼓舞更多有氣節的愛國志士，不管奸佞如何隻手遮天，民間百姓仍然可以藉
著史冊外的另一種形式，給他一個公道的記載。

(二)四郎探母之「回令」

據《楊家將演義》第六回敘述楊四郎被擒，假言姓木名易，乃宋軍之小
兵，太后見其人才出眾，憐而不斬，反將公主匹配，他留在遼國當內應，與六
郎裡應外合，打敗遼國。《四郎探母》是京劇經典，但「回令」之情節既不見
於正史，亦不見有關楊家將之小說，而是源自於《史記·李廣傳》、《宋史通鑑
紀事本末·韓延徽輝傳》和《遼史·韓延徽傳》〔註36〕等史傳。

《遼史·列傳第四韓延徽》敘述韓延徽（輝）在劉守光幕下任參軍，被
遣往契丹求援，竟被契丹留之。韓是幽州人，不久逃回省母，又再回契丹。契
丹主問他何故不辭而去，又自行返回？延徽回答：「思母，欲告歸，恐不准，
故斯歸耳。」遼史卷七十四也曾記載延徽回故里後，又返回契丹。他告訴其
他大臣原因：「彼（遼太主）失我如失左右手，其見我，必喜」既至，太主問
故？延徽曰：『亡親非孝，棄君非忠。臣雖挺身逃，臣心在陛下。臣是以復來。』
上大悅。」〔註37〕兩者內容雖有些微不同，但均有「探母」、「回令」等情事。

楊家將的故事中楊業撞李陵碑及楊八郎、四郎後來投降遼國娶公主之事，
都跟李陵的故事有些雷同，應是後人從史傳中汲取靈感，移花接木改編而成

〔註36〕見魏子雲《戲曲藝說》，(台北：萬卷樓圖書有限公司，2002年4月)，頁90。
〔註37〕見元·脫脫《遼史》，(台北：鼎文書局，1965年10月)，頁1231。

的。《史記‧李廣傳》載漢武帝讓李陵帶領五千名步兵與匈奴的十萬鐵騎交戰，他深踐戎馬之地，與單于連戰十餘日，但奸小不派兵救援，以致兵困糧絕，敗而被俘。李陵在被俘時，首先想到「國中聖主何年見？堂上慈親拜未由！」（〈李陵變文〉）他深感愧疚，無面目見武帝及父母親，所以他並非貪生怕死之輩，而是希望留在匈奴苟延殘喘，尋求機會再回到漢朝。但盛怒之下的漢武帝不分青紅皂白，無辜殺害了他的一家老小，使他對漢朝絕望之後被迫投降匈奴。由此可見，我們在責備李陵喪失民族氣節的同時，也理應譴責漢武帝的冷酷無情。《文選‧答蘇武書》云：「陵雖孤恩，漢亦負德。昔人有言，雖忠不烈，視死如歸，陵誠能安，而主豈復能眷眷乎？男兒生以不成名，死則葬蠻夷中，誰復能屈身稽顙，還向北闕，使刀筆之吏弄其文墨邪！嗟乎子卿，夫復何言，相去萬里，人絕路殊，生為別世之人，死為異域之鬼，長與足下生死辭已」〔註38〕，在此既描述李陵在匈奴的苦悶心理，又為李陵的氣節辯解，並無情地譴責了武帝時期的腐敗政治，最後傳達了李陵永不歸漢之決心。

　　由上之分析推論《四郎探母》「回令」的情節淵源於《史記‧李廣傳》、《宋史通鑑紀事本末‧韓延徽傳》和《遼史‧韓延徽傳》三傳，「回令」對親人間情感的描寫與演出入木三分，是《四郎探母》一劇之高潮，但爭議也很多。

（三）陳美雲歌仔戲《大遼天后蕭燕燕》與陸光國劇團《蕭太后》

　　這兩齣戲是描述遼國景宗皇后蕭燕燕之故事，都渲染蕭燕燕與韓德讓相愛卻又難以在一起的苦戀，並突顯姊妹間宮闈鬥爭之事，前者敘述蕭燕燕與二姐之事，後者敘述蕭燕燕與大姊之事。有關蕭后與她姊姊反目成仇之情節淵源於史傳，但可能為使戲分集中，所以就只有演出一個姊姊；蕭燕燕與韓德讓之情事在許多史書都有記載，但《遼史》卻不見此一說。

　　由於遼景宗身體孱弱，蕭后入宮不久便參與國事，聖宗即位之後，她攝位執政，總計統治大遼共約四十年。面對朝中反對勢力的暗流及克紹先夫收復大宋的遺願，她展現了過人的睿智及靈活的外交手腕。她與姊姊原本感情不錯，但婚配後，因政治因素反目成仇。據《契丹國志‧景宗蕭太后傳》〔註39〕載，

〔註38〕梁蕭統編，李善注《文選》主張為〈答蘇武書〉李陵所作，但大部份學者認
　　　　為此篇非西漢之作品，而是後人之偽作。
〔註39〕參見宋‧葉隆禮，《契丹國志‧景宗蕭皇后傳》，台北：廣文書局，1968年。

蕭后有姐兩人，大姐蕭和罕適齊王，自稱齊妃。齊王死，她領兵三萬屯西鄙驢駒兒河，點閱馬匹時，見番奴撻覽阿缽姿貌甚美，於是召侍宮中。蕭后聞之，以為有損皇室之威嚴，於是將撻覽阿缽囚禁。逾年，齊妃請求願以撻覽阿缽為夫，后許之，下令解除撻覽阿缽奴隸的身分，但永遠不許他們回京城。經過此次事件後，蕭后與蕭和罕的衝突不斷加深，蕭和罕自以為兵權在握，並未把蕭后放在眼裡，漸生割據之心，他暗中與遠在阻卜西北的骨歷札國信使往來，想與之結盟，聯手對抗朝廷。

和罕「謀率其眾奔他國，結兵以窺蕭氏」〔註40〕是有跡可循的，陸光國劇團《蕭太后》中和罕說：「小燕燕她對我表面恭謹，時則寵幸她舊日情人，一任我鎮北疆風霜歷盡，她卻縱寵臣據朝廷，抑貴扶貧，貶多少王公皇親」，《續資治通鑑》卷二十五〔註41〕亦敘述雄州北關城巡檢趙延祚曾向真宗提及：「國主之妹（應為姊之誤）曰齊妃，與其姊（應為妹之誤）不協，國家所遣金帛，皆歸於國主及母，其下悉無所及」，說明宋給遼的歲金均歸蕭太后母子佔有，和罕對此感到不滿。論文治武功，她認為自己一點也不比燕燕差，但命運之神卻不眷顧她，她與第一任丈夫竟未能留下一男半女，再加上上述種種原因，她和蕭后的關係是很緊繃的。面對親姊姊的圖謀不軌，蕭后唯一能選擇的便是賜鴆酒給她喝，蕭和罕早知下場會如此，便要求使者讓她沐浴更衣，當使者再次來到氈帳時，她已自縊氣絕身亡。

蕭后的二姐依蘭身世最坎坷，她的一生好像為別人而活，三任丈夫都是親人為他安排的。第三任丈夫耶律喜隱叛亂，牽連她兒子，蕭后將二人處死，讓她失去活下去的勇氣。因皇帝景宗的安排嫁給宋王耶律喜隱，她徹頭徹尾不願嫁給惡名昭彰的耶律喜隱，雖然與他生了兒子，但她仍然對蕭后懷恨在心。耶律喜隱與蕭后結為親家後並沒有效忠皇室，反而故計重施，企圖推翻景宗，他最後被處死，而且還連累到他兒子，宋王妃依蘭認為這些厄運都是

〔註40〕 參見李丹林、李景屏《蕭太后評傳》，書中提到：「據一位投奔宋朝的供奉官李信所言，蕭太后之姊曾「謀率其眾奔他國，結兵以窺蕭氏」，此說出自一位叛逃者所言，涉及契丹內部問題，難免有誇張不實之處。」四川：四川大學出版社，頁 244。

〔註41〕 《遼史》及清‧畢沅《續資治通鑑》，都記載統和二十五年，蕭太后賜皇太妃死於幽所。據《續資治通鑑》的「考異」中認為遼太妃很有可能是蕭太后之姐齊王妃。學者李丹林、李景屏《蕭太后評傳》、王德忠《蕭太后傳》都持相同之看法。

皇帝皇后的安排，所以便暗中派人去各地搜尋鴆鳥，配製鴆酒，想趁機毒害蕭后，沒想到消息走漏，反被蕭后所殺，〔註42〕《大遼天后蕭燕燕》反映此一事件，舞台上的依蘭假裝患有失心瘋，並嚴厲指責蕭后殘忍凶暴，讓觀眾怵目驚心。同樣都是蕭家女性，但境遇卻差這麼多，也難怪大、二姊不服，謀叛之事層出不窮。一切都是命運的捉弄，讓手足成為政敵，還被妹妹殺害，蕭太后的殘暴由此可看出。

除了宮闈鬥爭外，蕭太后的感情世界也是戲曲喜歡演出的題材。有關她與韓德讓之私情，除了《續資治通鑑》外，《東都事略》亦云：「太后雅雅克（舊作燕燕）與耶律隆運通，遣人縊殺其妻。又幸醫工迪里姑，有私議其醜者，輒殺之。隆運，即韓德讓也，按承天在遼稱賢后，事略所載，蓋敵國詆毀之詞。又《契丹國志》云：「隆運在景宗朝……，有辟陽之幸，寵榮始終，朝臣莫及焉。」〔註43〕「辟陽之幸」是指漢代審食其與呂后的穢事，在此指耶律隆運受到蕭太后的寵榮。史書繪聲繪影記載燕燕與韓德讓的情事，讓戲曲《大遼天后蕭燕燕》、《蕭太后》的故事有所本，但學者指出官修史書的作者從來不會放過女主的私生活，《遼史》沒必要為蕭太后隱晦，會重用韓德讓是因為其家族與皇室的關係密切，他又是位經天緯地之人才。〔註44〕

蕭太后雖然被譽為一代賢后，但畢竟也是有血有肉的人，況且遼景宗身體屢弱，她早就參與政事，並且能征善戰，在此種情況，愛上有才華的耶律隆運並不為過，但果真如《東都事略》所云蕭太后派人殺害耶律隆運之妻，以奪取其愛，則顯得太冷血無情。「權力使人腐化」，古今皆然，尤其女人為了保有自己的地位、財富、愛人時，種種不理智的行為都有可能出現，讓人感嘆「女人何苦為難女人」？

（四）京劇《澶淵之盟》

京劇《澶淵之盟》乃新編歷史劇，源出於《宋史·寇準傳》、《續資治通鑑》、《皇宋通鑑長編記事本末》等史書，本劇忠於史實強調寇準的剛直性格，

〔註42〕清·畢沅《續資治通鑑（二）卷二十六》載：「遼賜皇太妃死於幽所」，（台北：文光出版社，1975年），頁599。

〔註43〕《東都事略》之記載見《續資治通鑑》卷十一：「『甲子，遼達喇干，迺曼實醉言宮掖事，法當死，杖而釋』之考異」，（台北：文光出版社），頁271。

〔註44〕見清·畢沅《新校標點續資治通鑑（一）》，（台北：文光出版社印行），頁231、232。

主戰主和派對宋真宗親臨澶淵的不同態度，但有關「風雪澶淵」、「北城見蕭」的諸多描述，不符合歷史記載。

〈午門撞鐘〉一場敘述寇準擔心遼邦行圍射獵，所以輾轉難眠，對於丞相畢世安及王欽若等人姍姍來遲，感到不滿，他說「遼邦此番圍獵，若是暗發兵馬，謀襲我朝，如何是好，情勢萬分危急，我朝不可不防。丞相得報之後，還不立刻進宮，奏明萬歲，早做準備，直到此時才與百官姍姍來遲。想他人來遲（看王欽若一眼），也不足多責！老丞相身負國家重任，倘有不測，豈不是輕誤時機，那時節將何以自解！」他毫不顧及丞相的顏面，當眾發飆，甚至鄙視王欽若，雖然是愛國心使然，但卻容易得罪人。

寇準在史書中，確實是位剛直之人，他曾以直言敢諫得到宋太宗的重視，太宗曾把他比為唐代的魏徵，但後來因他與大臣在朝廷上辯論、互揭瘡疤，使宋太宗很難堪，因而被貶官。在當宰相期間，敢作敢為，有魄力、有膽量，敢於不拘一格起用人才，但也有些霸氣、專決，宰相王旦說：「準好人懷惠，又欲人畏威，皆大臣所當避；而準乃以為己任，此其所短也。非至仁之主，孰能全之。」〔註45〕說明寇準成也剛直，敗也剛直，真宗對於他「多許人官，以為己恩」也有所猜疑，所以當王欽若讒告真宗——古人以為城下之盟是件羞恥之事，澶淵之役不當視為寇準之功勞，而是可恥之事。真宗很快地便受到影響，於是疏遠了寇準。寇準在太宗、真宗兩朝都以敢言直諫聞名，卻因得罪其他大臣而被放逐，但放逐後太宗、真宗又多對他念念不忘，可知他是皇帝的股肱，難得的人才。

本戲第五場〈高瓊鬧宴〉敘述寇準勸真宗親臨澶淵，王欽若、陳堯叟勸真宗避難金陵、四川，真宗到澶州南城後，因契丹攻勢猛烈，王欽若勸真宗暫且不要渡過黃河，但果斷的寇準招來高瓊王爺，要他吩咐李繼隆騙真宗：「遼兵的鑼鼓聲是當地百姓夾道歡迎聲」，真宗才半推半就來到澶州，這裡的情節忠於史實。據楊仲良《皇宋通鑑長編紀事本末》載：

> 丙子車駕發衛南，李繼隆等使人告捷，又言澶州北城門巷湫隘望，
> 且於南城駐蹕。是日，次南城驛舍為行宮，將止焉。寇準固請幸北
> 城曰：陛下不過河，則人心危懼，敵氣未懾，非所以取威決勝也。
> 四方征鎮赴援者曰：至又何疑而不往？高瓊亦固以請，且曰：陛下
> 若不幸北城，百姓若喪考妣。簽書樞密院馮拯在旁呵之，瓊怒曰：

〔註45〕《宋史·列傳第四十二寇準》，（台北：鼎文出版社，1978年9月），頁714。

君以文章致位兩府，今寇騎充斥如此，猶責瓊無理，君何不賦一詩，

咏退寇騎耶？即麾衛士進輦，遂幸北城。〔註46〕

澶淵之役敵帥蕭撻攬被宋軍張懷射死後，蕭后大慟，哭之甚悲，對遼軍影響很大。在真宗與蕭后都願意的和議的情況下，澶淵之盟就順利進行了。雖然宋的兵力在契丹之上，但真宗求和殷切，他對曹利用說，贈送遼邦百萬金帛在所不惜，幸賴寇準較理智，要求曹利用和議的金額不得超過三十萬，否則定斬不饒。〔註47〕以上情節見於史傳，都被《澶淵之盟》一劇中所吸收，但促成澶淵之盟的最重要人物王繼忠卻沒被提及。

王繼忠是個傳奇人物，宋史、遼史都有其傳記，他原屬宋將，對遼戰役失利而被俘虜，後受到遼國重用，與宋的關係也不差，所以是最佳的和平使者。據《宋史·畢士安傳》云：「初，咸平六年，雲州觀察使王繼忠戰陷契丹。至是，為契丹奏請議和，大臣莫敢如何，獨士安以為可信，力贊真宗當羈縻不絕，漸許其成。」畢士安贊成王繼忠所提議的兩國交好，並向真宗推薦由寇準當丞相，所以寇準是檯面上的人物，而畢士安則退居幕後策動。雖然兩人勸真宗親幸澶州，但寇準主速，而畢主緩，真宗最後裁決聽畢士安的建議，〔註48〕由此可知，畢士安是真宗的親信，雖然不在其位，但舉足輕重，所以他贊成王繼忠的提議，必然也影響到真宗的決策。

《澶淵之盟》一劇是新編歷史劇，參考正史之外，也有些虛構的成分。但此戲寇準的戲太重，著重寫寇準固屬必要，但烘托寇準的反面人物如王欽若戲份則太少；又強調寇準的剛，反到寫其專橫之氣也有。〔註49〕此外，寇準在澶淵北城樓上徵歌飲酒、下棋酣睡等，雖然增加了戲曲的娛樂性，但編者把赤壁之戰時諸葛亮在草船上的飲酒、肥水之戰時謝安的對弈，全借來加

〔註46〕楊仲良《皇宋通鑑紀事本末》第一冊第十五卷，台灣商務印書館發行，1981年，頁377。

〔註47〕楊仲良《皇宋通鑑紀事本末》第一冊第十五卷載：「利用之再使也，面請歲賂金帛之數，上曰：『必不得已，雖百萬亦可』，利用辭去，寇準召至，幄次語之曰：『雖有敕旨，汝往所許，不得過三十萬，過三十萬勿來見準，准將斬汝』，利用果以三十萬成約，而入見行宮。」

〔註48〕《宋史·畢士安傳》云：「景德元年九月契丹統軍撻攬引兵分略咸虜、……天雄，兵號二十萬。真宗坐便殿，問策安出？士安與寇準所以禦備狀，又合議請真宗幸澶淵。士安言：『澶淵之行，當在仲冬』準謂：「當亟往，不可緩。」卒用士安議。」

〔註49〕拾風〈在差別中見功力：《澶淵之盟》欣賞雜記〉，(《周信芳藝術評論集》，北京：新華書店)，1982年12月。

在寇準的身上，反而無法凸顯他的獨特性。至於表演方面，沒有什麼改革，劇本還存在「自報家門」的舊框框，唱詞和語言也還是老一套的程式，雖以周信芳的崇高地位，也沒有使這個新編歷史劇成為保留劇目。〔註50〕

二、源自說唱文學

說唱文學依託在說唱藝術之中，指說唱的腳本創作。說唱可分成既說且唱、只說不唱、只唱不說三種。只說不唱的如宋講史、元明評話、清代及現在評書、評話、說大書。既說且唱者如唐俗講、宋元小說、元明詞話、諸宮調、明清及現在的彈詞、鼓詞等。其只唱不說者如小型鼓詞、子弟書、大鼓書、快書、木魚書等。〔註51〕楊家將戲曲源自說唱文學者較少，據《醉翁談錄》及見陶君起《平劇劇目初探》所載《五臺會兄》源自《五郎為僧》，京劇《太君辭朝》源自《楊家府》鼓詞，京劇《青龍棍》源自《小掃北》鼓詞。〔註52〕

（一）五臺會兄

《五臺會兄》在各地方戲曲都有此劇目。敘述於北宋楊家將父子兄弟，一門為國戮力，金沙灘一役，傷亡殆盡。所存者僅四郎延輝、五郎延德、六郎延昭三人而已。而延輝沒入蕭邦，延德又出家。所以令公殉國後，惟六郎一人克紹父志，鎮守三邊。一日六郎為番兵所追，單身獨馬無法脫困，時已黃昏，經過一山，見山上有一佛剎，遂敲門入避，以失路借宿為名。幸山僧慈悲，引之入別室安頓。夜晚時分，六郎正憂慮不能入眠，忽一莽頭陀酩酊醉歸，衝門而入，一開始兩人互不順眼，既而覺得鄉音頗熟，認出是失散多年的弟兄，乍然相逢悲喜交集，後來聽聞追兵之人馬聲，賴五郎下山殺退，六郎方得安然出險，揮淚而別。本戲源自宋金話本〈五郎為僧〉，現已亡佚，無法看見其內容。元雜劇《昊天塔孟良盜骨》第四折演譯六郎盜骨之後與五郎在五台山相會之情形，是《五臺會兄》目前可見最早的故事雛型。清《車王府藏曲本》與《五臺會兄》相關的劇目有《五臺山》、《五郎出家》。〔註53〕《五

〔註50〕趙聰《中國大陸的戲曲改革》，（香港：香港中文大學出版社，1969 年 8 月），頁 152。

〔註51〕見曾師永義《俗文學概論》，台北：三民書局，2003 年 6 月，頁 662、663。

〔註52〕參見陶君起《平劇劇目初探》，台北：明文書局股份有限公司，1982 年 7 月。

〔註53〕參見《車王府藏曲本》第五冊亂彈戲《五郎出家》全串貫，（北京：首都圖書館，2001 年 1 月），頁 466、467。《車王府藏曲本》第六冊《五台山》全串貫，（北京：首都圖書館，2001 年 1 月），頁 1～3。

臺山》承襲《昊天塔孟良盜骨》之劇情，都將五郎塑造成敢喝酒吃肉、殺人放火的莽和尚。

　　《車王府藏曲本》之《五郎出家》內容與《五台會兄》略有不同。前者敘述宋王感楊家將為他犧牲性命，所以死後封他們為神，如「楊大郎替孤王死，朕封他龍華會上神，楊二郎短劍傷了命，朕封他為花ㄴ太歲神，楊三郎馬踏為肉醬，朕封他逍遙快活神」，但五郎認為「保國的忠良沒有得下場」、「打罷春來又復秋夕陽，橋下水東流，自古多少忠良將，那一個為國得到頭？」對於宋王的封賞並不領情，執意要到五臺山出家。而楊業也不捨五郎出家為僧：「罵一聲五郎沒來由說什五台把道修，六弟他還年紀小，七弟他還是個娃娃形」、「你既要出家，隨為父回到天波府見過你年邁娘親，再來出家罷！」這裡強調忠奸爭鬥，還別出心裁讓「外」扮楊業，阻止五郎出家，然而此情節並沒有後世戲曲吸取。地方戲曲演出《五臺會兄》時關注的是民族問題，由於五郎已出家，所以會加入十八羅漢式。以湘劇為例，楊五郎屬暗花臉本工，楊六郎屬二靠應工。科班中學二花臉的必須學習唱這齣戲，有些大花臉在年輕時演過這齣戲。因為楊五郎這個角色，唱作繁重，手、眼、腰、腿，功夫要求嚴格，第二段戲是兄弟重逢，不敢遽然相見，互相盤問家世，是這折戲的核心。

　　《五郎為僧》的原文雖然無法看見，但可確定其內容是虛構的，因為根據宋史記載，楊業的七個兒子，除一子隨父作戰，陣亡於陳家谷，其餘六子均受到朝廷的封賞，根本沒有出家當和尚的情事，但這一情節被後代楊家將戲曲和演義小說所吸取。

（二）太君辭朝（一名黃花國造反）

　　據陶君起《平劇劇目初探》，京劇《太君辭朝》源自《楊家府》鼓詞。〔註54〕然而根據筆者在上海圖書館所查閱的故宮珍本叢刊《鼓詞繡像楊家將》〔註55〕，發現此本鼓詞內容與陶君起所云之鼓詞，內容似有不同。《鼓詞繡像楊家將》是敘述七郎楊希在擂台比武打死潘仁美之子潘豹，潘仁美因仗勢皇上喜歡潘妃，於是將楊繼業及楊春、景、希三人，全綁赴刑場，佘太君拿著先王

〔註54〕見陶君起，《平劇劇目初探》，（台北：明文書局股份有限公司，1982 年 7 月），頁 222。

〔註55〕見《清代南府與昇平署劇本與檔案·鼓詞繡像楊家將》，（海南：海南出版社出版發行，2001 年 1 月），頁 374～402。

所賜的免死金牌，希望保楊家滿門不死，沒想到太宗竟然不領情，將金牌打入寶藏庫。佘太君感於楊家歸宋以來忠心耿耿，却落得楊氏父子四人要被斬首之地步，盛怒之下迸出「反」字，讓眾人嚇了一大跳，其他大臣如寇準等人則奏本辭朝表示抗議。後來因南唐王方良謀反，皇上命楊家將帶罪掛印去征討，才將功贖罪留下活路。《鼓詞繡像楊家將》很露骨地罵皇上為昏君，愛好美色以致潘妃牝雞司晨，佘太君在忍無可忍的情形還想謀反，這都是戲曲中很少見的作品。筆者認為楊家將戲曲之所以感人，就是有儒家「知其不可而為之」、「雖九死其猶未悔」之精神，所以「謀反」之說，實在令人感到突兀，倒是眾大臣集體辭官抗議，可以發揮暮鼓晨鐘之效果，所以《太君辭朝》一劇，有可能從此鼓詞獲得啟發。

《太君辭朝》是折子戲，以老旦唱工為主，敘述宋仁宗時代，黃花國造反，時楊家三代，俱已喪亡，只剩下太君、穆桂英、楊排風諸老婦及曾孫楊藩。朝廷仍命楊家出征，太君既平定黃花國回朝，思及楊家三代，均為國身亡，人口凋零已極，假設日後再有戰爭，命楊家出征，萬一楊藩有傷，恐一脈宗嗣，從此斷絕，因修下辭表，上朝告老還鄉。太君在金殿上啟奏「我楊家祖居在磁州山口，太祖爺下河東才把宋投，潘仁美領兵馬他與主爭鬥，他與我楊家將結下冤仇，大郎兒替宋主報主恩厚，二孩兒短箭下，他命喪荒丘，三郎兒被馬踏骸骨無有，四、八郎失番邦未見回頭，五郎兒他把那紅塵看破，在五臺山削了髮，去把道修。這也是楊家將下場無有，望太歲開寵恩休把臣留」，這段二簧慢板讓仁宗心裡也不好受，起初不允准太君之請求，繼而念其闔家除小孫楊藩外，餘俱年老，確係真情，遂許之辭朝。次日，即率同文武官員，至長亭餞送，他難過地唱著「一見太君到長亭，倒叫孤王兩淚淋，今日告職歸原郡，不知何日轉回程」。

這一劇反映「邦有道，則仕；邦無道，則隱」的仕隱觀及中國人「不孝有三，無後為大」的倫理觀念，與《楊家將演義》中《懷玉舉家上太行》一回的想法不謀而合，他說：「朝廷聽信讒言，我屢屢被害，輔之何益？且佞臣何代無之，他每恃是文臣，欺凌我等武夫，受幾多嘔氣。」〔註56〕所以飄然遠隱、獨善其身，這實在是無可奈何的抉擇，有奸人作祟及國策失當之因素。

〔註56〕見《楊家將演義》第五十八回，（台北：三民書局印行，2002年1月），頁326。

（三）《青龍棍》（一名《演火棍》）

京劇《青龍棍》源自《小掃北》鼓詞，[註57] 敘述天波府花園鬧妖，二丫環與仕女楊排風不和，誆其前往受害，楊排風至花園，果有青龍出現。格鬥間青龍聲稱係奉上帝之旨前來助排風御遼，言畢化為焰火棍。宋遼交兵，楊延昭之子楊宗保為韓昌擒去，三關二十四將皆非韓昌之敵。孟良回到天波府求援，佘太君令楊排風前往。孟良輕視之，排風與之比武，棍打孟良，孟良始服氣，此劇與《演火棍》、《打焦贊》劇情相類，喜劇成分居多。

儘管排風之人物形象出現較早，但其名字歷「黑風」、「張排風」、「楊排鳳」、「楊拍風」等名稱，[註58] 一直到《昭代簫韶》才固定「楊排風」之姓名，此時已是清代嘉慶十八年了。在《昭代簫韶》第四本第十六齣她出場時的扮相為「旦扮排風，穿紬衫、背心、繫汗巾上」，比武時的扮相為「排風換採蓮襖，繫汗巾，持棍」，其裝扮比之前的燒火丫頭考究，而且也持棍，呼應其身分，並以小姑娘的年紀亮相。此齣內容敘述楊六郎被困見龍谷，孟良到五臺山楊五郎處求救，五郎告訴孟良，有了八王的寶馬，他才可以救六郎出谷。孟良回到天波府，向佘太君說明六郎受困的情形，這時楊排風主動請纓，說「太君，六爺被困，無人解救，待排風隨去，殺退遼將，救六爺出谷可好？」不料此時卻遭到孟良的嘲笑，於是兩人比棍，約定誰要是輸了就要給對方磕三個響頭。此情節襲自《女中傑》，但《女中傑》裏的賭注是去解救主人，後來京劇《演火棍》及《雛鳳凌空》也有此情節，但改成與焦贊比棍，焦贊被打得落花流水，跪在地下叫排風一聲「娘」。

京劇《雛鳳凌空》乃 1961 年蘇俗等人根據《演火棍》《打焦贊》加以編寫，寫楊八姐、九妹誤入絕谷被困，孟良回朝搬兵。楊排風在花園習武、演練，為佘太君賞識，「排風年幼小威風浩蕩，擺陣法調兵將進退有方。燒火丫頭敢作棟樑！」因愛她年幼志氣高、智勇過人猶如囊錐脫穎現鋒芒，所以向朝廷推薦。其中觀棋、練武、殿爭、探谷、火攻等場均為老本《演火棍》所無。

[註57] 見陶君起《平劇劇目初探》，（台北：明文書局股份有限公司，1982 年 7 月），頁 216。

[註58] 如乾隆六十年敘刻的《霓裳敘譜》中【太君有命】一曲，「楊排風」之名為「黑風」；《女中傑》《車王府曲本·拍風打棍》劇本中「楊排風」之名為「楊拍風」；《楊文廣南征鼓詞》第二回《楊金花點將張排風討戰》「楊排風」之名為「張排風」；蘇州長篇評話《天波府比武》中「楊排風」之名為「楊排鳳」。

《雛鳳凌空》增加了「薦將」一折，佘太君、寇準與王親若、謝廷方的殿爭，強調忠奸、尊卑的對立，激化了戲曲的衝突點，王欽若認為若派燒火丫頭排風去解救被困雙龍谷的楊八姊和九妹，將被外邦恥笑，而且她出身卑賤，有損國體，排風不甘示弱地回應：「說什麼年幼難服眾，說什麼女流難領兵。又道我出身卑賤不能臨陣，難比你名門閥閱廟堂臣。廟堂臣，慣嚇人，披錦繡，似天神。赫赫威儀官極品，尸位素餐博虛名。休得乘機竊帥印，破遼兵還看我這卑賤之人。」她罵得暢快淋漓，幸得寇準保薦，才勇闖王欽這一關，但接踵而來仍是一連串質疑，瞧不起排風的孟良及謝廷方，領教了排風的武功後，才俯首稱臣，她來到三關之後，又被焦贊貶損，真可謂一波再三折，但透過她連連擊敗諸大將，證明佘太君及寇準有識人之明。

三、源自小說戲曲

這部分是楊家將戲曲的大宗，主要源自《楊家將演義》、《北宋志傳》、《昊天塔孟良盜骨》、《謝金吾詐拆清風府》、《八大王開詔救孤忠》、《焦光贊活拿蕭天佑》、《楊六郎調兵破天陣》等五本雜劇及清宮大戲《昭代簫韶》。

（一）《金沙灘》

源出於《楊家將演義》第六回《太宗駕幸昊天寺》，但於此扮演宋王的是四郎，後世戲曲才改成大郎。敘宋遼交戰，潘仁美暗通遼主，計誆宋王趙光義至幽州五台山進香，為遼兵所困。遼設雙龍會于金沙灘，請宋王赴會議和，暗中佈兵將以圖謀刺宋王。楊繼業為防不測，命大郎延平假扮宋王，率眾弟兄一同前往。席間，延平先發制人，以袖箭射死遼王。遼伏兵四起，大郎延平、二郎延定、三郎延光均戰死沙場，四郎延輝、八郎延順被擒，但五郎延昭、六郎延景、七郎延嗣突圍得免。此劇文武帶打，尤以鬚生唱做兼重。山西省文化局戲劇工作研究室藏 1957 年李禎口述抄錄本。上黨梆子《雙龍會》與此劇所敘內容相同，已收入山西人民出版社刊行的《山西地方戲曲匯編》第三集。《金沙灘》是陝西中路梆子傳統劇目，蒲州梆子、北路梆子亦有此劇目。

「金沙灘救駕」之事眾說紛紜，不論歷史上有無「金沙灘救駕」之事，但戲劇中它是穿針引線之重要情節，突顯楊家一門忠烈。京劇《雁門關》中佘太君與楊八郎分別十餘年而相逢時，二人恍如隔世，為了表現這種失而復得、再續前世母子情緣的驚悸激昂，演員頓足、淚眼、抖手、哀號、甩髮、匍匐跪行，佘太君唱腔淒厲悲苦：「血染沙漠映長天，宋遼戰亂竟淒慘，尸骨遍

野甚哀憐，痛心裂肺骨肉散，不堪回首金沙灘」，流瀉其喪夫喪子的哀思。楊家為國家拋頭顱、灑熱血，企盼能為黎民蒼生尋求更美好的生活，無奈宋君常忘記這場血的教訓，仍舊寵信奸佞，動輒拿楊家開刀，六郎說：「朝廷養我，譬如一馬，出則乘我，以舒跋涉之勞；及至暇日，宰充庖廚。」（《楊家將演義》第二十一回〈真宗出赦尋六郎〉）說明宋君過河拆橋、兔死狗烹的現實心態，太君辭朝、穆桂英不掛帥，是對不清明的政治進行無言的抗議。

（二）《清官冊》〔註59〕

故事源出於《楊家將演義》十、十一回、明雜劇《八大王開詔救忠臣》，湘劇、川劇、秦腔、晉劇、河北梆子、豫劇、婺劇及北管均有此劇目。

楊六郎進京告潘洪十大罪狀，太宗命劉御史審問，劉因受潘洪女潘妃之賄，被八賢王用金鐧打死，乃請調霞谷縣令寇準進京復審。寇準進京之後陞為御史，潘妃又往行賄，寇準不受，告知八賢王；八賢王答應為他支援。到勘審後，潘洪傲慢狡賴，拒不招供，寇準乃與八賢王訂計，假設陰曹，夜審潘洪，潘洪疑心自己已死，於是承認「害楊家只為打子仇恨，因此上公報私仇，我害他的滿門」，寇準遂據其供狀定罪。此劇一名《夜審潘洪》，又名《霞谷縣》及《陞官圖》，屬生淨戲。

近人范鈞宏《調寇審潘》〔註60〕是根據《清官冊》改編，也是他為劇壇奉獻的又一部力作。這部係於1988年參加了北京文化部主辦的「京劇新劇目匯演」，受到好評。他改編時並未另起爐灶，而是以原作為起點，並且盡可能保留了原作中富於馬派特色的《嘆五更》《審潘洪》等精采唱、念以及「假設陰曹」等極富戲劇性的場面，但從立意上對原作進行昇華，使之從一般的忠奸對立和鬥爭的主題，質變為對封建王權和法制的揭露和審判。原本中寇準在機智中帶點狡猾，但仍屬性格較的單一的忠臣型人物，而在范鈞宏筆下成為性格複雜、血肉豐滿而又不斷發展變化的真實可信的形象。

寇準一開始是幻想以王法來斷「潘楊訟」，但在實際的審理過程中，卻受到一系列的壓力、挫折和打擊。他的對手表面上是驕狂奸詐的潘洪，實際上是潘洪後面的靠山——潘妃和宋王。「一審」：限十天結案，不准動刑；二審：

〔註59〕見陳予一主編《經典京劇劇本全編》，（北京：國際文化出版公司，1996年2月），頁293至302。

〔註60〕見范鈞宏《范鈞宏戲曲選》，（北京：中國戲劇出版社，1988年12月），頁265～316。

毒死人証，行賄收買；三審：皇帝要駕臨西台，親自結案。這哪裡是寇準在審潘洪，分明是步步緊逼寇準就範。嚴酷的現實使他逐步清醒，他終於意識到，自己的對手不只潘洪，而是皇帝，因此《調寇審潘》就從原來的忠奸之爭變成了對封建法制的嘲諷與審判。

（三）《四郎探母》之「探母」

《四郎探母》之「探母」源自於《北宋志傳》第九卷及《楊家將演義》第三十八回〈六郎攻破幽州城〉，〔註61〕敘述四郎延朗在協助宋軍破遼後，帶著瓊娥公主回到無佞府見老母：

> 是時楊六使與延朗回無佞府，見令婆拜畢，延朗不勝哀感，乃曰：
> 思不肖一陣之挫困，辱北境遂將近一十九年，不想吾母皓髮斑斑，
> 桑榆景迫，今日幸得再逢，雖是大幸，然而寸懷似不堪矢，令婆曰：
> 歧路無情，人生有如此漂零，今既相見，足慰子母之望，可著公主
> 相見。延朗喚過瓊娥公主，入拜令婆，令婆不勝歡喜。延朗曰：此
> 雖一時佳會，十分得他提攜。令婆曰：姻緣不偶，觀此女真是吾兒
> 之配也，因令具席以為慶賀之設。（《北宋志傳》第九卷）

四郎探母在此已有基本雛型，然而與戲曲不同的是，四郎是和公主、六郎一起回無佞府。戲曲中公主經過「四探」，拗不過四郎的悃款請求，才同意幫他盜取令箭。四郎見母後，四夫人如怨如慕地傾訴，但卻換來「落花有意，流水無情」的不堪，母親的眼淚及其他兄弟姐妹強拉著他，不讓他回遼營的心理戲，是本戲最扣人心弦、歷久不衰之主因，但《北宋志傳》卻只有寥寥幾筆帶過的。

清宮大戲《昭代簫韶》演繹此情節，但增加八郎亦被招為女婿，他與四郎及兩位公主，屢次幫助楊家將之內容，成為《雁門關》、《四郎探母》、《北國情》等劇情之所本。史載蕭太后共有三位親生女兒，分別是長女觀音、次女長壽、三女延壽，她們都下嫁同族人，觀音嫁國丈蕭思溫之養子蕭繼先，長壽嫁蕭太后的堂侄蕭撻凜之長子——蕭排押，延壽嫁蕭撻凜之三子蕭恆德，〔註62〕都是遼貴族之後，近親通婚。並不像《昭代簫韶》、《雁門關》、《四郎

〔註61〕見劉世德等編《古本小說叢刊》第三十四輯第三冊，（北京：中華書局印行，1991年2月），頁1120。紀振倫撰《楊家將演義》第三十八回，（台北：三民書局，2002年1月），頁224。

〔註62〕見李景屏《蕭太后》，（台北：知書房出版社，2000年8月），頁162、163。

探母》、《北國情》、《金刀會》、《楊八姐智取金刀》等戲曲所述蕭太后將女兒許配給漢人，還遭到女兒、女婿的背叛。以下節錄《昭代簫韶》第二本卷上第一齣《慕少年絲蘿誤結》，蕭太后招降楊貴，並納他為婿之經過：

> 耶律沙等應科，蕭氏白：「前者擒來之宋將木易，孤看他器宇非凡，丰儀拔俗，孤欲招他降順，重用其人，不之重卿以為如何？」耶律沙等應白：「招降，乃古來盛事，但臣等領娘娘懿旨，連勸數次，奈他心如鐵石，不可挽回，也無法可使。」
>
> ……
>
> 楊貴白：「俺，上跪天子，下跪父母，豈肯跪你？」蕭氏白：「被虜之囚，死在頃刻，求生未及，乃敢挺身不屈。」楊貴白：「吾首能斷，吾膝不屈。」蕭氏白：「吾志欲掃盡宋軍，豈惜汝一命乎？若束手歸降，非惟不斬，更當重用，若再言不降，看刀。」楊貴白：「大丈夫何懼一死，要斬便斬，何必多講。」唱：休言降順。句受君恩，讀死節當相報。韻合早拼個延頸餐刀。韻做一個忠魂含笑。韻蕭氏白：「眾卿，孤見他語言激厲，英氣勃然，孤心甚愛，欲將郡主招他郡馬，眾卿以為可否？」耶律沙等白：「娘娘抬舉，便是宋將之福。」蕭氏白：「只恐其不從耳。」
>
> 耶律沙等白：「若以誠意待他，豈有不允之理。」耶律沙白：「待臣去對他說，快放了綁。」眾作放綁科，耶律沙白：「將軍受驚了。我有一言奉告。將軍雖然英勇，但被囚於此，終無能為，設使不降，徒死無益。俺娘娘欽仰將軍才德，要招將軍為郡馬，在此安享榮華富貴，算來也不辱沒了你。」唱中呂宮正曲【駐馬聽】敬仰雄豪。韻吾主恩隆非輕小。韻君家從順。受享榮華，讀爵祿加襃。韻楊貴白：「容想。」背白：「且住，俺正思大讎難報。縱然一死，無異於事，不如應承，除圖報仇之計便了。」轉科，白：「既蒙娘娘恩宥不殺，又承格外抬舉，敢不順從。耶律沙白：「順從了。」楊貴應科，耶律白：「啟上娘娘，木將軍順從了。」蕭氏白：「請過來相見。」耶律瓊娥從上場門下，二遼女隨下，楊貴作參見科，白：「娘娘在上，小將木易朝見，願娘娘千歲。」蕭氏白：「貴人平身。眾卿，陪貴人館驛盟筵宴，擇日成親。」

由上可看出因蕭后用人唯才，所以要招降楊貴，並將女兒許配給他，楊貴稟

承了楊家男兒的性格——寧死不屈,後來蕭后以死威脅,他思忖大讎難報,縱然一死,於事無補,不如應承,等待時機報仇,才答應此婚事。締結婚盟是蕭后的錯誤決定,以至於後來她必須忍受眾叛親離的事實,如女兒偷拔她的龍髮、將遼人之糧食轉送給楊家將,〔註63〕幫助六郎破天門陣。蕭太后一世英名,一定沒想到死後竟然被戲曲扭曲至此,當然其形象的演變摻雜了民族情緒和觀眾審美趣味。但戲曲也增添了蕭太后動人的樣貌,在她卸下天后的外衣後,仍然和一般婦女沒兩樣,對女兒、女婿百般寬容,為了她們的幸福可以答應兩國議和,讓百姓安寧、薄海歡騰,一掃窮兵黷武之形象。

(四)《背靴訪帥》〔註64〕

北宋真宗年間,樞密使、兵部尚書王欽若,力主議和,賣國求榮。他羅織罪名,欺蒙天子,將主戰保國的三關元帥楊延昭發配充軍,又假傳聖旨,以酖酒賜死,強令楊延昭從命盡忠。噩耗傳來楊府上下同感哀戚,此時,忽報任堂輝求見,佘太君接見時,發現他正是六郎楊延昭。原來,楊府家將任堂輝隨同延昭發配充軍,在延昭手舉御杯,欲飲酖酒之際,他毅然奪過毒酒,代延昭服酖身亡。延昭當機立斷,換上戎裝,深夜潛回汴京楊府,頓時,楊府老小轉悲為喜。故事源出《楊家將演義》二十、二十一回及明雜劇《楊六郎調兵破天陣》,但情節略有變化,前者是八王親自到無佞府找六郎,令婆馬上告知六郎詐死之事,缺乏懸宕之情節發展;後者敘述呼延必顯星夜趕到汝州,汝州胡太守告知六郎已死,但他說「楊景的將星,緊伏在雙魚宮,這人有哩」,於是跟蹤胡太守,在胡家後花園的土窖內果然找到六郎。

《寇準背靴》一劇敘述邊關告急,宋室江山危在旦夕,滿朝文武臣僚束手無策。天官寇準奏請聖上赦免楊延昭。令其掛帥迎敵,真宗正欲詔赦,忽聞延昭病死軍營,靈柩已運回楊府。八賢王趙德芳和天官寇準共赴楊府弔祭。機智的寇準從靈堂凌亂的祭奠陳設,以及楊府並不是真心難過的神情看出破綻。於是,他以守靈為名,留在楊府暗查動靜。深夜,寇準佯裝熟睡,郡主迫不及待,提藍到花園送飯。寇準悄悄尾隨,在去花園的路上怕被郡主發現,便脫下朝靴,背在肩頭,赤足跟蹤,終於找到楊延昭。寇準急忙找來八賢王,她們得知真情後異常憤慨:「任堂輝義烈可嘉,定請表揚,有關賜酖酒之事,

---

〔註63〕陳美雲歌仔戲《青龍關拜玉樹》有此情節,其本為《楊家將演義》第三十七回《六郎回兵救朝臣》,但暗助糧草的是四郎,非蕭太后之女。
〔註64〕豫劇《背靴訪帥》,黃河音像出版社出版發行。

定要查明，嚴懲奸佞。」同時，她們一同勸說楊延昭掛帥出征，也得到延昭應允。

此劇將訪帥之人改為寇準，將跟蹤胡太守改成跟蹤柴郡主，並省略觀天象知人事之迷信情節，突顯寇準的忠心、機伶，與柴郡主的率直、俏皮。寇準見郡主外穿喪服、內著大紅，宗保不肯下跪哭父親，郡主用腳蹬他，他才不甘心地跪下，又老太君一反常情，望千歲讓她回河東，所以他猜測六郎還未死。此劇無論在情節的發展、唱詞的美化、行當的安排都比以前的戲曲小說好，它的主題明確、對白風趣、人物性格生動，擺脫了迷信色彩，改編得頗為成功。

（五）楊八（姐）妹闖幽州

有關楊八妹闖幽州的故事，源起於《楊家將演義》、《北宋志傳》，《楊家將演義》十七、十八回敘述宋真宗時契丹侵犯澶州，真宗派當時鎮守三關的楊六郎領兵討伐，不意被遼人圍困於雙龍谷，楊九妹假扮男裝與孟良帶兵救援，九妹闖入幽州被遼兵追趕，幸有小庵師父相救，讓她穿起道服充當弟子，遼兵與之比武後都深深佩服其武技，宰相張華聞說此人後，便將其女月英許配給九妹，並領遼兵三千前往幫助蕭天佑，後來被蕭后發現是楊家之將，被關入大牢等待梟首，獄官章奴敬仰楊家將，私下釋放九妹，而後九妹與前來救他的楊五郎大破遼兵，並解了楊六郎之圍。後世戲曲將小說中的九妹改成八姐，內容可分成二類，分析如下：

1. 八姐救兄

《綴白裘》有《擋馬》〔註65〕一劇，情節源自《楊家將演義》，但內容略有改變，焦光普認出女扮男裝的楊八姐，準備殺兒子獻給遼人，解救八姐免於被韓昌擒拿。本戲看似為「一旦一丑」的小戲，旦扮演楊八姐，然而在戲劇衝突最緊張的大部分時間中，無論是裝扮、唱工與做工等表演程式，都屬於「小生」應工。故實質上劇中楊八姐一人，兼有小生、小旦的雙重特徵，從角色分工而論，小生的特徵表現得更為突出和重要。〔註66〕

〔註65〕見《善本戲曲叢刊：綴白裘第十三冊》，（台北：學生書局印行，1984年7月），頁4787～4797。

〔註66〕見張庚、郭漢城《中國戲曲通史》，（台北：大鴻圖書有限公司，1998年7月），頁1143。

泗州戲傳統劇目《楊八姐救兄》〔註67〕寫宋朝時，鎮守邊關的元帥楊延昭，為遼邦俘虜。天波府聞訊，無男將可差救援。八姐楊艷容，女扮男裝，單人獨騎，闖入幽州。恰與失落遼邦的宋將焦光普相遇，共商救兄之策。適逢韓昌為其女韓翠屏比武招親，八姐應試，被招入贅。幾經周折，盜得令箭，於水牢中提出楊延昭，在焦光譜的策應下，奪關斬將，終於返回天波府。本戲略去焦光普殺子的情節，而增加《洞房》一場，設計韓翠屏贈八姐信物玉鐲細節，為《盜刀》場楊八姐突遇耶律奇，楊急將令箭藏於袖中，耶追問袖中，楊急中生智，將玉鐲取出作掩飾……等。

2. 八姐智取金刀

盜刀的情節源起於《昭代簫韶》在第七本第四齣敘述楊宗保用九環神鋒破嚴洞賓所擺下的金鎖陣，後卻失落在陣上，因為九環神鋒是御賜金刀，也是楊令公金刀，所以六郎（楊景）很生氣，欲重責宗保，限他三日內取回金刀。後焦贊去遼邦盜金刀，賴王懷、王素真父女幫忙得以盜成金刀，不料此金刀是假，第二次派孟良去盜金刀，刀在蕭太后營中，所以孟良央求四郎幫忙，沒想到金刀被移往張蓋將軍的營中，賴遼邦瓊娥公主及青蓮公主的幫助才盜回金刀。盜金刀這一題材被襲取，只是主角改成男扮女妝的楊八姐，遼邦公主因迷戀她而幫她盜取金刀，發生些令人莞爾的情節。

田漢根據安娥的越劇本改編的《楊八姐智取金刀》，〔註68〕敘述奸臣潘桂因個人恩怨，遂推舉十三歲的楊宗保領兵征北遼、奪取金刀，折太君知道話中藏奸巧，怕楊家後代根苗不保。楊八姐自告奮勇女扮男裝，改扮遼將模樣，混入北國奪取金刀。廈門金蓮陞高甲戲《金刀會》〔註69〕敘述楊業撞死李陵碑後，金刀被遼人所奪取，因為奪取金刀象徵征服大宋江山，因此蕭太后大肆慶祝，而宋君不堪其挑釁，乃命余太君率領眾寡婦遠征遼國，後楊八姐志願女扮男妝單騎赴遼奪金刀，在因緣際會之下救了蕭太后，公主對他一見傾心，楊八姐也利用與公主熟識之機會到皇宮尋找金刀。蕭太后懷疑有人想奪金刀，特地舉辦隆重的祭刀典禮，讚頌楊業之英勇，並以比武奪刀為誘餌，楊八姐果然取得金刀，不負使命，然而余太君發覺此一金刀非楊家金刀，為一贗品……。

〔註67〕中國戲曲志·安徽卷編輯委員會《中國戲曲志·安徽卷》，（北京：新華書店，1993 年 11 月），頁 170～171。

〔註68〕見《劇本》雜誌，（北京：劇本雜誌社，1998 年 4 月），頁 2～26。

〔註69〕見《劇本》雜誌，2002 年，頁 56～69。

楊業所擅長的武器是金刀還是金槍？《四郎探母》坐宮一折的上場念白中，自稱「我父金刀令公」，《李陵碑》劇中，楊老令公持的武器，也是大刀。〔註70〕金刀的由來當為承襲明清戲曲，如明雜劇《開詔救忠》：「老夫楊繼業是也，乃火山楊滾之子。……所生七子乃是平定光燁昭朗嗣，同扶劉主，加某為金刀大將軍，智勇無敵都總管兵法教授楊令公。」所以大部分戲曲以「金刀」為砌末貫穿全劇，如《金刀會》一劇，以刀為穿關，分為七場：失刀、祭刀、謀刀、盜刀、尋刀、奪刀、還刀，可謂針線密縫、首尾貫串，這也是吸引編劇加入此砌末（道具）之原因。

（六）《洪羊洞》

楊繼業碰死李陵碑，骸骨為遼邦所得。一日，繼業向楊延昭（六郎）託夢，告知前次所盜回的骸骨乃以假亂真，真骸藏於番邦洪羊洞中，楊延昭遂令孟良前往盜骨，焦贊遺憾不被任命而暗隨其後。至洪羊洞中，孟良誤以其為敵將，用斧將他劈死，細察方知為焦贊，孟良懊悔不已，將楊繼業骸骨遣付老卒帶回，自刎於洞前。楊延昭聞二將殞命，驚悼嘔血而死。此劇一名《孟良盜骨》，亦為譚鑫培代表作。故事見元人朱凱《昊天塔孟良盜骨》雜劇，然此中無誤殺、自刎情節，清·李玉《昊天塔傳奇》、《楊家將演義》三十九回、湘劇、漢劇、秦腔、河北梆子、北管均有此劇目。

楊家將故事在北宋歐陽修之時即有許多民間傳說，這些故事在長期流傳的過程中，不斷被加工改造，越傳越神奇。這類故事寫入戲曲作品，又經過劇作家的藝術加工，自然就更加奇特了。《昊天塔孟良盜骨雜劇》敘述 代英雄楊業死後，骨殖包括太陽骨、胸腔骨、肩幫骨竟被放在遼人的昊天塔，每天接受凌虐、折磨，由於陰魂不得安寧而向其六子六郎托夢，這樣的情節雖然反映民族間的衝突矛盾，有其時代背景，然而藝術手法不甚工巧，宗教迷信、報復型的劇情若處理不好，將影響人心，使人籠罩在怪力亂神的迷惘中，扭曲正面的思維及價值觀。事實上，遼人雖畏懼楊業，但他們也很敬重楊業，甚至在古北口附近蓋了一座「楊無敵廟」來紀念他。

〔註70〕這與歷史事實不合，楊家是以槍法著名的。《續文獻通考》說：「使槍之家十七，一曰楊家三十六路花槍」；又《小知錄》也說：「槍法之傳，始於楊氏，謂之梨花槍，天下盛尚之。」因此，楊業所使者為大刀，恐不可信。轉引自惜秋《楊家將的歷史和傳統》，（《楊家將研究資料》，台北：天方出版社），1991年。

　　《洪羊洞》又稱《三星歸位》，敘述孟良、焦贊及楊延昭三位英雄的死亡。表面上看來是一個連續的故事，實際上，則由兩部分情節組合而成。前部分是孟、焦的身殉，強調兩者的友誼；後部分是楊延昭的病亡，強調他在思親、憂國及痛失愛將後抑鬱而死。本齣戲如「令公托夢」、「賢王射虎」、「臨終見魂」都有迷信色彩，「賢王射虎」的情節源於《楊家將演義》四十回：

　　滿朝文武，俱往八王府中稱賀。八王入朝謝恩。真宗親接上殿，面諭之曰：「卿之安危，係社稷之安危也。今日病可，社稷有託，乃朕之大幸焉。」於是命設洒筵慶賀，與席朝臣盡皆歡飲。飲至日將晡，眾臣罷宴，擁送八王出朝，來到午門之外，喝道軍校慌忙回報：「有一個白額金晴猛虎，忽從城東衝入街市，百姓無不驚駭奔走，莫敢抵當。今直到午門而來。」八王聽罷，出車視之，果見市中之人四散奔走，卻有一虎揚威咆哮近來。八王急令左右取過雕弓，搭箭摳弦射之，一箭射中其虎頸項，其虎帶箭跑回。眾軍奔忙追趕，跟至金水河邊，不見蹤跡。軍人回報八王。八王驚疑半晌，歸至府中，心神恍惚，舊疾復作，後再不復起臥榻矣。

　　……

　　卻說楊六郎因憂傷孟良、焦贊，遂染重疾。太郡報知令婆。令婆與延朗、八娘、九妹俱至臥榻之前看之。六郎謂令婆曰：「兒此疾自料難瘳。」令婆曰：「我兒小心，待請良醫來治，或可安全。」六郎曰：「昨日當晝而寢，偶夢入朝，行至午門外，適逢八殿下與眾朝臣出來。不知八王因何拈弓搭箭射我，其箭恰中兒之頸項。忽然驚醒，甚覺項下疼痛難禁，想應命數當盡，以致夢中有所損傷。兒死之後，但乞母親保重暮景，勿因不肖之故，哀慟而傷神也。」

敘述八王大病初癒，恍惚之間射殺闖入市集的白額虎，而六郎在夢中亦夢到八王拈弓搭箭射他，頸部疼痛難耐。《北宋志傳》卷九第四十五回亦有類似的記載，兩書俱強調白額虎是六郎的化身，藉此強化六郎之神勇，相傳白額虎是最兇猛的老虎，盛唐詩人王維之《老將行》亦以「射殺山中白額虎」來強調李廣的勇猛。此外，《北宋志傳》卷五第二十二回《楊家將晉陽鬥法　楊郡馬領鎮三關》及第二十三回《樵夫詭計捉孟良　六使單馬收焦贊》都記載六郎頭部會冒出白額虎：

　　岳勝揮起鋼刀，連盔劈下，忽一聲響處，六郎的頭上，現出個白額

虎，金精火尾帶來相交，岳勝驚懼半晌，即跳下馬，扶起曰：小將
肉眼，不識好人，望本官恕罪。六郎曰：君可同吾赴佳山寨鎮守，
以取封侯。岳勝曰：小人情願以所部下服事本官。（《北宋志傳》卷
五第二十二回）

六郎大驚，徑被眾人捉入洞中，見上面坐著一人，正是引路者。焦
贊笑曰：「我未嘗識汝，汝自來尋死，復有何辭？」六郎顏色不動，
厲聲應曰：「大丈夫視死如歸，隨汝等處置。」焦贊曰：「吾吃著多
少人心肝，罕見汝一個乎？」即令手下吊起，親自下手開剝，正待
用力，忽六郎頭上現出一道黑氣，氣中展過白額虎來傷焦贊，焦贊
曰：「原來此人，乃神將軍也。」即便叫放下吊索。納頭便拜曰：「小
可不識好人，情願歸順六郎。」（《北宋志傳》卷五第二十二回）

驍永善戰的李廣能射殺山中白額虎，但此中的六郎不但頭上會冒出白額虎及
黑氣，他還能變成白額虎，這當然是憑空杜撰、子虛烏有的情節，但此庶民
趣味傳達出六郎有異相，與凡夫俗子不同，乃天降神人。

　　同樣是盜骨，但以悲劇結構過程來分，《昊天塔孟良盜骨》屬於「亦悲亦
喜」型。〔註 71〕中國古典悲劇劇情的重點，多突顯在好壞衝突的對立，而過
程亦有悲喜相間，劇中的結局，則多脫不出賞善罰惡的套式，在「悲」的過程
後，總要留下光明的尾巴，這就是「悲喜交集」、「始困終亨」的悲劇特色，
〔註 72〕如本劇孟良終於盜骨殖而還，最後朝廷賜黃金予六郎，幫楊家將高築
墳堂、蓋廟祭享等。清李玉《昊天塔》傳奇、京劇《洪羊洞》悲劇性極為強
烈，不僅楊業身首異鄉，前往盜骨的孟良、焦贊相繼死亡，楊六郎聞二將殞
命，驚悼嘔血而死，則屬「一悲到底」型。

（七）《穆柯寨》與《轅門斬子》〔註 73〕

　　此連本劇源出《楊家將演義》第二十八、二十九回，《楊家將演義》敘述
蕭天左擺設七十二座天門陣，宋營中幸有一鍾道士幫助六郎延昭調度破陣，
並向太行山和五臺山等處，調取金頭馬氏及楊五郎，來營助戰事。五郎素知

〔註 71〕參見謝柏梁《元雜劇悲劇總目及其鑑別分類》，收於（吳國欽等編《元雜劇研
　　　　究》，武漢：湖北教育出版社，2003 年 8 月），頁 456。
〔註 72〕引自蘇國榮〈談悲劇文類研究及對當代戲劇創作的影響〉，《中文研究學報》
　　　　2 期，1999 年，頁 2。
〔註 73〕陳予一主編《經典京劇劇本全編》，（北京：國際文化出版公司，1996 年 2 月），
　　　　頁 343～358。

穆家寨後有降龍木二支，必須取得一支，作為斧柄，方能取勝，故必有此木，方肯下山。孟良乃前去盜木，先遇穆桂英在山下打獵。桂英射中一雁，為孟良所拾，孟不肯還，遂起爭鬥。孟良打敗戰，帶宗保再往交戰，桂英賞識宗保，於是甘心被擒。既而桂英與宗保訂婚，乃放宗保回營，並約定輸誠投順。不意六郎怒其違犯軍紀，竟欲斬殺宗保。孟良請求穆桂英幫助，他利用寄宿穆柯寨當晚砍下降龍木，並殺死一半的家眷。穆桂英原想報仇，後來認為殺來殺去無濟於事，反投宋營助其破遼。

《昭代簫韶》第六本十七齣〈絕歸途孟良縱火〉至第十九齣〈奮雄威救夫闖帳〉承襲小說的情節，又加強了孟良、五郎之戲份，但有關桂英與宗保的結合，它強調的是天生的宿命；而燒死桂英家眷，逼她下山助宋破天門陣的是五郎，而非孟良。此關目情節到了京劇《穆柯寨》及《轅門斬子》，才有更進一步的改善，前者突顯出女性的婚戀自主，後者劇情高潮迭起，楊六郎的鋼鐵紀律令人印象深刻。這兩齣戲大致承襲《楊家將演義》，僅細節處略有不同：1.《轅門斬子》為救夫楊宗保，穆桂英才攜降龍木來獻，與小說中孟良砍下降龍木，並殺死穆桂英一半的家眷不同 2. 燒山之計策為焦贊所提，不是孟良 3. 六郎聽說宗保被滯留在山寨，他馬上趕赴穆柯寨找尋，並與穆桂英展開激戰，最後還被她打得落花流水、十分狼狽。

戲曲中孟良比焦贊細心有智慧，所以像小說殺死穆桂英一半的家眷及燒山等魯莽行徑都被加以刪修，而在《轅門斬子》中，桂英槍挑公公正可看出她直率豪氣的女中丈夫性格，及與楊家人日後相處可能產生的芥蒂，楚劇《穆桂英休夫》即渲染此點，劇作家的巧思奇想令人稱嘆。

（八）《天門陣》

孤本元明雜劇《楊六郎調兵破天門》有後代戲曲《天門陣》基本的雛型，但故事很簡單，完全因六郎指揮男將得宜，而破了顏洞賓的佈陣，此時女將都還未出現。清宮大戲《昭代簫韶》則融合了民俗、巫術、道教等思想，充斥著人仙鬥法、人仙通婚、惡鬼施刑、冤魂托夢、神授天書等情節，除了主帥楊景、楊宗保外，人物太多、支蔓龐雜，予人雜亂無章之感，即便是女英雄木桂英的形象也不鮮明。此劇破天門陣主要的統帥是楊景和楊宗保，女性只是其下屬，但後代地方戲曲的女性角色如木桂英、杜玉娥、王素真、瓊娥公主及青蓮公主等身手不凡的女性，在此已有雛形了。

　　《天門陣》劇情源自小說《東遊記》〔註74〕及《楊家將演義》第二十三回。前者敘述漢鍾離曾經嘲笑呂洞賓調戲白牡丹沉醉岳陽樓，呂洞賓一怒之下遂到人間幫助蕭太后部下天門陣，（因為漢鍾離已經預言蕭太后反抗宋朝必然失敗），於是漢鍾離也不得不協助楊宗保攻破天門陣。《楊家將演義》亦記載漢鍾離嘲笑呂洞賓調戲白牡丹沉醉岳陽樓，又預言龍主（宋君）滅龍母（蕭太后）之事，呂洞賓一怒之下，決定扶助龍母（蕭太后）滅龍主（宋君），他召喚碧蘿山萬年椿木精，予他六甲天書，並說「上、中兩卷不必看之，唯下一卷乃行兵列陣、迷魂妖魅之事，汝細玩之。及今北番蕭太后齣榜招募英豪，欲與南朝爭鋒。汝可變化，降臨幽州，揭了榜文，提兵伐宋。待滅中國之後，收汝同入仙班。」在小說中因漢鍾離、呂洞賓兩師徒鬧彆扭而引發了天門陣之人仙大鬥法。但在《楊六郎調兵破天門》及《昭代簫韶》則出現了嚴洞賓這號人物，前者飾演遼國的軍師，後者飾演呂洞賓的徒弟，由碧蘿山樹精幻化而成。

　　杭世駿《定訛類編》卷四引王崇簡《冬夜筆記》，俞樾《茶香室三抄》卷十八引李白華《紫桃軒雜綴》都認為調戲白牡丹之事，是宋人嚴洞賓所為，而非呂洞賓。因為兩人同名，人們便將其事誤加到呂洞賓頭上。但學者趙杏根認為道教本就有「採陰補陽」之說，所以沒必要替呂洞賓開脫。其乃是影射邱處機等全真道士投靠蒙古統治者之行為，寓意為這些道士的行為就像呂洞賓幫遼攻宋，是偶然犯下的錯誤，其師父鍾漢離幫宋破遼，即是幫其徒兒贖罪，亦即全真教之知錯認錯。〔註75〕

　　呂洞賓是屬箭垛型人物，各式各樣的說法都集中到他身上，在道教中他地位崇高，但在文學上卻屬於放蕩浪子，形象有天壤之別，小說《東遊記》中，他通過師父鍾漢離的十試，其中之一即為美女夜逼其同寢三日，但他卻不為所動。然而他卻被岳陽樓之白牡丹所迷惑，諸仙因不齒呂洞賓夜宿娼館，破壞仙教清規，於是派藍采和、何仙姑教白牡丹讓呂洩精之法。呂洞賓與鍾漢離下棋時坦承：「嗜欲之心，人皆有之，而遇美色，猶為難禁，彼時弟子尚且脫胎換骨，見其如花似朵，絕世無雙，……不免為之迷戀。」他又為自己停

────────────

〔註74〕明·吳元泰《東遊記》著，（劉世德等主編《古本小說叢刊》第三十九輯第一冊），北京：中華書店，1987 年 6 月），頁 140～178。
〔註75〕參見趙杏根《八仙故事源流考》，（北京：宗教文化出版社，2002 年 11 月），頁 87、88。

留酒肆半年之久提出說明：「雖是飲酒，本為欲踐昔日度盡世人之言，故久留人間，借此以迷人耳目，亦為煉氣存神之助也。」〔註76〕這樣的說法有「採陰補陽」之味道，但亦可看出他學道還未純青，貪戀美色一騷神之說法，也不是空穴來風的。

《車王府曲本精華》所收錄的《天門陣》是偶戲，〔註77〕劇情與此大略相同，敘述楊景（六郎）統帥軍隊攻打遼闍洞賓所擺下的天門陣，楊景看見番兵殺氣騰騰、煙雲滾滾，各陣變化無窮，一時心中著急，怕破不了陣皇上會怪罪，竟暈死過去，宗保到仙山尋訪任道安，在路程中巧遇在仙山修煉的穆桂英，她原本就渴望夫唱婦隨魚水合，一見俊秀的宗保便動了真情，桂英師傅黎山聖母也說宗保和她有夫妻之分，要她去找他，協助破天門陣。宗保找到任道安，他拿給宗保九轉還魂丹、靈芝草一根，說還需要「皇帝雄龍淚、銀宗雌龍髮」，三者具備後，楊景就可起死為生。後孟良請求八郎與青蓮公主的幫忙盜得蕭后龍髮，寇準急智得真宗眼淚，終於可以救六郎。本劇情節揉和《楊家將演義》、《昭代簫韶》等故事，主要以天門陣之前的故事為脈落，但太強調桂英倒追宗保，讓人覺得有點戲謔。京劇《破洪州》雖也敘述破天門陣之故事，但突顯桂英為元帥，宗保為先行卻不遵守元帥命令，桂英左右為難之處境，細膩地刻夫妻之情，較不強調戰陣之法術。

上述戲曲情節多少有原始巫術的殘留，《破洪州》一劇桂英在陣中產子、殺敵破陣之情節，為人所津津樂道，先民認為污穢的血氣可以克敵制勝；偶戲的《天門陣》盜蕭后「龍髮」讓楊景甦醒，是屬於「接觸巫術」，〔註78〕即任何人只要據有別人的頭髮、指甲或其他部分，無論相距多遠，都可以透過他們對其所屬的人身達到自己的願望。總而言之，這齣戲充滿了神秘色彩，有著濃厚的道教思想。

（九）《十二寡婦征西》

有關《十二寡婦征西》之情節源於《北宋志傳》第四十八至五十回敘述楊宗保征西夏，被困金山，十二寡婦前往救援：楊淵平妻周夫人、孟四娘、六

〔註76〕明・吳元泰《東遊記》，（劉世德等主編《古本小說叢刊》第三十九輯第一冊），北京：中華書店，1987年6月），頁109、127、141。

〔註77〕參見劉烈茂等主編《車王府曲本精華》，（廣東：中山大學出版社出版，1993年10月），頁413～448。

〔註78〕參見潛明茲《中國神源》，（四川，重慶出版社，1999年12月），頁197。

郎之妻黃瓊女、重陽女、蕭后之女單陽公主、六郎之女楊七姊、楊延嗣之妻
杜夫人、楊延德之妻馬賽英、楊延定之妻耿金花、鄒蘭秀、楊延輝之妻董月
娥、木桂英，後來由周夫人領兵出戰，杜夫人是天上龍星降世，會使仙法，她
們協助楊宗保平定西夏，得勝還朝。〔註79〕戲曲中楊宗保討伐西夏卻為國殉
難，領兵出征及懂得仙法者為木桂英，此乃與《北宋志傳》所述不同之處。

　　《楊家將演義》第五十五回雖也有提及十二寡婦征西，但是敘述楊文廣
征西番新羅國，陷白馬關，宣娘、滿堂春、鄒夫人、孟四嫂、董夫人、周氏
女、楊秋菊、耿氏女、馬夫人、白夫人、劉八姐、殷九娘等寡婦合力救出楊文
廣，文廣之子懷玉看透了「勝負兩亡羊」，於是舉家上太行隱居，不再過問朝
廷之事，此情節與後世戲曲的內容差異性較大。

　　淮劇《十二寡婦征西》〔註80〕敘述折太君不贊成宋皇對西夏主合，表示
願意派女將出征。文廣也陪伴長輩出征，但他受不了西夏嘲笑宋朝派出女流
之輩，所以輕率入敵營而被俘虜，西夏以文廣投降為幌子，企圖擾亂宋軍士
氣。在此劇中桂英腳色很吃重，她一方面要維持軍紀，一方面又擔心愛子之
安危，天人交戰之內心戲佔很重的份量。如郡主與桂英觀星一場，她倆在葫
蘆谷來回尋找文廣之將星，遠遠近近明明暗暗卻都找不到，只見一地月光和
風捲旌旗之景象，一夜之間讓她倆添白髮、瘦了身。當西夏使者報信說：西
夏王費盡心血要和文廣結為兄弟，並將公主嫁給文廣，可能八年後文廣就成
了西夏王。桂英非常震撼，決定射殺叛將文廣，以安撫軍心。《靈堂》一場寫
出她的傷痛，他認為文廣少了脊梁骨，不配接受祭奠，但撕下白巾一幅幅的
同時，又好像撕碎她的肝腸，「吹滅桌上長命燈，從此為娘嫌夜長」，充分說
明她並非心腸硬，而是對忠奸賢愚有裁量。面對郡主及七娘的責難，桂英盼
望凱旋之後再謝罪，郡主違令設靈堂，折太君鎮定地祭金刀說忠烈，並沒有
掉一顆淚。文廣自始至終都被囚禁在牢房中並未被射殺，最後被蔣氏父女所
救，楊家人掛起紅燭喜幛迎接文廣及蔣氏父女，後來才發現蔣氏女是西夏的
公主，西夏王是她表哥，因為父親死於戰場，所以喬裝身分報父仇，但楊家
人也不是輕易被人戲弄的，她們佯裝中毒身亡，趁西夏王不注意時又展開了
一場激戰，最後打敗了西夏。

〔註79〕見劉世德等主編《古本小說叢刊》第三十四第三冊，（北京：中華書店，1987
　　　　年6月），頁1163～1189。
〔註80〕淮劇《十二寡婦征西》VCD：上海電影音像出版社出版。

筆者認為本戲有幾場內心戲營造得不錯，但有些情節則較連貫不上，像文廣明明站在城垛上揮舞降旗，桂英憤而射殺他，怎麼後來才發現被射殺者並非文廣，他也沒有娶公主，並非貪生怕死之輩。又蔣氏父女救文廣，文廣欲娶蔣氏女的節奏太快，讓人覺得楊家還未搞清楚蔣氏父女的來歷就同意婚事，是很唐突的。後來的揚劇《百歲掛帥》及平劇《楊門女將》便再加以改編，期使劇情更緊湊、連貫。

《百歲掛帥》、《楊門女將》這兩齣戲皆以慶賀宗保五十壽旦為開場，張燈結綵、喜氣洋洋之後卻突然接到宗保為國殉難之消息，兩相對比下製造一大衝突，楊家一向武勇，驚聞宗保惡耗，必然會更奮力殺敵，可襯托其「威武不能屈」之性格。兩劇皆不採淮劇《十二寡婦征西》文廣降敵招親的情節，而改成折太君、穆桂英識破西夏詭計，要文廣與七娘將計就計，裏應外合一舉殲滅敵軍。按：宗保五十歲時，太君接近百歲，十二寡婦大概也有六、七十歲了，如果年紀太大恐難勝任征西之軍務，所以應以宗保為國殉難為宜。

（十）楊金花奪印 〔註81〕

戲曲《楊金花奪印》源出於元雜劇《狄青復奪衣襖車》，〔註82〕內容敘述狄青奉范仲淹令，押解衣襖五百車犒邊軍，因無披掛兵器，向老將王環賒借黃面具、三尖刀等兵器起行。途中醉酒，為番將劫奪，狄追蹤惡鬥，於杏子河箭射咎雄，野牛嶺刀劈史牙恰，將車全數奪回去。這些內容與史實並不相符，小說《狄青演義》（又名《萬花樓演義》）〔註83〕據《狄青復奪衣襖車》加以演譯，但將咎雄與史牙恰轉為贊天王、子牙猜，而醉酒誤事者乃為焦廷貴。《萬花樓演義》中狄青之故事與史實差距甚多，如狄青刀劈龐洪之寵臣王天化，讓龐洪等奸佞想盡辦法陷害狄青，致使狄青送征衣延誤時機，差點被楊宗保處斬。

《萬花樓演義》敘述奸臣龐洪推薦狄青當欽差大臣，限期解送三十萬征衣給楊宗保，臨行天子交代：「解送一事，律有限期：定於一月解至，如遲一

〔註81〕中國戲曲志・安徽卷編輯委員會《中國戲曲志・安徽卷》，（北京：新華書店，1993年11月），頁171。

〔註82〕朱權《太和正音譜・古今無名氏雜劇一百一十本》載有《復奪衣襖車》一齣戲，（台北：學海出版社印行，1991年10月），頁71。或參見莊一拂《古典戲曲存目彙考》，台北：木鐸出版社印行，1986年。

〔註83〕見《狄青演義》二十一回、三十四回，（台北：小知堂文化事業有限公司，2003年6月），頁142、220。

天，打軍棍二十；遲誤兩天，耳環括箭；三日不至者，隨到隨斬。這是軍法無情，將在外，軍命有所不受，楊元帥執法，及寡人也不便討饒。」龐洪、胡倫等便設計陷害狄青讓他無法在期限內解送三十萬征衣，讓狄楊兩位國家樑棟產生嫌隙。狄青不僅延誤期限解送三十萬征衣，而且還全數被搶徒劫走，楊宗保果然氣憤，要將他轅門斬首示眾，但狄青不服，認為征衣在楊宗保管轄之地遺失，他也有責任，大罵：「楊宗保！吾明知爾受了朝中大奸臣買囑，串通了磨盤山強盜，劫去征衣，抹煞本官戰功，忘卻『無佞府』三字，故歸於奸臣黨羽中，辜負了聖上洪恩。爾雖生臭名萬載；吾雖死百世之冤。」由上看來，狄青實在強詞奪理、不明是非，他無法在限期解送三十萬征衣，罪之一也；他失卻征衣，罪之二也；辱罵元帥，罪之三也，在小說中他正直剛勇、嫉惡如仇但卻魯莽衝動，與《宋史・狄青傳》所載：「為人慎密寡言」、「計事必審中機會而後發」〔註84〕的形象有所不同。

　　《楊金花奪印》便是渲染此一交惡點，在彼此的傷口上灑鹽巴，讓前一代的恩怨延續到下一代，而且楊金花還一次將狄的四個孩子全都斃命，此深仇大恨豈能用誤會兩字來道歉，所以狄青仗勢恃外戚而屢次陷害楊家。後來的《狄楊合兵》一劇〔註85〕從正史中狄青的形象為出發點，為他洗刷不白之冤。

第三節　楊家將戲曲新情節的意涵

　　京劇及各地方戲曲中有關楊家將戲曲的題材已有新的拓展，除了忠奸爭鬥、民族問題、諷刺朝政外，值得注意的是以女性為題材的戲曲大增，像女性主動爭取婚姻主導權、歌詠女英雄，探討封建婚姻的戕害、寡婦之情慾等。此外，一些翻案文章也值得注意，相對於《四郎探母》的翻案文章有《三關排宴》、《八郎刺蕭》、《北國情》等，相對於《楊金花掛帥》則有《狄楊合兵》。總之，在既定窠臼的老題材中，有許多編劇力圖開創挖掘新題材，讓楊家將戲曲除了忠孝節義外，還有很多可以思考的空間。

一、諷刺宋君之羸弱無能

　　楊家一門忠烈，但卻屢遭迫害，小說戲曲中對此常有批評，如《寇準背

〔註84〕元・脫脫撰《新校本宋史並附編三種・列傳第四十九狄青傳》，（台北：鼎文書局，1998年9月），頁9718～9720。
〔註85〕參見《劇本》雜誌，（北京：劇本雜誌社，1984年3月），頁72～93。

靴》劇中佘太君云：「俺楊家八虎淨已死盡，留下了孤兒寡婦，望千歲把旨請，抬貴手放俺回河東」，柴郡主亦云：「官爵利祿心已冷，願學無官一身輕。你把趙家看得重，視楊家如燈草輕，用著人時拉一把，用不著，到時一腳蹬。」因為朝廷奸佞太多，皇帝又昏庸無能，整部楊家的血淚史除了要對抗外患，還要謹防自己人的陷害，實在太沉重了。郡主最後同意讓延昭再度為國衝鋒陷陣，但對八千歲及寇準撂下狠話：

> 咱三造對面說清，你保楊家永安寧，若要是紅口白牙不算數，御妹我要闖進南清宮，奪過凹面鋼，我要發發瘋，單打老王嫂，誰勸也不聽，打得她鼻又青，眼又腫，頭上添兩個大窟窿，我看你心疼不心疼。

郡主一改她溫婉的形象，在此簡直蠻橫不講理，但她之所以言明再三，正深化宋君的昏庸。延昭死裡逃生，此番乃看在八千歲及寇準的情面才重出江湖，若有什麼不測，就得由他們來承擔。

評劇《楊八姐游春》中，宋仁宗游春時被楊八姐的美貌所吸引，想盡辦法請王丞相向折太君提親。折太君認為「侯門一入身似海」，會誤了女兒的終身幸福，所以持反對態度，但宋君認為普天之下莫非王土，所有的東西都屬於他所有。為了辭謝宋君的厚意，佘太君軟硬兼施，一方面用不可能得到的彩禮讓他知難而退；一方面則慷慨陳詞、曉以大義。索禮抗君這部分，歷來傳頌，富民間氣息，機氣橫生，京劇也有《佘太君抗婚》，都寄託了對昏庸國君的諷刺。誠然，仁宗朝大宋兵敗割地，仁宗在責難逃，但北方少數民族經濟文化的發展，和能騎善戰也是應該考慮的，況且祖宗禁忌武人之痼疾也不是一下子就完全改變得了的。況且仁宗不論在經濟、政治，還是在軍事、司法上都有較大的建樹，為了經濟的繁榮，他積極採納包拯等人的經濟改革措施；為了政治的清明，他頗能納人良言；在軍事上還能破皇朝舊例，大膽使用武將，這些改革不能不使我們對宋仁宗的評價重新思考。〔註86〕

梅蘭芳晚年之作《穆桂英掛帥》，敘述穆桂英退隱二十年後，西夏又來挑釁，邊關再度告急，朝廷在汴京校場比武點將，文廣兄妹在校場比武中刀劈奸臣之子王倫。宋王將帥印賜與楊家，思及文廣兄妹還小，宋君及佘太君要穆桂英代替他們出征，穆桂英怨恨宋君昏庸，聽信小人讒言，罷黜忠良，而

〔註86〕見朱運來〈從包拯的成名評宋仁宗〉，（載於《常德師範學院學報》第一期，1996年），頁38。

不願擔當重任，後經佘太君力勸，她方捨棄私怨，重披戰袍。「鄉居」一場主要寫楊家聽說西夏犯境的消息，佘太君命楊金花、楊文廣進京打聽消息。穆桂英感於朝廷的刻薄寡恩，不同意兒女進京。「接印」一場，梅蘭芳有不少創新，開始是「掛念」階段，她掛念兒女在外是否會遭奸臣所害，當她見兒女接回帥印後，觸景生情竟要綁子上殿，交還帥印，呈顯出穆桂英澎湃的心情。為了鋪墊穆桂英由不願意掛帥到願意出征，他大膽地採用「九錘半」的鑼鼓套子，完全用舞蹈的變化表現她顧全大局，不顧個人得失的思想脈絡。

　　宋真宗、宋仁宗在歷史上雖不是非常大有為的君主，但也不是那麼昏庸的國君，由於楊家將戲曲要突顯忠與奸之爭鬥，所以國君往往被醜化，茲以真宗為例加以辨析。真宗在澶淵之役駕御親征，儘管中間的歷程有些戲劇性，他並沒有完全採納寇準的意見，但總比南宋徽宗在金軍進攻時望風而逃，宋欽宗一味求降要強得多。但後來他因聽信讒言，甚至親自策劃、製造天書封禪諸事，而引人爭議，如《皇宋通鑑紀事本末》卷十七之記載：

> 大中祥符元年（一〇〇八年）正月乙丑，上召宰臣王旦、樞密院事王欽若等對於崇正殿之西序上曰：「……朕去年十一月廿七日夜將半，方就寢，忽一室明朗，驚視之，次俄見神人星冠絳袍，告朕曰：『宜於正殿建黃籙道場一月，當降天書《大中祥符》三篇。勿洩天機，朕悚然起對，忽已不見，遽命筆誌之。自十二月朔，即蔬食齋戒於朝元殿，建道場結綵壇九級，又雕木為飾，是以佇神貺。適見皇城司奏：在承天門屋之南角有黃帛曳於鴟吻之上，帛長二丈許，纏一物如書卷，纏以青縷三周，封處隱隱有字，朕細思之，蓋神人所謂天降之書也。〔註87〕

宰相王旦等率領群臣再拜稱賀，接著，宋真宗步至承天門，焚香拜望，遣二內臣周懷政、皇甫繼明爬上屋頂將黃帛取下來。王旦跪奉而進，帝再拜受之，親奉安輿，導至道場，付陳堯叟啟封。帛上有曰：

> 趙受命，興於宋，付於恒。居其器，守於正。世七百，九九定。
> 〔註88〕

〔註87〕楊仲良《皇宋通鑑紀事本末》第一冊第十七卷，（台北：台灣商務印書館發行），頁417。另《宋史・禮志七》亦有相同之紀載，見楊家駱主編《新校本宋史並附編三種四》，（台北：鼎文書局，1978年9月），頁2539。
〔註88〕楊仲良《皇宋通鑑紀事本末》第一冊第十七卷，頁418。

帝跪受，復命堯叟讀之。其書黃字三幅，詞類《尚書‧洪範》、《老子道德經》，始言真宗能以至孝至道紹世，次論以清靜簡儉，終述世祚延永之意。

　　天書屢降的狂熱反應，宋真宗還以聲勢不夠，又想模仿唐朝宗祖老子的辦法，來抬高皇帝的地位和顯示神必祐宋室的可靠性。可是道教王尊之神太上老君姓李，不能為趙氏裝飾門面，於是宋真宗又假托夢見神人傳玉皇之命，硬是造了一個保生天尊大帝趙玄朗，揚言這是趙氏帝王的族祖。《宋史‧禮志七》記載：

　　　帝於大中祥符五年十月，語輔臣曰：朕夢先降神人傳玉皇之命云：
　　　先令汝祖趙某授汝天書，令再見汝，如唐朝恭奉玄元皇帝。翼日，
　　　復夢神人傳天尊言：吾坐西，斜設六位以候。是日，即於延恩殿設
　　　道場。五鼓一籌，先聞異香，頃之，黃光滿殿，蔽燈燭，睹靈仙儀
　　　衛天尊至，朕再拜殿下。俄黃霧起，須臾霧散，由西陛升，見侍從
　　　在東陛。天尊就坐，有六人揖天尊而後坐。朕欲拜六人，天尊止令
　　　揖，命朕前，曰：吾人皇九人中一也，是趙之始祖，再降，乃軒轅
　　　黃帝，凡世所知少典之子，非也。毋感電夢天人，坐於壽丘。後唐
　　　時，奉玉帝命，七月一日下降，總治下方，主趙氏之族，今已百年。
　　　皇帝善為托育蒼生，無怠前志。即離座，乘雲而去。〔註89〕

宋真宗言訖，王旦等人再拜稱賀。宋真宗還再召王旦等至延恩殿，歷觀臨降之所，並布告天下。命參知政事丁謂、翰林學士李宗諤、龍圖閣侍制陳彭年與禮官修崇奉儀注。閏十月，制九天司命保生天尊號曰聖祖上靈高道九天司命保生天尊大帝，聖祖母號曰元天大聖后。大中祥符八年（一○一五年），又上玉皇大帝聖號太上開天執符御曆含真體道玉皇大天帝，從此道教又多了一位僅次於玉皇的尊神保生大帝趙玄朗。

　　真宗得天書、封禪於泰山之舉，實乃繼承戰國陰陽家學說及漢代儒生「禎祥」、「災異」之說，明眼人都知道此乃利用神道設教，為何宰相王旦沒有阻止這一連串荒唐、迷信的行為呢？王船山指出：

　　　王旦受美珠之賜，而俯仰以從真宗偽妄，以為熒於貨而喪其守，非
　　　之旦者，不足以服旦也。人主欲有所為，而後賄其臣以求其遂，則
　　　勢必無中止之勢，不得，則必不能安於其位。及身之退，而小人益
　　　肆，國益危。旦居元輔之位，繫國之安危，而王欽若、丁謂、陳彭

〔註89〕楊家駱主編《宋史‧禮志七》，（台北：鼎文書局，1978 年 9 月），頁 2539。

年之徒，側目其去，以執宋之魁柄。則其遲回隱忍而導愚者，故有
不得已於斯者矣。〔註90〕

其認為王旦並非因人主以珠寶賄絡，就貶損自己的人品，讓真宗及王欽若等
奸佞玩弄於鼓掌之間，而是「兩權相害取其輕」，如果他一味反對天書、封禪
之事，只會引起真宗的反感，最後勢必被拿掉相位，王欽若等人若取而代之，
只會讓宋真宗時的國政更加混亂黑暗。

　　綜上所述，宋真宗因政治的挫敗，聽信王欽若等小人的話，不但沉迷於
天書、封禪諸事，而且自導自演是僅次於玉皇的尊神保生大帝趙玄朗，以當
時的情況連宰相王旦都無法阻止，相傳寇準為了迎合真宗，希望獲得真宗的
再度寵信，也曾獻天書，但門生為了他一生正直的名譽，不斷地勸他舉發乾
佑山天書乍妄之事。〔註91〕戲曲中宋君搶娶楊八姐是子虛烏有之事，但宋君
常聽信王欽若的讒言，並高度重用他，則有歷史根據，而且王欽若與寇準、
楊延昭的正反派形象都符合歷史事實。

二、用女性意識改造歷史、傳說題材

　　楊家將戲曲有關女性的新題材除了婚戀自主外，還包括了歌詠女英雄、
封建婚姻的戕害、寡婦之守節與情慾等，這些虛構的情節離史實甚遠，卻寄
寓著民眾的理想與同情，以及突破傳統禮教之道德觀念，深具時代性。以下
分四類歸納之：

（一）婚戀自主

　　《楊家將演義》、《昭代簫韶》及《車王府曲本精華》所收錄的《天門陣》
都還停留在宣揚宿命的婚姻觀，如仙人李剪梅為了許配楊宗顯而奪九環金刀，
木桂英強留宗保乃因命中註定之姻緣。但楊家將地方戲曲則有突破的發展，
佘太君、柴郡主、杜金娥、穆桂英都很有意識地追尋理想對象。

　　河北梆子《七星廟》（一名《佘賽花》）敘述後漢佘表將女佘賽花先許楊
繼業為妻，又悔婚另許孫豹為妻。為此媒人想了一個計策，命人送兩張畫像
到折家，讓賽花親自挑選。一張是孫豹的，畫得英俊瀟灑，一張是楊繼業，故

〔註90〕清‧王船山《讀通鑑論‧宋論卷三真宗》，台北：漢京文化事業有限公司，1984
　　　　年7月，頁62。
〔註91〕李燾《續資治通鑑長編》卷93 天禧三年五月甲申，北京：中華書局，1986
　　　　年。

意畫得很醜陋，但賽花前些日子在山中打獵時，已經見過了繼業，並且和他私訂終身，所以她還是選擇繼業。孫豹不服，所以折表建議讓兩人比武來決定勝負。比武時賽花暗中幫助繼業打敗孫豹，再故意輸繼業，但孫家不服，吵鬧不休。繼業以為孫家不守信用，怒沖沖的先行離開比武現場。楊衮因看不慣孫家無賴作風，因此跟孫折兩家發生衝突，楊繼業失手將折賽花的兄弟及孫豹打傷。折賽花為兄弟報仇，楊繼業不敵，逃入七星廟內，賽花趕來，天色已暗，廟中光線不明，被楊設計進廟擒之，並跟她說明事情真相，化解了誤會，於是賽花與繼業成婚，楊佘兩家也和好如初。

秦腔《狀元媒》宋王率柴郡主往邊關射獵，遼將巴若里聞報襲擊，挑宋王落馬，並擒柴郡主回國，適楊延昭返家探母，路經潼台，救宋王，並將柴郡主救回。大臣傅龍之子傅丁奎亦至，宋王誤以丁奎為救己之將，乃將郡主許婚。而郡主慕延昭英俊，贈詩寄意，並贈珍珠衫。延昭回京，謁八賢王求救，八賢王與新科狀元呂蒙正解破詩意，即奏之宋王。宋王聞延昭姓名，始知誤會，郡主乃向宋王力証救駕者為楊延昭，並請在金殿辨別真假。楊繼業、傅龍各率子上殿，呂蒙正令延昭及傅丁奎當面奏明救駕經過，真假立判。宋王宣稱：先王遺訓，獲得郡主珍珠衫者為郡馬，延昭立獻珍珠衫，乃與郡主成婚。

京劇《楊七郎吃麵》〔註92〕此劇不見《楊家將演義》、《北宋志傳》，敘述楊七郎出征，遇番將，與戰不敵，落荒而走；遇杜家婦女，杜父留之食麵。杜女金娥愛慕七郎，欲締結婚事；七郎不答應，乘金娥代做麵食之際逃走，後又被追回，他才應允婚事。本劇寫她主動追求七郎，最後完婚，但很年輕就成為寡婦了。杜金娥在楊家媳婦中屬於敢愛敢恨、直率勇猛之人，在小說《北宋志傳》中杜金娥懂仙術，是所有女將中唯一懂得法術之人，但到了地方戲曲，她已還原成一位平凡人了。

這些追求婚戀自主的作品，比起以前強調宿命的婚姻觀顯然進步很多，上述楊門女將佘賽花、柴郡主、杜金娥、穆桂英具備坦率勇武的共同特質，一般而言，類型人物雖以「相似性」為主要特徵，但在這種相似性中所有的只是偶然的條件下具有「理想可能」的不理想現實物，因此不論劇情如何離奇、矛盾如何激烈，不過是把人物性格的一些特徵在缺乏深刻認識的狀態中

〔註92〕參見陶君起《平劇劇目初探》，（台北：明文書局股份有限公司，1982 年 7 月），頁 211。

一再重覆地突顯出來，並沒有探索到人的精神性的理想層面，〔註93〕因此像
《楊七郎吃麵》一劇，杜金娥、楊七郎既缺乏鮮明的性格，又沒有動人的劇
情，自然不受青睞而失傳。相較於《楊七郎吃麵》，《佘賽花》、《狀元媒》、《穆
柯寨》等戲突顯佘賽花威凜的摽梅春思、柴郡主細膩委婉的貴族情思、穆桂
英霸氣純真的愛戀之情，展現人物性格的總體特徵與獨特風貌，他們鮮明的
性格特點令人一目了然，而且與當代人的婚戀觀互為呼應，不會停留在古老
的思維裏，所以受到大眾喜愛而流傳至今。

（二）歌詠女英雄

　　在清代戲曲《昭代簫韶》及《綴白裘・擋馬》中的楊門女將形像都還很
模糊，到了地方戲曲大量出現歌詠女英雄之作：楊家女性晉升為戰場的指揮
官，男性反成為她們的下屬，或女扮男裝，獨闖北國救統帥、奪金刀，其中穆
桂英、楊八姐、楊排風是楊門女將中最常被歌詠的女英雄。

　　破天門陣的主帥在孤本元明雜劇《楊六郎調兵破天門》、《昭代簫韶》及
《車王府曲本精華》所收錄的《天門陣》都是楊六郎及楊宗保，而且楊宗保
得到仙人傳授陣法時，穆桂英在孤本元明雜劇還沒出現，一直到《昭代簫韶》
才成為破天門陣之　員。但到了《破洪州》、《穆桂英比箭》穆桂英則擔任主
帥，宗保只是先行。

　　《破洪州》敘述宋遼失和，會兵於九龍谷，楊家將大破遼軍天門陣，論法
術之廣，功勞之多，首推穆桂英。桂英係延昭之媳，宗保之妻，其時遼將蕭天
左，圍困洪州。真宗命桂英為元帥，並派宗保為先行官，陞座點名時，宗保延
誤時間，三次失卯，而他擅自出兵，與蕭天左的第一陣交鋒又打敗仗，桂英深
恐軍法不嚴，不能服眾，意欲斬之，幸賴延昭送書求赦，桂英念及乃翁情面，
只得應允，命小校重責宗保四十軍棍，以折其桀驁之氣，不敢以夫妻之私恩，
而廢國家公法。最後桂英親自出戰，刺死天左，遂解洪州之圍。《穆桂英比箭》
〔註94〕一劇亦以破天門陣為背景，遼兵來犯境，桂英掌帥印，命宗保為先行官，
駐紮在九龍谷，卻遇上黃瓊女率西夏兵幫遼軍助，宗保與黃瓊女爭奪老虎卻又
失敗，被桂英奚落一番。宗保在此劇曾有一段話刻畫自己的心聲：「俺的妻掛帥
印雌威萬丈，大丈夫倒做了部下兒郎。……俺家中母老母泰山壓頂，難道說曠

〔註93〕　參見王瓊玲《明清傳奇名作人物刻畫之藝術性》，（台北：台灣書店印行，1998
　　　　　年3月），頁114。

〔註94〕　參見《劇本》雜誌，（北京：劇本雜誌社，1962年12月），頁53～63。

野外，也怕這野生的大蟲。弓來！看你敢在少爺前咆哮逞強……」由上看來，宗保對於自己並沒有足夠的信心，而桂英也太鋒芒畢露了！

京劇《演火棍》（一名《打焦贊》）塑造了新女英雄，情節襲自《昭代簫韶》第四本第十五回，只不過將跪在地上求饒的孟良改成焦贊。1961 年由蘇俗等人根據《演火棍》加以編寫的新編京劇《雛鳳凌空》，強調排風不但會使三十六路梅花槍，而且還懂兵法，所謂「打從『生』門進奮力搗『死』門，衝破『開』門遁，保你大功成。」安徽新編折子戲《戲焦贊》也將排風塑造成精通戰術的女英雄，如她打敗焦贊後，教導他取勝之道、軍家用兵的詭詐之術，云：

> 在戰場上不能只以力而勝，要以力智相輔，善戰、巧戰，善於出奇制勝。戰術的變化如天地運行那樣變化無窮，像江河那樣奔流不息。終而復始，就像日月的運行，去而復返。並要神機妙算，從容不迫。

> 能而示之不能，用而示之不用，近而示之遠，遠而示之近，利而示誘之，亂而取之，時而備之，強而避之，怒而撓之，卑而驕之，佚而勞之，雜而離之，攻其無備，其其不意，此乃兵家之勝也。〔註95〕

這些話不像出自一個燒火丫頭之口，倒像是飽讀黃老道家以及兵書之戰略家，不符合她的身分，戲曲塑造人物時，應當要「做那等人說那等話」、「說一人、肖一人，勿使雷同，弗使浮泛」，〔註96〕如果排風的人品學養都類同楊八姐，那何須再編出一位燒火丫頭呢？雖然地方戲曲出現不少歌詠楊家女英雄之作，但也應注意其賓白的合理性，才能成為經得起考驗的作品。

（三）封建婚姻的戕害

這是很值得注意的題材，但在楊家將戲曲中幾乎是還未開發的處女地，希望劇作家可以投入此園地，提供更多角度的思考空間。

由於女性優越的統領能力，勢必造成家庭與事業難以兼顧之情形，楚劇《穆桂英休夫》以較強烈的女性意識揭示古代婦女被封建婚姻戕害的苦難，從而引發人們對社會性別文化的反思和調整，尊重和維護婦女的合法權益。穆桂英原有著山林野性，較不喜受束縛。所向無敵的女英雄，穆柯寨的山大王，來到一

〔註95〕見武杰編劇《戲焦贊》，收於《安徽新戲》2001 年 1 月，頁 63～66。
〔註96〕見吳梅《顧曲塵談 制曲》，（收於隗芾、吳毓華編《古典戲曲美學資料集》，北京：文化藝術出版社社，1992 年 10 月），頁 472。李漁《閒情偶寄》，（上海：上海古籍出版社，2002 年 6 月），頁 118。

門孤寡的楊家，卻必須遵守古禮法，讓她累壞了。如果說柴郡主對穆桂英的態度表現了一種封建門第觀念的話，那麼眾夫人對待穆桂英就不能不說有一種無名的嫉妒心。楊宗保此時應扮演中立、溝通的角色，讓桂英慢慢適應楊家的生活形態，而非一味地責備，甚而為了滿足五娘帶兵殺敵的心願，而要桂英放棄當主帥，這實在是太不體恤妻子，也沒有顧全國家之安危。漢樂府《孔雀東南飛》、宋詞《釵頭鳳》分別揭露了兩椿婚姻悲劇，其中兩位女性俱為有才華、有主見之女性，在封建婚姻的關係中，女子無才便是德，她要以男人為生活的重心，亦步亦趨地跟隨他，「有才華、有主見」反成為女性的絆腳石。楊家將戲曲中的女性一向強悍、主動，本劇跳脫此傳統，讓穆桂英成為傳統婚姻的受害者，主題新穎、笑中帶淚，是楊家將當代戲曲的佳作。

（四）寡婦之守節與情慾

　　女性情慾是當代戲曲頗關注的焦點，楊家將戲曲有關此題材的作品還不多，僅有評劇《魂斷天波府》及京劇小劇場《穆桂英》，而且都是以男性的觀點來審視女性。楊門眾女將在脫下戰袍，回歸家庭之後，她們難道沒有凡人的七情六慾嗎？當代人婚戀尺度大開，如果歷史劇可以結合當今思潮，其實可以有無窮的開發空間。

　　評劇《魂斷天波府》以杜金娥為女主角，探討作為一個女人，生活在保守宋代的女人，她的情慾自主與傳統社會的貞節觀扞格時，她如何自處？本劇敘述楊宗英下山認母，卻落得自殺身亡的處境，與《楊七娘》不同之處乃楊宗英並非她與七郎的婚生子，而是野合之子。未婚生子在古代是一大禁忌，何況對於即將被封為誥命夫人的她？魂劇的結構布局是雙線並行的：一線是封建禮常與母子親情的矛盾衝突，一線是七娘與宗英母子間以及各自情感深處的內心衝突。一開場就把皇帝的誥封與宗英的尋母縫合在同一時空，使兩者彼此間難以逾越的鴻溝呈顯出來。緊接著是一系列派生而出的「子懸念」：「認子」「審媳」兩場，令柴王的糾纏為七娘母子究竟能否守住這種難得的團聚設下懸念，「造謊」、「夜傳」則令柴王出示血書，把宗英逼向非死即逃的終局，又令寇準近獻造謊妙策因而生出解脫希望，與此相呼應的是七娘處處被動又處處壓制宗英的行為，這樣的戲劇結構，演成一場令人震撼、摧人心肝的悲劇。〔註97〕

〔註97〕董家驤〈歷史題材的人生化開掘：觀評劇魂斷天波府〉，（《戲曲研究》第四十輯，北京：文化藝術出版社，1992 年 3 月），頁 195～199。

　　身為楊家的女性是光榮也是不幸，七夫人雖成為寡婦，但被封為誥命夫人，也是無上的榮寵，然而就道家的觀點來看，所謂的尊榮是虛幻的，如果為了成全誥命夫人的封號而犧牲兒子，那就太沽名釣譽了，老子所謂「絕聖棄智，民利百倍；絕仁棄義，民復孝慈」，〔註98〕就是指不要將仁義等當成可以獲利的工具，老百姓老百姓才可以回歸素樸之境地，值得我們深思。

　　更近一步的突破是新銳導演李六乙的京劇小劇場《穆桂英》，此劇著重在女性英雄卸下戰袍之後，對死亡的恐懼、對情慾的渴求。一直以來，以穆桂英為創作題材的戲曲劇本涵蓋了許多劇種，而且造就了一代又一代的優秀藝術家。但這次李六乙重新創作的《穆桂英》拋棄了簡單的、概念化的「以歌舞演故事」的模式，不再拘泥於講述觀眾熟知的《穆桂英掛帥》的故事情節，他說：「在劇本創作時，我著重展現穆桂英掛帥出征前，拜祭楊家眾位英烈，繼而幻見爺爺楊繼業、公公楊六郎、丈夫楊宗保亡魂時的心理狀態。」在與亡魂的對話中，李六乙細致剖析了這位堅貞英武的女性的內心世界，贊頌了女性之柔美，女性之壯美。

　　同時，全劇也對無力的男人們、羸弱的國民性提出了猛烈的抨擊。「國無英雄」的呼喚更是發人深省。此外，李六乙還吸收了《偶人記》〔註99〕對昆曲念白、對白有機處理的經驗，唱詞華麗、意韻深遠，時而幽默，時而感傷，力圖產生良好的劇場效果。作為一個男性編劇，李六乙坦陳自己在創作過程中力圖去感受女性的狀態：「作為一個男性，我不否認自己因性別差異在審視女性時會有矛盾，但這或許正是穆桂英的矛盾，雖然她是女兒身，但她的表述方式卻是男性的，比如她的睿智、她的勇敢，她對死的無畏。」雖然由男性塑造出來的女性，與女性本身的思考方式、對情慾的渴求會有些差異，但男性書寫女性早就是中國文學的傳統，是一種人道的關懷，也有另一種風味。

　　明末清初，出現了許多關懷女性的戲曲，她們對於宿命的情愛、婚姻，已不再逆來順受了，如湯顯祖《牡丹亭》中杜麗娘為了追求美滿的婚姻，現

〔註98〕見樓宇烈《王弼集校釋》，（台北：華正書局，1992 年 12 月），頁 45。

〔註99〕李六乙在 2002 年所執導的的《偶人記》，是一齣傳統戲劇結合現代舞台美的實驗小劇場。敘述仙女紫雲被木偶戲《牡丹亭》感動，將戲中的偶人點化成真人的故事。傳統的動作程式被加以誇張和變形，時、空間的轉換節奏更快，西洋音樂和戲曲中的民樂相結合，樂隊中不但有笛子和鼓，還加上了鋼琴和弦樂四重奏，演員的念白和唱腔也更加自由多變。

實生活中不可得者，於夢中得之；生而不可求者，以死求之；生生死死，終於如願以償，與夢中人結為眷屬。〔註100〕時而至今，在各地方戲曲中用女性意識改編歷史傳說的作品愈來愈多，尤其女作家的投入，讓此類作品迥異男性代言之作，楊家將戲曲中出現了大批的女英雄，她們的愛慾、婚姻觀成為新的創作題材，是很值得深耕的園地。

三、提出新觀點之翻案文章

因政令宣導、編劇導演的主觀詮釋或為了觀眾的喜好，而將楊家將戲曲原有的劇情局部或大幅度改編，如上黨梆子《三關排宴》、新編京劇《北國情》、陳美雲歌仔戲《青龍關》、保定老調《狄楊合兵》等，這些改編的劇情，各界褒貶不一，但也因這些不同觀點的作品，豐富了楊家將戲曲的風貌，茲以上述戲曲為例，分析說明之：

（一）宋君體恤民心，是位賢君

為了強調楊家將的忠義，戲曲常將宋君寫成不明是非、容易受奸佞小人左右的昏君，一直到《昭代簫韶》，宋君整個形象扭轉了，不但體恤民心，而且明辨忠奸。

歷史中的太宗、真宗及仁宗，即使不是雄才大略的君主，但若完全以昏庸、軟弱無能視之，也不盡公允，但為何戲曲中宋王的形象如此？老百姓對宋王和楊家將的看法，可以用焦孟二將常用的定場詩來說明：「不聽宋王三台宣，端等楊家將令傳」，在他們心中宋王是踩在楊家人前仆後繼所築成的血肉長城上，然而他卻常常忘記楊家的功勳，還聽信奸臣的耳語迫害楊家，實在沒有知人之明。《鼓詞繡像楊家將》敘述八王爺要上朝保楊業父子不死，但內文有一段嘲諷之詞云：「趙老爺仗著他那功勳大，一心待抗抗黃河幾仗沉。那知道太宗皇爺迷酒色，他合那潘氏娘娘執了盒，枕邊言憺美的他隨手轉，就是他祖宗老子也不親，君不見紂王寵信妲妃女，摘星樓生生剖了比干心，萬鳳樓明府將軍怎樣死，吃了那美貌佳人腳上說，這就是牝雞司晨家之素，自古聖賢相傳到如今。」〔註101〕這裡將宋君比喻為紂王，將潘妃比喻為妲姬，

〔註100〕湯顯祖云：「情之至，使生者可以死，死可以生」，（收於隗芾 吳毓華編《古典戲曲美學資料集》，北京：文化藝術出版社社，1992年10月），頁123。

〔註101〕《故宮珍本叢刊》第七一四冊，（海南：海南出版社，2001年1月），頁380。

諷刺宋君沉迷美色，昏庸誤國，不可能接受八王爺的勸諫，還特別強調「牝雞司晨」，將較大的責任歸咎於女性。實際上國君擁有一切的權利，若不是他色迷心竅，流連花叢中，潘妃的耳語又焉能左右他？

針對宋君的愛好美色，地方戲曲有《楊八姐游春》，雖然寵愛潘妃、強娶楊八姐都是杜撰的故事，卻抒發了民眾為忠臣抱屈的心聲。秦腔《千秋廟》〔註102〕將宋太宗寫成謀害宋太祖、陰謀篡奪萬里江山的野心家，他當朝理政後，是非不明，忠奸不分，只知道「常隨快把門掩了，後宮飲宴樂消遙」；秦腔《銅嶺記》〔註103〕寫真宗被遼兵圍困，嚇得「三魂渺渺不周全」，居然在城頭向遼將打躬做揖，央告說：「頃刻降文送出城」；京劇《澶淵之盟》寫真宗在不得已的情況親駕出征，但在渡黃河時聽河岸擊鼓吶喊聲，嚇得魂飛魄散，一聽蕭后願意簽訂和平協議，便大方地說即使花費百萬也在所不惜，無視民脂民膏。此外，還有些劇目公然反抗君上，如浦州梆子《石佛口》、豫劇《楊八姐游春》、潮劇《楊令婆辯本》等抗拒昏君姑息養奸、調戲賜婚，它揭露了朝政的黑暗腐敗，歌頌了忠正之士為國抗上的鬥爭精神。

《昭代簫韶》是昇平署的宮廷大戲，歌頌宋王有其歷史背景。道光帝對清宮演戲進行兩項改革，一是裁減外學（包括旗籍和民籍學生），最後全部用太監演戲，二是除了「萬壽」及各重要節令慶典外，其他各種演戲活動，集中限於初一、月半舉行，名曰朔望承應，以後宮內通稱「照例排當」，直到清亡，成為定制。凡慶典承應演戲形式，一般開場必上祥瑞戲，中間為雜齣小戲，最後一齣稱團場，又是祥瑞戲。朔望承應開演大戲，往往需要長年累月，首尾開場、團場照常例用應景吉祥戲，真正獻給皇太后、皇帝欣賞的是中軸子之戲，中軸子之戲的選擇煞費苦心，戲兼崑亂，取其有變化，不單調，但又具有統一的旨趣：輕鬆、有趣、優美，迎合皇太后等人的心理，是把皇太后等人當成富闊，開開心心而設計的，〔註104〕在此情況下，戲曲用來娛樂的成分是相當濃厚的。

在第九本二十齣《仁君明鑑得真情》敘述嚴洞賓幻化成楊景，對孟良、

〔註102〕轉引自周華斌〈楊家將故事的歷史衍變〉，（收於《中國戲劇史論考》，北京：北京廣播學院，2003 年 2 月）。

〔註103〕轉引自周華斌〈楊家將故事的歷史衍變〉，（收於《中國戲劇史論考》，北京：北京廣播學院，2003 年 2 月）。

〔註104〕見陸萼庭《崑劇演出史稿（修訂本）》，（台北：國家出版社印行，2002 年 12 月），頁 414、415。

焦贊、岳勝說要助遼滅宋，博得分茅裂土，霸業稱王，孟良等人大吃一驚，怒斥假楊景不忠不孝，辜恩背叛，但宋君卻清楚地認為這是敵人的分化的技倆，他說：「眾卿，朕覽王兒所奏楊景私通遼國一書，事屬虛無之甚，朕細想楊門婦女，老幼尚且個個丹心報國，何況楊景受朕寵恩，身膺閫帥，焉有降遼之理。今揣度，回戈反向之情形，必係楊景累經破陣，妖道窮極計生，激奮楊景入陣困之，假幻冒名，行此離間之計，使朕盡翦楊氏，除彼心患耳。」一向護衛楊家的寇準及德昭都未思及敵人的計策，可見宋君的確是明君。又第十本二十二齣《開綺宴奉勒完姻》敘述大破天門陣之後宋君賜楊宗顯、楊宗保與李剪梅、木桂英成親，又對楊家滿門封贈，讓他們骨肉團圓。絃外之音為唯有繼續為朝廷奮戰，才能報答皇恩，然後配稱忠臣義士。

　　《昭代簫韶》是承應時的大戲，上位者有意藉此讚頌太平盛世，所以宮廷劇作家一反民間曲藝的宋君形象，極力讚美宋君為仁德之君。但此寫法與民間的期待有差距，而且削弱楊家悲劇英雄的戲劇力量。

（二）四郎是不忠之人，蕭太后是正派人物

　　《楊家將演義》及《昭代簫韶》中的四郎（八郎）雖然在幽州一役被遼國俘虜，繼而被招為駙馬，但他們遼邦苟活，完全是為了能將功贖罪，雖身在遼邦，卻心繫大宋。甚至四郎、八郎之妻瓊娥公主及青蓮公主屢次幫助宋軍解困，還勸說母親不要對宋大興干戈，應該以和為貴。

　　《四郎探母》一劇敘述宋代，楊家八虎闖幽州，為遼所敗。四郎被虜，改名木易，蕭太后配以鐵鏡公主。蕭天佐侵宋，楊六郎禦之飛虎谷，回太君押糧抵營。四郎聞信，急欲乘機探望。乃懇求公主盜令箭出關見母，一家團聚，悲喜交集，黎明即返。在抵抗外侮侵略的戰爭中，楊家的男女老幼，始終表現了毫不妥協的態度，此戲著眼在「人情」，擺下天門陣的蕭太后因女兒、外孫而原諒擅自出宮的楊四郎，久經風霜的佘太君為了感恩鐵鏡善待四郎而下拜，有人認為是對楊家將的醜化，所以曾在「回令」後加寫幾齣，敘述他重返遼邦，為的是尋找機會將功贖罪，而非貪慕富貴，苟且偷安。

　　上黨梆子《三關排宴》中的楊四郎是個貪生怕死、見利忘義的懦夫；佘太君是個冷酷無情的媽媽和婆婆。宋遼議合，在三關宴會上，折太君得知了遼邦蕭上銀宗的駙馬即她四子楊延輝，不顧楊家七郎八虎非死即散，他身邊已無一子，仍執意要向遼邦索回，依律定罪。多情的桃花公主知道與四郎的緣份已盡，竟在宴前自盡。四郎冀求得到寬免，太君歷數楊家祖孫三代精忠

報國之事，終使四郎無地自容，跳關而死。學者王安祈則認為本劇對公主及四郎的性格塑造無法達到交互推動的作。而將太君大義滅親視為「忠」，四郎羞愧自盡為「孝」，公主自盡為「節」，這樣勉強扭曲人情以應和道德條目的作法，可以看出四郎變節的事實始終是創作者心中的焦慮。〔註105〕編劇家吳祖光認為這是一齣充溢愛國主義精神、嚴肅法紀軍紀，主題莊嚴，結構緊密，人物性格鮮明，情節感人的好戲。〔註106〕所以他在 1962 年將它改編成京劇，在人物情節主題方面一仍其舊，只是在結構方面重新作了一些安排，對桃花公主增加了一些色彩，在全劇文字、尤其是唱詞上做了較大的加工重寫。

新編京劇《北國情》中蕭后一改窮兵黷武的形象，她多了慈暉的容顏及用人唯才的膽識。雖然她懷疑木易駙馬為楊家之後代，但愛女桃花公主對他一見傾心，蕭后亦愛奇才，遂妻之以女。四郎羈遼十年，思母心切，公主為之盜取令箭，助其返鄉探母，不料為蕭后識破，經四郎自述身世，蕭后且給予議和文書，遣之為議和使者。四郎見母，呈奉議和之書，宋遼從此息兵，言歸於好。四郎雖促成南北和好，然亦難逃被斥責的命運。導演李仲鳴說在本劇中，盡量要展示出，無論是北國還是南朝，生活在其中的人民，都具有頑強追求人性真善美的可貴精神，所以不會像過去傳統戲那樣把遼將處理成反面人物，這是為了表現生活本身的豐富性和複雜性。

（三）四郎、八郎之妻助敵叛遼，不忠又不孝

四郎、八郎之妻瓊娥公主及青蓮公主在元明小說戲曲僅見其名，而缺乏人物之刻畫，《昭代簫韶》一書中瓊娥公主及青蓮公主的戲份得到空前的拓展，作者對她倆多所讚美。但上黨梆子《八郎刺蕭》及陳美雲歌仔戲《青龍關》則將她們塑造成不孝的女兒，只顧夫家，棄母叛遼。

《昭代簫韶》中妻瓊娥公主及青蓮公主得知自己所嫁的人是宋朝楊家將後，雖然懊惱，但還是秉持傳統觀念——「嫁雞隨雞，嫁狗隨狗」，像瓊娥公主幫助孟良盜取蕭太后之驦驪馬，讓趁機想害死六郎的王欽無法得逞。八郎及青蓮公主救了被溪化道人在兩儀陣活捉的楊八娘，另外又洩漏攻破萬弩陣之軍機給楊六郎，他們二人率遼軍當六郎的內應，終於幫六郎攻破險惡的萬弩陣。兩姊妹胳膊往外彎，幫助宋人攻遼，心境的掙扎轉折書中著墨不多，

〔註105〕王安祈〈探母知多少〉，（《復興劇藝學刊》26 期，1998 年 10 月），頁 90。
〔註106〕吳祖光〈愛國主義萬歲——說說三關宴〉，（《復興劇藝學刊》26 期，1998 年 10 月），頁 102。

在第十本敘述當天門陣被攻破，宋軍將擒拿蕭太后之際，瓊娥公主及青蓮公主懇求四郎及八郎救母，四郎及八郎本來認為她們既嫁楊門，即是宋朝命婦，不該起兵抗拒，表現出忠孝不能兩全的衝突，雖然她們胳臂往外彎，但在生死交關時刻並沒有棄母而去，仍然拼命護救蕭太后。當蕭太后得知兩女所嫁之人竟是仇敵時，她氣得破口大罵：「順夫欺母、天良喪盡」；「自恃楊家婦，竟忘了生身母，養女真正賠錢物，傷心鬱悶無門訴。」雖然痛罵兩位女兒，但最後還是聽從瓊娥公主及青蓮公主的建議，投降宋朝、兩國通好，得到皆大歡喜的結果。

上黨梆子《八郎刺蕭》一劇公主盜令，八郎回營探母，太君忍痛不見，眾女將求情，太君方允八郎報門跪見。太君痛斥八郎認賊作父、喪志失節，八郎發誓要立功贖罪，太君限三日內取來蕭太后首級將功折罪。八郎返回遼營，趁入宮探病機會刺死蕭太后，攜妻梨花公主與子南奔。途中被遼兵追及，寡不敵眾，自刎身亡。梨花公主與子則逃自宋營。此為鬚生唱做工並重戲，其中刺殺蕭銀宗一場《刺宗》常單獨以折子形式演出。陳美雲歌仔戲《青龍關》敘述四郎探母之後，因公主求情得以活命，但因遼邦戰敗欲臣服宋朝，蕭太后要求宋朝派出派出十大功臣到邊關以表誠意，誰知蕭太后只是詐降，在青龍關兵困宋軍，楊六郎書信予四郎求其相助，到此為止的情節大致合理，見《楊家將演義》三十四回及《昭代簫韶》。但接下來就令人匪夷所思，四郎求鐵鏡公主相助，鐵鏡公主不肯，四郎只得跪地求情，鐵鏡上金殿請纓運送糧草給遼兵，而糧草也就因而轉由四郎運往宋軍。在《四郎探母》中，公主盜令助其出關是人倫；而在《青龍關》一劇中盜糧是助敵的行為，攸關軍隊之存亡，更離奇的是蕭太后知道此行為還原諒女兒、女婿，並問鐵鏡公主：「一旦遼邦敗亡，要如何自處？」鐵鏡竟然說：「一旦遼邦敗亡，請隨四郎回中原，伺候公婆」，儘管已嫁為宋人婦，但遼國畢竟是生養她的故國，協助夫婿傷害故國，不但無情無義，也缺乏感恩圖報的美德，這樣的情節讓人覺得不妥。

在《昭代簫韶》中雖然四郎、八郎之妻就已經屢次幫助宋抗遼，但至少她倆還惦念母親的安危。反之，上黨梆子《八郎刺蕭》八郎手刃蕭太后，梨花公主竟還原諒他，而且還跟兒子逃往宋營；陳美雲歌仔戲《青龍關》中，鐵鏡助四郎盜糧，則以自己的利益為出發點，沒有考慮母親的立場，所以可稱為不孝之行為，也顛覆了她們以前美好的形象。

（四）狄青是正派人物，化解狄楊兩家的誤會

根據《宋史》的記載狄青字漢臣，汾州西河人，善騎射之術，後經尹洙推薦給韓琦、范仲淹，范仲淹十分賞識，傳授左氏春秋，狄青折節讀書，精通兵法。宋仁宗時，西夏趙元昊壯大，叛宋起兵犯境，狄青為延州指揮使，率兵與夏人作戰，勇猛善戰，臨陣時常身先士卒，披髮戴銅面具，所向披靡，西夏人驚為天神。〔註107〕

狄青治軍嚴謹，能與部下同甘共苦，又有知人之明，南征儂智高時，朝廷派去平亂的文臣都無法成功，最後由出身軍旅的他大獲全勝（楊延昭的第三子楊文廣就也跟隨狄青在此役效命），但因宋代文人地位高於軍人，狄青以威赫軍功讓文人飽受威脅，他們不斷散布流言，甚至製造一些天災異象來打擊他，仁宗被迫將狄青外放陳州，病痛纏身的狄青悽涼地死於赴陳州的途中，清‧王夫之云：「非徒王德用、狄青之小有成勞，而防之若敵國也。且以寇準起家文墨，史列侍從，而狂人一呼萬歲，議者交彈，天子震動」、「狄青初起，抑弗能成其朝氣、任以專征，不得已而委之文臣」、「及仁宗之季，……王德用、狄青且顛倒於庭臣之筆舌」，〔註108〕說明宋太宗以降因為害怕「黃袍加身」之歷史重演，所以對武將猜防百至，即使連寇準這樣的文官，也常讓國君擔心提防不已，並非北宋無可用之才，而是「崇文抑武」的意識形態使然。

歷史中的狄青是俯仰於天地間的英雄，但戲曲中他卻與楊家將結下樑子，彼此惡鬥，互不相讓，如安徽泗州戲《楊金花奪印》及豫劇《金花掛帥》渲染小說《萬花樓演義》狄青與楊宗保交惡的情節，但人物的關係脈落改變了，變成楊金花與狄青之子比武，而且金花還刀劈狄青之二子，讓二家之關係雪上加霜。狄青倚仗皇親關係討得帥印，寇準察狄包藏禍心，亦討旨與狄同到校場檢閱三軍。宗保之女楊金花聞訊後，女扮男裝，闖入校場，張弓箭射金錢落地。狄盛怒，欲擒金花，在寇準保護下，金花與狄青之子比武較量，將狄四個兒子斃命校場，奪回帥印。狄青動本參楊家謀反，宋王降旨縛佘太君入朝，欲斬。寇準約包拯、呂蒙正金殿保本，皆不准。當時江南王起兵北上，

〔註107〕元‧脫脫撰《新校本宋史並附編三種‧列傳第四十九狄青傳》，（台北：鼎文書局，1998年9月），頁9718～9720。

〔註108〕見王船山四部刊要／史部‧史評類《讀通鑑論‧宋論》，（台北：漢京文化事業有限公司，1984年7月），頁46、93、105。

寇、包、呂齊奏狄青存心險惡，楊家征南必勝，宋王始赦太君，命文廣掛帥，金花隨軍出征。

　　保定老調《狄楊合兵》〔註109〕改編《楊金花奪印》之情節，但將狄青送征衣延誤時機，差點被楊宗保處斬之事，改編成因楊延昭當年不發救兵，引發兩家結怨之仇隙。〔註110〕《狄》劇敘述南唐王李青發來戰表，要奪宋室江山，但宋的忠良將狄青遠在邊陲犒軍，楊家將已非昔日——桂英生病、文廣幼小而且太君已年邁，何人掛帥讓宋王非常憂心。王強為了奪兵權趁機保荐狄虎掛帥，因為他知道狄虎有勇無謀，南征定遭失利，那時皇上必不再重用狄家，兵權必然落入王強之手。偏偏寇準看出其中蹊蹺，參奏聖上後皇上同意以狄虎為首，校場比武奪印，為時七日，勝者為平南元帥。楊金花女扮男裝到校場比武奪印，她刀削狄虎盔纓、槍挑狄虎戰袍，贏得了比賽，然而狄虎在王強的刺激下，死纏金花不罷手，最後金花將他推下馬來，他竟自刺身亡。王強利用此機會挑撥離間狄虎之母雙陽公主，說楊文廣（其實是金花）故意殺死狄虎，讓雙陽公主肝腸欲碎，勾起狄楊交惡之往事。她要文廣抵命，幸賴狄青及時趕回朝廷，勸兩家共體時艱以大局為重，並直指罪魁禍首乃王強，最後皇上將王強革職查辦，封狄虎為虎賁將軍，金花順利捧印南征並平定南唐。

　　編劇李木成、蔡晨指出他們根據《楊金花奪印》一劇加以改編，但在總體結構和立意上，從新的角度作了全新的處理，以期在表現歷史題材時，盡可能而自然合理地賦予一些新的色彩，其中主要是對狄楊兩家的關係及對狄青這個人物的處理上。他們認為老百姓都承認狄青是好人，但在戲中的表現他卻是好處不多，壞處不少，而在《楊金花奪印》中狄青更是個反派人物。所以在《狄楊合兵》中便為狄青翻案，使他成了正派人物，化解華陽公主因喪子而對楊家產生的仇恨怨懟。〔註111〕狄青的故事起源很早，北宋時期就有許多關於他的各種傳說，因為他本身就具有一些傳奇色彩，自然成為小說

〔註109〕參見《劇本》雜誌，（北京：劇本雜誌社，1984年3月），頁72～93。

〔註110〕參見《劇本》雜誌，（北京：劇本雜誌社，1984年3月），頁72～93。狄青夫人云：「那年征西干戈動，我家王爺統三軍。你子六郎為軍需，嫉賢妒能造糾紛。扣發征衣耍詭計，風雪嚴寒凍官兵。狄王爺一怒奪征衣，你楊家從此恨在心。」

〔註111〕參見《劇本》雜誌，（北京：劇本雜誌社，1984年3月），頁72～93。

戲曲的題材，他在被神奇化的過程中，有時被美化、有時被醜化，展現出一個虛實交融的英雄形象，《狄楊合兵》是編劇力圖還原狄青歷史形象之翻案戲曲。

小結

　　楊家將戲曲有歷史的根據，但絕大部分受民間傳說、說唱文學及小說的影響，所以本節除了辨析歷史的真實外，亦探究其虛構的情節之來源。源自史傳者有《李陵碑》、《四郎探母》之「回令」、《蕭太后》、《澶淵之盟》等；源自說唱文學者有《五台會兄》、《太君辭朝》、《青龍棍》等；源自小說戲曲者有《金沙灘》、《清官冊》、《背靴訪帥》、《楊八姐闖幽州》、《洪羊洞》、《穆柯寨》、《轅門斬子》、《天門陣》、《十二寡婦征西》、《楊金花奪帥》等。其中以源自小說為大宗，因為小說與戲劇都是在「勾欄瓦舍」發育成長的民間文學，兩者都以故事情節為其主要組成部分，都要表現一個以時間或事件為序的過程，在表現手法有相似之處。楊家將戲曲的增飾與流傳始於南宋小說「話本」《楊令公》、《五郎為僧》兩本，可惜現已亡佚，無法知道其內容。《楊家將演義》、《北宋志傳》與楊家將戲曲雖然體裁不同，但彼此間互相融會、吸收、借鑑、參照，所以他們的關係是雙向性的，亦即戲曲舞台上楊家將故事的繁盛，促使作家將它改編成一部首尾完整的小說，而小說的情節更反轉來為戲曲舞台提供了素材。

　　隨著京劇及各地方戲曲之發展，楊家將戲曲有新情節的產生，如諷刺羸弱無能的政府、用女性意識改造歷史傳說題材及提出新觀點的翻案文章，這些新題材的產生與時代背景、劇種、劇作者旨趣、上位者提倡、觀眾審美趣味等因素有關。但不管是改編或翻案之作，都應注意其合理性、獨特性，否則就容易成為「絕響」，難以傳世。如周信芳新編歷史劇《澶淵之盟》，把赤壁之戰時諸葛亮在草船上的飲酒、淝水之戰時謝安的對弈，全借來加在寇準的身上，反而無法凸顯寇準的獨特性。至於表演方面，劇本還存在「自報家門」的舊框框，唱詞和語言也還是老一套的程式，雖以周信芳的崇高地位，也沒有使這個新編歷史劇成為保留劇目。又如安徽新編折子戲《戲焦贊》將排風塑造成精通戰術的女英雄，但口白不像一個燒火丫頭，倒像是飽讀黃老道家以及兵書之戰略家，不符合她的身分。

　　所以不管是楊家將的新編歷史劇或開展新情節的當代戲曲，應該注意不僅只是舊瓶裝新酒而已！在表演程式、唱腔、科白等都要更精緻化、更有創意，才能經得起時間考驗，成為傳世之作。

第三章　楊家將戲曲之主題思想

　　因時代背景不同、帝王提倡、劇作者的主觀意識、觀眾審美情趣等因素，元明雜劇、明清傳奇、地方戲曲呈現不同的主題思想，但「忠奸對立」、「宗教迷信」則貫串了楊家將戲曲，是異中之相同處。元明雜劇的篇數雖然不多，但元雜劇因為來自民間，文人在當時所受的壓迫是曠古未有的，所以常藉著歷史和傳說故事掩人耳目，反映庶民的心聲和社會現實；明雜劇因來自內府，又因有當時律令的規定，所以站在帝王的立場，強化忠君愛國的意識。清宮大戲《昭代蕭韶》以喜慶娛樂為目的，充斥著宗教迷信、歌功頌德、宿命的婚姻觀等內容，所以如果要從中發掘時代意義和企圖尋覓人生內外在的各種層面，是會讓人失望的。有關「邦有道則見，無道則隱」、「女性意識的覺醒」、「南北合」等深刻、嚴肅的主題思想，是在京劇及各地方戲曲才出現的，楊家將戲曲歷經千年來的演進，不但質與量勝過以往，近年亦迭有新作，只是大部分是拾人牙慧，讓人拍案驚奇之作尚待大家的努力。以下按體制劇種再繫以朝代，分成三點探討之：

第一節　元明雜劇

　　元代民族問題及社會階級的衝突矛盾都相當嚴重，劇作者對此雖有強烈的不滿，但也不敢太明目張膽，所以元雜劇往往借古諷今，寄情於像包拯這樣的清官代他們申訴，或綠林好漢拔刀相助，甚至希望冥冥中有鬼神來報應，現實性很強。明代以後，文字獄頻頻興起，當權者對戲劇的表演內容有嚴格的規定，甚至用嚴刑峻法來箝制，中國戲劇被宣判為傳播道德教化的工具，被大量塞入封建說教的陳詞濫調，內容更加狹隘。

一、元雜劇之主題思想──民族的衝突與對立

元代楊家將戲曲今存有兩種：一是《昊天塔孟良盜骨》，一是《謝金吾詐拆清風府》，兩篇都牽涉到民族的衝突與對立。

這兩篇元雜劇的內容，是宋金話本和院本的延續，一條是圍繞著楊令公殉節及其相關情節而發展的（即《楊令公》、《五郎為僧》、《昊天塔》；另一條則以楊六郎抗遼和反迫害的情節展開（即《打王樞密讒》《謝金吾》）；這兩條線索幾乎囊括了小說中的典型化人物豐富的情節，除了上述的楊家將人物情節之外，其它如：奸臣潘仁美、王欽若、遼邦蕭太后、韓延壽等皆已出現。因此除了楊門女將（僅出現佘太君）尚未出現之外，這些情節、人物差不多已經形成楊家將小說的框架。〔註1〕從上面可知，元雜劇與楊家將故事在內容上有一個顯著特點，也是以抗遼保宋的抗爭為主，朝廷內的忠奸鬥爭為輔。這種明顯強調民族衝突的意識，或許和統治中國的種族歧視與高壓政策的特定形勢有關，在元朝法律對漢族的不平等待遇和殘酷的統治壓迫之下，民眾長期受壓抑的情情緒更容易在統治階級無法控制的民間文學裏抒發；所以，元雜劇裏的楊家將故事民族矛盾的主題帶有鮮明的時代色彩。

《昊天塔孟良盜骨》第一折敘述楊業與北番韓延壽交戰，被他圍在虎口交牙谿，裏無糧草，外無救軍，後來撞李陵碑而死，被番兵將焚燒屍體後，骨殖吊在幽州昊天塔尖上，每日輪一百個小軍對他射三箭，名曰「百箭會」，因楊業疼痛難奈，所以陰魂向六郎托夢：「你若是和番家忘了戴天仇，可不俺望鄉台枉做了還鄉夢」、「須念著父子每情重，休使俺幽魂愁煞這座梵王宮」；而七郎也因向潘仁美討救兵，被潘設計用亂箭射死，他不甘「屍陷虜庭遭箭苦，魂依沙漠和愁雲」，於是也托夢給六郎，訴說冤苦。此折戲「陰魂托夢」與「羊（楊）落虎口（交牙谿）」都有迷信色彩，京劇折子戲《七郎托兆》即演出此內容。

第四折敘述楊景與孟良到遼邦盜骨而回，途中在五臺山遇到五郎，兄弟久別重逢彷如隔世，五郎雖隱居山上，但報國熱忱未嘗稍減，他幫助六郎打敗韓延壽，順利帶回令公骨殖，整齣戲仍以民族抗爭為主。余嘉錫認為楊業骨殖被懸於昊天塔，史無其事，乃是此劇之作者朱凱（即為《錄鬼簿》作序者），嘗聞徽、欽二宋帝之遺骸飄流沙漠事而悲之，「故託於孟良盜骨殖以寫

〔註1〕顧歆藝《楊家將與岳家軍系列小說》，瀋陽：遼寧教育出版社，1992年10月。

其意，欲以激厲天下之臣子，毋忘不共戴天之仇，非為楊氏作也」，〔註2〕筆者認為《昊天塔孟良盜骨》、李玉《昊天塔》傳奇及京劇《洪羊洞》，悲劇色彩皆很濃厚，而且產生於元、清統治漢人的時期，將它視為藉古諷今，反映民族壓迫的作品會較好。

《謝金吾詐拆清風府》敘述王欽若、謝金吾忌六郎之能，欲拆清風府，六郎私下三關，焦贊怒殺謝金吾，王欽若被朝廷發現為奸細而斬首，後世小說戲曲如《楊家將演義》、《昭代簫韶》皆有此情節，但此劇中有六郎的岳母長國姑劫法場，並與王樞密發生衝突之情節，則不見於後來的戲曲和小說，可能是當時的民間傳說。「謝金吾」雖然已奸臣王欽若迫害楊家和楊六郎反迫害為主要情節，但是，劇中有意違背歷史的真實，把實有其人的北宋樞密使王欽若處理成遼邦的奸細，說他的真名叫「賀驢兒」，「本是番邦蕭太后心腹之人」，而且左腳心上刻有「寧反南朝，不背北番」的朱砂字。這樣一來，王欽若迫害楊家的目的原是為了消除遼邦的勁敵、破壞三關抗遼。所以，劇中王、楊兩家的矛盾也是一場關係到民族存亡的複雜鬥爭。

元代楊家將戲曲的作者是那些活躍在勾欄瓦肆之間的民間藝人和書會文人，儘管這些作品文字粗糙，不登大雅之堂，但是卻寓有人民群眾對歷史上是非曲直的公斷，故事的產生及其民族爭鬥的主題形成是有它的社會土壤的。其時是多民族衝突對立的時代，元蒙貴族統治中國不到百年，元初曾經對漢族百姓實行殘酷的民族壓迫，由於漢族百姓長期受到民族戰爭和民族壓迫的災難，思想上必然留下深刻的烙印，感情上也必然對本民族的英雄人物產生懷念之情。楊業祖孫三代英勇抗遼，本身就帶有傳奇性，在民族戰爭和民族壓迫的環境下，當然更容易受到各階層人士的讚頌，尤其容易在統治階級插手不到的民間文藝中得到反映。所以，元雜劇中楊家將的故事及其主題的形成不但是社會的需要，而且帶有鮮明的時代色彩。

元代‧鍾嗣成《錄鬼簿》提到戲曲不是用以傳道與衛道的，戲曲必須反映社會現實，〔註3〕這樣的戲曲理論與明代強調教化的戲曲理論有別。他對於反映民族壓迫、階級壓迫抗爭的作品，都給予高度的評價，由此可知一代有一代的戲曲，時代背景是影響內容的重要因素。

〔註2〕見余嘉錫〈楊家將故事考信錄〉，（《余嘉錫論學雜著》，台北：河洛圖書出版社，1976年3月），頁424。

〔註3〕見《續四庫全書》集部　曲類　第一七五九冊，（上海：上海古籍出版社），2003年2月。

二、明雜劇之主題思想

明代楊家將戲曲在《孤本元明雜劇》中有《八大王開詔救孤忠》、《焦光贊活拿蕭天佑》、《楊六郎調兵破天陣》三種，〔註4〕他們是內府本，即在宮廷王府中演出的底本。

《八大王開詔救孤忠》主要是描寫潘仁美身為國朝重臣不但與仇敵遼國相通，又屢次陷害楊業一家人。只因那楊業曾射了潘仁美一箭，他懷恨在心，發誓若得軍權在手，一定要將楊家父子殺得翦草除根。後來在幽州一役，楊家父子為了護衛皇上，死了四人，後又令楊業、六郎、七郎黑道日行兵，不發救兵解救楊業，讓他受困兩狼山，隨即將突圍求救的七郎攢箭射死。六郎悲憤莫名，入京告狀，寇準審理此案，為了查出案情，他先與潘仁美套交情解除其心房，潘仁美坦承罪狀不諱，在有物證及人證的情況下，八大王設計讓六郎斬殺仁美。此劇包括後世《金沙灘》、《李陵碑》、《夜審潘洪》等內容，在審判潘仁美的部分因證人陳林、柴幹坦承幫七郎埋屍，使得冤情得以昭雪，《楊家將演義》、《昭代簫韶》都襲取此情節，設陰曹地府審判潘仁美的情節是在京劇才有的。

《楊六郎調兵破天陣》敘述楊六郎私下三關，焦贊殺謝金吾，因而被貶汝州，汝州太守胡祥得知王欽矯發詔令殺六郎，差遣軍校前來剽取楊景首級，所以將牢中一位面貌與楊六郎相似之重囚殺掉，以代替六郎，並讓六郎隱姓埋名藏身在土窖裏。後來遼攻宋，聖上遣呼延畢顯到汝州找楊六郎，要復還他舊職，前去剿殺番兵，但汝州太守胡祥卻告知六郎已死，呼延畢顯懷疑其中有暗昧，於是去查明真相，此乃後世《寇準背靴》一劇之濫觴。後六郎果然不負使命，攻破天門陣，在此女將穆桂英等人尚未出現，而軍師顏洞賓從天書裡演化出「周天八卦陣」，及二十八宿陣、左青龍、右白虎、前朱雀、後玄武等陣形，具有神秘色彩，對《楊家將演義》、《昭代簫韶》都有影響。

《焦光贊活拿蕭天佑》敘述遼邦韓延壽遣蕭天佑下戰書侵犯中原，宋廷八大王及其他與會聚寇萊、太尉黨彥進及樞密使王欽若會商對策，因王欽若是遼邦派來的奸細，所以力主和議，為八大王及其他大臣否決，議定由楊六郎掛帥，率岳勝、孟良、焦贊等二十四指揮史麾軍迎敵，大獲全勝，活捉蕭天佑等遼將。此劇不見正史記載，亦未見前人傳說，當是作者杜撰之作。

〔註4〕見明・趙元度輯《孤本元明雜劇》，（台南：平平出版社，1974年12月），頁2479～2523。

綜看這三齣雜劇都以六郎楊景為主角（但《焦光贊活拏蕭天佑》是由寇準及焦光贊扮演正末），內容頗多自創，前無所承，後世戲曲亦不取其劇情，王季烈稱此三劇，曲文平庸，當是伶人所寫。[註5] 茲分成三點探討其主題思想：

（一）從民族抗爭轉為強調忠奸之爭 [註6]

同樣是楊業殉國的故事，《昊天塔》強調遼軍箭射楊令公遺骨的「百箭會」；在《開詔救忠》中卻成為潘仙美射殺楊七郎的「百箭會」，共射了「一百單三箭，七十二箭透腔」。這是因為潘仁美欲報楊業投宋之前的「河東一箭之仇」，由此展開潘仁美與楊家將的私仇。

明代初年，外患逐漸消除，民族矛盾下降到了次要地位，如何鞏固已經取得的封建政策則上升為主要矛盾。明太祖朱元璋為了保持朱姓子孫的帝王之業，採取了一系列中央集權措施，其中包括排除異己的「三殺」──殺功臣、殺文人、殺貪污，所以忠奸爭鬥的主題被突顯出來，不過，明代的文網還不像清代那麼森嚴。楊家將戲曲反映宮廷的忠奸鬥爭，強調了對秉公守正、報國盡忠的忠臣良將的同情，和對挾私枉法的邪惡勢力的痛恨。

楊家忠心耿耿、戮力為國，卻不斷遭受國君之猜忌及其他奸佞的打擊，這類事件在歷史上層出不窮。雖然國君位高權重，但卻高處不勝寒，身邊沒有敢直言的下屬，容易受身邊奸佞的慫恿。這類劇中的奸佞，大都是權臣貴戚，像潘美、嚴嵩、龐吉等外有狐群狗黨與之遙相呼應，內有貴妃太后為靠山，因而更為有恃無恐，罪惡也更為嚴重，更易危害江山社稷。明雜劇《八大王開詔救忠臣》中的寇準，不像他類案中的清官，完全處於居高臨下，只有能否判明的顧慮，卻無關個人的安危，而是本身就處於忠奸鬥爭之中，既是破案審案者，也是案中當事人，因此，審案過程更加艱難曲折，但最後總算石落水出，潘美承認罪行。此時皇帝打算大赦，放潘美、賀懷簡、劉君其一條生路，楊景在大赦前一晚，被八大王安排進入牢中，將三人殺害，隔天楊景自首，因行大赦，所以楊景被釋放。

〔註5〕王季烈〈孤本元明雜劇提要〉，稱《焦光贊活拏蕭天佑》一劇：「曲文平庸無勝處，伶工筆墨也」，稱《楊六郎調兵破天陣》一劇：「至為無稽，曲文亦不足觀，惟場面熱鬧，流俗愛武劇者，或有曲爾」，稱《八大王開詔救孤忠》一劇：「曲文率直，當是伶工筆墨，惟關目尚周密耳。」（台北：商務印書館，1971 年 11 月。）

〔註6〕參見卓美惠《明代楊家將小說研究》，逢甲大學碩士論文，1998 年 6 月。

　　楊景殺潘美體現邪不勝正、除奸揚忠的因果循環,《昭代簫韶》及地方戲曲《黑松林》都保留楊景或楊家人私下報仇之情節,然而民智日開、人權觀念抬頭,用私刑了結冤仇是不妥當的情節,宜再修正、改編。

（二）強化忠君愛國的意識

　　〈詩大序〉云:「風者,風也。上以風化下,下以風刺上。主文而譎諫,言之者無罪,聞之者足以誡」,認為各地的民謠反應風土民情、隱含諷諭,是當政者重要的民意參考,這是從政治的角度界定詩歌的社會價值;《孝經·廣要道章》:「移風易俗,莫善乎樂」也認為音樂的中和之音,可陶冶性情,改善風俗習慣,這也是從政治的角度界定音樂的社會價值。〔註7〕詩歌與音樂這兩個範疇應有其獨立的藝術價值,而不應隨便被附會「教化」的功能,然而這卻是很重要的中國傳統。戲曲結合了詩歌與音樂,當然它也被要求懲惡揚善。如《大明律》和《大清律例》都規定:

> 凡樂人搬做雜劇戲文,不許裝扮歷代帝王后妃、忠臣烈士、先聖先
> 賢神像,違者杖一百;官民之家,容令裝扮者與同罪。其神仙道扮,
> 及義夫節婦、孝子賢孫、勸人為善者,不再禁限。〔註8〕

只有教忠教孝,堪為人倫表率的戲曲,才能不受限制地演出。除了法令的規定外,統治者也通過行政管道來對藝人和演出實施管理。宋元明三代中,娼優樂人都隸屬於教坊或州府縣衙(家樂除外),直接受到官府的人身約束,即所謂「戲官」,如明代南京教坊的情形:樂戶統於教坊司。司有一官以主之,有署衙、有公座、有人役、刑杖、簽牌之類。〔註9〕在官府的直接管制下,藝人們的演出自然很少逾越規定。

　　明代大力提倡程朱理學,用四書五經和封建道德觀念來束縛人們的思想,這與元初蒙古貴族的高壓政策是不同的。朱元璋早就招聘儒生做他的軍中謀士,建國之後,不但大力提倡「君臣父子」之道、「忠孝節義」之德,而且懂得利用文藝的社會功能。在此種風氣下,文人之作品常強調要有關風化,如明·高明《琵琶記》第一齣副末開場〈水調歌頭〉,表明他自己創作此作品之動機:

〔註7〕 見《十三經注疏 毛詩正義》,(台北:國立編譯館主編,新文豐出版公司發行,
　　　　2001 年 6 月),頁 47 及見李學勤主編《十三經注疏本·整理本第 42 本·孝
　　　　經注疏》,台北:台灣古籍出版有限公司,2001 年 10 月。

〔註8〕 見《大明律講解》卷 26〈刑律雜犯〉,轉引自(王利器輯錄《元明清三代禁毀
　　　　小說戲曲史料》,上海:上海古籍出版社,1981 年 2 月),頁 11、18。

〔註9〕 清·余懷《板橋雜記》上卷,(上海:上海古籍出版社),1995 年。

秋燈明翠幕，夜案覽芸編。今來古往，其間故事幾多般。少甚佳人
才子，也有神仙幽怪，瑣碎不堪觀。正是不關風化體，縱好也徒然。
論傳奇，樂人易，動人難。知音君子，這般另做眼兒看。休論插科
打諢，也不尋宮數調，祇看子孝共妻賢。正是驊騮方獨步，萬馬敢
爭先。〔註10〕

他認為戲曲要娛樂人很容易，但要使人感動卻很難，其中的關鍵就是「子
孝妻賢」，即有關教化功能的戲曲才是好的內容，反對「才子佳人」、「神仙
幽怪」等瑣碎不堪觀的情節。這樣的說法未免太偏頗，如果沒有「才子佳
人」、「神仙幽怪」等故事，這樣不是太缺乏想像力，內容太狹隘了嗎？但
其作品卻受到明太祖的讚揚：「五經四書如五穀，家家不可缺；高明《琵琶
記》如珍羞百味，富貴家子豈可缺耶？」〔註11〕而高明的戲曲主張也被邱
濬、邵燦等劇作家奉為圭臬。如邱濬的《伍倫全備記》描寫伍倫全、伍倫
備一家恪守忠孝節義的故事，其中的人物和情節全是根據「三綱五倫」拼
湊虛構而成，因此內容乃純粹的說教，毫無藝術性可言，故祁彪佳《遠山
堂曲品》謂其「一記之中盡述五倫，非酸則腐」「段段補貼忠孝，所以絕無
生趣」。〔註12〕

　　由上可知由於上位者的提倡，風化劇作蔚為風氣。當然，王公內府演出
的楊家將戲曲就當恪守規範，於是被主觀地塞入大量封建說教的陳詞濫調，
對後世楊家將戲曲產生重要的影響。在〈開詔救忠〉裏，楊令公訓叱其子說：
「為臣者必盡其忠，為子者當以盡孝。」在〈活拏蕭天佑〉裏，這一批殺退韓
延壽遼兵的功臣紛紛作了頌聖之言，如功臣李瑜說：「俺雖行兵得勝，皆托聖
人洪福齊天也。」火爆的焦贊也斯文起來唱道：「託賴著吾皇寬厚勝堯湯，這
的是妖氛一戰魂飄蕩，普天下名贊揚。……」這些驍勇善戰的將士，在明雜
劇中聲口不離孝君節義，更說明它們的存在與迎合上層權勢者的關係是非常
密切的。

　　又明萬曆年間，大學士施鳳來寫作《三關記》傳奇，〔註13〕沿襲了謝金

〔註10〕見林主編中國戲劇研究資料《全明傳奇·琵琶記》，台北：天一出版社。
〔註11〕見明·徐渭《南詞敘錄一卷》，（《叢書集成》，台北：新文豐出版公司，1996
　　　　年。）
〔註12〕見祁彪佳《遠山堂曲品一卷》，台北：中國學典館復館籌備處，1974年。
〔註13〕見黃文暘撰《曲海總目提要》，（台北：新興書局，1967年8月），頁496。

吾拆毀天波樓、六郎私下三關、焦贊殺死謝金吾、八大王親訪六郎、楊六郎
調兵破天門陣的情節。明末進士姚子翼的《祥麟現》傳奇，〔註14〕從破天門
陣故事節外生枝，另編出一個出使和番的官員楊文鹿。他得到蕭太后的賞識，
在遼邦娶妻生子，後來竊兵符投三關，協助六郎破天門將，因此得了高官。
夜珠、柴郡主在戰陣中分娩，血光衝破陣勢，六郎獲得勝利，是屬以惡制惡
的「交感巫術」〔註15〕信仰。此劇鼓吹君要臣效命，臣子即使有千萬個不願
意，仍然必須覆命，最後會有圓滿幸福的結局，「忠孝節義」的思想非常露骨。

　　《祥麟現》傳奇敘述楊文鹿夫婦年四十歲無子嗣，後來為了與其兄文標
分家產之故，其妻為楊文鹿納五妾，各生一子，其妻及遼邦的妻子夜珠也各
生一子，在宋遼講和之際，七子團圓而祥麟呈現。這故事有些《四郎探母》的
影子，但劇情鼓吹男人享齊人之福，文中強調文鹿之妻善妒，然而文鹿一口
氣納了五妾，出使遼邦又娶一妻，有哪個女人能不嫉妒？中國多妻制度發生
的主要原因，大概是由於（一）母系制的崩壞與男權的伸張；（二）部族戰爭
與奴隸使用的結果；（三）子嗣觀念的影響；（四）特殊階級的縱慾等。〔註16〕
其中楊文鹿娶二妻、納五妾與子嗣觀念的影響及特殊階級的縱慾有關，《詩經‧
螽斯》就以善生子的螽斯來比喻婦女的美德，周代這種子嗣觀念的發展，使
多妻制度更加確定。以後帝王儲侯貴族之多妻者，皆無不藉口為子嗣的傳祧，
歷史上以無子納妾為由者，又多得不可勝計。〔註17〕此外，特殊階級的縱慾，
也為多妻制度所以發生的一個主要原因，自從母系氏族顛覆了以後，婦女的
地位也因此一落千丈，於是一般有權勢有財力的統治階級，遂得以自由蹂躪
女性，縱情聲色了。

〔註14〕見黃文暘撰《曲海總目提要》，（台北：新興書局，1967 年 8 月），頁 650～
　　　　652。或參見《故宮珍本叢刊》第 664 冊，（《清代南府與昇平署劇本與檔案》
　　　　昆腔單齣戲第二冊，2001 年 1 月），頁 139～147。
〔註15〕因為女性之經血被認為是不潔之物，所以寺廟中有所謂有月事的女性越穿越
　　　　八卦門就可淨身之說法。此處利用不潔的血氣厭勝妖孽，正是以惡制惡的「交
　　　　感巫術」。見弗雷澤著，汪培基譯《金枝 上》——巫術與宗教之研究，（台北：
　　　　桂冠書局，1991 年 2 月），頁 21～73。
〔註16〕參見蔡獻榮〈中國多妻制度的起源〉，（收於鮑 1 家麟編著《中國婦女史論集》，
　　　　台北：稻香出版社，1999 年 5 月再版），頁 80～110。
〔註17〕《白虎通‧嫁娶妻篇》說：「天子諸侯一娶九女者何，重國廣繼嗣也」。又說：
　　　　「卿大夫一妻二妾者何，尊賢廣繼嗣也」。參見蔡獻榮〈中國多妻制度的起
　　　　源〉，（收於鮑家麟編著《中國婦女史論集》，台北：稻香出版社，1999 年 5 月
　　　　再版），頁 98。

　　明代楊家將內府雜劇受到帝王提倡、劇壇創作意識的影響，充滿了「忠孝節義」的思想，事實上它存在著一些糟泊侷限，無法令人感動。畢竟戲曲是藝術創作，不是政治宣傳品，如何在其中寓含教化、體貼人情、以古喻今，是一門高深的課題。

（三）增添大量宗教迷信的色彩

　　元雜劇因主題及篇幅的關係，宗教迷信的情節較少；三齣明內府雜劇則因內容牽涉行軍部陣，所以增添大量的宗教迷信的情節，如占夢、占星術、陰陽五行等方術，以下分兩點分析：

1. 占夢

　　在《開詔救忠》裏，楊業在十惡大敗日、黑道日領兵行軍是大忌，而且看到番旗上「畫著一隻狼，三隻羊。跌翻一隻羊，踏住一隻羊，口裏咬著一隻羊。孩兒也，他是狼，我是羊，好是不祥也。」正暗示楊業父子三人的災難。在《楊六郎調兵破天陣》雜劇裏，真宗夜夢與番兵交戰，正行之際，河中一隻船，船頭上立著一個美色女人，戴著滿頭花，說有保駕將軍在此，接著船艙裏跳出一隻大羊來，那羊踴身跳在岸上，將番兵趕退。陰陽官苗士安幫宋真宗圓夢時說：「這個女人，這個三點水著女字，可个是個汝字也。這船者乃是州也。大人這個應夢的將軍，姓名顯然。這船裏跳出一隻大羊來，這個人姓楊，那女人頭上戴著花，乃是景也。這個應夢的將軍乃是楊景，在汝州哩！……小官夜觀乾象，見楊景將星緊伏在那雙魚宮，此人還有哩。」這裏以用合字、諧音卜算出楊景。又用天上的星宿，比喻楊景，可以說是封建社會裏人民對英雄的神化與歌頌。

　　占卜的起源很早，卜分龜卜和筮卜，占分占龜和占夢。殷人占龜而占夢時，常常採取依證依反的貞問方式，如有禍害還是無禍害，但還未出現吉凶對舉的提法與概括，在《周禮春官卷二十五占夢》中，我們才清楚地吉夢、兇夢的概括，而占夢官的任務就是占六夢之吉凶，所謂六夢是指：1.正夢：無所感動，平安自夢　2.惡夢：驚愕而夢　3.思夢：覺時所思念而夢　4.寤夢：覺時道之而夢　5.喜夢：喜悅而夢　6.懼夢：恐懼而夢。此外，亦提到占夢的四個程序云：「占夢者掌其歲時，觀天地之會，辨陰陽之氣，以日月星辰占六夢之吉凶。」〔註18〕占夢官首先要要掌握周王做夢的參數，包括年歲、四時、月份、日子、

〔註18〕見李學勤主編《十三經注疏‧整理本第 12 本‧周禮注疏》，台北：台灣古籍

時辰等，這是第一步，然後根據周王做夢的時間，占卜與它對應的國家之人事變化，再根據陰陽之氣的變化，占卜周王之夢所關的邦國及其吉凶。最後用占星進行占夢，主要是觀察周王做夢時，日月星辰在何處，有什麼樣的變異，然後據以判斷夢象、夢兆的內容及其吉凶。〔註19〕

在《周禮》之後，東漢王符在《潛夫論‧夢列篇》也提出「十夢」：「凡夢：有直，有象，有精，有想，有人，有感，有時，有反，有病，有性。」這裡的的「夢」，包括了直應之夢、象之夢、意精之夢、記想之夢、人位之夢、極反之夢、感氣之夢、病氣之夢、應時之夢、性情之夢，〔註20〕這樣的劃分，將夢的成因、種種夢象、夢境的特徵混為一談，不過在整體上而言是一篇專門性的占夢論，而且其理論也頗有科學的基礎，如他對「反夢」提出「豈人覺為陽，人寐為陰，陰陽之務相反故也？此亦謂其不甚者爾。」他認為夢的內容不一定是生活的反映，也不一定與現實生活相反。他對占夢抱持著肯定的態度，對夢的吉凶提供了具體的劃分標準，且認為需「精誠感薄」，神靈才會願意人告訴夢兆。

此外，佛教、道教的典籍、方技術數之書和類書，也都各有一套對於夢的界說和理論。歸結林林總總的占夢大概可分成以下四種類型：1.將夢視為未來事件的前兆，可以預示人的吉凶禍福 2.將夢視為人和鬼神的交通方式 3.認為夢是疾病的病徵，而惡夢本身更是一種病 4.認為夢是日常生活經驗的再現，或是心靈、情緒狀態的反映。〔註21〕不管占夢或占星術都是古人對茫然未知的事件之預測，它結合了科學發展與宗教信仰，早在周代就有「占夢」之官，南宋之後「占夢」這個行業逐漸消失，可能與「占夢書」的日漸普及和流行有關，但不管時代如何的變遷，人們對於神秘夢境的探索永不停息，迄今「占夢」的活動仍然盛行，真宗憂心國事而夜夢，陰陽官苗士安釋夢預示楊景還活著，而且還利用占星術加強此預言。

出版有限公司，2001 年 10 月，頁 768～769。及劉文英、曹田玉著《夢與中國文化》，（北京：人民出版社，2003 年 10 月），頁 117～118。

〔註19〕見李學勤主編《十三經注疏‧整理本第 12 本‧周禮注疏》，台北：台灣古籍出版有限公司，2001 年 10 月，頁 768～769。及劉文英、曹田玉著《夢與中國文化》，（北京：人民出版社，2003 年 10 月），頁 117～118。

〔註20〕見王符著，汪繼培箋《潛夫論箋校正》，（北京：中華書局出版，1997 年 10 月 2 版），頁 315、316。

〔註21〕見嵇童〈中國占夢傳統導覽〉，《歷史月刊》，1998 年 7 月，頁 45～49。

2. 陰陽術數

《楊六郎調兵破天陣》是由楊六郎領兵破陣，此與《楊家將演義》由楊宗保遇仙授神書，指點破天門陣的劇情不同，也與《昭代簫韶》大量的人仙鬥法，及地方戲曲《破洪州》由穆桂英領兵破天門陣，並在陣中產子的情節不同。嚴洞賓擺了天門陣，號稱這陣「不在黃公三略法，也不在呂望六韜書，也不在兵書之內」，因為其陣法融合了陰陽術數，與正統兵法不同，如《六韜·序言》所言「多仁義道德、愛民之道、君臣之禮、敬眾合親、舉賢信賞罰之事，又言兵為凶器，不得已而用之。」〔註22〕強調仁義道德，不得已才發動戰爭，與穿鑿附會、窮兵黷武的不義之師不同。

嚴洞賓天陣的擺法按照四象、十二辰、二十八星宿、七曜的擺法，有其天文學的專業，與文明古國巴比倫的星占學有不謀而合之處。其陣型為：

（1）最外層的四陣「按著東南西北，前有朱雀，後有玄武，左有青龍，右有白虎」的擺法。

中國古天文所稱的「二十八星宿」是沿著黃道和赤道之間來劃分，人們都是依據它們的出沒和中天時刻來定一年四季二十四節氣，這二十八個部份被歸納為四個大星區，即：東方青龍（角、亢、氐、房、心、尾、箕）、北方玄武（斗、牛、女、虛、危、室、壁）、西方白虎（奎、婁、胃、昴、畢、嘴、參）、南方朱雀（井、鬼、柳、星、張、翼、軫），〔註23〕每一個方位星區有七宿。

（2）「這四陣外，又擺八卦陣，乾、坎、艮、震、巽、離、坤、兌，這八卦陣又按八卦門是：休、生、傷、度、景、死、驚、開」

此陣法仿諸葛亮之八陣圖，相傳諸葛亮之八陣圖「乃原握奇，因乘之，推河洛之方圓，寓井田之遺制，分四奇四正，以西北乾位，故名天陣，西南坤位，故名地陣，東南巽位，故名風陣，東北艮位，故名雲陣，東方屬青，而為龍陣，西方屬白，而為虎陣，南方屬火，而為鳥陣，北方屬水，而為蛇陣，大將居其中，握四陣為餘奇，別有游騎二十四陣，以繫八陣之後，大抵陣對相

〔註22〕見呂望《六韜·序言》，收錄於《叢書集成初編》，（北京：中華書局，1985 年），頁 1。

〔註23〕易經的四象是老陽、老陰、少陽、少陰，在風水學的四象學，就是「左青龍、右白虎、前朱雀、後玄武」。經曰：「夫玄武拱北，朱雀峙南，青龍蟠東，白虎踞西，四勢本應四方之氣，而穴居位乎中央，故得其柔順之氣則吉，反此則凶」。

包，奇正數別，伸縮翕張，進退有節，為方、為圓、為曲、為直、為銳，或滾、或歸、或前、或後，合而為一，列而有九，變之無窮，觸處為首，名之曰八陣圖。」〔註24〕八陣圖吸收易經、尚書、井田制度及兵法之智謀，可惜後世人妄捏形勢，失其精粹，時代既久，誤謬甚多。

（3）「這角亢房中有參辰陣，乃是、都、救、應、長、川、不、住。又有十二陣按著十二宮辰：是寶瓶宮、人馬宮、魔羯宮、天蠍宮、天秤宮、雙女宮、獅子宮、巨蟹宮、金牛宮、白羊宮、雙魚宮、陰陽宮。」

十二辰、二十八星宿與巴比倫黃道十二宮之關係，郭沫若〈釋干支〉一文曾加以比較和考釋，發現有許多內在聯繫：

十二辰：寅　卯　辰　巳　午　未　申　酉　戌　亥　子　丑

對應之宿：角　軒轅　鬼　井　畢昴　胃婁　奎　危虛女　牛　斗箕　尾心房　氐亢

十二宮名：室女　獅子　巨蟹　雙子　金牛　白羊　雙魚　寶瓶魔羯　人馬　天蠍　天秤

郭沫若認為十二辰係由巴比倫黃道十二宮而來，雖然十二辰按所用十二地支名稱順序，其方向與十二宮相反，但「十二辰環麗於天，其次序循環無端，本無所謂順逆。其所以逆轉者，乃挪用為十二支文字時與歲星運行之方向適取正反之次序。至其所以如是者，當初於故意，蓋房與實際之星符相混也。」〔註25〕

（4）「這十二陣按十二時，是：子、丑、寅、卯、辰、巳、午、未、申、酉、戌、亥。十二時按著十八陣，十八陣按著三十六陣。元帥坐在中軍，按於中央，周迴有陣，按著九曜，是一羅睺、二土星、三金星、四水星、五太陽、六火星、七計都、八太陰、九木星。這九陣外有四斗陣，東斗著一十三將，按著東斗一十三星。西斗一十四將，按西斗一十四星。南斗六將，按南斗六星。北斗七將，按北斗七星。這四斗陣前又有五陣，按著金木水火土，外有天河陣，相連黃河九曲陣，內有兩暗陣，是羅睺、計都，又是左輔右弼。這銅台是一座龜城，元帥按北方北斗玄武七星陣，下了天關地軸陣，東陣高聳打紅旗

〔註24〕見明・何良辰撰《陣紀四卷》卷三，收錄於《叢書集成初編》，（北京：中華書局，1985年），頁39。

〔註25〕轉引自江曉原《天學真原》，（台北：洪業出版社，1995年4月），頁292、293。

紅識，乃是太陽朝闕陣，西一陣乃是太陰元鐵陣，正名曰是周天二十八宿陣。聚而為一，散則計數總一百四十二陣。」

　　以上所言及五行與七曜（九曜）是很複雜的方術，五行學說包括五行配物與五行相生相剋兩個基本內容。五行配物是把事物及其屬性分成五類，一概配屬於水火金土木名下，特別是將時間、方位、色彩、數目、星辰等統統內入五行體系內：

　　　　五行：木　火　土　金　水

　　　　方位：東　南　中　西　北

　　　　五色：青　赤　黑　黃　白

　　　　星辰：歲星　熒惑　鎮星　太白　辰星

五大行星和日月合稱七曜（九曜是七曜再加上羅睺、計都）。在星占家的理論中，五星各有所司，如木星司年歲，金星司甲兵死喪，火星司火旱，水星司大水，土星司五穀等，星占家根據五星的軌道是否正常、光度色澤、互相交會的情形，再根據當時它們所在恆星座標的分野，來判斷有關州國的人事吉凶。世界上其他民族也有類似的配物觀念，如北美朱尼人喜歡數字中的六，他們把空間分成六個方位，並分別配以不同的顏色，如北方是黃的，西方是藍的，南方是紅的，東方是白的，天頂是花的，天底是黑的。不但如此，朱尼人還試圖給穀類和豆類配上相應的顏色。〔註26〕與朱尼人不同的是中國五行配物的理論更為複雜，有些實在很荒誕，如把一年四季分配五行，春木、夏火、秋金、冬水，結果土無法安排，只好把它放在夏秋之交，乃至於把數目不是五的十天干、六律、六呂之類，也被割裂硬分成五類。〔註27〕

　　天象（星宿）的排列、運行、災異，到底是自然現象還是呼應人事？一直是神秘而懸宕的問題。孔子不語「怪力亂神」，而且認為四時運行，是大自然現象，上天並沒有主宰其事，其他如荀子、王充亦批評此為迷妄之說；〔註28〕漢儒董仲舒大量吸取陰陽五行學說，認為人是自然的一部分，所以行事準

〔註26〕見胡新生《中國古代巫術》，（山東：山東人民出版社，1998年12月），頁87。

〔註27〕見《呂氏春秋·十二紀》、《淮南子·時則訓》、《禮記·月令》等書的記載。

〔註28〕荀子〈天論〉指出「天行有常，不為堯存，不為桀亡。應之以治則吉，應之以亂則凶」，並指出「日月之有蝕，風雨之不時，怪星之覺見，是無世而不常有之。」王充在《譏日》、《難歲》等篇中，也駁斥了根據黃道太歲定吉凶的謬術。

則當法天象，藉此建構其天人感應的思想體系，假借天意來維護封建統治，後來被有心人附會成讖緯之學，作為謀取權位之合理支撐。類似此陰陽五行學說的看法在各原始民族都有，只不過漢儒董仲舒將它系統化，後來宗教、巫仙迷信混雜在一起，影響人心愈來愈大。

明雜劇《楊六郎調兵破天陣》只簡單介紹天門陣法排列方式，雖也牽涉到天文、術數，卻不像《楊家將演義》的劇情那麼光怪陸離，有原始巫術的神秘色彩。〔註29〕嚴洞賓派都骨林在青龍陣，土金宿在白虎陣，蕭天佐在朱雀陣，蕭天佑在玄武陣，忽里歹在天門陣，耶律灰在九曲黃河陣，蕭虎蕭彪在日月精華陣。楊景派岳勝孟良打青龍白虎陣，派李瑜焦贊打朱雀玄武陣，派張蓋呼延必顯打九曲黃河日月精華陣，楊景率軍攻打二十八宿，戰鼓連天，旋大破天門陣，將嚴洞賓活捉拏，把韓延壽首級剽，比起《昭代簫韶》大量人仙交戰、用符令、幻術等，這裡顯得簡單多了，但《破天陣》純粹是宣傳陰陽五行之迷信思想，摻雜原始思維之體現，實在非常缺乏情致與美感。

第二節　清代傳奇《昭代簫韶》之主題思想

《昭代簫韶》是清代宮廷大戲，共二百四十齣，源自北宋演義書籍，只有楊業陳家谷盡忠一節為真實之事，其餘皆後人敷衍而成，凡例云：「潘美之惡亦不如是之甚，只因既與楊業約駐兵谷口聲援，王侁爭功離次，不能禁制及引全軍徑退，乃坐致楊業於死地，是以眾惡歸焉」。又如「德昭匡襄軍國，竭盡忠誠，庇護賢良不辭勞瘁，概為表彰其賢能，用以誅佞屏奸，褒忠獎孝耳，不可議其存歿而拘泥。」〔註30〕說明本書旨在褒善懲惡，而非演繹史實。此外，宮廷大戲之演出以喜慶、娛樂為目的，所以本劇充滿了神奇鬼怪、宗教迷信與歌功頌德。以下分五點分析之：

一、褒善懲惡

褒揚楊家一門忠烈，八大王德昭竭盡股肱之力，輔佐皇帝；奸臣潘仁美、

〔註29〕如漢鍾離說「以孕氣壓勝此陣之妖孽」，後來柴郡主與青龍陣守將鐵頭太歲交戰之時，動了胎氣墮馬產下一嬰兒，鐵頭太歲被柴郡主窩氣所沖，拍馬而走，即屬於以惡制惡的原始巫術信仰。

〔註30〕清宮大戲《昭代簫韶·凡例》，（台北：天一出版社，1986 年 9 月），頁 1～10。

王欽不但遭到極刑凌虐，死後還要到陰司受罪。作者認為「填詞雖小道，彰癉攸關遊戲，見性情激揚斯在，故撮其大要，譜入管絃，即優孟之衣冠，昭勸懲之妙用」，〔註31〕戲曲雖雕蟲小道，不被重視，但有教化人心的功能，所以在書中大量宣揚善惡果報，警惕世人「天道昭彰休作惡，森羅報應甚分明」。第三本十八齣《賢王執法諫明君》寫宋太宗審楊業父子被陷害一案，將奸臣王侁、米信、劉君其、田重進等斬首正法，因念潘美乃國之重臣，所以將他貶往朔州充軍，在朔州的各路英雄聽說潘美落難至此，紛紛摩拳擦掌要抓奸賊去烹煮，後來山寇與八娘九妹竟然動用私刑，逼迫潘美射殺自己的妻子及兒子潘虎，實在是人生慘劇。又如第十本卷下《帝鑑無私著冊籍》，載十殿閻君、北嶽大帝審王欽等一干惡人之鬼魂，不但凌遲王欽若之鬼魂，又將其他奸臣墮入畜牲道：

> 白：「吾等十殿閻君是也，今者宋帝戡定邊亂、朝野肅清，俺冥府先將那忠孝節義眾善人送上天府，陣亡枉死諸將士轉生陽世，其巨惡奸黨兇徒一一分別定案，貶定輪迴、填償果報，各殿忙個不了，方才正在勘問王欽，忽然報到北嶽大帝奉敕前來會同審詳結案，因此齊集祇候，正是善緣惡報由人造，地獄天堂各自尋。」
>
> ……
>
> 王欽魂白：「我王欽死得好冤枉。」北嶽大帝白：「逆賊你因懷潘仁美、王侁未曾擢用之讎，竟起投遼謀宋之心，則你十封書信，幾將楊景毒害，宋室江山險失汝手。」十殿閻君白：「種種罪惡樁樁據實，還說冤枉，鬼卒！」鬼卒應科，十殿閻君白：「用銅鎚鐵棒先打一百」鬼卒應科，作打科，王欽魂叫苦科，白：「王欽雖做遼邦內應，使盡機謀，依舊還是宋家天下，楊景等一個不曾害死，自己受剝皮燃炬的顯戮，設計害人，反害自身，罪惡也算報應了，如何還不肯饒我？」北嶽大帝白：「你這逆賊生前以惡為能，忍作殘害，陰賊良善，暗侮君親，造下滔天罪惡，雖受人間顯戮，難逃陰司報應也。」

閻王、東嶽大帝、地藏王是陰間之最高主宰。東嶽大帝（在此為北嶽大帝）雖被安排為閻王的上司，但這不過是名義上的；地藏王的地位雖也比閻王高，但他專司教化，兩者的威嚴與知名度都比不上閻王。閻王和陰間信仰來自外

〔註31〕清宮大戲《昭代簫韶·凡例》，（台北：天一出版社，1986 年 9 月），頁 1～10。

來的佛教，它們所以能很快為中國民眾所接受，並產生巨大影響，亦與中國古代傳統的鬼神迷信有直接關係。在《昭代簫韶》出現的十殿閻君、酆都城已和道教雜揉，〔註32〕其出現的意義是人們在現實生活中很難得到公正，於是希望陰間之閻君、北嶽大帝能主持公義，像王欽被銅鎚鐵棒毒打，又被帶往刀山地獄，永不得超生，潘美被打入修羅惡道，傅鼎臣變豬，謝庭芳變猿等，說明「天道昭彰，疏而不漏」。

佛教認為人死之後，靈魂不死，不斷輪轉。人做了善事，就會得到善報，享受榮華富貴。今生今世吃齋念佛，廣行善事，死後便能升入西方淨土的極樂世界。如果做了壞事，死後便要下地獄，鬼魂受盡各種苦難。其地獄之說，在我國民間流傳極廣。不論是八大地獄之說，還是十八層地獄說，一百三十六地獄說，對民眾都有影響。他們深知地獄裡陰森恐怖，烈焰騰騰，各種酷刑，慘烈無比。地獄之中「刀林聳日，劍嶺參天；沸鑊騰波，炎爐起焰；鐵城晝掩，銅柱夜燃。如此之中，罪人遍滿，周憛困苦，悲號叫喚。牛頭惡眼，獄卒兇牙；長叉柱肋，肝心碓擣；猛火逼身，肌膚淨盡。或復舂頭擣腳，煮魄烹魂，裂膽抽腸，屠身臠肉，如斯之苦，何可言念？」〔註33〕筆者的故鄉彰化有座南天宮，此中虛擬地獄之情形：陰暗的青綠光，淒厲的叫喊聲，被折磨的眾鬼魂之慘狀──七孔流血、脂血燒焦、眼中帶火淚啼不垂、口裏含煙叫聲難出等，這些恐怖的景象讓人不寒而慄，也發揮了教育人心的功能，說明「歹路不可走」，否則死後就要來此報到。

人們對於所謂的鬼故事或許感到不可思議，或許覺得撲朔迷離，但是越是具有奇異色彩，越是恐怖怪誕，在下層社會中就越具有口耳相傳的魅力，民眾在那些具有神奇色彩的故事中得到「鬼」信仰的某種虛幻的滿足。迄今，不甘冤死而託夢給親人、警方，或發生許多奇異之事協助破案之例，在世界各地仍層出不窮，說明怪力亂神並非完全空穴來風，而是有超出人們所能理解的玄妙之境。

曾師永義指出「在鬼神的世界裡，可以使人世間無法達成的深情至意獲得體現；可以使道德力量失去約束，法律制裁失去效用的混亂社會，還其公理；可以使善良和正義在極端的困厄中頓然突破和解脫，也可以使冥頑的

〔註32〕參見馬書田《中國人的神靈世界》，（北京：九州出版社，2002 年 1 月），頁415～440。

〔註33〕見唐‧釋道世編撰《法苑珠林‧地獄部》，（台北：新文豐出版社），1993 年。

惡徒不得肆其兇虐，甚至予以當頭棒喝的醒悟；同時還可以使遭遇不偶，未得現世好報的善良，獲得獎賞，而為非作歹，得意一世的罪惡，則予以懲治。」〔註34〕由此可知戲曲中鬼神情節有多種功用，好者有褒善懲惡的功能，不可純粹以宗教迷信視之。《昭代簫韶》第八卷十七齣《感神靈陰陽兄妹》，敘述八娘身陷遼人兵陣中，上天不忍她被擒殺，於是派七郎鬼魂救八娘，並仿效「鍾馗嫁妹」〔註35〕，是屬人世間無法達成的深情至意在此獲得體現之例：

> 溪化道人追八娘從上傷門上，戰科，溪化道人做咒詛科，雜扮小妖各戴犄角髮，穿蟒箭袖，繫肚囊，持兵器從上傷門上，作圍繞八娘科，眾鬼兵引楊溪從上傷門上，作合戰科，鬼兵楊希作擁護八娘從下傷門下，溪化道人做忿怒科，白：「可惱。」正要擒住八娘，從空中來了無數神不神、鬼不鬼的一起醜物，竟把八娘救去了。小妖們隨俺趕上。小妖等應科，全從下場門下，鬼兵、楊希作擁護八娘，從上傷門上，楊希白：「妹子是你七郎哥哥陰靈在此。」八娘作驚駭科，白：「呀！果然是我哥哥！」作慟哭科，白：「只道今生不能見面，誰知又得相逢。」作悲慟科，楊希白：「妹子，且不必傷心，吾奉上帝勒旨，下凡來救你之難，快快隨俺來。」

> ……

> 溪化道人從上場門追上，戰科，鬼兵追小妖從上場門上，合戰科，溪化道人小妖等從上場門敗下，八娘白：「追兵已退，望哥哥速速送我回營去。」楊希白：「回營自有日期，俺如今先送你到連環寨，自有因果，駕起風快走」。鬼兵應科，內作風聲，中呂調套曲【上小樓】碧澄澄河漢明，句清霧霧麗珠胎。韻趁著這夜色溶溶，句飆輪轉轉，風馬挨挨。韻又只見簇簇陰兵，句鬧鬧吵吵，句騰騰蹻蹻。韻送上那連環山寨。

> 楊希白：「已到連環寨，待我叫門，眾僂儸何在？」雜扮僂儸各戴僂儸帽，穿布箭袖，繫肚囊、從上場門上，仝白：「守戶通宵坐，巡山

〔註34〕曾師永義〈雜劇中鬼神世界的意識形態〉，（收於《論說戲曲》，台北：聯經出版社，1997年7月），頁25。

〔註35〕《鍾馗嫁妹》敘述鍾馗雖死，但捨不得妹妹在人間孤苦，陰送妹妹成親，兄妹之情因一死一生而彌見真切。

至五更，什麼人？楊希佯作咳嗽科，僂儸作驚喊進門，向下喚科，白：「大王快來。」雜扮焦松戴紫巾、額狐尾雉翎，穿出襬，小生扮胡守信，戴武生巾、穿出襬，從上場門上白：「爾等，為何大驚小怪？」僂儸白：「大王，門外來了許多妖怪，怎麼處？焦松胡守信白：「在哪裡？」作出門看科，楊希白：「胡公子請了。」焦松、胡守信作驚叱科，白：「是何怪物？輒敢在此現形。」楊希白：「俺乃楊元帥兄弟七郎，因令尊救我六哥哥一死，此恩未報，吾兄奏過聖上將舍妹八娘，許配公子，今因舍妹破陣被擒，吾奉上帝勒旨。下凡解救今將舍妹送到此間，與公子完婚以了鳳契，請了新人進去。胡守信白：「原來有此奇事，任先師之言不謬也。」焦松白：「先請了新人進去。」眾鬼兵作維護八娘進門，從下場門下，鬼兵復上，焦松、胡守信白：「請七將軍寨中少坐。」楊希白：「不消了，天色漸曉，俺還要像兄長營中托夢，急回天府，不敢久留。請了」，內應風聲。鬼兵作護楊希，從下傷門下。焦松白：「仁兄，又添了鍾馗嫁妹了。」胡守信笑作進門科，焦松白：「僂儸們，快排花燭喜筵，與公子完姻。」胡守信白：「住了，且待到軍營，將此奇遇奏過聖上，班師後稟過爹爹，然後成親，方為道理，焦松白：「公子可謂忠孝兼全的君子。敬服，敬服，過來。」僂儸應科，焦松白：「吩咐僕婦們，請楊小姐另居別院，小心服待。」僂儸應科，胡守信白：「多謝盛情。」

七郎楊希出場時自報家門：「俺乃楊希是也，上帝憐生前中正死的慘傷，因此加勒封為雷部上將軍，是蒙恩旨，為吾妹八娘有難，命俺下凡解救，成就宿緣，故爾乘夜下降塵寰，高曲無數鬼兵，做個護從，效學鍾馗嫁妹，護送八娘，往連環寨，與胡公子團圓。」說明其下凡塵乃為救八娘之危難，並奉上帝勒旨還安排她嫁胡守信，除了體現手足親情外，還流露封建糟粕——女子獻身以報恩。在此七郎死後被封官，八娘死裏逃生，胡守信救六郎而獲得好姻緣，都是善有善報之體現。

在民間社會，令人毛骨悚然、變幻多端的鬼，不僅帶給民眾恐怖、畏懼，另一方面，孤立無助的民眾往往在傳說故事及民間文藝作品中，寄託他們的希望，讓本不存在的鬼懲處世間惡人，為冤魂復仇雪恨。元代戲劇家關漢卿的著名作品《竇娥冤》，它那動人心魄的悲劇情節和感天動地的奇冤深深地震駭了人們，特別是鬼魂託兆伸冤，六月下雪的浪漫主義情節更使其成為婦孺

皆知的故事，在民間廣為流傳。又如包公戲《狸貓換太子》就有包公巧設森羅殿，裝成閻羅，審出郭槐口供的情節。這種把希望寄託在虛無縹緲的鬼神身上的做法，恰恰表露出民眾信仰的某些特徵——廣大民眾渴代藉助宗教以及超自然力量達到改變現世痛苦的願望，戰勝醜惡伸張正義的努力。當然，在一些作品中，如《三寶太監西洋記》、《聊齋志異・席方平》及傳統京劇《鍘判官》中森嚴冷酷的地獄並非公正無私，各級陰府官吏也非明鏡高懸，而是充滿醃齪黑暗，而一些小鬼更是肆無忌憚，說明陰曹地府本就是人間官府衙門的「鬼化」，它是不公平的世俗社會之反映與投射。

二、歌功頌德

《昭代簫韶・凡例》指出「聖化而戶盡絃歌，廣被人豐而民皆擊壤，明良際會，海宇昇平，譜異代之奇聞，共斯民以同樂」，[註36]歌功頌德的味道十分明顯，而且清宮大戲本就以酬神娛樂為主，演出者又以太監為大宗，他們是皇帝的親信，當然不會在戲曲中借古諷今、指桑罵槐，所以《昭》劇中的宋君是明君，不像後代戲曲所描述的那麼不辨忠奸。試看以下諸例：

> 楊繼業白：「陛下若要脫此重圍，除非效漢朝紀信，救高祖離榮陽之計。」德昭白：「此計甚好，只是誰學紀信？」楊繼業白：「臣長子楊延平，願承此計。」宋太宗訝科白：「楊泰願承此計？」楊泰應科，宋太宗作躊躇科白：「老將軍功高年邁，今因一時之緩急，損卿之長子，朕實不忍。」德昭白：「陛下仁德為心不忍陷他人之子於危途，兒臣當以身相代，伏乞准兒之請。」宋太宗白：「這個一發使不得了。」楊繼業父子等白：「千歲金枝玉葉，乃國之儲副，豈可身陷危途，臣等卑賤之軀，得以盡忠於國難，方為萬幸，陛下不必推辭。」（第一本第十八齣《子承父志假龍袍》）

> 寇準、楊景、德昭白：「我皇上仁德育物，體天好生，只要遠人傾心向化，悅服從風小邦既不抗犯，大國豈加撻伐。」（第十本第十九齣《懷德畏威欣振旅》）

> 仙呂宮引【天下樂】彰天撻伐蕩邊烽。韻提報飛章達九重。韻恩宣帝敕接元戎。韻大秦鐃歌盛典隆。韻白：「聖皇德治福膺洪，滌蕩煙

〔註36〕清宮大戲《昭代簫韶・凡例》，（台北：天一出版社，1986 年 9 月），頁 1～10。

塵定戰功，自此太平熙皞世，一人有慶兆民同。」（第十本第二十齣《酬勳錫爵沐推恩》）

正宮正曲【普天樂】慶皇朝輿圖廣。韻仁風惠政敷荒壤。韻順天心帝道遐昌。韻果然是治比陶唐。韻遠人服來歸向。韻海宇乂安昇平象。韻白：「虎士開閶闔，雞人唱九霄，雲移銀闕角，日轉玉廊腰。」趙普、呂蒙正、張齊賢白：「聖上因定安邊境，四海昇平，聖心大悅，特設慶成筵宴犒賞諸臣，真乃太平盛事也。」（第十本第二十齣《開綺宴奉敕完姻》）

對於楊業要長子楊泰假冒太宗以求脫困，太宗不忍陷他人之子於危途，顯示他的仁德寬厚。此外，第十齣敘述宋軍攻破遼軍的天門陣，寇準、楊景、德昭等人將此勝利歸功於皇上的「仁德育物，體天好生」。不但宋王為政以德，八賢王亦是股肱棟樑，鏟奸佞、保賢良，在朝廷上臣子含著含順之氣，致力於盛明的國君，所以百姓近悅遠來、薄海歡騰，是難得的太平盛世。為了感謝楊家一門忠烈，在結尾處也安排皇上為楊家君主持婚禮並敕封，讓楊家人備受榮寵：

韻仝從下場門下，雜扮院子各戴羅帽，穿紅紬、道袍。旦扮梅香，各穿紅衫，旦扮排風穿衫背心，繫汗巾，引老旦扮佘氏，戴鳳冠，穿紅蟒，束玉帶，從上場門上，佘氏白：「忠孝家箴有義方，膝前子女守綱常，因修天爵享人爵，擠擠簪纓笏滿牀。」中場設椅轉場坐科白：「老身佘氏，喜得吾兒延昭、奏捷班師，天恩優寵，滿門封贈，又蒙聖恩。因六郎與素真，雖訂姻盟、未成婚禮，特賜粧奩幣帛、花燭喜筵、敕賜完姻。今日孩兒、媳婦、孫兒等奏旨入朝赴宴去了。聖上命老身在家準備樂人、儐相，結綵張燈賜宗保、宗顯等完婚，真是寵恩疊疊、喜氣重重也。……末扮楊千應科，楊宗顯、楊宗保、楊宗孝、楊順、楊景、楊貴，旦扮李剪梅、木桂英、九妹、八娘、耶律青蓮、杜玉娥、呼延赤金、柴媚春、王素真、馬賽英、耶律瓊娥、韓月英、董月娥、耿金花、王魁英，各戴鳳冠，穿紅蟒，束帶。……

雜扮二禮生，戴儒巾、簪花，穿藍衫，繫儒絲，披紅，從兩場門上白：「玉女搖仙珮，朱奴帶錦纏。」作進見科白：禮生見。佘氏白吉時已屆，就請新人，禮生應科，佘氏作起隨撤椅科，禮生白：「起樂。」內奏樂禮生作向下請科，白：「伏以纔罷慶成宴，又斟合巹杯，建續

麒麟閣。交歡錦繡幃、奏請新貴人，擡身緩步請行。」院子扶楊宗保、楊宗顯，各換戴紗帽、簪花、披紅，梅香扶木桂英、李剪梅，各兜蓋頭從兩場門上，禮生作照常讚禮交拜畢，向佘氏、楊景、柴媚春、王素真行禮科，禮生從兩場門下，佘氏白：「滿門封贈，骨肉團圓，合當望闕謝恩。」眾應科，佘氏率眾作向上謝恩科，仝唱

正宮正曲【金殿喜重重】惠澤汪洋。韻感吾皇寵錫讀同受榮光。韻這恩隆仰戴，句報答無方。韻只辦葵誠心向。韻起科，楊千白：「花燭喜筵已備，請後堂上宴。」眾仝唱錦翼鴛鴦。韻連理瓊枝，句良宵花燭洞房。韻合喜得一門團聚，句又得加封進爵、讀皆賴我皇。韻【慶餘】盈盈喜氣從天降。韻節義忠貞共一堂。韻仰荷天麻後裔昌。韻仝從下場門下

這場戲熱鬧非凡，楊家風風光光，男女配和諧，封侯耀門楣，與之前的苦情迥然不同，原因約有二點：1. 符合中國傳統悲劇「始困終亨」的情節結構 2.戲曲娛樂性功能。清代帝王嗜好看戲，民間戲曲蓬勃發展，宮廷演劇也達到高峰，宮內宮外成互相推動之勢。如康熙二十二年「上以海寧蕩平，宜與臣民共為宴樂，特發奴金一千兩，在後宰門架高台，命梨園演《目連》傳奇，用活虎、活象、真馬」，〔註37〕乾隆時宮中演劇排場之盛達到了頂點，指派內閣大學士張照等編制了大量的節戲、大戲劇目，以備宮中演出。「節戲」〔註38〕一般都不長，重在排場富麗，「大戲」則為長篇的神怪故事和歷史故事戲，如《楚漢春秋》、《興唐外史》、《昭代簫韶》、《盛世鴻圖》、《忠義璇圖》等，這些歷史故事戲反映的時代由上古至前明，大有「全史戲劇」之概。慈禧本人在劇藝方面精於鑑賞，演出中對藝人要求極嚴格細緻，有時還親自參加戲的編排修改，最高統治者對於演劇技藝的高標準要求，對京師皮黃戲形成「精益求精」傳統頗有影響。以《昭代簫韶》連本大戲為例，從光緒二十四年六月十五日起，基本上每朔望各一本，一直至光緒二十六年，演至三十九本。據周明泰《清升平署存檔事例漫抄》「光緒二十六年差事檔」此項檔案下所加之按語云：「按此次係翻成皮黃演唱，每本至多四齣至少一齣。場子、詞句較原來崑曲為簡

〔註37〕見清・董含《蓴鄉贅筆》卷上，轉引（路應昆《中國戲曲與社會諸色》，吉林：吉林教育出版社，1992年6月），頁191。

〔註38〕所謂節戲分成兩種：一類專在各種歲時節令演出，總稱月令承應；一類專在萬壽、千秋、冊封等典禮上演出，總稱「九九大慶」和「法宮雅奏」。

略。尚有第四十本，只排而未演即『西幸』」。〔註39〕由此可知，若不是匆促逃難，皇室還會繼續絃歌不輟。

歌功頌德原就是戲曲娛樂性的功能之一，承平時統治者以此炫燿功績，像上述康熙、乾隆都是如此；動亂時更以此撫慰心靈，如咸豐、慈禧，在短短的一年內，宮中演出的劇目達三百二十多齣。〔註40〕宋君到底有沒有明察秋毫、分辨忠奸？楊家是否平反冤屈、滿門封賞？在此已經不重要，因為戲曲具娛樂性功能，編劇者及觀看者有時也會顛覆歷史、迎合民意，此齣戲就是皆大歡喜的團圓戲，符合傳統戲曲的傳統，其他如《昭代簫韶》第九本二十齣《仁君明鑑得真情》，也是顛覆歷史、歌功頌德之作。

三、強調民族融和

滿清入主中原，為了緩和民族矛盾，有意淡化「楊家將」戲曲站在漢族的立場上抵抗異族入侵的傳統，而讓敵對的雙方——遼與宋結為親家，強調民族的融和，突出忠孝節義的主題。瓊娥公主及青蓮公主在元明小說戲曲尚未出現，在《昭代簫韶》中四郎、八郎、瓊娥公主及青蓮公主四人的人物刻畫還很簡單，只是教忠教孝的典型模範。四郎、八郎在遼邦苟活，完全是為了能將功贖罪，雖身在遼邦，卻心繫大宋，與後世戲曲中屢屢被唾棄為不忠不孝的形象截然不同。而其妻瓊娥公主及青蓮公主，雖是遼人，卻屢次幫助楊家將，他們幫六郎找回驊騮馬，幫宗保盜取金刀還幫他們大破天門陣，贏得賢德貞順之讚譽。

瓊娥公主與青蓮公主在得知自己恩愛十餘載的夫婿是楊家將的霎時，都懊惱震驚不已，後來才慢慢接受此事實，並竭力幫助夫婿。第四本第七齣《識名將順夫成績》敘述孟良為救六郎，喬裝成漁夫到遼國找四郎幫忙，瓊娥公主覺得頗有蹊蹺，因而躲在門外窺視，繼而質問四郎：

> 耶律瓊娥唱只說埋名假冒，句紅臉漢喬裝漁夫。韻江兒水末二句不軌謀為，句實奏將伊嚴處。韻孟良白：「郡主請息怒。我是，……。」楊貴慌科，白：「說不得！」耶律瓊娥白：「說！」孟良白：「宋將孟良。」作跪科，耶律瓊娥白：「那個所差？到此行何詭計？」孟良白：

〔註39〕周明泰《清升平署存檔事例漫抄》，（台北：文海書局），1971年。

〔註40〕據朱家溍〈清代亂彈戲在宮中發展的史料〉，載於《京劇史研究》，北京戲曲研究所，1985年。

「奉六郎所差，到此尋，……」楊貴急止科白：「說不得的！」孟良白：「郡馬！這裏來！郡主與你是夫妻，怕什麼？」楊貴背白：「自古夫妻且說三分話，未可全拋一片心。」耶律瓊娥作聽科白：「住了！我與你一載夫妻，恩愛非淺，你連一句實話不肯說，何辜負我若此。噫！你好薄倖也！」作掩面悲啼科，孟良白：「郡馬！說了罷！」楊貴作驚愧勸慰科，白：「郡主不要哭，待我說。」耶律瓊娥白：「快說！」楊貴白：「郡主，我非木易，實是楊令公四子楊貴。」耶律瓊娥作驚呆失聲科，楊貴白：「郡主！若念夫妻之情，可憐楊氏宗枝。太后娘娘處，還望隱瞞，若郡主必欲絕我楊門，你就奏知太后，楊貴死也無怨。」作跪科，孟良曰：「是！郡主必欲不赦，我二人情願一死。」作跪科，耶律瓊娥白：「起來，起來。」楊貴白：「郡主既逼我實情，方才六郎之事，必然俱已聽見。郡主，我兄弟之命，要在郡主身上保全。」作哭科。

……

耶律瓊娥白：「你們且起來。」楊貴、孟良白：「郡主應了，纔敢起來。」耶律瓊娥慟科，白：「母親，你害了女兒終身了。」作掩面悲泣，坐科，孟良、楊貴白：「求郡主恩准。」耶律瓊娥白：「此事……」作疑難科，白：「難殺我了，……」楊貴白：「郡主既然作難，奏知太后娘娘，斬我二人便了，請斬。」耶律瓊娥推倒楊貴科，起隨撒椅，瓊娥仰面歎科，白：「天呀！我若順其夫命，罪擔不孝，若盡孝於母親，名傳不賢，豈非難殺人了麼。」復作拭淚科，楊貴白：「自古嫁夫隨夫，女生外向，郡主請自三思。」耶律瓊娥作目顧楊貴白：「罷！罷！我今既嫁楊門，只得順從夫命便了。」

四郎以夫妻之情、楊氏宗枝打動公主，望她隱瞞蕭后。一邊是生育她的母親，一邊是共枕眠的夫婿，瓊娥公主身處其中，左右為難，後因四郎要她「嫁夫隨夫」，她遂順從夫命，協助孟良盜驌驦馬。又九本卷下第十四齣《用鎗砲萬弩空埋》敘述耶律青蓮心中不忍背棄母后，但因嫁雞隨雞，所以和八郎楊順矇騙遼國軍師，而與木桂英、楊宗保裏應外合大破萬弩陣：

楊順白：「多謝賢德郡主」，淨扮嚴洞賓戴虬髮、道冠、紮金箍，穿蟒箭袖，紮靉，持劍，從上場門上白：「將臺遠眺望，滾滾起征塵。」郡主郡馬，宋兵到了，快些進陣準備去。楊順白：「早間被俺殺得大

— 121 —

敗，如今又來，好大膽。」雜扮一遼兵戴額勒特帽，穿外番衣，從上場門上白：「報，啟上軍師，宋兵搦戰，指名要郡主郡馬出陣。」嚴洞賓白：「知道了。一遼兵仍從上場門下」楊順、耶律青蓮白：「待我二人，先與他劍個雌雄。」嚴洞賓白：「用多少人馬？」楊順白：「不用人馬，我二人管擒宋將獻上。」嚴洞賓白：「壯哉！待俺去整肅陣勢，郡主郡馬若戰不過，可引他們進陣便了。」楊順、耶律青蓮從上場門上，作假戰四望科仝唱。

……

中呂宮集曲【燈影搖紅剔銀燈首至二】假搦戰滿他眾人。韻佯為敗接踵追緊。韻楊順四顧科，白：「四顧無人，有話快講。」楊宗保、木桂英白：「千歲命我二人，先來指名搦戰者，少間用火炮攻打陣勢，恐叔父嬸娘不知，玉石俱焚，急速想個法兒，瞞過妖道，快快躲避。」楊順、耶律青蓮白：「多謝千歲垂念之恩。」嚴洞賓內白：「郡馬，俺來助戰也！」楊順、耶律青蓮白：「嚴洞賓來了」楊宗保白：「怎麼處？」楊順白：「姪媳將他戰住」姪兒假作砍我一刀，為脫身之計。」楊宗保、木桂英白：「好計！」作偽戰科，嚴洞賓從上場門上，木桂英白：「妖道來得好，喫俺一鎗。」合戰科，楊順指腿言科，白：「姪兒砍呀！」楊宗保作使刀背，虛砍科，楊順偽作墜馬科，耶律青蓮白：「不好了！」作急下馬扶楊順從下場門下，嚴洞賓白：「你敢傷俺郡馬，看劍！」作戰科，嚴洞賓從下場門敗下，楊宗保白：「看我叔父好假做作」仝笑科，從下場門下，耶律青蓮扶楊順從上場門上，仝唱大影戲四至合。

我今做作教他信。韻假裝出被傷難忍。韻嚴洞賓從上場門急上白：「郡馬郡馬！怎麼樣了？」楊順白：「被那很心宋將，砍了一刀，左腿傷了。」嚴洞賓白：「砍了一刀，待我看看，作看科，白：「怎麼沒有血？」楊順白：「這個……他一刀砍來，我慌忙躲閃，墜馬跌壞的。不信，你看看左腿瘸了。」作裝瘸走科，嚴洞賓喚賓喚科白：「哪裡去？」，楊順白：「腿瘸了上不得陣，回去見娘娘，令派別人來罷。」耶律青蓮扶楊順從下場門下，嚴洞賓白：「好！原剩我一人了！」

蕭后將滅宋之戰傾注於天門陣，沒想到女婿八郎與女兒青蓮公主竟通報楊宗
保陣中虛實，假裝被他傷了左腿逃回遼營，最後無人主陣，被宋軍連珠火砲
攻破。而且他們挑撥蕭后對軍師嚴洞賓的信任，最後天門陣便功虧一潰，滅
宋的美夢亦付諸流水。

　　遼朝建立前，契丹實行群婚與外婚。〔註41〕建國之後，太祖及其後繼者
就婚姻問題頒布過一系列法令，其主要內容有三：一、實行王族、后族兩姓
氏婚制，並且不計輩分二、王族、后族與其他民族通婚由皇帝決定，不一概
禁止。三、對於民間族際通婚，朝廷一般不干預。〔註42〕第一點即是群婚，
遼建國之後雖然實行聘娶婚，但收繼的婚姻仍殘留，以致表親聯姻、輩分混
亂的現象較普遍。《舊唐書‧北狄傳》、〈耶律庶幾墓志〉《契丹國志‧晉王忠懿
傳》……等皆記載了「妻母后，報寡嫂」的原始婚俗，《遼史‧太宗紀》亦有
「姊亡妹續之法」。道宗將蕭思坦立為皇后，又把其妹妹幹特懶納入宮中。天
祚帝的皇后蕭奪里懶與元妃蕭貴哥也是親姊妹，〔註43〕後來才慢慢漢化，開
始建立命婦制度、講究婦道並接受節烈觀念。〔註44〕

　　《遼史‧烈女傳序》云：「與其得烈女，不若得賢女。天下而有烈女之名，
非幸也。詩讚衛共姜，春秋褒宋伯姬，蓋不得已，所以重人倫之變也。遼據北
方，風化視中土為疏。終遼之世，得賢女二，烈女三，以見人心之天理有不與
世道存焉者。」〔註45〕說明遼國漢化的程度有限，不像漢人那麼重視婦女的
節烈，而在意婦女賢不賢德，這是一個重要而且特別的觀點，如《昭代簫韶》
在此以儒家的觀點讚美瓊娥公主與青蓮公主順從和賢德。

　　《禮記‧郊特牲》、《大戴禮記‧本命篇》云：

> 壹與之齊，終身不改，故夫死不嫁。男帥女，女從男，夫婦之義由
> 此始也。婦人，從人者也；從父兄，嫁從夫，夫死從子。夫也者，
> 天也；以知帥人者也。

〔註41〕參見向南、楊若薇〈論契丹族的婚姻制度〉，《歷史研究》第五期，1980年。
〔註42〕參見葉隆禮《契丹國志》卷23《旄姓原始》，台北：商務印書館，1978年。
〔註43〕見朱瑞熙等著《遼宋西夏金社會生活史》，北京：中國社會科學出版社，頁156。
　　　　或陳素真〈史家筆下遼金元女性節烈觀綜探〉，（《東海中文學報》第十三期，
　　　　2001年7月），頁68。
〔註44〕參見脫脫撰《新校本遼史‧烈女傳》，台北：鼎文書局，1978年9月。
〔註45〕收於紀昀等總纂《景印文淵閣四庫全書》第289冊，台北：商務印書館，1984
　　　　年。

伏於人也。是故無專制之義，有三從之道，在家從父，適人從夫，

夫死從子，無所敢自遂也。〔註46〕

因為男子有如上天般的崇高，所以知道如何統帥女人，女人必須臣服於男人，聽從父親、丈夫、兒子的話，她沒有獨立的生存空間，一生完全依賴男人而活。除了「三從」，夫死不嫁的節烈觀念在此已用「禮」的形式規範下來，但《禮記》顯然沒有明確地將「從一而終」也沒有將「不更二夫」作為貞女之絕對要求，〔註47〕但在此強調「女子」陰柔而位卑，一直是中國人奉行的圭臬。漢代班昭作《女誡》，唐代長孫皇后作《女則》，女學士宋若莘作《女論語》，明成祖徐皇后作《內訓》，她們都是女中翹楚，有知識、地位，但卻認同男性對女性的貞順節烈等要求，書中宣揚女人要忍辱含垢、勤修婦德、言、容、功，夫死不二適，討好叔妹，以獲得舅姑歡心。為何她們要宣揚這些觀念？是因為在男性社會中無力扭轉此根深蒂固的觀念，所不得不屈從的智慧？或助長男人氣焰，沒自覺地傷害自己及其他婦女？

明、清之際一些男性們，對〈繫辭上傳〉所云：「天尊地卑，乾坤定已；卑高以陳，貴賤位矣」，〔註48〕強調男人是乾，如天之尊崇；女人是坤，如地之卑下的觀念，提出不同時調的看法。如李贄在〈夫婦論〉提出：「夫婦，人之始也。有夫婦然後有父子，有父子然後有兄弟，有兄弟然後有上下。夫婦正，然後萬事無不出於正，夫婦之為物始也如此。極而言之，天地一夫婦也，是故有天地然後有萬物。」他承襲〈序卦傳〉所云：「有天地，然後有萬物。有萬物，然後有男女。有男女，然後有夫婦。有夫婦，然後有父子。有父子，然後有君臣。有君臣，然後有上下。」〔註49〕認為夫婦是萬物形而上的基礎，是人類生命的垂統，必須永遠延續。倫常的關係為「夫婦—父子—兄弟—君臣」，而非「君臣—父子—夫婦—兄弟—朋友」，〔註50〕而且男女的關係是對應存在，如同乾與坤「保和太和，各正性命」，而不是有著先後尊卑秩序的關係。

〔註46〕《大戴禮記·本命篇》收於《叢書集成初編》台北：商務印書館，1937 年。

〔註47〕李永承〈「貞潔」觀念的歷史演變及其現代啟迪〉，(《孔孟學報》第七十五期)，頁 188。

〔註48〕見謝大荒《易經語解》，(台北：大中國圖書公司印行，1994 年 7 月)，頁 13。

〔註49〕見謝大荒《易經語解》，頁 73。

〔註50〕見李贄《焚書·卷三〈夫婦論〉》，(收錄於劉洪仁主編《海外藏中國珍本書系第四冊》，北京：中國戲劇出版社，2000 年 5 月，頁 2365。

衛道之士不滿李贄公開鼓吹男女才智平等對應，大力譴責他，鬧得風風雨雨，最後導致身死詔獄之下場。清代維新派如康有為、譚嗣同、嚴復對傳統貞節觀念的批判，主要以西方自然人性論、平等獨立觀念強調男女平等，並從不同角度論證男女平等的必要和應該，他們注意到了女子在人類社會中的特殊地位和作用，並以此為據批評女子服從男子、卑於男子的不公現象，〔註51〕但這些先知先覺者的看法，在當時也還沒獲得廣泛地支持。

反傳統、革舊習，非少數有志之士所能扭轉，如果連被荼毒的女性都甘心情願，且著書宣揚，表示這已是積習已久的行為標準和價值觀念了。畢竟社會積習難改，而且男女生理特徵、思考行為模式不同，如果用一種較有智慧、彈性的方法讓兩性相安無事，也是功德一件。《老子》一書強調「柔能克剛強」（三十六章）、「知其雄，守其雌」（二十八章）、「天下莫柔弱於水，而攻堅強者莫之能勝」（七十八章）〔註52〕等經典名言說明柔弱是道及水的特點，但它卻無所不在，同理「女人是水做成的」，故能戰勝剛毅的男性。王弼云：「虛無柔弱，無所不通。無有不可窮，至柔不可折」，〔註53〕其中的「柔弱」與「卑弱」是不同的，道家強調智慧圓融的處世之道，女人像水，清新甘醇而且無處不在，其力量能讓「百練金鋼化為繞指柔」，她柔弱卻有韌性，生命力無限卻不張揚。

《昭代簫韶》一書讚美瓊娥公主與青蓮公主為了丈夫，一而再、再而三地幫助楊家將，最後當母親罵她們時，她們反過來譏諷母親沒有識人之明，第十本第十八齣《心向宋二女勸降》載：

> 中呂調套曲【倘秀才】那知把讎人子反招袒腹。韻蓄養成傷身猛虎。
> 韻開門揖盜一時誤。韻作怨恨科，白：「這兩個畜生瞞我罷了，你兩
> 個妮子順夫欺母，天倫喪盡，那裡留得。」作拔劍科，白：「看劍！」
> 作欲斬科，楊順、楊貴作虛白勸阻科，耶律青蓮、耶律瓊娥作跪科，
> 白：「母親，都是你當初不辨清渾，將我二人錯配楊家。如今害得女
> 兒身無歸著，進退兩難，都是母親害我們的。」作哭科，楊貴陽順
> 白：「是呀！只怪娘娘彼時見識不明以致如此。」蕭氏作怒叱科，白：

〔註51〕鄭培凱〈晚明士大夫對婦女意識的注意〉，（《九州學刊》，1994年7月，6卷2期），頁34、35。

〔註52〕見樓宇烈《王弼集校釋》，（台北：華正書局，1992年12月），頁74、89及187。

〔註53〕見樓宇烈《王弼集校釋》，頁111。

「你兩個畜生，當初若不埋姓隱姓，焉肯將我愛女許配讎人，思之可恨，先將你兩個斬首。」作欲斬科，耶律青蓮、耶律瓊娥作攔阻科，白：「當初該斬之時，母親反倒憐而赦之，今因洩忿而斬之，教你女兒置身何地？」作拭淚科，楊貴、楊順白：「生米已成熟飯，殺也遲了」，蕭氏作悲咽落劍科。楊順、楊貴白：「娘娘既與宋朝臣子結了婚姻之親。正當請降罷兵，兩國通好，歲時朝貢，世守臨潢疆土，為子孫長遠之計，若再抗拒不屈，現今幽州有纍卵之危，旦夕必破，破城後向常驅直搗西樓，娘娘勢敗之際，何以抵禦？若到那時，統和主欲求尺寸之地，也不可得矣，望娘娘三思。」耶律青蓮、耶律瓊娥作跪撫膝科，白：「母親，依了郡馬之計，不惟遼祚之福，合國庶民之幸也。蕭氏作仰天嘆科，白：「天呀！俺國生生受害在這兩個冤家身上了。」作拭淚科，雜扮耶律沙耶、耶律色珍，各戴外國帽、狐尾雉翎，紮靠，佩劍，從上場門急上，白：「郡主城頭約獻表，宋師馬上索降書。作進見科，白：「啟娘娘，楊景差眾將在城外，說郡主親許獻降已經半日，不見回音，再若遲延，要架炮攻打了。」蕭氏起隨撤椅科，蕭氏作恨怒科，白：「好大膽賤婢，竟敢背母獻降，果然女生外向了。」耶律青蓮耶律瓊娥白：「因見攻城甚急，一時暖兵之計。」蕭氏白：「還敢支吾。」唱。

中呂調套曲【伴讀書】自恃伊楊家婦。韻竟忘了生身母。韻養女真正賠錢物。韻傷心鬱恨無門訴。

她們與四郎、八郎一個鼻孔出氣，四個人七嘴八舌地指責蕭后不辨清渾、亂點鴛鴦譜，並且早就準備好將獻表降書，蕭后在此成了傀儡，很悲情地接受失敗之事實，同意以和平換取大家最大的利益。青蓮、瓊娥公主的貞順賢德是從儒家三從四德的觀點而來，站在蕭后的立場，她感嘆「養女真正賠錢物，傷心鬱恨無門訴」，身為一國之君的蕭后，身邊最親近的人，竟然都是宋國間諜，也難怪她痛苦不堪了。

四、神怪思想濃厚

《昭代簫韶》一書大約有一半的情節都跟神怪思想緊密結合，主要受到道教思想、民間信仰與神話傳說有關，雖反映庶民文化，但情節率多不倫不類。

（一）鬼神信仰

　　神、鬼、精怪在遠古時代往往混稱，進入文明時期才慢慢將三者區分。據章太炎所說，「鬼字上部：『鬼』，係猛獸之頭，聲與老精物『魅』近，即是說，最初，它是指某種猛獸變成的精怪。鬼與夔同音，本來當是一物，都是指怪獸，以後才孳乳為專指人的靈魂所變的鬼物」〔註54〕。神的觀念，通常比鬼產生得晚一點，夏朝時猶是神魅不分，之後才逐步將作祟的精靈稱為魅，將與自己親近的如圖騰等以及佑護自己的奉為神，各氏族部落都有自己的保護神，直至國家產生，才有國家的神祀，它們往往被列入祀典。〔註55〕

　　《昭》書中之惡人死後被下放陰間，接受審判凌遲；好人死後則接受封官，得到遲來的正義，這些情節充分顯示善惡果報的思想，可參見本節第一小節所分析。中國的道教信仰認為萬物有神，神的種類很多，有山川、自然神、歷史、神話人物、天地諸神、鳥獸蟲魚、星宿等神靈，融合了民間信仰、神話傳說、巫術等，《昭》書之神仙，如北陽諸神暗中輔助白虎星楊六郎，黎山老母指揮楊宗顯與李剪梅的姻緣，金刀聖母托夢授刀予楊宗保，白雲仙子護衛天門陣，雷公、電母、雨師、風婆擊斃白雲仙子等，其缺點為「現實的人世變成了神仙的傀儡，驚心動魄的抗遼鬥爭和楊家英雄的高尚情操被『宿命』二字一筆抹煞。」〔註56〕人貴為萬物之靈就是因為擅用智慧解決問題，如果任何事情都訴諸是神鬼之操弄，腦袋就有點蒙昧未開了。

　　道教內丹學派強調修練的功夫，認為只要修練即可成仙，即使是山精木魅亦可，〔註57〕書中的令公金刀修練成神鋒大王，嚴洞賓乃碧蘿椿樹仙幻化而成，溪化道人是石精，試看以下例子：

　　　　淨扮神鋒大王，戴黃虬髮、紮額，紮金靠，從地井上出井欄科，唱
　　　　仙呂調套曲【混將龍】神鋒威壯。韻生平響喨性堅剛。韻一任他銅
　　　　筋鐵骨，句怎當咱殺物秋霜。韻俺輔創山河興國宋，句俺匡功忠帥

〔註54〕參見劉仲宇《中國民間信仰與道教》，（台北：東大圖書公司，2003年3月），頁10。

〔註55〕參見劉仲宇《中國民間信仰與道教》，（台北：東大圖書公司，2003年3月），頁10。

〔註56〕參見周華斌《中國戲劇史論考》，（北京：北京廣播學院出版社，2003年3月），頁513。

〔註57〕參見胡孚琛、呂錫琛《道學通論》，（北京：北京，社會科學文獻出版社，1999年1月），頁518～534。

令公楊。韻仗著俺平西定廣，句仗著俺伐漢除唐。韻仗著俺征劉戰晉，句仗著俺救駕勤王。韻仗著俺開疆展土，句仗著俺取勝沙場。韻仗著俺名聞宇宙，句仗著俺威鎮遼邦。韻作悶探科，唱：不想道狼牙村困窮邙。韻李陵碑撞身亡。韻撇拋咱、讀荒草墓塚邊，句他喜揚揚、讀封職天宮上。韻白：「虧了那山神」唱：安置我在井中修煉，句今日也自在稱王。韻轉場坐山石科，白：「俺乃金神鋒大王是也，向隨揚老令公南征北討，仗著俺不知斬了多少上將，受了幾十年血氣，又蒙天子親封號為九環定宋金神鋒，自令公正果，撇俺在李陵碑下，虧了本處山神，收俺在兩狼山下井中，俺原係神物，又受多年精血，修煉成形，就號金神鋒大王，部下九童即九環也，這幾年因無血食享用，虧了山神廟，每逢朔望，百姓祭祀，我便替他受用。」作笑科，九環童全白：「大王，今日又是百姓祭祀之期，快些到廟中去，若是去遲看山神先吃了。」神鋒大王白：「山神，他懼俺大王的威風，哪裡敢先喫，隨俺前去。」

......

雜扮山神戴卒盔，穿鎧，從上場門上

山神白：「養貓不得捕鼠，引虎自傷身」，轉場入座科白：「我乃兩狼山山神是也，為何道此兩句？當年我與土地，伺候老令公昇天，我見九環神鋒撇在李陵碑傍，是我憐他是寶貝神物，恐落於遼人之手，穢污了他，所以收來藏在山前井中，不想他受了多年血氣，竟修煉成形，自稱神鋒大王，不念我收他的好處，倒時常搶我廟中血食，豈非引虎傷身？」鬼判們，判官小鬼應科，山神白：「如今耐出來了，昨者黎山聖母巡游到此，說要收金刀與宗保破陣，這一兩日，有聖母門徒李剪梅，到此幫助宗顯收刀，成就姻緣，要我帶你們幫助收取，可不是耐出來了？」判官小鬼白：「但願如此，大家奮勇幫助幫助，降了去除了一大害，尊神與小鬼都喫得著美酒肥肉了。」（第六本卷下第二十一齣《地現九環要神武》）

......

雙角套曲【掛玉鉤】扶宋平遼俊士豪。韻俺膽大將軍小。韻特奉嚴親掃業妖。韻神鋒大王笑科白：「好不知分量的大話，恐你年不小，

不彀俺一頓點心，去罷！」作回身走科，楊宗顯作刺背科，白：「看鎗。」神鋒大王急回怒科，白：「好大膽的蒙童，看鞭！」作合戰、挑戰科，仝從下場門下，神鋒大王從上場門上，白：「且住！他此來是要收俺去破陣，俺放著逍遙自在不好，何苦去受人指使，看著老主人分上，又不好傷他，怎麼處？」作想科，白：「有了！」待俺向地下噴出神光，嚇退他便了。楊宗顯從上場門追上，戰鬥科，九環童追將官從上場門上，作合戰科，神鋒大王白：「還不走，俺要喫你們了。」作咒科白：「詛！」作放火彩，楊宗顯作驚慌亂跑從上場門下。（第六本卷下第二十二齣《仙圓雙璧定良緣》）

楊繼業被稱為老令公即因他的金刀讓敵人敬畏，因此，金刀也被附會有神靈。山神擔心金刀落入遼人之手，安頓令公金刀，並給它血食，沒想到它竟然修煉成形，自封為神鋒大王，還跟恩人山神搶食物，真是「養老鼠，咬布袋」，而且又忘了它膺負破陣除敵的職責，只想消遙快活，還與楊家後代廝殺，展現神仙界墮落的一面，與忘恩負義的人沒有兩樣。在此雖然作者的想像力很豐富，但讓忠烈的金刀變成這副惹人厭的模樣，並不是很理想的情節。後代戲曲如高甲戲《金刀會》、淮劇《十二寡婦征西》等，把金刀視為楊令公的化身，讓道具「金刀」綰合關目，祭金刀說忠烈，鼓舞楊家諸將士，是比較理想的劇情。

《昭》書中的嚴洞賓已不是明雜劇「望敵知敵數，嗅土職兵機。俺奉道坐靜，遊方尋仙，餐松啖泊，翫水遊山，黃冠鶴氅，息氣養神……」，有著仙風道骨的狗軍師。他竟是碧蘿椿樹仙幻化而成的：

雜扮椿岩戴樹腦殼、紮額，穿綠蟒箭袖，繫虎皮樹葉，搭胯，持拂塵，從上場門上唱

南呂宮正曲【懶畫眉】拜別蓬萊下山巔。韻本自碧蘿椿樹仙。韻助遼佈陣向行間押道法靈通顯。韻合演就天門陣已全。韻白：「俺碧蘿椿樹岩是也，昔年盜得天書三卷，正愁無人傳授心法，恰遇洞賓呂仙師，收我為徒，在蓬萊山學道半載，將八門金鎖陣演成七十二座天門陣，俺假說助宋伐遼，辭別仙師下山，我想目下，蕭氏，正在敗困之時，若是助宋伐遼，也不顯俺的本領，我不免竟投遼邦，與宋家抵敵一番也，也見得俺的神通奧妙，只是這般模樣不雅相，有了，待我幻作道人前去。變！」從下場門下，淨扮椿岩化身，戴虬髮、道冠、紮金箍、穿出襬，繫絲絛，持拂塵，從上場門上作笑科，

白：「果然有些仙風道骨，只是名兒粗俗不雅，有了，仙師道號洞賓，
我何不充其名兒，竟叫做嚴洞賓，有何不可？」（第六本卷上第七齣
《榜始懸妖仙應召》）

他向呂洞賓學道却走旁門歪道擺下天門陣，將法術用於害人攝魂之戰爭，此
情節與小說有異。《楊家將演義》敘述八仙之漢鍾離嘲笑呂洞賓調戲白牡丹是
個騷神，〔註58〕所以呂洞賓故意與鍾離權作對，讓精怪幫蕭太后擺下天陣對
付宋朝楊家將。雖然小說戲曲中呂洞賓的形象不好，但他後來被列為道教正
統神祇，享有崇高地位，可媲美媽祖與關公。

八仙傳說中鍾離權是呂洞賓的師父，他父親曾討伐匈奴有功，在大同當
官，因他懂得事情的輕重，所以父親以「稱陀」（古稱權）取名。長大以後，
身長八尺，俊目美髯，臉如塗丹。後來當了武將，頭上常梳兩髻，袒胸露肚，
手握一把棕扇，神態閒散。在《全唐詩》裡曾留詩：「坐臥常攜酒一壺，不教
雙眼識皇都。乾坤許大無名姓，疏散人中一丈夫」（卷八百六十），〔註59〕表
現他懶散的狂態，由於喜愛喝酒，打了幾次敗戰，最後才學仙成道。

呂洞賓，號純陽子，唐朝時是個屢試不第的書生，道士打扮，身背寶劍，
手持寶劍，耍得猿啼鶴鳴。六十四歲遊長安，被鍾離權（漢鍾離）以金錢、美
女、榮辱、死亡、親情考驗他，而被點化得道，再得火龍真人的盾天劍法，自
稱願度盡天下眾生，方始升天。由於他在傳說中有種種神奇妙跡，故在今漢、
南宋形成的全真道南北宗，都把純陽呂祖歸入教派組師法系之中，明言呂祖
師親傳煉丹修真之教理。正一道也不甘落後，把呂洞賓收入神仙譜系，流傳
出不少呂洞賓靈驗顯化的事蹟。到了元朝，皇帝封他為「純陽演正景化真君」、
「孚佑真君」，明時期，始正式爵以帝號，被官方封為「純陽孚佑帝君」，開始
享有帝王之奉侍。

（二）占夢占星等迷信術數

在《昭》書中承襲明代楊家將內府雜劇及小說，亦有占夢、望氣等迷信
術數，八大王德昭、寇準及遼將耶律圖都根據占夢、占星而有預卜的能力：

〔註58〕明·吳元泰《東遊記》第二十七回〈洞賓採戲白牡丹〉敘述他曾採戲白牡丹，
是貪戀酒色的騷神，所以相傳情侶一同去台北「指南宮」拜拜即會分手，因
為它主祀呂洞賓。見劉世德等主編《古本小說叢刊》第三十九輯第一冊，（北
京：中華書店，1987年6月），頁140～178。
〔註59〕見《全唐詩》第十二冊，（台北：盤庚出版社，1979年2月），頁9725。

孤家夜來夢見深谷之中，群虎圍著三隻山羊，大羊被群虎傷於谷
中，小羊逃脫，孤家正喜，忽又來許多野狼趕逐小羊，一個被群
狼廢命，一個向孤家似有乞訴之意，忽然驚醒。作驚悟科，白：
「我想楊令公父子三人，豈非三羊，群虎乃係遼眾，群狼者必是
奸黨，難道受了內外虎狼之害了。」（第二本第二十一齣《詳夢境
憂疑莫釋》）

寇準白：「元帥忠君報國，正當如此，但下官昨晚細觀乾象，妖星現
於遼地，主敵營必有僧道邪術者用兵。」（第六本第九齣《示圖有意
騎饢國》）

雙調正曲【鎮南枝】若論衰和旺。句事定天。韻夜關乾象出陣前。
韻覷牛斗與星躔。句早把吉凶辨。韻白：「你看今夜西南雲氣，內赤
外黃，行成華蓋，東北上色若馬肝，狀如飛鳥，此主宋勝遼敗，呀！
又見火星甚旺，土星慘淡無光，更兼太白臨於我陣分野，不但諸陣
不保，遼邦將帥，俱不免喪身之難。」（第九木第十六齣《耶律圖南
天象違》）

第一則是八大王德昭夜夢三羊被虎圍困，預卜楊繼業父子出師不利，恐被奸
黨所害，後果應驗，因為「楊」與「羊」諧音，故以「羊」表示楊繼業父子。
早在明內府雜劇《楊六郎調兵破天陣》就用「羊」表示楊景，但情節略有不
同。此情節後來被京劇《李陵碑》襲取，瀰漫一股神祕迷信。

　　占星術利用天體的運行來比附人事，五星在先秦本稱為歲星（木）、熒
惑（火）、鎮星（土）、太白（金）、辰星（水），由於五行理論的附會，才
有了木火土金水的名稱。在星占家的理論中，五星各有所司，如木星司年
歲，金星司甲兵死喪，火星司火旱，水星司大水，土星司五穀等。星占家
根據五星的軌道是否失常、光度色澤、互相交會的情形，再根據當時它們
所在恆星座標的分野，來判斷地上有關州國的人事吉凶。〔註60〕廣義的占
星包括氣象占，氣象占最主要的是占雲氣和占風，占雲氣即根據雲氣的形
態色相判斷吉凶。《周禮》「保章氏」之職除了主管星占，還「以五雲之物
（色）辨吉凶」，鄭司農注：「以二至二分（夏至冬至春分秋分四天）觀雲

〔註60〕參見詹鄞鑫〈中國的星占術〉，（收錄於《古代禮制風俗漫談》，台北：萬卷樓
　　　　圖書有限公司，1998年，1月），頁205。

色：青為蟲，白為喪，赤為兵荒，黑為水，黃為豐。」〔註61〕這顯然又用五行理論來預測人事。

上列第二則寇準以妖星現於遼地，預測敵營必有僧道邪術者用兵；第三則遼將耶律圖以雲氣內赤外黃，又以金星（太白星）司甲兵死喪，預測宋勝遼敗，即是利用占星之數術。《昭代簫韶》一書的方術多不可數，連寇準、番將對此迷信術數都略有研究，可見劇作家對此神秘迷信是多麼風靡。

（三）天門陣之方術

《昭代簫韶》一書從第六本到第九本花了很多篇幅敘述天門陣，依破陣的時間、人物，簡敘如下：

（1）青龍陣：孟良、焦贊、楊春（五禪師）等人破陣，斬大將黑太保。

（2）金鎖陣：耶律瓊娥、清蓮協助到蕭后房間盜金刀，遼將金鎗劉子喻奉命追金刀，假扮七郎鬼魂，欲引出偷刀賊，卻被呼延赤金（七郎妻）識破而斬殺。楊宗保用九環神鋒破陣，木桂英、杜玉娥、八天君、雷公電母等斬大將馬榮。

（3）白虎陣：呼延贊、金頭馬氏、岳勝等領一萬健軍破虎爪軍，木桂英、杜玉娥、呼延赤金領五千健軍破虎牙軍，孟良、焦贊領五千健軍先奔中央大將台上，把虎眼金鑼二面擊碎，絕其變陣號令，再向東西小將，把虎耳黃旗砍倒，絕其指揮軍指向。

（4）人和陣：李剪梅、楊宗顯、侍香童與白雲仙子戰鬥，侍香童所幻化的宗顯被白雲仙子所殺，剪梅等人傷心欲絕，後楊景斬長沙國王蘇和慶。

（5）元武陣：元武神原先下凡護衛此陣，後因水德星君籲他不要助長妖道，他同水族精怪撤離後，宗顯、剪梅、雷公、電母與白雲仙子續戰，白雲仙子被雷公擊斃。

（6）陰陽兩儀陣：遼營投宋之父女王懷、王素真，先以鞭擊破溪化道人之法寶陰陽鏡，後任道安夥同哪吒以烈焰焚毀溪化道人。

（7）朱雀陣：原本協助遼國的沙陀國郡主孟吉，得知自己是孟良之子，倒戈幫助楊景破陣。

（8）迷魂陣：陰風慘慘似泉臺，冤魂厲鬼迷驚駭。長沙國海賽花、洪世

〔註61〕參見詹鄞鑫〈中國的星占術〉，（收錄於《古代禮制風俗漫談》，台北：萬卷樓圖書有限公司，1998年，1月），頁205。

－132－

傑欲報國王蘇和慶被殺之仇，故幫助嚴洞賓，楊宗孝、焦松、八娘、焦贊殺死海賽花、洪世傑，張蓋之子「鶴目重瞳」張鶴用避返魂扇辟除惡鬼。

（9）仙童陣：「九頭禪師」原係靈鷲山銅獅，受三光精氣，修煉成精，幻化人形，他向民間選得童男一千人，加持符水，使刀劍不能傷身。又有兩個法寶：①搖動金鈴，用金沙火焰困助敵人 ②祭起銅鐘，即使神仙也難逃。楊春等持降龍木久戰仍無法降伏「九頭禪師」，後得神僧、伏虎尊者之幫助，讓九頭禪師隱在在缽中現出獅形，終於破陣成功。（第九本第五齣《鐵杖掄開誅猛將》至第十齣《降神僧攝服妖僧》）

（10）萬弩陣：楊順、青蓮公主將破陣的軍機：「用貔貅軍方能避箭，火砲軍方能破陣」告訴宋將楊宗保等人，兩人又當宋軍的內應，故能破陣。

（11）地煞陣：嚴洞賓寫反書給王欽，欲陷楊景叛國，激怒楊景入陣廝殺，遭耶律夫人、韓君弼等圍困。嚴洞賓又幻化成假楊景，蠱惑宋營，幸賴明君、鍾離道人辨明真相，金甲尊神奉鍾離道人真法旨，命眾煞神速退，破了地煞陣的法術，陣勢已亂。後楊宗保、木桂英、岳勝等人射殺耶律夫人。

（12）天門陣：將臺上紅燈七七四十九盞，展動日月旗，移星換斗，支起白涼繖，霧暗雲迷，揮著三皇劍，飛沙走石，摩動七星纛，電掣雷奔。由於此陣是呂洞賓傳授給嚴洞賓的，所以呂洞賓告訴楊景先將護陣神將退去，然後千歲元帥統大兵入陣，即令大將上台，將七星纛、日月旗、白涼繖砍斷，以破其法，千歲可將紅燈射落，絕其指向，此陣立破矣。孟良、焦贊、孟吉、焦松四人負責進入天門陣將左右日月旗拔掉，杜玉娥、呼延贊、金頭馬氏、岳勝隨楊景截殺遼將，王懷、呼延畢顯、木桂英、呼延赤金等領兵保護千歲，射落紅燈，即上將臺，砍斷旗杆，絕其指向，在眾人的齊心合力下，終於在百日內破天門陣。

以上各陣的主帥及排列方式，有的承襲《楊家將演義》，但比起《楊家將演義》只花九回來敘述，《昭代簫韶》卻花了近七十五回來敘述，人物太多，情節太繁複，各種神怪充斥書中。在宋遼兩國人仙大鬥的交戰過程，有道士咒語、符篆、交感巫術、各式法術之運用，分析如下：

1. 交感巫術

著名的民族學家弗雷澤在《金枝》一書，將那些認為物體通過神秘感應可以超時間超距離第相互影響的巫術統稱為交感巫術。其又有兩大分支，分

別基於兩種原理：第一個原理是「相似律」，即凡是相似的事物都能互相感應，凡是相似的行為都能產生同樣的效果。由此產生的巫術叫作「順勢巫術」或「模擬巫術」。第二個原理是「接觸律」，即物體一經接觸將永遠保持聯繫，即使在切斷實際接觸後，它們仍然能遠距離地相互作用，透過物體對某人施加影響，由此產生的巫術叫作「接觸巫術」。〔註62〕這些原理在現代社會仍時有所見，如「收驚」時，要拿當事人所穿過的衣服，因為就收驚者而言，當事人的衣服與當事人永保聯繫，可以起到吸附當事人靈魂的作用，此即「接觸巫術」；而《昭》書天門陣之陣型排法則屬「模擬巫術」。

統帥楊景起初不識嚴洞賓所擺的陣圖，只能概略地分析說：「正東方青龍臥震，正西方兌門穿巽，正南方離宮朱雀，正朔方元武坎宮震，遙望週遭方位，還是八卦陣變為八門金鎖之勢，若說八卦陣又多了六十四門，若說八門金鎖陣又設無數將台，如此叢雜，如此變化，令人莫測也。」楊宗保因夢中遇神人授金刀兵書，故知此陣部列之法，何者易攻？何者難攻？皆了然於心，他說：「青龍門道，青龍門道，列金鎗，鱗甲龍腰，劍刀張牙露爪，兩道龍鬚綠旗飄，青龍陣不足為慮。」「白虎陣，虎身牙爪，虎雙耳，黃纛挑，虎金睛，高掛兩鑼敲，按圖樣上看來，中間高台是通明殿，周圍乃二十八宿，後面是龜蛇二將，尚少珍珠日月皂旗，又好破也。」上述宗保說青龍陣中有龍鬚、龍爪、龍麟、龍腰等將台，白虎陣中有虎牙、虎耳、虎眼、虎爪等將台，是屬於交感巫術中的「模擬巫術」，也就是期望透過龍與虎的肖像排列，試圖獲得這種動物兇猛威嚴的感應魔力來戰勝敵人。

2. 道士的咒語和符籙

《昭代簫韶》第八卷上第二齣《妖道人書符作法》載嚴洞賓作法請北方武元神降臨時，唸咒語如下：

> 擂法鼓一通，加一道靈符火化焚，用一顆五雷印信，好催他風馬雲車緊，令牌兒一擊如雷震，急律令火符赤牒，急似迅雷奔，緊遵依呂純上真，眾神降壇緊，眾神降壇緊。

> 急急如律令，嚴嚴赤牒文，急得我電掣雷奔，純陽呂敢消停，急速降凡塵。

〔註62〕弗雷澤著，汪培基譯《金枝》——巫術與宗教之研究，（台北：桂冠書局，1991年2月），頁21～73。

經過幾次催降，元武神下凡護陣，後水德星君奉鍾離權之意，籲元武神「上界正神，不應聽妖道驅使，阻扼宋師，……速宜復位，免得上干天怒。」元武神得知嚴洞賓假冒呂真人靈符印文，後遂回天府，眾水族亦隨之撤退。咒語是巫師和其他施術者用來驅除鬼魅邪祟、消滅各種危害的巫術語言，他們代表神靈發號施令，通過號令，將神靈賦予的超自然力量施加到客體身上，從而使咒語成為一種更具威力的巫術手段。「急急如律令」是要求鬼魅邪祟趕緊按神靈和巫師的法令辦理，在東漢後已成整套咒語的結束語，宋人王楙、趙彥威、明人鄭瑗、清人俞正燮、梁紹任都指出此句是竊用漢代的公文語言。〔註63〕

　　嚴洞賓說他用六甲陰符，再加上日月旗、七星纛、五雷印信、三皇劍等擺下天門陣圖，這是道士、巫師慣用的禦敵術，讓人感覺妖氛凝重。是陣，「周天陳列宿，青龍白虎，朱雀元武，十二臣九曜輔，諸神拱天樞，群星佈羅網」，包藏奇幻，奧妙無窮，將台上紅燈七七四十九盞，為遼軍指向之號。展動日月旗，移星換斗，支起白涼繖，霧暗雲迷，揮著三皇劍，飛沙走石，摩動七星蠡，電掣雷奔，真個是仙傳神術，說不盡百變千靈。（第九卷下　第二十三齣《天門開遼軍遊戲》）在此所謂的陰符與咒語密切相關，符籙是用來表現咒語的內容，有的是直接用文字記錄，有的則是透過象徵符號間接地表現詛咒內容和巫術觀念，根據以上兩種方式，可以將古代符籙分成文字符和圖形符。〔註64〕後人常常以符咒聯稱，有些學者為《道藏》分類時把論述咒語和符籙的道經統統劃入「符籙」一類，都是從符、咒本有內在聯繫著眼的。

3. 正邪兩派神仙之鬥法

　　上述天門陣每陣都有正邪兩派神仙之戰鬥，如邪神白雲仙子助嚴洞賓護人和陣，其有「拘神奪魄，手段高強，眼光射出，賽過電掣秋霜，金鋼鐵漢似雪煬，煉就火珠口內藏」的法術，但她卻懼怕李剪梅之寶鏡，於是遣小狐精去偷盜，展開與李剪梅、任道安等神之鬥法，後被五雷擊斃。

　　溪化道人乃端石仙，道號溪化，以山為體，以土成精，修煉千年，遂得大道，為報白雲仙子被雷擊斃之仇，於是前來護衛兩儀陣，手持陰陽寶鏡，此鏡出自石中，石乃陰陽氣之核，陰中有陽，陽中有陰，吾乃石之精也，聚丹

〔註63〕轉引自胡新生《中國古代巫術》，（山東：山東人民出版社，1998年12月），頁54。
〔註64〕《日書》所說的禹符上面寫有大禹的命令，這種命令實即巫師的咒語。所有的符都不過是咒語的書面形式，一道符就是一句咒語或一篇咒文。

田之氣，煉出此鏡，半紅半白，白光射人，立即廢命，後哪吒二郎神與之戰
鬥，終被王素真擊毀陰陽鏡。太乙真人門徒任道安協助破迷魂陣，嚴洞賓警
告溪化道人，任道安神通廣大，不怕烈焰焚身，又有從空中射出利劍千萬的
本事，比他倆法術更甚百倍，應躲避才無風險。溪化道人痛恨被目為邪魔歪
道，堅持與之戰鬥，後任道安果然奉太乙真人符篆，請哪吒三太子繫風火輪、
持火龍罩，將溪化道人煅煉化成灰。

　　白雲仙子、溪化道人、任道安這些神是《昭》書杜撰出來的，各擁有不同
的法寶及法術。本書有些神靈是屬道教俗神的信仰如風伯、雨神、雷公、電母，
前兩者相傳是由箕宿與畢宿演變而來的，而後兩者被世俗化之後，組成了神仙
家庭，它們都歷經了由獸形到半人半獸，再到人形的發展過程。其中擊斃白雲
仙子的雷神的形象隨著時代演變而有不同，「早期的自然神祇形象或作龍頭人
身，取象於或龍或鳥的部落圖騰形象，到了東漢時則以力士之形充當。其後則
有猴頭或豬首的種種不同傳說，前者受六朝志怪思想的影響；後者則緣起於熱
帶氣候的廣東雷州一地的卵生神話，且盛行於嶺南各地及少數民族地區，在唐
代已經有人圖畫其象，立廟參拜。宋代以後，道教齋儀符籙中五雷法受到重視，
雷神逐漸轉變，於是創設了九天應元雷聲普化天尊這一更高層的雷神，不管其
為黃帝或者由聞仲充當，但是傳說創始者或作者意圖將天界諸神改由人間聖賢
豪傑來主導，使天上人間二元對立改為統一的目標極為明。因此諸神人身形象
化的轉移也就加趨快，而非停留在動物神的階段。」〔註65〕

　　從《昭》書可明顯地發現諸神都被世俗化了，白雲仙子、溪化道人、九
頭禪師等邪神最後都被正神所擊殺，呼應善惡到頭終有報之真理，此外，又
有許多原本效忠遼國之人當內應或陣前倒戈，在天時與人和下，楊家將終於
打敗遼軍，真可說順天應人。

五、宿命的婚姻觀

　　《昭代簫韶》一書服膺宿命的婚姻很多，如宗保與桂英，楊景與王素真，
宗顯與李剪梅，舉證如下：

　　　　中呂調套曲【粉蝶兒】三六青春。韻入仙山幾年精進。韻舞花槍煉
　　　　法果超群。韻善衝鋒，句馳駿馬，句百戰贏百陣。韻開勁弩箭射穿

〔註65〕見王三慶〈雷神之神話與傳說〉，（收於《中國神話與傳說學術研討會論文集》，
　　　　台北：漢學研究中心印行，1996年3月），頁296。

雲。韻這十三篇秘傳胸蘊。韻白：「移山倒海廣神通，縛虎擒蛟膂力雄，百步穿楊鎗丈八，仙傳武技慣交鋒，俺乃亂石山木家寨木桂英是也，父母早逝虧孀母撫養一十五歲，蒙金刀聖母收去為徒，學道三年，剛剛武藝精通，聖母道我宿緣未了，遣我回寨，俟楊宗保到來，引他上山，了此夙債。（第六本卷下第十五齣《仗神術英雄被縛》）

又一體【理烏雲】韻巧學麻姑髻。韻道服殊丰韻。韻離凡塵。韻出岫無心，句卻被清風引。韻白：「我乃黎山老母門徒李剪梅是也，學道三年，青春二八，本自持念清修，不戀紅塵，前者老母好端端對我說道，你夙緣未了，不日當下山助宋伐遼，那楊元帥次子宗顯是我夫婿。」奴家一聞此言唱合我芳心暗裏欣。韻芳心暗裏欣疊柔懷時忖論。韻這些時把不住閒方寸。（第六本卷下第二十齣《乘雲駛招壻下山》）

中呂調套曲【醉春風】只看俺玉腕執戈矛。韻香軀跨戰馬。韻威凜凜一個女英俠。韻有聖母妙法。韻法疊論武藝不是虛誇。韻笑談間擒蛟搏虎，句抖威風神驚鬼怕。韻作恭見科，白：「爹爹」王懷白：「罷了！我兒可知為父的此番帶你來之緣故麼？」王素真白：「協助爹爹成功」王懷白：「非也，自你襁褓時，許字與楊令公之子楊景，至今南北遠離，音問不通，今到幽州，務要打聽他父子下落，一來棄暗投明，二則成就夙姻，莫負吾意。」王素真白：「僅遵嚴命。」（第六本卷上第六齣《五國雄兵匝地陣》）

第一則的桂英與第二則的剪梅都是學道之女性，原本應當「離凡塵，少情欲」，但上天注定兩人是楊家婦，她們皆歡心地等待並協助情郎破天門陣。第三則的王素真也是武藝高強的女英雄，他為了接近楊景，假裝協助遼國平宋，暗地裏卻協助楊家將盜取金刀、裏應外合破兩儀陣等，如果沒有這些女性，楊家將不可能破天門陣，遼國也不會投降宋朝。《昭代簫韶》出現這麼多女性群像，具有劃時代的意義，只可惜她們太宿命了，空有高強的武功，卻像同一個模子印出來的物品，沒有獨特鮮明的個性。

　　書中強調宿緣是不容改變的，如黎山老母預知楊宗顯有難，於是讓侍香童變幻成楊宗顯，迎戰白雲仙子，〔註66〕侍香童一心只想替宗顯破陣，娶了

〔註66〕「香童災障自纏身，思凡罪業當鋒刃」，說明香童愛慕宗顯的元配李剪梅，所

李剪梅，安享富貴，然而學術不精，又挑逗白雲仙子，於是被生擒，又被嚴洞賓處死，懸掛尸首於將台上。黎山老母憫侍香童代宗顯死，得全忠良之後，因此大發慈悲，救其還魂，免墮輪迴。又念及楊家父子盡心王事，忠君報國，奏過天帝，救免楊宗顯死劫，成就與李剪梅的再生緣。雖然侍香童愛慕剪梅，想橫刀奪愛，但最後仍必須為宗顯受死，畢竟宗顯與李剪梅已被紅線牢牢繫住，沒有任何可能將他們分離。後世楊家將戲曲並無宗顯與李剪梅其人，主因與宗保、桂英的雷同性太高，戲份分散，無法突出主線，所以被刪除。李漁提出的「立主腦」〔註67〕即強調「一人一事」作為全劇結構的主桿，一齣戲必須只有一條主線，其餘線索只能是配合主線的副線，如果一齣戲出現了兩條主線，或兩組並行的矛盾衝突，那就違反「一人一事」貫串始終的結構原則，即是犯了頭緒繁多之病。

唐‧李復言〈定婚店〉〔註68〕宣揚宿命的婚姻觀，學者指出「唐代姻緣天定說在客觀上，彷彿包含著反對等級門第觀念的遺意。」〔註69〕此觀念一方面是對等級門第觀念的反抗，一方面是消極地接受婚姻的苦樂。隋唐之後婚姻的等級門第觀念愈來愈明顯，據《通志‧氏族略一》云：「自隋唐而上官有簿狀，家有譜系，官之選舉簿狀，家之婚姻必由於譜系。……」「自五代以來，取士不問家世，婚姻不問閥閱……。」〔註70〕說明除了見諸法令的貴賤不婚、良賤不婚外，還有約定俗成的士庶不婚，這些限制和觀念，釀成了無數起愛情和婚姻的悲劇。但姻緣天定說卻聲稱，只要符合天意，「雖仇敵之家，貴賤懸隔」，皆可結成良緣，這無疑是對婚姻上的等級門第觀念的一種蔑視和挑戰。

婚姻聯繫兩家結「秦晉之好」，本身就有門當戶對的功利目的，因社會地位、財富權勢、種族信仰等客觀因素都影響婚姻的選擇，且男女結婚後，因

以必須去承擔一些業障，如替宗顯破陣。見《昭代簫韶》第六本下第二十齣《乘雲馭招婿下山》。

〔註67〕見李漁《閒情偶寄》，（上海：上海古籍出版社，2002年6月），頁36。

〔註68〕見《太平廣記》卷一五九，（上海：上海古籍出版社，1994年8月4刷），第2冊頁70。

〔註69〕見牛志平〈唐代的姻緣天定說〉，（收於《中國婦女史論集 三集》，（台北：稻香出版社，1993年3月），頁55。

〔註70〕見鄭樵《通志‧氏族略序》，（收於《景印文淵閣四庫全書》第三七三冊，（台北：商務印書館，1985年），頁254。

成長背景迥異，又有金錢觀、人生觀、教育觀、生活習慣等複雜的問題，需要協調、溝通，沒有互相的退讓、包容、體諒，難成就一樁美滿的婚姻。由於古人歷史的侷限，企圖為苦悶的心靈找到出口，所以就把希望寄託在宗教迷信上，將婚姻的苦樂視為天意的安排。姻緣天定說有好處也有壞處，但給婦女造成的消極影響頗為嚴重。結婚本是男女雙方的終身大事，姻緣天定說卻將當事人排斥到局外，完全不考慮他們的意願，一切聽從天命的安排。婚前兩人素未謀面，經由「媒妁之言」送作堆，卻要攜手共一生，幸運則夫妻恩愛、鶼鰈情深；不幸則如深宮怨婦、孤枕難眠。連桂英、剪梅及王素真等巾幗英雄尚且深信姻緣天注定，甘心忍受譏諷（如宗保笑桂英不知羞恥，倒追他還說他倆有夙緣），及塵世中的一切災劫（如剪梅以為宗顯已死，欲為他守節，行報靈牌交拜之禮），更何況是沒有一技之長，又是油麻菜籽命的婦人，她們把這些苦難視為天命，無怨無悔地付出所有。

第三節　崑劇、京劇及地方戲曲之主題思想

　　有關楊家將故事的元明清雜劇、傳奇，由於數量有限，再加上劇作者的道德勸說、當權者的嚴格禁令，其思想內容無論在深度及廣度都顯得非常貧乏，頂多只是改編歷史傳說或者翻案罷了！清代京劇及亂彈戲興起後，楊家將戲曲無論在質與量上都有長足的進步，表現女性意識自覺之戲曲在明末清初成為一代風潮，〔註71〕繼而在楊家將京劇及地方戲曲中也成為一重要的主題思想。雖然楊家將地方戲曲仍殘存一些宗教迷信的內容，但隨著時代之演進，其君臣觀、宗族觀、民族觀或異於傳統價值，值得分析探討。

一、邦無道則隱，為君臣大義而仕

　　「仕」與「隱」的兩難抉擇，是自春秋以來，中國知識分子共同面對的一大難題。劉紀曜在〈仕與隱——傳統政治文化的兩極〉一文中將先秦諸子的「仕」、「隱」觀分成三種：（一）、孔孟荀的「道仕」、「時隱」思想（二）、莊子的「反仕」、「身隱」思想（三）、韓非的「祿仕」、「反隱」思想，〔註72〕

〔註71〕參見葉長海〈明清戲曲與女性角色〉，（《九州學刊》6 卷 2 期，1994 年 7 月），頁 7～26。

〔註72〕見劉紀曜〈仕與隱——傳統政治文化的兩極〉（《中國文化新論——理想與現實》，台北：聯經出版社，1989 年），頁 293～313。

很精準扼要地扣準先秦諸子的「仕」、「隱」觀。其後,有學者認為在此三個典型之外,尚有別具典型之人——屈原出處仕隱之糾結,因為屈原那種視出仕濟國為終身使命與職責,不容退縮、九死不悔的性格,使他在出仕受阻後仍然忠君不二,不忍退隱忘國,這種義無反顧的出仕觀,無疑地更貼近於後世同為文人的出處仕隱的心理,〔註73〕但筆者認為屈原以「以天下為己任」的精神基本上還是承襲自儒家積極入世的精神。楊家將戲曲中《寇準背靴》、《百歲掛帥》、《楊金花捧印》、《穆桂英掛帥》等戲曲都觸及仕與隱的問題,其思想內容較接近儒家的「仕」、「隱」觀。

孔子雖然主張「天下有道則見,無道則隱」,「賢者避世,其次避地」、「邦有道穀,邦無道穀,恥也。」(《論語·憲問》)天下有正義、公理的時候,知識分子要責無旁貸扛起救國救民之責任;若天下擾攘不安,則隱居修養自己,俟機而出。但更多的時候我們可以發現一些隱者對孔子「以道自任」的行為有嘲諷之意味,如長沮、桀溺認為天下滔滔大亂,任誰也無法改變這種局面,不認同孔子周遊天下,以大道干謁諸侯王之舉;而荷蓧丈人以「四體不勤,五穀不分」來譏誚孔子高談理想、「憂道不憂貧」,隱者認為現實的豐衣足食是一切的基礎,若不得溫飽則遑論他物。又隱者荷蕢亦認為孔子心志固執,世人既不欣賞,應該學習「深則厲,淺則揭」之處世態度,即屈原〈漁父〉中所謂:「滄浪之水清兮可以濯吾纓,滄浪之水濁兮可以濯吾足」的明哲保身之道。孔子對於隱士的責難有些無奈,但仍專執不改其志,其云:「鳥獸不可與同群!吾非斯人之徒與而誰與?天下有道,丘不與易也。」(《論語·微子》)而子路告訴荷蓧丈人之子的一番話「不仕無義。長幼之節,不可廢也;君臣之義如之何其廢之?欲潔其身而亂大倫。君子之仕也,行其義也。道之不行,已知之矣。」(《論語·微子》)這兩段話正足以顯露孔子認為天下無道,他才必須劬勞辛苦地在各國間奔走,發揚仁民愛物之學說,而且君子出來做事,是實行君臣大義,至於政治理想的不能實現,也是在預料之中。

《寇準背靴》一劇因寇準懷疑六郎未死,所以跟蹤柴郡主,郡主疾走像陣風,後花園高高低低路不平,靴子底厚又板硬,踢踢踏踏有響聲,所以便將靴子背在身後。一路上郡主又急又得意,她以為八王在做南柯夢,寇天官在客廳會周公,自比諸葛出奇制勝,會擺迷魂陣,巧計佈疑兵,沒想到寇天

〔註73〕見韓學宏〈由《離騷》看屈原出處仕隱之糾結〉,(《國立台北技術學院學報》,1994年),頁317。

官來個月趕流星，找出六郎藏身之處。郡主的焦不安，表現在她因路滑被葛藤絆倒，膝蓋碰傷難以行動，又送給六郎的炒豆腐竟忘了放油，讓人感受她的愛夫心切，她不能忍受朝廷需要楊家時就拉一把，不需要楊家時就踹一腳，她渴望男耕女織、餵豬養羊、收稻菽、釀青酒的田園生活。最後八王和天官發現六郎藏身之處，六郎「困守林泉心未冷」，所以同意不計前嫌，為國為民再獻一份心力。這樣的精神體現儒家「先天下之憂而憂，後天下之樂而樂」的偉大情操，與孔子「知其不可而為之」遙相呼應。

在《金沙灘》一劇中，五郎延德痛惜數位兄長的慘死，痛恨奸佞專寵，決意在五臺山出家，他唱道：「朝也殺來暮也殺，殺來殺去殺自家；刀刀割的連心肉，箭箭射的白蓮花。楊五郎解開其中意，要把金刀削頭髮」。《太君辭朝》中太君率諸女媳征討黃花國四海名揚，楊家三代多戰死，只遺留曾孫楊藩，太君為了保住楊家宗嗣，因而告老還鄉，除了這個原因外，她告老還鄉還有類似五郎之感嘆：「夫繼業，投宋君，父子九人保乾坤。今公李陵碑下盡，可憐他為國喪殘生。八個孩兒具喪命，並無一子隨著娘親，來到長亭下車輪，御街之上臣見君」，她與宋君都一一不捨地流下眼淚，然而整個大環境不利於楊家，她毅然選擇辭朝。

楊家壯烈成仁，應該死得其所，當「重如泰山」，而非「輕如鴻毛」。但宋王卻一再遺忘，需要楊家時急忙徵召，不需要時就棄之如蔽屣。楊家將雖然對時局不滿，但君臣之義乃五倫之一，他們掙扎良久之後，仍然會重出江湖，如桂英隱居二十餘年後，不同意掛帥出征安東，後因太君執意為國分憂百歲掛帥——「退敵不求恩寵，但願百姓得安居」，這番話，喚起桂英的民族大愛，她終於同意重披戰袍，但對宋王寡恩薄情，仍有餘憤。佘太君見媳婦態度轉變，興奮地說：「這才是我楊家的好媳婦！快快改換戎裝，老身我還要與你催將擊鼓！」又如五郎雖然在佛寺靜修，但在需要他的時機，他也會協助盜驪驦馬、迎戰天門陣，忘卻了自己曾說過「我既歸依三寶，如何又開殺戒？」

由此可知楊家一門忠烈，其精神接近孔子的「仕」、「隱」觀。孔子他對中原政局失去信心時，雖然也曾想「乘桴浮於海」，又想「居九夷」。然而當「臣之事君，義也，無適而非君也，無所逃於天地之間」（《莊子‧人間世》）的念頭湧向眉際，即使與弟子被困於陳、蔡之間，風塵滿面、灰頭土臉，七天七日無米下鍋，人人餓得飢腸轆轆，無理性、無目標的情況下，孔子仍能「弦

歌不輟」，這種偉大的情操感動後世千千萬萬的知識分子，如李白「功成身不
退，自古多愆尤。黃犬空嘆息，綠珠成釁讎。何如鴟夷子，散髮弄扁舟。」
（〈古風十八〉）；杜甫「非無江海志，瀟灑送日月，生逢堯舜君，不忍便永訣」
（〈自京赴奉先詠懷五百字〉）；李商隱「永憶江湖歸白髮，欲迴天地入扁舟」
（〈安定城樓〉），或強調自己也有灑脫不染的風骨，有放情江湖之志，只是今
上聖明，不忍遠離社稷黎民；或宣示自己志在江湖，絕無戀棧官場的貪念，
渴望在效法古人實現自己的理想價值之後，隱居在名山大澤中韜光養晦。楊
家將戲曲之所以歷久彌新、膾炙人口，就是這種前仆後繼、仁者無懼的精神，
尤其在現實功利的現代社會，此情操已是絕無僅有了。

二、女性意識的覺醒

　　楊家將地方戲曲深化女性婚戀自主，歌頌豪氣萬丈、不讓鬚眉的女英雄，
雖然挑戰傳統禮教如女性休夫、寡婦情慾之作品有限，但女性形象比起元明
雜劇及《昭代簫韶》已豐富許多。

（一）婚戀自主

　　楊門女英雄除了在戰場上叱吒風雲外，也有美麗浪漫的婚戀故事伴隨著
她們。她們無一例外地都是自主婚姻，將「父母之命，媒妁之言」扔到九霄雲
外，而且她們在男性面前總是佔上風，穆桂英便是其中的典型。穆桂英的形
象並非絕無僅有，在地方戲曲裡的很多女英雄都有類似《穆柯寨》的大膽「私
配」行為。如《董家山》中，女寨主董月華（又作董金蓮）將尉遲寶林（唐將
尉遲恭之子）俘獲上山，逼寶林成親；《樊江關》中，女將樊梨花將薛丁山（唐
將薛仁貴之子）用計困住，也是逼其允婚；《雙鎖山》中，女寨主劉金定出牌
招夫，與宋將高瓊比武後二人在山寨成婚。

　　《禮記・卷二十八內則》云：「聘則為妻，奔為妾」，〔註74〕對於不遵守
「父母之命，媒妁之言」的私配行為與予嚴厲的責難，一直到唐代、元代都
有反映此類愛情悲劇，如唐・白居易新樂府詩《井底引銀瓶》詩云：

　　　　銀瓶欲上絲繩絕。石上磨玉簪，玉簪欲成中央折。瓶沈簪折知奈何，
　　　　似妾今朝與君別。憶昔在家為女時，人言舉動有殊姿。嬋娟兩鬢秋
　　　　蟬翼，宛轉雙蛾遠山色。笑隨戲伴後園中，此時與君未相識。妾弄

〔註74〕見李學勤主編《十三經注疏・整理本第 25 本・禮記正義》，（台北：台灣古籍
　　　　出版有限公司，2001 年 10 月），頁 1015。

> 青梅憑短牆，君騎白馬傍垂楊。牆頭馬上遙相顧，一見知君即斷腸。
> 知君斷腸共君語，君指南山松柏樹。感君松柏化為心，暗合雙鬟逐
> 君去。到君家舍五六年，君家大人頻有言。聘則為妻奔是妾，不堪
> 主祀奉蘋蘩。終知君家不可住，其奈出門無去處。豈無父母在高堂，
> 亦有親情滿故鄉。潛來更不通消息，今日悲羞歸不得。為君一日恩，
> 誤妾百年身。寄言癡小人家女，慎勿將身輕許人。〔註75〕

詩中的女主角因感念男主角的松柏堅心，因此主動私奔男方，雖然男有情，妹有意，但公婆不滿此違反禮教的行為，她被逐出家門。此詩的主旨是「止淫奔」，女人的命是油麻菜仔命，幸運的話飄到沃野膏壤，遍地開花；不幸的話飄到窮山惡水，離枝殞命。此詩以瓶子下沉、頭簪摧折象徵女子的不幸，在「始亂終棄」的社會風氣中，白居易對這不幸的女子深深給予同情，並告誡千萬女子不要像她一樣，隨便許身於他人。

　　元‧白樸的《裴少俊牆頭馬上》是一部悲喜交集的愛情戲，此劇的素材，源於白居易的〈井底引銀瓶〉一詩。白樸在戲中所寫的內容，大致與〈井底引銀瓶〉一詩相同，但它表現的思想傾向，則與原詩迥異。它描繪女子李千金大膽地追求愛情，勇敢地向封建家長挑戰，成為一曲歌頌婚姻自由的讚歌，當然在這整個過程中，她飽受委屈，貴為千金小姐，為私訂終身的裴少俊連生一子一女，卻隱藏在後花園數年，不能與外界接觸。隔了七年後被裴少俊的父母親發現後，認為有辱門風而逼被其子休妻，她被遺棄後想起那風流的牢獄、被玷污的青春，自是悲痛難平。還好，裴少俊不是負心漢，只是順從父母之命而作了糊塗事，當他高中科考後，馬上來迎接李千金團聚，洋溢「始困終亨」的喜悅。

　　劇中裴少俊面對李千金的指責，說：「豈不聞：子甚宜其妻，父母不悅出；子不宜其妻，父母曰是善事，我則行夫婦之禮焉，終身不衰」，說明他因父母之命，不得不休掉她，並非自己薄悻。在上黨梆子《佘賽花》中，女扮男裝的佘賽花愛慕楊繼業，不肯許婚孫家，引起孫楊兩家的對立，甚至造成佘洪的危機。《狀元媒》中柴郡主勇敢地拒絕皇帝御賜之婚姻，只因她愛慕的對象是楊延昭。京劇《穆柯寨》中穆桂英強行將楊宗保綁上山，又私自招親，惹火楊延昭，差點釀成轅門斬子之憾事。說明楊門女英雄的確活出了自己，不再是

〔註75〕見屈萬里、劉兆祐主編明清未刊稿第二輯《全唐詩稿本》三十九冊，（台北：
　　　　聯經出版事業公司，1986 年 12 月），頁 160～161。

《昭代簫韶》中全憑天命安排的女性，也不再只聽命於父母安排的傳統婦女。這是一種進步，符合時代的潮流，但在爭取權益的同時，也要有所付出，像佘賽花、柴郡主、穆桂英都必須長期忍受夫婿為國出生入死，不在身邊的日子，並且隨時要有最壞的打算，也要捨身取義為社稷百姓奮戰。

（二）豪氣干雲、不讓鬚眉的女英雄

楊門女將能文善武，不同於昔日溫婉柔弱的女性風貌，受時代影響，也與戲曲美學有關。時代在改變，女人的世界不再限於家庭，她可以干戈鐵馬、統御軍隊，甚至治理國家；戲曲藝術「窮則變，變則通」，唯有推陳出新，才能生生不息，兼以刀馬旦不同於以往的青衣、花旦，充滿著挑戰性，才能吸引著觀眾的目光。

周代宗法社會形成，男子從屬於家族，女子從屬於男子。《周易‧繫辭上》云：「天尊地卑，乾坤定矣，卑高以陳，貴賤位矣……者道成男，坤道成女。」又《列子‧天瑞》云：「男女之別，男尊女卑。」東漢女學者班昭在七十多歲高壽之年，寫出了《女誡》〔註76〕一書。《女誡》一共七篇，計一千六百字，分為一卑弱、二夫婦、三敬慎、四婦行、五專心、六曲從、七和叔妹等章。她在書中解釋了婦德、婦言、婦容、婦功這四德之義，強調女子要順從舅姑（公婆）和叔妹，對丈夫應該絕對順從，強調女子在家庭裏的附屬地位及服務性質，個人的主體不僅不被重視，甚至還有亦被抵制、壓抑。

這位才華出眾的女性，繼承父兄遺志，在東觀藏書閣，漢代皇家圖書館窮年累月，孜孜不倦地著述，除將父兄所著部分分類整理、修訂外，又補寫「八表」和「天文志」，完成中國又一部偉大的史書──《漢書》，然而因受限於時代風氣，她不免仍保有女人要卑弱順從的觀念。《女誡》七篇系統地闡揚男尊女卑的觀念、夫為妻綱的道理及三從之道、四德之儀，男人可以三妻四妾，享齊人之福，但女子以溫柔敦厚，不事二夫為貴的觀念廣泛表現在實際生活的各個方面，給婦女帶來深重的壓迫、歧視及無窮的痛苦，繼承《女誡》仍有許多女教之書，皆不出此範圍，可見其影響了後來整個兩千年的中國女性觀。

不同於傳統女性的楊門女將，常常擔任八面威風的元帥，丈夫卻充當帳下先行，如京劇《太君征北》中佘賽花為帥，楊繼業為先行；京劇《破洪州》

〔註76〕參見韓復智等《後漢書紀傳今註‧列女傳第七十四》，（台北：五南圖書出版公司，2003年10月），頁4723。

中穆桂英掛帥，楊宗保為先行，而且丈夫們常常要貽誤軍機，妻子們則一律嚴令懲處，這些堂堂「大丈夫」，在他們的「帥妻」面前一個個俯首斂氣、狼狽不堪。女英雄們把男尊女卑的舊規完全顛倒過來，大長女性志氣，在中國戲曲史上留下了極其浪漫的一筆。這些離開閨閣繡樓、躍馬橫刀、馳騁疆場的女性，論勇武、論聰慧都毫不遜於那些「大丈夫」，她們對自己的力量充滿自信，面對戰場上的強敵和愛情方面的「阻力」都全無所畏懼。

她們除了功夫了得外，智慧毫不遜色於男人，顛覆女子無才便是德的傳統觀念。《楊門女將》中佘太君攻打西夏之謀略，《楊八姐游春》中佘太君中拐彎抹角罵皇帝的機智，《寇準備靴》中柴郡主批評皇帝不夠英明的膽識，《金刀會》中蕭太后用假金刀引誘楊門女將的計謀，《北國情》中蕭太后厚葬楊繼業、招撫楊四郎等策略，在在顯示女性也有運籌帷幄、安邊靖國的本事，她們從家庭步入政治舞台，放射出前所未有的光芒。

著名的歌仔戲演員孫翠鳳說，樊梨花是她最崇拜的女性角色，因為比起個性模糊、一忍再忍的古代女性，樊梨花愛恨分明、有稜有角，令她激賞。〔註77〕是呀！不論演員或是觀眾，總希望能脫除窠臼，求新求變，楊家將戲曲中的女性展現不同以往的苦情印象，是很值得喝采的。穆桂英與楊七娘的刀馬旦扮相，結合了武旦和花旦之表演，是種新鮮的嘗試，楊八姐忽男忽女的變裝扮相也讓人覺得氣味盎然。有人愛看青衣與花旦之端莊秀麗，也有人愛看刀馬旦的精湛武藝、動靜皆美，更何況又有蕭太后、鐵鏡公主等異族女性的加入，交織成多種不同風味的美感，這些豪氣萬千、不讓鬚眉的女中丈夫成功地烙印在人們心中，具有「不廢江河萬古留」的時代意義。

（三）挑戰傳統禮教

楚劇《穆桂英休夫》、評劇《魂斷天波府》、京劇小劇場《穆桂英》的內容或挑戰傳統禮教如女性休夫，或探討論寡婦情慾之作，是楊家將戲曲中最前衛的作品。

楚劇《穆桂英休夫》〔註78〕對穆桂英形象的刻畫，是將她從英雄情節中還原為世俗的家庭生活，從她自由、不受約束的個性，不和諧於將門風範和媳婦禮教，演繹出大膽而合理的「休夫」舉動，從而暗合了當代婚姻家庭的

〔註77〕見黃秀錦著《祖師爺的女兒》，（台北：時報文化出版，2000 年 11 月），頁 127。
〔註78〕楚劇《穆桂英休夫》VCD，廣州：俏佳人文化傳播有限公司製作。

種種人情世相。京劇小劇場《穆桂英》跳脫歷史的侷限，審視女英雄不為人知的辛酸，她不是神，也會擔心生命之渺茫難測，也需要男人的愛與疼惜，從這角度出發，就該肯定導演的用心。

戲曲中圍繞著寡婦守節與改嫁主題之戲有《大劈棺》、梨園戲《李氏與董生》、《節婦吟》、呂戲《攀親記》等，隨著社會風氣的改變，戲中暗寓編導對不人道封建觀念的批判，及對戕害婦女之關懷。〔註79〕戲曲如同其他藝術，一定受到社會風氣的浸染，想想無數女子為了貞節付出了生命，無數女子毀容戕害身體克制情慾，可見，貞節觀念對中國古代女子的殘害已經到了慘不忍睹的狀況，它已經不是高尚品德，而是一種殺人、教化的工具。夫死守節在宋代以後，因社會的制約，漸漸成為普遍的社會準則，尤其明代以後，官方鼓勵婦女守貞，〔註80〕致使婦女迎合此時尚，而非自覺性地守節。但「飲食男女，人之所大欲存焉」，壓抑的情慾終會決堤。明‧李贄的思想是繼承明代中期以來個性解放思潮的傑出代表，在否定「貞節」的觀念上也表現出獨特見解。他認為人之性色之欲源於自然情性，而禮儀正是應為情性服務而設，而不是限制情性之欲而立：「蓋聲色之來，發於情性，因乎自然，是可以牽合矯強而致乎？故自然發於情性，則自然止乎禮儀，非情性之外復有禮儀可止也。」〔註81〕既然禮教為人之自然聲色需求服務，那麼，女子追求愛情，寡婦改嫁則應得到合理的讚美，而不是用貞節觀念限制他們從一而終」他說：「相如，卓氏之梁鴻也。使當其時，卓氏如孟光，必請於王孫，吾知王孫必不聽也。嗟夫！斗筲之人，何足計事，徒失佳偶，空負良緣，不如早自決擇，妨

〔註79〕《大劈棺》敘述莊子見急欲搧乾亡夫墳土，以便改嫁的婦人，便以死試妻，田氏言行在莊子生前死後判若二人，《大劈棺》顯示「烈女不事二夫」在實踐上有其困難性。呂戲《攀親記》敘述柳寡婦三十二歲守寡，十幾年來，飽嘗著生活的苦辣酸鹹：「板著臉人家說我寡婦相，說說笑笑人家罵我風騷。穿新衣人家說我不著調，連走路也說我一步三扭，三步一搖，一天磨破褲三條。」但她是八十年代的新婦女，不再瞻前顧後、哭哭啼啼，不像舊時代的女性那樣「眼含淚關上大門」，她的自主意識覺醒了，勇敢地喊出「寡婦也是人」，勇往直前地追求自己的幸福，值得喝采。

〔註80〕鄭培凱認為至明代婦女守節與貞烈的道德軌範，方普及至社會每一階層，明代繼承元代發展的婦女貞節的社會實踐，特別著意於旌表節義，推動婦女守貞。詳見〈晚明士大王對婦女意識的注意〉，（《九州學刊》6卷2期，1994年7月），頁27～31。

〔註81〕參見李贄《焚書‧卷三讀律膚說》，（收錄於劉洪仁主編，《海外藏中國珍本書系第四冊》，北京：中國戲劇出版社，2000年5月），頁2393。

小恥而就大計。」〔註82〕李贄認為，卓文君的私奔是「同聲相應，同氣相求」，是「雲從龍、風從虎」，是「鳳求凰」，不僅不可誣為失節失貞，反而應給予肯定與讚揚。

五四運動時期如魯迅、胡適在批判傳統貞節觀之時，亦提出較符合人性之看法，諸如顛倒男尊女卑的觀念，從男女的社會作用之差異性，肯定女子的獨立性地位，從而否定強加於女子身上的「三從四德」枷鎖。其次，他們將貞節觀建立在「情」基礎上，認為夫妻有「情」是守節保貞的前提，沒有「情」，是無所謂守節的，更無必要為之付出生命代價。此外，守貞護節純粹是女子自己的事情，不能強加於女子身上。既然女子與男子一樣，在這個社會裡有自己獨特作用，那麼女子沒有絕對服從男子的必要。〔註83〕

雖然這類作品不是楊家將戲曲的大宗，但已開風氣之先，貼近現代人的想法，有什麼樣的時代，就有什麼樣的作品，「女性休夫」、「寡婦改嫁」在現代不再是一種禁忌，是可以用多元角度來審視的新題材，也是文學藝術「窮則變，變則通」的自然現象。

三、單脈獨傳的宗族觀念

「重男輕女」是中國幾千年來的傳統觀念，如果法律不修改男尊女卑的條文，這樣的思想觀念將延續不變。楊家將戲曲中宗保、文廣都是獨子，所以劇作者在此發揮渲染，製造戲劇的衝突矛盾。如楚劇《穆桂英休夫》以楊宗保為楊家的單脈獨傳，虛擬穆桂英面對八房共一子的艱難處境，最後顛覆傳統，休掉楊宗保。又如淮劇《十二寡婦征西》則探討穆桂英為了安定軍心，親手射死降敵的文廣後，痛失楊家根苗，被婆婆責難及自責的狀況。

桂英初遇宗保時說：「這就叫坦蕩人遇著實心女，鐵榔頭碰上大鐵墩。叮噹一撞火花閃，撞出火花耀眼明」，很寫實地用鐵榔頭比喻自己，大鐵墩比喻宗保，兩人的相遇就如同電光石火，燦爛又耀目，毫不保留對宗保的愛意。桂英趕著去救宗保，與公公第一次見面之情形，舞台上的幫腔為：「可笑啊！人也不敢看，話也不敢說，媳婦打公公，怎麼好開鑼？」暗示她的魯莽直率，

〔註82〕參見李贄《藏書·卷三十七司馬相如傳》，（台北：台灣書局，1974年8月），頁626。

〔註83〕見李承貴〈「貞節」觀念的歷史演變及其現代啟迪〉，載於（《孔孟學報》第75期，1997年9月），頁198。

為她接下來的楊府生活增添許多麻煩。當她成為新嫁娘時，她唱著：「不需親迎八轎抬，一路歡歌到汴京」，除了顯示豪爽、不拘小節的性格，亦讓我們感覺她對宗保的愛意。

然而桂英直爽、不受拘束的個性讓她在此大家庭中左右掣肘，親切和藹的佘太君殷切叮嚀她要收斂脾氣，並圓融地與長輩相處，她連用：「替你擔心」、「盡一份心」、「出以公心」、「有些違心」、「自己操心」、「處處留心」、「待人偏心」、「處世隨心」、「不經心」「太窩心」、「不甘心」等十一個「心」字，別具一格地表現大家長的寬厚胸襟。桂英一開始雖然按耐性子，但面對七房婆婆的刁難，及五娘要求取代桂英掛帥的無理舉動，讓她左衝右撞的性格按耐不住，終於迸出「休夫」的決心。

又如淮劇《十二寡婦征西》，西夏故意設下陷阱讓他人佯裝文廣，接受招撫並答應娶西夏公主。桂英認為文廣陣前降敵，辱沒楊家風骨，影響士氣，若不破攻心計，無法頒布凱旋令，命令七娘射他，但七娘拉弓時似抽筋，且認為文廣是楊家最後一條根，下不了手，說：「縱有百步穿楊箭，射天射地不射人」。後又命孟良、焦贊射殺他，他們也以「兄弟對陣情未斷，自己人不殺自己人」違令。最後桂英親手射殺他，她心中著實傷悲——「射斷泉眼一脈亡，悲風愁雨漫營帳，我親自傳令不准祭奠，卻又悄然入靈堂，淚眼模糊望靈牌。」說明在烽火未滅時，她以國事為重，不祭奠文廣，實在非常理智。

郡主得知文廣死於桂英手下，非常不能諒解：「明眸皓齒今何在？血污遊魂不能歸。天波府裏第一人，只留下空喜歡。可歎老樹剩枯枝，八房奶奶指望誰？到如今祭你也有罪，不送羹飯不化紙錢，滅了香火扯下孝幔，哀思怎寄？欲悲忍悲。我的孫兒，只能夢裏哭你千百回」。所謂「天波府裏第一人」，即說明他是楊家一條根，集各種寵愛於一身。此時郡主要桂英換下戰袍改穿孝服，設靈堂祭奠文廣，身為將軍的桂英以「權將私情權拋開，帥印未摘難從命」，一場婆媳大戰儼然即將爆發，幸賴佘太君出來圓場，鎮定地祭金刀說忠烈，激發大家的鬥志。

中國的家是一個血緣單位，所以家的終極目的是父母子女之血緣的延續，藉此讓薪盡火傳、綿綿不斷，所以「傳宗接代」便成家的神聖使命。因此，傳統中國人如果沒有兒子，只要條件允許，會千方百計地一胎接一胎生下去，甚至為此傾家蕩產也在所不惜。此外，國人有深厚的祖先崇拜傳統，相信人有靈魂，而且靈魂又是不死的，祖宗賜給了後代血肉軀體，使他們能享受人世生活

的種種樂趣，祖宗死後，其靈魂繼續保佑自己的祖先後代，給他們禳災降福。但是，祖先必須由在世的子孫祭奠供養，活人要不斷地侍奉自己的祖先。如果絕了子孫，就絕了這種祭奠供養，祖先的靈魂就要淪為惡鬼受苦，在世的子孫也得不到祖先的保佑。傳統廳堂除供奉神明外，也供奉祖先，所謂「佛力永扶家安宅吉，祖宗長佑子秀孫賢」，將祖先提昇至與佛祖相同的地位，說明血脈相傳的重要性，為了感謝和報答祖宗的恩惠，也為了確保祖先和自己在死後有人供養，最根本的方法就是不能絕後。國人通過生物性繁殖和宗教性祭祀將祖先和子孫整合在一起，子孫無窮就意味著祖先的永生。〔註84〕

《清稗類鈔‧立嗣》載：「我國重宗法，以無後為不孝之一。凡年至四五十，尚未有子者，輒引以為大懼，懼他日為若敖之鬼也。他人亦為之鰓鰓慮，視滅國之痛尤過之，蓋狹義滅種之懼也。」〔註85〕斷子絕孫是國人最擔心的事，比國家被消滅還可怕，為了讓家族不至滅絕，古有「七出」之條，〔註86〕或讓不孕的大老婆要幫丈夫納妾，對於女人來說這是很沉重的負荷，因為不孕的因素很多，或許在男人身上，但在以男性為本位的古代社會，女人只能默默忍耐，扛下這責任。也因為是「香火」的傳承者，所以男子備受寵愛，尤以獨子為甚，成為戲劇衝突的好題材。

淮劇《十二寡婦征西》桂英親手射殺獨子文廣，等於讓楊家絕子絕孫，造成許多的衝突與矛盾。其他如《楊門女將》、《百歲掛帥》安排宗保不畏生死，自願於深夜誘敵，強化楊家之忠貞。《孝經‧開宗明義》云：「夫孝，始於事親，中於事君，終於立身」，〔註87〕忠君本身是孝的固有內容，所以當「忠」、「孝」不能兩全時，國人傾向選擇孝，為了侍奉父母而隱居山野之間，拒絕君王、朝廷的徵召，拒絕為國家服務，這樣的行為是被社會所認可的，朝廷與君王也無可奈何，因為這是合乎倫理道德的，所以像李密上疏〈陳情表〉，表明要奉養照顧他長大成人的老祖母，不但沒被皇帝鞭韃，反而受到皇帝讚

〔註84〕參見李卓編《家族文化與傳統文化──中日比較研究》，（天津：天津人民出版社，2000 年 7 月），頁 119。

〔註85〕見徐珂《清稗類鈔‧第五冊 風俗類》，（台北：台灣商務印書館，1983 年 10 月），頁 6。

〔註86〕《大戴禮記‧本命篇》有「七去」，是指：無子、淫佚、不事舅姑、口舌、竊盜、忌妒、惡疾。「七出」與「七去」內容相同。見《叢書集成初編》，台北：商務印書館，1937 年。

〔註87〕見李學勤主編《十三經注疏本‧整理本第 42 本‧孝經注疏》，（台北：台灣古籍出版有限公司，2001 年 10 月），頁 5。

揚，還編入《晉書・孝友傳》，〔註88〕名流千古。楊家將的「移忠作孝」，價值取向與國人頗不同，蓋與戲曲的教化功能有關：褒揚忠勇、貶低不義、兼諷諫統治者，又可增加戲劇張力，其故事自宋代以來傳頌不已，讓人感動、振奮，但這些劇情虛構者多，歷史上根本沒有楊宗保，文廣的事蹟也隱沒不彰，沒有多少資料留存。

四、南北和

滿清入關，努力調和胡漢的對立，從嚴厲的高壓，到溫和的懷柔，因此「漢賊不兩立」的思想就需要刻意淡化。《雁門關》和《四郎探母》劇中的四郎與鐵鏡公主相敬如賓、恩愛不渝，努力化解對立兩方之情結。〔註89〕《金刀會》、《北國情》及《三關明月》等戲曲或讚美蕭太后寬闊之胸襟，或為了親情努力化干戈為玉帛，都有編導的寓託。

京劇《八郎探母》與《四郎探母》劇情雷同。八郎要回營探母，公主原先不肯，八郎以殺害姣兒威脅，她才願盜令箭。《八郎探母》第四場，碧蓮公主云：

> 吾的夫君。自那年，下幽州，沙灘赴會。你那裡，敗了陣，被吾所擒。那時節，駙馬爺，改換名姓。吾母后，不殺你，配你為婚。昨日裏，那探子，來報一信。他報到，老婆婆，來到番營。吾本當，回朝去，同把婆敬。怎奈是，國不和，難出番營。你今日，回朝去，代問一信。你說那，番邦女，少問安寧。送婆婆，萬壽球，頭上戴定。送婆婆，珍珠串，表我孝心。送婆婆，菱花鏡，容顏照定。但願得，長生不老，不老長生，老壽星。送嫂嫂，黃羅帕，常常掛定。送妹妹，五色帶，常掛在身。

此處強調碧蓮公主溫婉可人、善體人意，但由原先的心不甘情不願，到此處的面面俱到、八面玲瓏，令人感覺情節轉折太快了。

《四郎探母》「坐宮」一場，鐵鏡公主發現四郎的憂傷，聰敏的公主體諒四郎思念母親之情，也信任四郎一夜旋回的承諾，她設法弄來幫助駙馬出關的令

〔註88〕見楊家駱主編《新校本晉書並附編六種》，（台北：鼎文書局，1978年2月），頁702。

〔註89〕一般認為京劇裡的《雁門關》和《四郎探母》，就是《昭代簫韶》中的《埋名婿苦情漫述》、《恩愛重夫唱婦隨》，以及《心向宋二女勸降》這三齣戲綜合發展而成的新產品。

箭。學者王安祈指出：「當四郎道出真實身分，公主沒有渾身顫抖的做表，也沒有天塌地陷的激烈唱腔，但見她肅穆斂容、走向前來深深施上一禮，『早晚間休怪我言語怠慢，不知者不怪你的海量放寬！』何等的溫厚？何等的寬容？何等的尊重禮讓？濃郁深刻的情愛就這般含蓄而自然地流露出來。」〔註90〕臨行鐵鏡公主叮嚀四郎傳達「一願婆婆康寧健，二願婆婆福壽全」，遼邦的公主如此善體人意，簡直是男人心中最溫婉賢淑的伴侶。最後四郎拿著公主到來的令箭，喬裝改扮，終於回營探望太君。太君一見回營探望的四郎老淚縱橫，並問公主賢不賢德？四郎極力稱讚公主：「鐵鏡公主真可愛，千金難買女裙釵，兒與她配合十五載，與兒生下小嬰孩，本當親自來叩拜，怎奈是兩國相爭。」後來太君還對著番邦的方向深深拜，感謝公主這些年來對四郎的照顧。

　　衝突與矛盾，其實是劇作家著墨的大好地方。四郎探母選擇了一個絕佳的衝突點，奠定了這齣戲成功的基礎，如果能掌握住這個衝突點持續討論、發揮，那麼便能較為單純地呈現這種矛盾的悲劇精神。只可惜《四郎探母》這個絕佳的衝突點，到了結尾卻被一些「娛樂性」的要求沖淡了。「盜令」的阿哥之安排，是最弱的戲分，尤其是太后的四句唱詞：「別人要令理當斬，皇孫要令拿去玩。我今交你金批箭，五鼓天明即來還。」學者魏子雲指出這場戲的安排太刻意了：「何以說『五鼓天明即來還？』固然，按早朝總在侵晨，然而「盜令」這場戲是幾時呢？似乎是晚朝吧？（有晚朝嗎？）像這種文詞，可以說與阿哥一樣，都是有意的設想，缺少自然的情致。」〔註91〕此外，全劇收場時，四郎的個性轉為模稜兩可，甚至有些模糊不清，這薄弱的結局，也造成了日後對於這齣戲的爭議與質疑。

　　筆者認為這齣戲的風格是有其時空環境的因素。很多部分是從人性本善的角度出發，例如鐵鏡公主不疑有他地照顧四郎，發現他是楊家將之後，內心雖有漣漪晃漾，但仍願意信任他，太君雖然與四郎分隔十餘載，但母子間血脈相連，她相信兒子的選擇，還對未謀面的兒媳深深感念。蕭太后雖然對四郎與公主的行為憤怒異常，但最後還是原諒他們。這齣戲在特定時空有其特殊意義，尤其強調族群融和意識時，發揚光明的德行，原諒彼此的仇恨，是人類很崇高的品格。但敵對的雙方心中總有無限的怨懟，憤怒取代了理性，

〔註90〕見〈從《四郎探母》到《北國情》——探母知多少〉，（收錄於王安祈《當代戲曲》，台北：三民書局，2002 年 9 月），頁 198。

〔註91〕見魏子雲《戲曲藝說》，（台北：萬卷樓圖書公司出版，2002 年 4 月），頁 113。

殺戮取代了和平，很難達到如此境界的。民國以後，只要是面臨國家民族意識高漲的時刻，就避免不了對這樣四郎探母人情高過於義理的戲大加韃伐了。

新編歷史劇《三關明月》，[註92] 主要表現遼國太后蕭銀宗率眾兵圍困北疆三關，與據守在此的佘太君所統領的楊家將發生了尖銳衝突。殘酷的戰爭，造成了兩個家族之間的戰將折損，親人離散。舞台上蕭太后與公主感嘆「兒女已結親，你我何必相爭，只怕春寒難消三尺凍，殘月伴我長空……」「咱兩家錯把怨緣定，親結仇，仇結親，剪不斷的仇，割不斷的情……」，這是促使她們尋求和平共處的原因，加上宋軍與遼軍內部反戰求和之聲四起，最終平息戰火，實現了民族和解。劇本以新的歷史視野和現代審美眼光，重新點照這段廣為人知的歷史。劇中在熱烈歌頌楊家將的民族氣節和滿門忠烈的同時，用全新的筆觸表現出蕭太后和佘太君兩位巾幗政治家的胸襟和遠見，突出了她們在「南北和」過程中化解宋遼衝突，消弭蕭楊兩家恨怨及卓越的政治智慧與膽量。體現了人類追求和平安定的理想境界，傳統文化與現代精神的有機結合，賦予這一劇本題材以新的生命，從而產生震撼人心的藝術力量。只是怨易結難解，這樣由太后主動提出和平共處的心聲，是不是太簡化這段歷史恩怨了？此外，《雁門關》一劇楊八郎說出了「蕭后待我有情份……要動刀千萬不能」之類的話，最後兩軍陣前，楊八郎陷入了兩難的困境。高甲戲《金刀會》蕭后面對佘太君時並沒有大動干戈，而是英雄惜英雄，傾吐心中仰慕之情，在此突顯人性明德部分，不論宋或遼，敵對雙方都互相感念。

「南北和」的主題寄託了編導追求和平的心聲，從古到今，統治者總是站在人民血肉築成的長城上，但不管興或亡最苦的還是百姓。站在「以古諷今」的立場上提出「南北和」這樣的宏願無可厚非，但歷史畢竟已著錄史冊，新編歷史劇也不可悖離史實太遠。

五、宗教迷信

楊家將地方戲曲如京劇《李陵碑》中「七郎托兆」、「蘇武點化」，《洪羊洞》中「三星歸位」、「令公托夢」、「賢王射虎」、「臨終見魂」，《夜審潘洪》假扮陰曹地府審判等都有神話、迷信色彩。在《李陵碑》中，「托兆」是「超現實」的事件，若解釋為楊令公和六郎皆心繫七郎安危，擔心他被潘仁美殺害，

〔註92〕天津評劇院及山西京劇院等都曾公開演出此新編歷史劇，並獲得許多大獎。

日有所思，故夜有所夢，則不僅不為痕疵，反而能夠加深父子、兄弟情感的刻劃；《洪羊洞》「臨終見魂」之情節則表現六郎憂心國事、痛失雙臂（孟良、焦贊）後陷入恍惚的精神狀態，正如同「迴光返照」般，預示生命已經走到盡頭，雖然有點「超現實」，但卻令人為其同袍深情動容。

《李陵碑》後半「碰碑」情節，因涉及「神仙點化」的內容，就比較明顯地陷在迷信的框架中了。戲中蘇武魂為點化令公，變化了一座蘇武廟、一座李陵碑，還有一隻老羊。蘇武魂並且唸道：「莫道老羊無貴處，提起老羊實慘傷，所生八個羊羔子。轟轟烈烈在世上，今日一個死，明日一個亡，老漢招指算，今日死老羊。老羊老羊，你還不與我死呵！」很明顯「老羊」係「老楊」諧音，也就是楊繼業。所謂「八個羊羔子」指的是令公的八個兒郎。這樣的比喻不僅不能和英雄悲劇的嚴肅性相統一，還可以喚出一股刻意嘲謔的味道。編劇者用意何在呢？這必須從民間信仰和「象徵」意義來理解。

「神仙點化」原是道教的神仙信仰，此情節在民間文學中出現不少，如唐傳奇《杜子春》、馬致遠的神仙度脫劇如《岳陽樓》、《任風子》及《黃梁夢》，及八仙故事中的《雪擁藍關》〔註93〕等描寫凡人受到神仙度化，看破人生榮辱、得失、生死的假象，最後同登超越人生的仙境。《李陵碑》中「蘇武」既然做為「點化者」，自然必須站在超越的立場，協助楊令公破除思想上的「障礙」，同時擺脫精神上的苦難，因此也就帶著些許的「嘲弄」。這樣的「嘲弄」，無非表達他對令公所執著之事的「超然」立場，意欲令公參悟，以擺脫人生的桎梏。變幻李陵碑，用意同樣在此。蘇武在楊繼業的眼中，是「漢朝的忠良」，等於是「忠良」的標誌；李陵在楊繼業眼中，則是「漢朝的奸佞」，是一切「奸佞」的象徵。後人景仰蘇武為之立廟，同樣，李陵不是也有碑嗎？「忠良」與「奸佞」，看來竟是「殊途同歸」的，否則「忠良」如楊繼業，為什麼身陷絕境？而「奸佞」如潘仁美又為什麼屢次得逞，高枕無憂呢？既然如此，那麼人間的善惡、忠奸、榮辱、得失難道還不該看嗎？此即蘇武「點化」之意。〔註94〕

〔註93〕《岳陽樓》是寫呂洞賓度脫柳樹精的故事。《雪擁藍關》是韓湘子度脫韓愈之故事。《黃梁夢》的情節本於唐人小說《枕中記》，所不同者是《枕中記》係呂翁指點盧生之事，馬致遠寫這劇本則改為八仙鍾漢離點化了呂洞賓。見（明‧臧晉叔，《元曲選》：正文書局有限公司），1999 年 9 月。

〔註94〕見林鶴宜，《劇校國劇科劇本研讀 第一冊陸、托兆碰碑》，（台北：國立復興劇藝實驗學校，1996 年 3 月），頁 64、65。

　　《洪羊洞》又名「三星歸位」，所謂「三星」是指參宿，據《左傳‧昭公元年》載，帝嚳有兩個兒子閼伯與實沈，兄弟倆互不相容而不斷尋釁廝殺，於是帝嚳派閼伯往商邱去主管大火，派實沈去大夏主管參星，他們倆從此再也不能見面了。他們死後成為參商二神，還是永遠不能見面，〔註95〕在此用「三星」之典故，暗示六郎楊景死後成神，永遠無法與其兄弟孟良、焦贊再見面了。除此之外，用星辰比附楊景者還有明雜劇《楊六郎調兵破天陣》：「小官夜觀乾象，見楊景將星緊伏在那雙魚宮，此人還有哩。」

　　一般來說只有地位崇高者，才配用星辰比附，如孔廟欞星門以天上星星之總數一百零八顆門釘，象徵孔子德配天地，無人能比。詩仙李白天縱英才、斗酒詩成，可惜個性直率、飛揚跋扈，所以被附會成太白金星。有些美麗的傳說認為，世間的每個人都可在天上找到自己的一顆星，當流星從空中劃過，代表一個人的殞落，如《三國演義》中孔明病篤之際發現流星，便知大限不遠。早期天文學的內容就是觀天象以定季節，簡稱觀象授時，當時人們對於許多自然現象和災害無法參透，於是就歸之於天的作為，神話及陰陽學說亦因此產生，迄今仍影響著人們的思維。

　　《夜審潘洪》中將《昭代簫韶》的閻王判案，改成寇準假扮閻王判案。由於佛神的民間化，老百姓對宗教閻王進行了改造，大約從隋唐開始，閻羅王被塑造成為民伸冤、鐵面無私的清官在冥府的再現，此後，常常將那些清官請至冥府登上寶座。中國的四大閻王分別為：隋‧韓擒虎、宋‧寇準、范仲淹、包拯，其中以包拯最有名，還有包公「日斷陰、夜斷陽」之說，可見民間本來就存有正直廉潔者可以當閻王的觀念。此劇改編《昭代簫韶》對地獄審判、刑求的陰森描繪，改成寇準假扮陰曹審案，潘美情急之下全盤托出實情，劇情較合情合理，也能產生恫嚇之作用，擺脫濃厚的宗教迷信，呈顯較進步的敘事方式。

　　楊家將地方戲曲的宗教迷信色彩仍有，因為這已是流傳久遠的戲曲傳統，朱權《太和正音譜》將雜劇分為神仙道化、隱居樂道等十二科，第一類是神

〔註95〕《左傳‧昭公元年》載「……子產曰：『昔高辛氏有二子，伯曰閼伯，季曰實沈，居於曠林，不相能也。日尋干戈，以相征討。后帝不臧，遷閼伯於商邱，主辰，商人是因，故辰為商星；遷實沈於大夏，主參，……』」見《十三經注疏‧春秋左傳正義第三冊》，國立編譯館主編，新文豐文化公司出版，2001年6月，頁1836。

仙道化，最後一類便是神頭鬼面，〔註96〕可見神魔鬼怪俱屬戲曲不可或缺之部分。雖然孔子鄙薄「怪力亂神」，但這世間確實存在一些無法理解的神祕現象，而且神魔鬼怪劇是吸引帝王、貴族、庶民等眾生的表演趣味，又有醍醐灌頂的勸世效用，經過歲月的焠鍊，粗糙的恫赫情節逐漸被修正改變，這也是編劇的一種進步。

小結

　　李漁主張「有奇事，方有奇文。未有命題不佳，而能出其錦心，揚為繡口者也。」〔註97〕劇作家謀篇構思時，必須選擇新奇的主題內容，才能有新奇的文章出現，當然新奇的主題內容並非指涉荒唐怪誕或魑魅魍魎之作品，而是指主題思想的深入與創新，所以一齣戲的成功與否，繫乎有無引起普遍性共鳴的內容題材。

　　一齣戲的主題思想與時代背景、民俗文化、劇作家的主觀情思是息息相關的。元朝和清朝同樣都是異族統治漢人的朝代，但元雜劇《昊天塔孟良盜骨》反映民族的對立與衝突，清《昭代簫韶》則調和民族的對立與衝突，甚至美化宋君、蕭后、瓊娥、青蓮公主、四郎等人，製造大團圓、君恩隆盛的歡樂氣氛。明雜劇《八大王開詔救孤忠》、《活拏蕭天佑》及施鳳來《三關記》、姚子翼《祥麟現》傳奇宣揚「忠孝節義」的思想非常露骨，雖然地方戲曲中仍承襲「忠孝節義」的思想傳統，但諸如豫劇《寇準背靴》、評劇《楊八姐游春》、京劇《太君辭朝》、潮劇《楊令婆辯本》等批判邦國君無道，反映「邦無道則隱」的作品則明顯增多。

　　「忠奸對立」是楊家將戲曲的一個重要主題，不因時代環境、體制劇種而改變，因為這是所有戲劇的共同題材，也是人類私慾的呈現。早在金院本《打王樞密爨》就演譯此主題，根據後代的戲曲小說可以推知，王樞密就是王欽或王欽若，他化名為賀驢兒，是遼國蕭太后派往中原的奸細，官至樞密使，他屢次陷害楊六郎，對後世楊家將戲曲有重要的影響。此類作品因為有史實的根據，加上說書人、民間故事、小說等渲染，成為楊家將戲曲最可歌

〔註96〕朱權《太和正音譜》，（台北：學海出版社印行，1991年10月），頁35。
〔註97〕見李漁《閒情偶寄·結構第一》，（上海：上海古籍出版社，2002年6月），頁29。

可泣的內容。此外，「宗教迷信」也是楊家將戲曲中常出現的思想內容，戲曲有酬神、娛樂的特色，所以楊家將戲曲充斥著鬼魂托夢、人神鬥法、傳授神通、陰陽術數、交感巫術、符籙咒語等神秘色彩，雖然這些光怪陸離、荒誕不經的情節備受批評，但站在民俗文化、戲曲的娛樂功能立場，鬼神戲可達到褒善懲惡、寓教於樂的目的，所以不可全面否定其價值。

近年來最富時代性的作品，是屬於女性意識的自覺，如《穆柯寨》、《狀元媒》、《佘賽花》等劇強調女性也可勇敢地追求自己喜歡的男人，不需媒妁之言、父母之命，對婚戀享有自主權；歌頌女英雄的作品如《戰洪州》、《穆桂英掛帥》、《雛鳳凌空》、《楊金花掛帥》、《楊八姐智取金刀》等，表現女性不讓鬚眉的一面，這一系列女英雄宣示女性的天地不僅限於家庭，也可以和男人平起平坐，甚至還可指揮男性，獨當一面，具有劃時代的意義。

楊家將戲曲的主題思想不斷地深化，是件可喜之事，但題材還不夠寬闊。人性美的謳歌、揭示一種歷史經驗和哲理、反映現實生活的風貌是戲曲永恆的主題，劇作家宜開發更多這些主題，並獨運匠心、鍛鍊剪裁、削除枝蔓、妥善安排人物及情節，如此才能補充更多汩汩活水，聚江河為大海，吸引更多人欣賞楊家將戲曲之美，讓它永續傳承下去。

第四章 楊家將戲曲之重要人物形象

　　戲曲藝術應當把人物形象的塑造視為首務，舉凡戲曲的組織結構、情節的推動、語言動作等，都當以彰顯人物為出發點。戲曲人物的形象塑造與其他文學作品不同之處在於戲曲腳色有類型化的作用，寓褒貶於其中，〔註1〕如果再加上一段自報家門和臉譜的幫助，觀眾大概可以八九不離十知道人物的好壞了。如楊家將戲曲人物潘仁美屬「淨」腳，焦贊屬「黑淨」，孟良屬「紅淨」，淨行扮演的人物，以耿直的或狡猾的朝廷大臣，或者社會下層軍階和百姓中的粗莽漢子為主。焦贊勾黑臉，刻畫他粗率魯莽，心地善良；孟良勾的是紅臉，表示他勇敢耿直，又赤膽忠心。

　　但「腳色行當」只是概括了人物的社會特徵，而非人物的真實性格，就人物性格言，真正的表現係賴劇情的安排，演員必須以其個人的情感投入於劇中人物性格的揣摩，從而做出具有專業訓練水平的演出，方能成為舞臺上鮮活的人物。一個人物的性格，就是諸種或「同」或「不同」的成份的獨特的組合。人物形象中如果沒有「同」的成份，形象就缺乏社會概括性，而人物形象如果沒有「不同」的成份，軌只剩下概念定義的投射，缺乏藝術呈現的特性。所以刻畫人物要達到「典型化」的理想，一方面要寫出戲曲人物生活中某一類人物的普遍性，即所謂「烈丈夫模樣」、「忌嫉小人底身份」，另一方面則要寫出性格相似的人物形象所各自具有的獨特性格因素。〔註2〕在楊家將

〔註1〕王國維《古劇腳色考‧餘說一》曾將腳色行當的內涵分成三個層次：「1. 表其人在劇中之地位 2. 表其品行之善惡 3. 表其氣質之剛柔也。」轉引自（趙山林著《中國戲劇學通論》，合肥：安徽教育出版社，1995 年 12 月），445 頁。
〔註2〕見王瓊玲《明清傳奇名作人物刻畫之藝術性》，（台北：台灣書店印行，1998 年 3 月），頁 109。

戲曲中楊業、楊延昭、楊宗保皆具備了忠臣的「類型性」與「典型化」；佘太君、穆桂英、蕭太后與楊八妹等皆有著女英雄的「類型性」與「典型化」。所謂『典型化』就是作家馳騁藝術想像，把生活中某一類人的性格特徵集中概括到一個人身上，並予誇大、加深與特殊化。只有進行了『典型化』，使人物既有鮮明的個性又有充分『類』的普遍性，既是獨特的『這一個』，又是整個同類人的代表，這樣的人物才算得是『典型人物』。」〔註3〕因此本章旨在分析楊家將戲曲眾多人物之「類型性」與「典型化」性格，繼而看出劇作家的寫作技巧，楊家將人物的互動關係及其對劇情的呈現。

清初文藝批評家金聖嘆在批點《西廂記》中明確指出，劇中「止寫得三個人：一個是雙文（即崔鶯鶯），一個是張生，一個是紅娘。其餘如夫人，如法本，如白馬將軍……他俱不曾著一筆半筆寫」，說明人物主次之分與下筆輕重之別。他又用文章與藥引來比喻這些人物之關係，「譬如文字，則雙文是題目，張生是文字，紅娘是文字之起承轉合」，「其餘如夫人等，算只是炮制時所用之薑、醋、酒、蜜等物」。〔註4〕它以文章題目與其中虛詞、藥與藥引的關係為喻，生動闡明了戲劇人物中的主次關係，突出強調了主人公的重要意義。與金聖嘆同時的李漁，在其《閒情偶寄‧立主腦》中，也提出同樣的觀點：「一本戲中，有無數人名，究竟俱屬陪賓，原其初心只為一人而設。」〔註5〕一般而言，生、旦是主腦，但紅花還要有綠葉陪襯，所以次要人物、陪襯人物也是一齣戲曲所不可或缺的。在楊家將戲曲中為了突顯穆桂英媲美男兒的英雄風範，楊宗保往往被輕描淡寫，或充當先行誤卯被桂英責罰，或因被西夏人殺害，讓桂英化悲憤為力量，領軍掛帥一舉先滅西夏；楊四郎被批評為不忠不孝，也是透過跟楊家諸多血性男子對比而來，他不若楊業、楊延昭忠君愛國的色彩那麼熾烈鮮明，但比起楊五郎、七郎、宗保，他充滿矛盾反覆的性格又讓人印象深刻，所以透過主要、次要、陪襯人物的互動關係，不但性格可被烘托出來，也有利劇情的鋪陳。

本章將楊家將人物分成主要人物、次要人物、陪襯人物，並繫以人格特質，從腳色行當、心理、性格、曲文科白、人物與環境的關係，歸結出楊家將戲曲的人物形象。

〔註3〕見王璦玲《明清傳奇名作人物刻畫之藝術性》，頁29、101。
〔註4〕見《金聖嘆全集‧西廂記讀法》第四十七至第五十六款，（台北：長安出版社，1986年9月），頁16、17。
〔註5〕見李漁《閒情偶記》，（上海：上海古籍出版社，2002年6月），頁36。

第一節　主要人物

　　楊家將戲曲的主要人物有楊業、佘太君、楊延昭、穆桂英、蕭太后等人，穆桂英是一般人最熟知的腳色，有關她的論述相對也較多。佘太君及蕭太后的戲曲資料也很豐富，但卻鮮少人歸納分析其不同的戲曲形象，如佘太君集痛斥昏君與忠心護主兩種形象，蕭太后集殘暴陰狠與寬容慈悲於一身，不同的形象說明人性格的多面性，是符合心理學的論述。楊業與楊延昭是楊家男將戲份最重的兩人，但主要集中在忠勇愛國及屢遭迫害兩個主題，戲曲形象不若上述女性豐富。

一、楊業

　　元明雜劇圍繞楊業之死及其相關故事有《昊天塔孟良盜骨》、《八大王開詔救忠臣》，清代中業皮黃戲興起後，有許多伶工及編劇根據舊有楊家將故事及地方戲劇加以改編，其中與楊業有關者有《金沙灘》、《李陵碑》、《清官冊》、《洪羊洞》等。以上劇目可以楊業之死為分野，在楊業未死前以金沙灘救駕、七郎單騎殺出敵陣，向潘仁美求救，反被殺害為主線；另一主線為楊業撞死李陵碑後，六郎控告潘仁美通敵賣主、殺害楊家，並派遣孟良前往遼營盜取楊業遺骸。這些戲曲故事與史傳中的楊業有相當程度的歧異，寄托了許多民間的理想和希望，並將之不斷的傳奇化。雖然楊業為楊家將的核心人物，但其戲曲形象較單一，大致以忠君愛國、末路英雄之形象出現。

（一）忠君愛國　捨身殉命

《昭代簫韶》第一本第四齣《聯鳳序訓守家箴》楊繼業之定場白云：

> 吾楊繼業本貫太原人也，幼習兵書，胸藏韜略，向輔北漢劉王，官居令公，賜姓名曰劉繼業，開寶二年，先帝自將伐漢，太原圍久不下，會暑雨連朝，宋營軍士多疾，劉王趁機急擊，石漢卿等戰死，先帝單騎陷於泥，吾仰先帝，實乃真命天之主，即起向宋之心，救駕出陷。今上念我微功，聞吾智勇，所以克太原之後召見，復姓楊氏，蒙恩加爵，敕造府第，御書匾額明曰無佞府，建立天波樓。上供太祖聖像，寵幸無雙，富貴已極，荊妻佘氏，所生七子二女，外有楊順，乃令公王貴之子，自襁褓繼為螟蛉，蒙聖恩八子並授驍將之職，似此恩隆，云何以報。正是，盡忠惟有披肝膽，報國常存向日心。

說明自己原本侍奉北漢劉王，開寶二年，宋伐北漢，宋君單騎陷於泥，因仰慕宋君仁德，救駕出陷，之後承蒙宋君寵愛，常存報國之心。這裡強調楊繼業降宋乃出於本意，與明《楊家將演義》云北漢劉王降宋，繼業寧戰死不肯投降，後來因北漢劉王勸降，他才降宋的情節不同。

　　繼業降宋後首先面對的考驗是幽州之役，《昭代簫韶》第一本第二十齣《賢父子扈駕回鑾》敘述楊繼業忍痛割捨楊泰等親生兒子，以解救被遼軍圍困的宋君，佘太君亦耳提面命要他死得其所，不要玷污其一世英名：

> 仙呂調套曲【天下樂】宋太宗白：「朕脫遼眾之圍，皆楊愛卿父子之力，當合門受想榮祿，以酬救駕之功，不幸累爾父子，不能完聚，朕心殊覺悲憫」……仙呂調套曲【金盞兒】楊繼業白：「陛下，忠君報國，乃臣子職分之事，敢勞聖心垂念。」宋太宗白：「雖云臣子之分，但可憫楊泰弟兄三人，死得好不慘傷也。」……楊繼業白：「臣感知遇之恩，曾有誓願，當以死報陛下，今三子雖歿於兵革，實臣之所願也，忘吾皇勿以為念。」……仙呂宮正曲【步步嬌】佘氏白：「你要盡忠，寧可血戰沙場，奮身陣歿，乃英雄死得其所，若被奸人暗算，死於非命，把一世英名辱沒了。」楊繼業白：「吾豈不知，今日乃主上之命，誰敢有違，楊希、楊順隨我往教場選兵，明早起身。」

雖然宋君一再不忍，但楊繼業強調「忠君報國，乃臣子職分之事」，他沒有流露出喪子之痛，反倒高張為報知遇之恩，犧牲三子，乃心甘情願。山東梆子劇團《金沙灘》則有較多刻畫楊繼業父子生離死別的場景：大郎假扮宋王，用金蟬脫殼法保全宋王而犧牲自己，楊繼業面對即將失去愛子，心中萬分不捨，為大郎牽馬時，卻不忍鬆手讓大郎騎走，他說：「好難放的馬韁繩」，後來是大郎抽劍割韁才離去，可看出其舐犢之情。京劇《李陵碑》第四場他回想「金沙灘」一戰，有極悲涼的唱辭（反二黃原版）：

> 金沙灘雙龍會首仗敗了。只殺得血成河鬼哭神號。我那大郎兒。替宋王把忠盡了。二郎兒短劍下命赴陰曹。楊三郎被馬踏，屍骨難找。四八郎失番邦無有下捎。五郎兒棄紅塵去剃髮修道。夜得夢七郎兒箭射在芭蕉。只剩下六郎兒去把賊討。可憐他盡得忠又盡孝。東蕩西殺。南征北剿。血戰沙場。馬不停蹄。為國勤勞。可嘆我八個子。把四子喪了。我把四子喪了。我的兒呀。

想到八子前往征戰，卻只有四子歸，不禁痛哭失聲，幾乎快崩潰了！雖然楊繼業置個人死生於度外，但卸下戰盔戰袍他也是平凡人，父子之情又怎能忘懷？在此利用悲壯動人、深沉淒惻的曲詞，營造悲情的氛圍。最後楊業「碰碑」而亡，更將衝突、矛盾的最高點和抒情的高潮相結合。

（二）末路英雄　慷慨悲歌

潘仁美與楊繼業素有新愁舊恨，繼業雖知潘仁美利用各種機會要置他於死地，但他卻願解救潘仁美於水火，其磊落之人格令人擊節稱歎，《昭代簫韶》第一本第二十齣《賢父子扈駕回鑾》敘述幽州之役潘仁美被遼軍所困，楊希提醒父親不要救潘仁美，以免養虎傷身，但繼業還是救了潘仁美：

> 中呂宮正曲【縷縷金】潘仁美白：「楊元帥，救救我。」楊希白：「不要救他。」潘仁美白：「楊祖宗，救了我罷。」楊繼業等作殺退遼兵從兩場門逃下，楊繼業與潘仁美放綁科白：「元帥受驚了。」潘仁美白：「多謝活命之恩，只是我左臂打傷，又失了坐騎，怎麼好？」楊繼業白：「不妨，方纔斬了蕭特里，有他馬匹，元帥乘了去罷。」潘仁美白：「多謝帶馬。」軍士作帶馬隨潘仁美從下場門下，楊希白：「自古養虎傷身，爹爹救他怎麼？」楊繼業白：「多講。」

果然是養虎傷身，潘仁美在陳家谷之役不思救楊繼業，反令他在黑道之日作戰，又落井下石，不派援兵救助，讓楊繼業撞碑而死。京劇《李陵碑》中，楊繼業在「夢兆」一折唱「盼姣兒，不由人、珠淚雙流」，擔心七郎求救兵遭遇不測，心中千迴百轉，驍勇善戰的鐵漢竟掉下淚珠。當七郎鬼魂出現，令公問他「看不見你的姣身，我命兒回雁門搬兵救應，兒為何哭哭啼啼面帶凋零？」接下來的舉動是「父待要下位去、將兒啊抱定！」在這裡充分看出一位父親對子女綿綿不盡的關懷，接下來便連忙要六郎設法突圍，打探七郎的下落。楊繼業被困兩郎山無人救援，六郎拼命殺出重圍卻毫無音訊，讓他有窮途末路之感。令公金刀發揮了重要的象徵意義，他右手扶刀桿，覺得冷於是縮回；左手托靠肚，怕冷於是將刀頭藏靠肚裏，此時寒風凜冽，他以金刀支地，才勉強站穩，無法戰勝寒風，很吃力地要找尋一個避難所。「四老軍」在此也應照出楊繼業末路英雄之慘狀，他們一個個年邁體衰地呻吟著「餓呀！」「冷呀！」他回答道：「餓了，就該把那戰馬宰了，身體寒就該把蓬帳焚燒」，若不是心灰意冷，怎會把戰馬宰、蓬帳燒？此正暗示令公撞碑殉身之舉。

金聖嘆在《西廂・榮歸》總評中提出「寫花需捨泥而寫蝴蝶，寫酒需捨壺而寫監史」的原則，做為論其人物配置關係之重點。由泥寫到花，由壺寫到酒，是直筆，但直筆難盡花之態、酒之情，花姿花容靠蝴蝶烘托，酒中情態靠監史撥弄。由蝴蝶寫到花，由監史寫到酒，是轉折筆，而用轉折筆正好描盡花之態，抒盡酒中情，文易鮮活。〔註6〕在《昭代簫韶》此劇透過烘托對比的轉折之筆，讓我們感受楊業光明坦蕩的人格，他大可利用此機會翦除仇敵，以除心中之患，然而他以挽救同袍為優先考量，在尖銳激烈的爭鬥中，展現出英勇豪邁、赴湯蹈火、犧牲性命在所不惜的氣節，他崇高的情操，獲得社會大眾的普遍敬仰。正如學者傅僅所說「在美學的意義上說，悲劇不僅僅是一種表現人類的悲傷與哀怨的藝術型態，悲劇所要著力表現的，不是這種悲怨，而恰恰是在各種衝突中所表現出來的人類的力量，也唯有這種著力於表現人類力量的戲劇才有資格被稱為最偉大，最崇高的藝術。」〔註7〕楊繼業之所以令人懷念，與其精神節操是分不開的，其典範讓後人引領翹首，深具教化意義。

楊繼業的「忠君愛國」雖然仍有其侷限性，「往往是以維護皇帝一個人的絕對統治為前提，以是否忠於皇帝為主要依據來劃分人物的忠奸好壞」，〔註8〕但歷來戲劇理論無不強調「勸善懲惡」、「鼓動天下」、「高台教化」之意，所以作為楊家靈魂人物的楊業當然應具備此高尚之形象。

二、佘太君

清乾隆時補修的《保德州志・卷八烈女門》載：「折太君，宋永安軍節度使、鎮府州折德扆女，代州刺史楊業妻。性警敏，嘗佐業立戰功。後太平興國十年，契丹入寇，業進兵擊之，轉戰至陳家谷口，以無援兵，力屈被擒，與其子延玉皆死焉。太君上書陳夫戰沒由王侁違制爭功。上深痛惜，詔贈業太尉，除王侁名。」〔註9〕折（佘）太君是楊業之妻，在史傳及民間傳說中武藝高、

〔註6〕崔、張既為佳人才子，為了克服其姻緣道上的自身障礙，有賴紅娘遂其合歡之願。崔、張猶為花，紅娘則是花間往來穿梭的飛蝶，崔、張各為戀情之酒所陶醉，紅娘則恰為居間斟酒之監史。寫花為花，寫酒為酒，皆為正寫：寫蝴蝶亦為花，寫監史亦為酒，則更能烘托花、酒之色香。參見《金聖嘆全集・西廂記讀法》，台北：長安出版社，1986年9月。

〔註7〕參見傅瑾《戲曲美學》，（台北：文津出版社，1995年7月），頁137。

〔註8〕參見王蘊明、李准〈時代潮流和戲曲改革〉，《戲劇論叢》第一期，1982年。

〔註9〕見鄭騫師〈楊家將故事考史證俗〉，（《景午叢編下集 燕台述學》，台北：台灣中華印書局，1972年3月），頁33。

個性堅忍。夫君死後，繼續撐持楊家，並護衛宋朝，在百歲高齡還領軍出征。在楊家將戲曲中她的份量比楊業重，有關她的劇目如車王府藏曲本收有亂彈《七星廟》、上黨梆子《佘賽花》、上黨梆子《三關排宴》、揚劇《百歲掛帥》、評劇《楊八姐游春》京劇《四郎探母》、《轅門斬子》、《太君辭廟》、《楊門女將》等敘述她從少女到老年的故事，由老旦、刀馬旦扮演的佘太君，是楊家的精神支柱。

（一）摽梅少女　春心盪漾

　　戲曲《佘賽花》及《七星廟》敘述佘賽花與楊繼業相識、相戀及締結夫妻之浪漫情事，此乃根據民間傳說而來。傳說中佘賽花武藝比楊繼業精湛，因佘賽花愛慕繼業，所以打算以武服人，但繼業因為面子問題，不願答應此婚事，而且還以賽花為番邦女子為由，嚴峻地拒絕。佘賽花一聽再也沈不住氣了，說道：「楊大將軍，你錯了！我和你雖說不是一國，但以前卻從來也沒打過仗，也都吃過不少遼兵的苦頭，何況你我又是中華黃帝的子孫。我所以要向你求婚，是因為早就慕你忠勇大名，想和你一塊抗遼保宋，使邊民不再受刀兵之苦。不料將軍不但不答應，反而把我當成敵邦之女，要是這樣，乾脆你就把我殺了吧，也看看我求婚的誠心！」說著雙膝跪地，兩手托著劍遞到楊繼業跟前。在場佘家兵將見了，也都整齊畫一地跪下，為賽花求婚，非常富戲劇性，但說明佘賽花是非常勇敢地追求自己的終身幸福。

　　由傳說而至戲曲，《七星廟》及《佘賽花》的內容是不斷演譯而成的。清《車王府藏曲本》亂彈劇本《七星廟》〔註10〕敘述佘彩花誤會楊維業殺害她兩位兄長，因此她怒氣沖沖追維業至七星廟，維業說明此乃誤會一場，並催促彩花履踐婚盟，兩人互相嬉鬧之後，終於成親：「一拜泰山為媒証，二拜黃河九等清，泰山在來親還在，黃河有水不斷親。」本劇以插科打諢為主，也沒有描述兩人一見鍾情的場景，後世地方戲曲《七星廟》才有佘賽花主動追求楊繼業的情節。佘賽花射獵，突遇繼業，兩人互相愛慕，暗定終身。由「自那日射獵回神思繚亂，常有那人影兒閃爍面前。我與他惺惺惺兩情相戀，似這等美姻緣佳偶天然」的告白，可看出賽花對繼業的愛賞之情，尤其古代是「父母之命，媒妁之言」，婚姻大事大多由父母親做主，但賽花非常有主見，她認

〔註10〕見《清‧車王府藏曲本》第五冊，（北京：首都圖書館，2001 年 1 月），頁 313 ～317。

為婚姻大事不可勉強,一旦成為怨偶終身怨,將會為父親惹愁煩。由刀馬旦的扮演的賽花穿上大靠,頂盔冠甲,武功很好,她「寶雕弓開滿月穿雲射影,網羅張哪怕它虎狼成群」,英姿足以媲美男性,所以當崔楊兩家爭聘,二人比武正如火如荼時,賽花闖入打敗崔龍,並假裝打輸繼業,這一切都說明賽花在主宰自己的婚姻大事。

上黨梆子《佘賽花》〔註11〕劇情與上述稍有不同,賽花與楊繼業在奸人孫通的比武場會面,女扮男裝的賽花對楊繼業有愛慕意,繼業也對她一見如故,所以繼業提議義結金蘭。結拜時賽花故意說「我倆願結為夫妻」,引起繼業狐疑:「我看她舉止嫵媚生嚦嚦,臉上似有脂粉跡」,賽花離去時贈一詩予繼業:「面北守邊關,許骨風沙填。終懷報國志,身苦戰歌酣」,被繼業猜出此藏頭詩的意思為「面許終身」。當孫楊兩家爭相娶親時,賽花說明自己:「隨楊家守邊關是兒願望,救黎民出水火保國安邦,火塘寨雖狹小,情願前往。掃狼煙,扶滄桑,協夫婿,戰沙場。血染征袍終不悔,馬革裹屍也無妨」,由以上皆可看出繼業糊塗,不識女紅妝,但賽花是很清楚地挑選終身之依靠,這裡的情節有點類似「梁山伯與祝英台」,不同的是繼業當天就明白賽花對她的心意,雖然之後遇到了一些波折,但有情人終成眷屬。

楚劇《穆桂英休夫》中太君跟穆桂英說的一段話體現了她的婚姻觀:「我等巾幗武將,既然能和鬚眉男子一樣,刀頭舔血,馬革裹屍,又何必時時做兒女之態磨滅了挑選丈夫的膽氣?」強調彈性與整合,剛柔並濟、兩性互重的人格特質。她認為女人不一定要畫地自限等男人來追求,主動追求自己喜愛的人有何不可?是一種很新潮的觀念,她與桂英同樣都是陣前招親,所以兩人有惺惺相惜之情感。

(二)慈祥和藹 剛毅堅忍

在戲曲中佘太君共育有七子,還有一個義子,〔註12〕在幽州之役為了護衛皇帝,三子死,二子流落番邦,一子出家;在兩狼山之役夫李陵及七郎又被潘仁美殺害,只有六郎延昭繼續抗遼保宋。對於一個母親來說實在是很殘酷的打擊,京劇《八郎探母》中佘太君以嗚咽之哭聲唱:「宋王爺,坐江山,

---

〔註11〕上黨梆子《佘賽花》,北京北影錄音錄像公司出版發行。
〔註12〕根據孤本明雜劇《焦光贊活拏蕭天佑》所敘楊業有七子,分別為平、定、光、輝、昭、朗、嗣,而《昭代簫韶》所敘楊業的七子為楊泰、微、高、貴、春、景、希,楊順為義子。

風調雨順。全憑著，吾楊家，保定乾坤。可恨那，番邦賊，擺下大陣，一心心，奪吾主，錦繡龍庭。吾兒夫，為江山，李陵命盡。可憐吾，八個子，沙灘喪生。都只為，吾六郎，大敗一陣。因此上，我親自領兵來征。」若不是有著堅強的意志，很難撫平一個女人失夫喪子之痛，而支持她繼續走下去的力量，則是為了保衛國家社稷的大愛。

《四郎探母》「見母」一折，太君的一句「一見嬌兒淚滿腮」的高亢呼號，「點點珠淚灑下來」的情形，何止是台上的太君，台下的觀眾也要流淚了。見到失落番邦十五年的四郎回來，不由得引發老太君回想到當年七郎八虎，陣亡的陣亡，被害的被害，失落的失落，真是感慨萬分。對於四郎隱姓埋名娶遼邦公主，太君諒解多於責備，她感謝賢德的媳婦救了四郎，照顧他體貼他，還幫楊家生了根苗，也能體會為何他不留在宋營，而必須返遼去回令。真是知兒莫若母，只要一個眼神，一個動作，便能心意相通，慈母心在此表露無遺。

除了兒子，對於孫子太君也相當愛護，當六郎以違反軍紀，要處斬宗保時，她懇求兒子看在孫兒年小無知，赦放他一次。太君求道：「聽一言把我的牙根咬壞，罵一聲楊延昭不肖奴才。我楊家投宋主名揚四海，你父子一個個俱是英才。為江山哪有個安然自在，東西征南北剿才停兵。到如今只剩下這點血脈，眼睜睜還要他祭掃墳台。倘若是小孫兒有了好歹，那時節管教你，悔不及來。」楊延昭仍然堅持處斬宗保以維持軍紀，說：「昨日裏斬八將頭掛營外，老娘親怎不把他們救來？今日裏斬宗保，娘把兒怪，哭啼啼坐虎堂珠淚滿腮。叫焦贊，將寶劍懸掛帳外。老娘親再講情，兒自刎頭來。」眼睜睜看著小孫兒不能保，佘太君難過地淚珠撲簌，她的血液中流動著母愛，愛兒女、愛孫子、愛曾孫，不但慈祥和藹而且剛毅堅忍。

楚劇《穆桂英休夫》中，柴郡主對桂英不太認同，認為她陣前招親太大膽，搶挑公公太不恭敬，又出身山林門戶不配。佘太君看出端倪，便叮嚀郡主：「你是宗保的親媽，你容得下這個媳婦，另外七個婆婆就不好說三道四了」，太君深知為人媳婦的辛苦，尤其桂英個性直率跟她頗類似，又嫁給七房共一子的楊宗保，要適應並非容易事。所以他又特別叮嚀桂英：「奶奶我愛你疼你又替你擔心，只能夠一旁出力盡一份心，你公公起用你是出以公心，你婆婆肯用你還有些違心，從今後你自己的日子自己操心，酸甜苦辣處處留心。」清楚告訴桂英，公婆對她還不是真正能接納，出身野寨、個性狂放、七房共

一子等難題要她謹慎地學習、化解，才能得到大家的認同，畢竟當楊家的媳婦不比當穆柯寨女兒輕鬆自在，這些振聾發聵的警世言論，讓桂英感到窩心、放心。

（三）抗君責臣　大義凜然

佘太君在潮劇《楊令婆辯本》〔註13〕、評劇《楊八姊遊春》、京劇《百歲掛帥》、京劇《太君辭廟》《楊門女將》表現出不畏君主龍顏、不卑不亢的形象，但《楊令婆辯本》、《百歲掛帥》是很直接地指責國君昏庸，不辨賢愚龍蛇。《楊八姊遊春》、《楊門女將》則或直接或拐彎抹角諷刺國君好色、怯懦。「君臣有義」是五倫之一，臣子理當對國君順從，但局勢所逼，讓太君到了不得不當頭棒喝、捨身取義之地步，可見國君是多麼荒唐、不堪。

評劇《楊八姐遊春》（又名《佘太君抗婚》）敘述宋王要強娶楊八姐，佘太君要宋王先送出不可能買到的東西如星、月、風、雲、火氣、琴音、龍鬚、公雞蛋等聘禮，才願將八姐嫁給他，讓宋王知難而退，宋王雖聽得出絃外之音，卻不知思量，還惱羞成怒：「冷嘲熱諷實可恨，明笑神仙暗罵君，哪裡是當面要彩禮？分明有意來抗婚。」太君也不遑多讓，細屬宋王虧對楊家之事實，丟出「我寧願辭朝去，不願奉君」。在此她的堅持讓人敬佩不已，子曰：「邦有道則仕，無道則隱」，在無力可回天的情況下，孤臣孽子潔身修養自己，以俟美好太平盛世，大概是一種最好的選擇吧！

潮劇《楊令婆辯本》，是老旦的重頭唱功戲，故事源出《萬花樓傳奇》，是連本戲《狄青全傳》的一折。敘述宋仁宗聽信讒言，定下焦廷貴死罪，佘太君上殿保本救了忠良後裔。佘太君既有老太婆的扮相身段和音容腔調，老而不衰，嚴而不暴，又使人覺察女英雄當年叱吒沙場的風貌，很有分寸，可親可敬。節錄精采曲詞如下：

宋仁宗：老太郡親自上殿，有何表章進奏。

楊令婆：只因我朝政事，屈斬忠良焦廷貴，故此親臨上殿保奏。

宋仁宗：老太郡，六部已經判明，那焦廷貴，有欺君誤國之罪，老太郡，你須知，這王法無親，國法無情哦。

楊令婆：哦？好個王法無親，這國法無情，照臣妾看來，我主若欲斬了焦廷貴，這王法就有所不明哦。

〔註13〕參見《中國戲曲志‧廣東卷》，北京：新華書局，1993 年 11 月，頁 129、329。

宋仁宗：有何不明，就該修表奏朕。

楊令婆：修表不及，一本口奏。

宋仁宗：奏來。

楊令婆：容奏。

宋仁宗：眾卿端坐，聽太郡口奏。

龐洪、韓琦：領旨。

楊令婆：（唱）一本……口奏。

宋仁宗：奏來。

楊令婆：（唱）表衷情。為護朝綱為護朝……朝綱保……保忠臣。宋室江山靠良將，我主方得坐龍廷。朝廷設律定國法，善惡判斷有分明。廷貴今日雖犯國法，也需念他捍衛邊境，為國忠貞。況兼伊父焦贊，護助先王安社稷。南征北戰喪其生。焦家遺下此一脈，理當源情罪赦輕。

宋仁宗：太郡所奏，朕本當准之，怎奈大膽焦廷貴，目無王法，此罪難赦。

楊令婆：為何難赦？

宋仁宗：太郡啊……（唱）太郡不知廷貴犯大逆，目無王法，妄為妄行。朕命孫武往三關查倉庫，他竟敢毆打欽差，辱了朝廷。老太郡噲，此罪該斬不該斬，該刑不該刑？

楊令婆：（唱）不該斬來不該刑，可將孫武先治罪行。既是奉旨三關查倉庫，為何倉庫不查明。卻欲勒索我孫財帛，豈非有辱我主聖德？難怪廷貴將他毆打，我主還該把孫武先定典刑。

宋仁宗：（唱）孫武勒索無憑證，豈可將他來加刑？

楊令婆：（唱）孫武勒索既無憑證，廷貴毆打欽差，又有何人證明？

宋仁宗：（唱）西台御史已查明，廷貴也已自認招供。朕正按律來處斬，這叛逆之臣留之何用？

楊令婆：（唱）縱然廷貴自認招供，我主判處有你不明。家人有罪及

家長，何將廷貴來治刑？三關去召我孫返，當殿六部來議明。若是我孫有不法，老身也無相容情。

宋仁宗：太郡所奏理分明，真是為國一忠貞。提起你孫宗保，罪也有萬重。（唱）膽敢通番賣國，通番賣國謀反大逆。

楊令婆：（唱）說乜通番賣國，說乜謀反大逆。我孫若有叛逆事，阮合家願受極刑，正免敗辱天波無佞府，為國勤勞名不清。

宋仁宗：（唱）為國勤勞，當護朝廷。寡人就因他是忠臣子，才有封他大元帥，此任非輕。前日狄青失了征衣，也無將他來加刑。怎知他又屈殺李成與李岱，賞罰不明。致到李沈氏來到金鑾告禦狀，哭訴哀鳴，朕賜紅綠七尺三關去，賜他全屍自行幽冥。論起此罪，本當斬首。

龐洪：不錯，啟奏萬法，論起國法，應該斬首。

韓琦：啟奏萬歲，罪有未明，斬不得！

龐洪：斬得！

韓琦：斬不得，斬不得！

龐洪：斬得，斬得！

韓琦：哼哼！

楊令婆：住了！奸佞你啊！（唱）聽聞言怒氣沖升。枉你人君一國主，疏遠忠良邪狎奸佞。都是龐洪你這老奸佞，欺君瞞主捏造虛供。教唆沈氏來告禦狀，欲害我孫喪幽冥。倚仗你皇親國戚，你女不過小小西宮。敢來欺我楊門，你個眼中無睛。國家今日欲衰敗，正來聽了龐洪老奸佞。昏君今日聽讒語，敗壞朝綱亂國政！

宋仁宗：（唱）太郡不用惱氣生，朕為九五之尊，哪有逆施倒行？

楊令婆：（唱）既無逆施倒行，沈氏告狀你何不察明？那李成冒功罪該斬，宗保為帥賞罰分明。你卻來聽信讒言，欲害我孫喪邊庭。你啊，你……你不記得，你不記得當初先王五台還願，被困在梵王宮。大郎延平替主歸陰府，二郎延定沙場喪生。可憐三郎延輝英雄漢，馬足之下喪其生。四郎延亮

流落番邦去，落在幽州寄雲宮。五郎延德削髮五臺山，飄
然雲水成孤僧。臣妾丈夫李陵碑下死，七郎延嗣亂箭穿心
胸。虧我合家為國盡忠死，單存六婿延昭歸回程。北遼屢
次來侵犯，也著楊家捐軀獻身。若無宗保來護國，你個江
山安得太平？天門擺下七十二陣勢，一陣解圍萬萬生靈。
十八寡婦征西番，戰得汗馬血淋身。日無飽餐一頓，夜無
安睡三更。東西征，南北討，盡報朝廷。到如今，只存我
孫一脈，你就欲斷絕楊門香丁。想當初先王有道報臣子，
正有建立天波亭。如今忘卻忠臣後，就是無道昏君失政！
龐洪是個賣國賊，禍國殃民蒙聖聽。西台禦史沈國清，朋
比為奸亂朝政。老身手持龍頭杖，定打昏君，定打昏君與
奸佞。

本折戲通過步行、坐椅、翕嘴、用杖以及聲調等各方面的細節表演，生動地
創造了功高爵顯、令人尊敬的佘太君。〔註 14〕她在殿上遇著姦臣龐洪，尖酸
地諷刺他一番，接著又給他一下「頓杖」，表示厭惡與蔑視。來到金鑾殿前，
她把步伐放慢，停步整理衣戴，藉以平抑激動的心情，然後徐步上階。佘太
君見駕後便陳情說理，辯明是非，保奏焦廷貴。但是宋仁宗不準所奏，龐洪
又從旁挑唆，佘太君的滿腔怒火不能不發作了。只見她下顎顫動，眼睛直視，
指著龐洪罵了一聲「姦佞你呀」！一手緊握龍頭杖，一手扶著椅猜想站起來，
但是因為過分激動氣力不支，剛撐起身又突然跌坐椅上，唱「聽聞言怒氣陡
生」，欲起身又站不起來，氣得她嘴巴猛然張翕，指著龐洪喝道：「都是龐洪
你這老姦賊，欺君瞞主捏造虛情。」這時佘太君噙看眼淚，連泣帶訴地唱了
有四十句唱詞的唱段，陳述楊家一門為保衛宋朝江山而壯烈捐軀的往事，她
越唱越激動，節奏越來越快，夾唱夾白。及至唱到「先皇有道及臣子，正有建
立天波亭」，「老身手執龍頭杖，著打昏君小姦佞」時，她的情緒由激憤轉為
昂揚，手執龍頭杖離座，但三番兩次卻都打在龐洪身上，直至把龐洪打倒在
地。佘太君知道打了姦佞龐洪，其實就是打了皇帝宋仁宗。最後，宋仁宗自
覺理虧，只得赦了焦廷貴死罪。〔註 15〕

〔註14〕潮劇著名演員洪妙主演後，一直成為國內和東南亞觀眾最歡迎的劇目之一，
　　　　洪妙因此被譽為活令婆。參見《中國戲曲志·廣東卷》，頁 129。
〔註15〕參見《中國戲曲志·廣東卷》，頁 107。

潮劇《楊令婆辯本》非常富有地方特色，手執龍頭杖打龐洪的激烈場面，在地方戲曲並不多見，算是很特殊的，但不太符合她老成持重的性格，但這樣的劇情傳達了觀眾懲奸罰惡的心情，強勢的太君，讓宋仁宗畏懼三分，終於赦了焦廷貴、宗保之罪。

（四）老驥伏櫪　運籌帷幄

為了突顯折太君的赤膽忠心，揚劇有一齣《百歲掛帥》，當折太君得知孟強回朝班兵解圍，兵部以朝中無兵無將為藉口，力主投降求和時，她義憤填膺，斷然進宮請命，皇上不允後又率全家披掛武朝門外，終於挫敗了奸臣投降求和的醜惡技倆。楊家上下得知楊文廣身負重傷，個個憂心忡忡，恨不能馬上殺向陣前，但苦於「一無聖命，二無太君號令」，大家都不敢輕舉妄動，後來衍生出盜令旗的情節，當桂英出征時，她向三軍交代：「她傳令就是我傳令，她用兵就是我用兵，楊家從來軍紀重，營規不能構私情，哪一個不聽她的令，就如同欺我抗朝廷」，將一個嚴格治軍、知人善任的大帥，表現得淋漓盡致。

飾演京劇《百歲掛帥》中佘太君的李景芝，〔註16〕揣摩太君再度掛帥的心境「在金殿請來了皇上聖命，百歲人重披甲我又做了元戎，午門外點人馬誓師出征，救邊關掃煙塵重定太平」，這四句唱詞她首先抓住在金殿三個字。幾經周折，願望得以實現，此次的心情是激勤振奮的。為此一開口她就以節奏鮮明有力的慢板板式唱出餘太君的激昂、剛毅、飽滿、自信。第二句她抓住百歲人三個字。年逾百歲，為國不得不再次披甲征戰疆場，怎不讓人思緒萬千……。百歲人三字，她讓其在中低音域裡回旋，且用長達二十一拍節的沉穩、舒緩的托腔深情地唱出，以體現思緒萬千的意境，使之更貼切人物的心理活動。

《楊門女將》成功地塑造了佘太君高瞻遠矚、運籌帷幄的形象。雖然六郎為國捐驅，但佘太君化悲憤為力量，在《靈堂》一場中針對主和派王輝說「為楊元帥報仇事小，國家的安危事大呀！」高亢的「西皮導板」形象地表現出老太君「火燃雙鬢」的惱怒，唱腔聲如裂帛，響入雲霄，氣勢逼人。接著用節奏緊湊而穩重的「原板」和「流水板」擺出楊家將為國為民的歷史事實駁斥了王輝的讒言，顯出折太君堅毅莊重、有理有節、侃侃而談的風貌。整

〔註16〕見李景芝〈初識佘太君〉，載於《安徽新戲·從藝一得》2000 年 6 期，頁 68、69。

段唱腔中只在「忠烈一門」和「眾兒郎壯志未酬疆場飲恨，灑碧血染黃沙浩氣長存」兩處在唱腔旋律上做了刻意的加工，顯得迴腸蕩氣，感人肺腑。當唱到「李陵碑碰死了我的夫君」時，她再也難以克制滿腔的悲憤，以嘎調唱出一個長達五小節的「碑」字，高亢激越，充滿震聾發聵的力度，接著又以突然放慢的速度，委婉曲折地將旋律降了下來，過度到「快板」唱腔。〔註17〕一張一馳，攝人魂魄，在被唱腔的藝術美所俘虜的同時，從而受到折太君老驥伏櫪，志在千里的豪情。

　　當佘太君掛帥出征來到前線，親自登山瞭敵時所唱：「乘月光瞭敵營山高勢險，百歲人，哪顧得，征鞍萬里，冷夜西風，白髮凝霜，楊家將誓保邊關。賊王文憑天險堅守不戰，妄想我糧草斷進退兩難。」「導板」的旋律給人一種蒼茫浩蕩的感覺，以音樂形象展示了「山高勢險」的邊塞圖景。在「原板」唱腔中：「這一旁，飛龍山山高萬仞千里遠；那一旁，葫蘆谷陡壁懸崖攀登難」，以低迴婉轉的長拖腔表現出折太君在觀察那險惡的地形時內心的思慮、謀畫，「奇謀妙算」一句的長腔更充分地渲染了折太君思考入微的神態。〔註18〕

　　吉林省京劇團編演的《一代巾幗》，〔註19〕年近半百的折太君以身經百戰的經驗教導穆桂英要謹慎作戰，不可輕敵。當探馬稟報「西夏公主領十萬鐵騎與遼邦合兵一處」，而穆桂英表示「就是兵山將海，千局百陣，我也殺他個人仰馬翻」時，折太君立即把穆桂英叫住。她高呼「唉呀，桂英呀！」然後伴隨「三錘」鑼鼓點急切走到穆桂英身旁。接著以長者風度，運用大段念白和做工，通過講述楊家將歷經夏、遼的經驗教訓開導穆桂英不要只憑個人之勇而盲目輕敵。以「連環鐵馬十分厲害，智退可取力敵必敗」的結論啟發桂英，講述二十年前楊家將與西夏王力戰岐山的驚險故事，當她念到不料西夏的「連環馬鋪天蓋地而來」時，兩眼凝視前方，雙手於胸前顫抖地向兩側攤開，猶如身臨其境。接念「西夏兵馬橫衝直撞，我軍以步戰為主是怎能抵擋」時，用顫音將「怎能」二字略加拆開，以示痛惜，而「抵擋」二字念完之後猛一停頓，有意讓穆桂英注意思索。當穆桂英急不可待，忙問「後來怎麼樣」時，她才沉著穩健地一字一句講述戰勢發展情況。念到「老令公久戰沙場，沉著迎

〔註17〕見《京劇老旦名家唱腔賞析》，（北京：中國戲劇出版社，1998年3月），頁259、260。

〔註18〕見《京劇老旦名家唱腔賞析》，頁260。

〔註19〕中國戲曲志‧吉林卷編輯委員會《中國戲曲志‧吉林卷》，（北京：新華書局，1993年），頁293、294。

敵，撤了紫金刀，擎住青銅劍，伏身砍馬蹄，番王落雕鞍」時，字字鏗鏘，頓挫有力，並分別做拋刀、舉劍、別腿和伏身的動作，使所述內容得以形象化。整段念、做以聲傳情，以情助聲。接著起唱「西皮快三眼」歷數各朝代的著名戰役，進一步勸告穆桂英出征迎敵重視戰術戰略。

運籌帷幄的佘太君，讓蕭太后非常佩服，她塵滿面，鬢如霜，但卻像一座大山，給予楊家堅毅的力量。佘太君率領諸女媳平定黃國花叛亂之後，便告老辭廟，一方面因楊家三代多戰死，只遺留曾孫楊藩；一方面對朝廷惡勢力感到厭倦，仁宗送至長亭，不忍太君離去，文武朝臣具垂淚，痛失國家棟樑。

三、穆桂英

穆桂英在歷史上並無其人，但在戲曲中她扮演刀馬旦及青衣，個性時而刁蠻無禮，時而多情溫柔，時而嚴厲剛強，武藝高強比楊宗保還活躍，大致隨著年歲的增長，智慧也增長不少，不但性情更沉穩成熟，也更熟諳處世之道。《穆柯寨》、《轅門斬子》、楚劇《穆桂英休夫》、《破洪州》等敘述她年輕時的愛情故事、與宗保夫妻間的互動及家庭與事業難以兼顧的困擾，《楊門女將》、《穆桂英掛帥》等劇敘述她中晚年統軍出征、仕隱兩難的抉擇，當代許多創新的劇目如京劇小劇場《穆桂英》，則探討她及楊門女將的情慾、婆媳問題，展現新時代女性的自覺意識。

（一）追求真愛 之死靡它

《昭代簫韶》及《車王府曲本·偶戲天門陣》都強調聖母言桂英與宗保有宿命的夫妻之分，桂英追求宗保煞費苦心，前者敘述將宗保囚禁山上，強要招親，誤了宗保請五伯父下山助天門陣之期限，差點被六郎處死；後者敘述她命丑三看守招夫旗，旗上寫絕世佳人「神通武藝廣，有人敵助鋼刀，過山不要銀兩，撒豆成兵有奇能，天生神女住山崗」，宗保調侃桂英一個未出閣的女子，見面不講別的，開口只講婚姻，但最後還是答應桂英的婚事，這齣戲是偶戲，所以多誇張詼諧之情節。這門宿命的姻緣最主要目的是讓身懷絕技的桂英協助平遼，但從男女感情的醞釀到結合的過程來說，就顯得太功利而沒有美感。

《穆柯寨》一劇透過出場音樂如金鼓、大鑼、大鈸、嗩吶之點染，及穆瓜與眾女將魚貫而出、健步列隊的屬兵秣馬之場景，讓人急欲一睹穆桂英山

大王的風采，她出場時掬翎、舉袖，再加上眾人的吶喊：「閨中英秀，韜略有，智廣多謀，神勇世無儔！」接著翻袖揚袖，正面亮相，讓人感受到一位佔山為王之少女的驕傲、自豪與喜悅。但桂英對英姿勃發的宗保一見傾心，她們相識過程頗為有趣，當少年自負的楊宗保與焦贊、孟良為破天門陣一起前往穆柯寨借降龍木，遇到下山打獵的穆桂英：「叫一聲，女將，聽我說。楊宗保名兒就是我，父帥元戎掌山河，勸你獻出降龍木，免得少爺動干戈。」其傲慢的態度、激烈的言語，目的只想征服穆柯寨，奪取降龍木，立功交令。而穆桂英雖是威風凜凜、武藝高強的山大王愛女，打得驍勇的孟良落荒而逃，還留下頭上的金盔作買路之資，但豪氣中仍不脫是個天真浪漫的青春少女，在與宗保緊張會陣對打之時，見楊宗保少年英俊，武藝超群，自有不同村林野夫之玉樹臨風、將門虎子之氣度，不知不覺便愛上了他。桂英柔媚地睨視著對宗保，從頭到腳仔細地打量著他，時而以言語挑逗著他，繼而用絆馬索擒住他，將他綑綁在柱子上逼婚。桂英看出宗保的遲疑，她爽朗地說著：「我看你少年英雄，武藝出眾，更欽慕你楊家一門忠勇，名揚四海。我想與將軍結百年之好，攜手並肩，保國安民，不知將軍樂不樂意。」宗保在無可奈何之下，考慮桂英能幫他破天門陣，遂允諾此門婚事。

京劇《轅門斬子》及楚劇《穆桂英休夫》中她為了救宗保，不但槍挑公公，而且還讓公公敗陣，此舉從人倫上來看自屬忤逆不道，但桂英因愛宗保而一時冒犯，也讓人佩服她的勇氣。她對佘太君說：「這婚事是我硬塞給他的，要給宗保一生的面子」，又對柴郡主說：「我不悔陣前招親大膽愛宗保，我不悔大闖轅門救夫郎」，由此可看出桂英對宗保深摯無悔的情意。「穆柯寨」的巧遇，讓楊家多了對神仙眷屬，他倆婦唱夫隨，《破洪州》中擔任將帥的她懲罰完先行宗保後非常心疼，淚眼看著他的傷，充滿了不捨的愛意。時光荏苒，桂英等家人幫宗保慶祝五十大壽時，她還嬌羞地唱著「想當年結良緣穆柯寨，數十載如一日情義深長」，[註20]但當她得知宗保命喪邊關，難過地幾乎昏厥。

京劇小劇場《穆桂英》，標榜是齣實驗性的新戲劇。導演李六乙欲從戰爭的背景潛入穆桂英的內心，挖掘她精神世界秘而不露的人性困惑，及一群孤寡的情慾掙扎。桂英幻想與宗保共沐浴，及出浴後登台祭拜楊家英烈，幻見爺爺楊繼業、公公楊六郎和先夫楊宗保，而與他們展開三度空間之詭譎對話，

〔註20〕見呂瑞朋、范鈞宏合撰《楊門女將》，（收錄於陳予一主編《經典京劇劇本全編》，（北京：國際文化出版公司，1996年2月），頁362～381。

顯示雖然是楊家的女英豪，但她也渴望男人的疼愛，也有七情六慾，她之死靡它愛戀著宗保。戲曲中摘下楊宗保「髯口」的大膽處理和運用，藉以表達和抒發她內心的孤獨、焦灼和困惑，以及一個女人對恩愛先夫的情愛、性愛和思念。〔註21〕

　　桂英與宗保一生戎馬，深情厚義是從日常生活、抗敵戰爭中培養出來的，豈是「宿命」這二字所能概括的。雖然她「執子之手，與子偕老」、「生則異室，死則同穴」的心願落空了，但她讓愛化作春泥，傾力護衛宋室，寫下光輝燦爛的扉頁。

（二）純真樸實　性情剛烈

　　年輕時的桂英性情不脫山大王的驕矜之氣，在純真中仍顯霸氣十足。楚劇《穆桂英休夫》中穆桂英為了救宗保槍挑公公，為愛而冒犯長輩的行為，讓親婆婆很沒面子，所以指責她陣前招親，將一輩子在天波府抬不起頭。太君喜歡桂英的直率，一方面激動地表示：「倘若陣前招親算一樁罪過，這天波府裡有罪過的又何止桂英一人！」「當初陣前招夫，看上楊繼業就搶，大膽的佘賽花就是我啊」，一方面努力勸說柴郡主「你到底是宗保的親媽，你容得下這個媳婦，另外七個婆婆就不好說三道四了」，柴郡主終於放下成見，試著接納桂英。

　　接著眾夫人折磨媳婦，要她一房一房磕頭叩拜，並說楊家人口多，規矩不能壞，交代她「山大王野氣你一定要改，見人不笑口莫開」「尖子還要打，性子還要磨。你衣裳尚未大，就想夠頭腳。見識淺，嬌氣多；武藝粗，才識淺，楊家孫媳就你一個，國法家規行軍打仗夠你學」，穆桂英都忍不住回了話：「天波府的女人若比柳絮輕，守閨門，盡父道，上陣殺敵誰領兵，說什麼自選夫婿悖常情，老太君也曾陣前招過親，五夫人五台山把親人探問，七嬸母當年千里尋夫君，問婆母，可曾畏過血染戰袍刀光影，可曾懼過疆場廝殺戰馬鳴，大婆母當年爭帥印，二婆母當年爭先行，哪一個　哪一個　年輕氣不盛？」之後楊五娘見桂英就開打，並指責她搶了帥印，桂英亦回她：「我不知五婆母有打先進門媳婦的規矩，我是楊家進門的媳婦，不是吃奶的孩子，想打就打」「先鋒印是元帥親自封的，又不是從你手上搶來的，你要先鋒印去跟元帥要，

〔註21〕見黃海碧〈出浴的穆桂英──一次打破歷史文化侷限的表達〉，（《中國戲劇》第 558 期 2003 年 11 月），頁 20、21。

跟我要不是彎著船扯皮。」眾夫人在此已成為妒火中燒、搬弄口舌是非的女人，完全看不出是捨身為國、深明大義的楊門女將。她們的反應是對人不對事，毫無理性可言，尤其當桂英大義凜然解說她接下帥印是因為有把握打敗天門陣，可以減少士兵的傷亡。但眾夫人更生氣了，認為媳婦憑什麼教訓人，所以七嘴八舌地在宗保耳邊嚼舌，動之以情要宗保勸桂英讓出帥印。

宗保此時心亂如麻，進退無路，但又想趁此機會振夫綱夫，殺一殺她的野氣。所以要穆桂英顧及「作婆母的面子」，讓出先鋒官，桂英不從，便對之進行訓誡與嘲諷：「這天波府容不得你撒野放刁！」「你想在天波府做媳婦，就得照長輩規矩來，你少跟我楊宗保打麻煩！」「你大不了哭天抹淚、尋死真活」等，這下子穆桂英再也忍受不了了，於是迸出了：「我把你休了」這鉅力萬鈞之語。穆桂英本是「山裏生來山裏長」的剛脾氣、直心腸，她認為「順著眾人音，壓著真性情，換來了讚賞，失卻了自己的心！要我做這樣的好媳婦，不如重新回山林，敢說敢笑，敢唱敢吟，俯仰天地，一派清純。」於是最後桂英迸出「休夫」此千古罕見絕調。

除了用文白刻畫桂英外，她的各種身段也很精采，如公公饒她無罪，且指派她當攻打天門陣的先鋒，她高興地跳了起來拍手。在第二場宗保告訴桂英，親婆婆用皇家之禮來管楊家，要她恪守家規，如「行不現腳，笑不露齒，站坐有相，哈欠莫要打，吃飯不能搭嘴巴」，桂英此時摀起了耳朵，表情目然，傾身做暈眩狀，最後跪蹲地上表示很無奈、害怕之狀。宗保又安慰她：「等你以後當了婆婆再用此方式對待媳婦」，桂英一聽就跳上宗保身上做打他之情狀，因她不認同此方式。之後當桂英拜見眾房婆婆時，轉身旋轉跪拜的畫面唯美，但拜完第六位婆婆後，她的表情很累，顯示對未來的茫然，不知該如何應付此情形。

《雙掛印》及《穆桂英比箭》〔註22〕中桂英擔任元帥而宗保擔任先行，由於桂英氣焰囂張，宗保頗為不悅，甚而故意讓桂英惱怒。《雙》劇敘述蕭邦元帥白天佐之夫人，因愛慕宗保擅自出城交戰，又故意被擒，但宋朝元帥為穆桂英，楊宗保只是先行，所以最後由桂英處理此事。白夫人說「情願殺丈夫白天佐，獻城歸降」，而宗保也一再懇求桂英放人，但桂英先羞辱他倆戰場上態度曖昧，並罵宗保「為什麼不害臊？白日扯人哪！我問你瞧中了哪一道

〔註22〕見《劇本》雜誌，（北京：劇本雜誌社，1962 年 12 月），頁 53～63。

子思多情呢！」又陶侃白夫人「白天佐，我在天門陣會過的，可是一個黑臉蛋，一嘴的落腮鬍子，是不是？咳，本來的，腦袋爛頭，難怪你不愛他。」從妻子的立場嚴正警告白夫人與宗保，不要有非分之想。這齣戲的情節不倫不類，而宗保的形象也被破壞，他豈是貪色誤國的先行官？桂英一如其他戲曲展現愛丈夫、愛國家之性情，她就像一位苦心孤詣的媽媽，教訓不懂事的兒子，必欲給他一當頭棒喝。《穆》劇中，她是有智慧、有武膽的女英雄，面對遼統帥耶律灰時毫無畏懼，遇到前來幫助遼邦的西夏國公主黃瓊女則有惺惺相惜之感，但對宗保卻指頤氣使，他在本劇中是桂英的部將，與黃瓊女奪虎又敗給她，所以被桂英責備：「無用的東西，本帥吩咐於你，不許惹是招非，損害大宋威名。」

桂英性情剛烈，又習慣自由自在的山大王生活，與楊家講求長尊幼卑的各種繁文褥節格格不入。她初為人媳，「未諳姑食性」，又與眾婆婆辯論說理，所以吃盡苦頭。她身為統帥，宗保只是她的下屬，在自信心不足，再加上眾婆婆搧風點火的情況下，夫妻倆就產生許多衝突與怨恨，以致有休夫的舉動。

（三）剛柔並濟 不讓鬚眉

桂英中年之後性格較穩重，雖然仍然剛強，但已懂得「柔能克剛強」之道理。《破洪州》是一齣歌頌穆桂英的戲，故事敘述楊延景被困洪州，宗保回朝搬兵，宋王別無良將，只好仍到楊家請穆桂英掛帥出征，並以楊宗保為先行。穆桂英雖然身懷六甲，仍然百折不撓，取得了勝利。在封建社會中，以一婦女掛帥統領兵將出征，是不可能的事。為了強化戲劇衝突，戲裡特地安排穆桂英的丈夫和公公歸屬她調動。因此，未上戰場，已遇到許多阻力。

宗保知道妻子為主帥，便擺出丈夫架子，第一次點卯就故意不到，這時桂英果斷以軍令國法辦事，滅了有封建夫權思想的丈夫的威風。兵到洪州，家公楊六郎也因封建宗法家長觀念作祟，不願以下屬身分參見，桂英同樣堅持原則，強調國法第一，家公必須先來拜見。她在指揮戰鬥時，同樣鐵面無私，執法如山，當丈夫不守將令，拒絕出戰時，她立即傳令，違反軍令者當即問斬，經過公公講情，結果還是「死罪已免，活罪難容」，被重打四十大板。她一方面要紀律嚴明，保證戰鬥的勝利，所以不能徇私寬恕丈夫，另方面看到丈夫受刑，又於心不忍，所以驗刑時，她利用水袖顯示情感：先用右手扯起水袖遮住臉面，隨後水袖微微顫抖著，一點一點往下挪移——不敢看，不

忍看，又不能不看，終於緩緩地露出一雙痛苦不安的眼睛，當她突然發現丈夫的兩腿被打得鮮血淋漓，感情一下沸騰起來，兩眼閃出了異樣的光芒，充滿了痛苦、懊悔、惶懼不安和無限憐愛，緊接著她唱出矛盾翻騰的情感「埋怨掌刑官用刑太狠……」，後來遣退眾將，出帳來攙扶丈夫，宗保不能體諒桂英的苦衷，反而狠狠地將她推開，她搬來一張凳子扶他坐下，反而更觸痛了棒傷，宗保像彈簧一樣跳了起來，桂英要討好，反而適得其反，最後只好委屈地哭起來，宗保也陪著她哭，兩人才盡釋前嫌。〔註23〕通過矛盾心理的細緻描繪，一個叫人尊敬喜愛、多情溫柔又嚴厲剛強的巾幗英雄形象，就呈顯在觀眾面前了，最令人感動的是，她雖然懷胎十月，仍親上戰場，與強敵交鋒，終於在戰地產子，然後她刀劈蕭天佑，解除洪州之圍，救得十萬總兵。

　　《楊門女將》敘述穆桂英頓失楊宗保後，性格日趨沉穩、堅定而成熟，與文廣的比武對陣，何時該讓他，何時該挫其銳氣，都有她的深思熟慮，她要使文廣在最嚴酷的征戰中，早日成為將門虎子。與折太君長談後，認為因糧草運輸較不利，應採取速戰速決的策略，所以才有先闖谷口、連夜探道、偷渡天險、裏外夾攻、賊營火起為號等連環計，連佘太君都不得不豎起拇指來稱讚孫媳婦。

　　兵探葫蘆谷一場戲，充分展現出她的英武果斷、剛柔並濟之美，「風蕭蕭霧漫漫星光慘淡，人吶喊，胡笳喧，山鳴谷動，殺聲震天，一路行來天色晚，不覺得月上東山。」這裡由景物的描寫來烘托桂英的心情，淒涼的風、慘淡的星光，讓她陷入不安的情緒，但「石崩谷陷馬不前」，讓她燃起了一線生機，由老馬識聯想到棧道已近，從耐心與採藥老人攀談，直到老人表明願意助楊家一臂之力，才在懸崖上找到棧道，順利地打通敵營後方，與將計就計困在谷中的文廣及七娘裡應外合，終於打敗西夏軍隊。

　　《穆桂英掛帥》一劇，「捧印」與「掛帥」是兩個很重要的轉折處。梅蘭芳正是通過把握印盒這一道具（此際的印盒實際已經和穆桂英貼合成一個完整的扮相），確定了主人公在接印後，通過一段啞劇獨舞來「唱」心情的表演思路，並且成功地克服了各種實際困難：「非是我臨國難袖手不問，見帥印又勾起多少前情。楊家將捨身，忘家把社稷定，凱歌還人受恩寵我添新墳。慶升平朝堂裏群小爭進，烽煙起卻又把帥印送到家門。宋王爺平日裏寵信奸佞，

〔註23〕吳同賓〈亂花迷人眼　未歌先有情──劉秀容《戰洪州》表演藝術剖析〉，收錄於《戲曲藝術》1982 年 1 期。

桂英我多年來早已寒心。誓不為宋天子領兵上陣，今日裏掛帥出征叫他另選能人。」說明因為奸讒當道，對朝廷已不抱希望。但因文廣刀劈王倫，為了兒女生命安全才重新披掛上陣，她目送佘太君下場後，雙手微彈水袖，面上頓時光彩煥發，表現出這位女元帥不甘蟄伏，重執兵符的內心喜悅。她唱道：「一家人聞邊報雄心振奮，穆桂英為保國再度出征。二十年拋甲胄未臨戰陣，唉！難道說我無有為國為民一片忠心！猛聽得金鼓響畫角聲震，喚起我破天門壯志凌雲。想當年桃花馬上威風凜凜，敵血飛濺石榴裙，有生之日當盡責，寸土怎能夠屬他人！番王小丑何足論，我一劍能擋百萬兵。我不掛帥誰掛帥，我不領兵誰領兵！」她的心弦在跳動，年事雖高，昔日部屬已凋零殆盡，但對自己衝鋒陷陣仍有足夠的信心，於是精神抖擻地掛帥去。

中庸之道為最佳的處世之方，剛柔並濟是經過歲月的焠鍊才能擁有的好性情，桂英洗去山大王的驕矜，洗去宗保過世的傷痛，用自信及寬容為楊家、為大宋建立不朽功勳，塑造一位女英雄的風範。

四、楊六郎

楊延昭是戲曲中重要的核心人物，他是忠臣孝子、偶儻英雄、以德服人的「典型人物」。他不斷遭到迫害仍九死不悔，與屈原、岳飛等人具有「忠貞」的共同特色，但又與屈原的殉身死諫、岳飛被奸人讒害致死的情形不同。他原想隱居、不仕朝廷，實在是朝無良將，他才出來奉獻自己，這樣的生命情操，實在難能可貴！以下分三點析論其形象。

（一）血性男兒 風流偶儻

郎若伊〈試刀石弔楊無敵父子〉云：「六郎真是將門子，抽刀斷石石為分，五丁神力北平矢，吁嗟有宋重邊勳，雕戈鐵騎屯如雲，烽火不驚楊氏壘，先聲何滅岳家軍」。〔註24〕讚美楊業父子有著媲美岳飛的軍功，他並引用傳說入詩，歌頌六郎力氣很大，可將石頭一分為二。

民間傳說〈六郎的神箭〉〔註25〕除了強調其精湛的射箭技藝，也加深其機智的一面。據說有一次，六郎率領兵馬一鼓作氣，殺得遼人膽顫心驚，退兵至朔州市平魯區擔子山一帶。六郎見遼兵大敗，心中暗喜，但想到軍中糧

〔註24〕見《新修方志叢刊·山西代州志第四本》，（台北：學生書局輯，1968年），頁1096。
〔註25〕見 www.dajiyuan.com 大紀元網站。

草不多，不免憂心忡忡。突然心中靈光一現，六郎命兵將晚上悄悄搬了許多小山包，上面用蘆席覆蓋，遠遠望去和真的糧草堆沒有兩樣。遼兵幾天來連吃敗仗，心中不安。這日遼軍主帥坐帳，正與眾將商議退兵之策，但探子回報：「大事不好，楊六郎這回下決心要與我軍大戰一場了，他一夜之間運來許多糧草。」遼軍主帥覺得可疑，遂出營觀看，但見朔州川上的宋營旗幡招展，糧堆遍野，吃了一驚，想和六郎和談。

遼使來到宋營，見過六郎，表明和談誠意，六郎哈哈一笑說：「和談不難，但先決條件為先退兵，後和談。」遼使問：「怎麼個退法？」六郎答到：「看你願退一馬之地，還是一箭之地？」遼使想：「讓一馬不知跑多遠，不如就讓一箭吧！」後來六郎昂首闊步走出營外，大喝一聲：「拿箭來！」待士兵們抬來弓箭，遼使一看嚇壞了。只見六郎的弓似彎梁，箭如屋椽。六郎隨手抽出一支箭，搭上弦，用力一拉，颼地一聲，那箭離弦而去，消失的無影無蹤。六郎神機妙算，早料到遼使會去追查，早已派將士跑馬到內蒙大青山，把一根安有鏃的鏃椽插進山中石縫裡。遼使一路找箭，一直到大青山才找到這隻箭，無奈，遼兵只好退到大青山外。至今朔州一帶還流傳著這樣一句民謠：「腳蹬雁門關，守搬擔子山，一箭射到大青山」，據說箭現在仍在大青山的石縫裡，只能搖晃，至今不能拔出來。

自古美人配英雄，像楊延昭這樣的英雄，自然有一些美麗動人的愛情故事。在《狀元媒》一劇中，宋王與郡主去行圍射獵，結果被北國巴若里所因，幸賴楊延昭解救，郡主一見延昭玉樹臨風，不禁怦然心動：「天波府忠良將，宮中久仰，聞是虛，見是實，名不虛揚。怪不得使花槍蛟龍一般，難怪他重禮節並不輕狂。將門子無弱兵，古語常講，細觀他一表人才、相貌堂堂，我終身應托在他身上。」於是把自己穿在內裏的珍珠衫脫下來，羞答答地對他說：『請你把它收好，日後以此為憑『論功行賞』，想成就『功名』，還得請八賢王幫忙。』又怕楊延昭不明白她的意思，她再念四句詩『大王言在先，賢王做周全。若要事成就，須得一狀元』，提示延昭找當今狀元呂蒙正幫忙處理。

後來雖然傅丁奎想盡辦法爭取郡主的芳心，但心有所屬的郡主仍不為所動：「傅丁奎休要發顛狂，謊言欺君罪難當！叔兒聽兒把前情講，在潼台兒是寡不敵眾，險些一命亡！馬前失蹄遭捆綁，打上車輦押往番邦。忽然救星從天降，就是這，就是這小將延昭楊六郎。趕車輦，把賊擋，搭救你兒出禍殃。你兒才得身無恙，傅丁奎此時到疆場。你有功，應加賞，怎敢妄想招東床。」

力辯救她的是楊六郎，而非傅丁奎，希望天子主婚成全神仙美眷，在此透過郡主對他的極力讚美，行不安坐不寧的情形，可知六郎真正縛攝了她的芳心，她也自主追求自己的幸福，是天波府女主人公的一貫特質。

除了元配柴郡主外，小說戲曲幫他製造許多強調彼此有夙緣的女人，千里尋夫特來成親，如《楊家將演義》第三十回《黃瓊女反遼投宋》一節，黃瓊女本是西夏國王親生之女，幫助遼人堅守天門陣，後來反遼投宋，自言：「曾記當年鄭令公為媒，吾父將我許配山後繼業六郎。只因鄭令公喪去，遂停止此姻事。今聞統宋大軍乃六郎也，是我舊日姻配，不如引部下投降於宋，續此佳偶，扶助破番。」又清《昭代簫韶》一書也有王素真是六郎舊日姻配，她埋伏在遼營，暗助六郎破陰陽陣之情節。前述兩人後來都與六郎成親，柴郡主沒有表示任何意見，但在京劇《九龍谿》中，詹重陽與六郎曾定姻緣，特來認夫，六郎徵求郡主的意見，但柴郡主堅決不允，而且表示若大膽收重陽女，將取六郎首級，此劇突顯柴郡主的霸氣，但因劇情荒誕，已不再演出了。

以上宿命的婚配情節，有著愚人的色彩，但也反映女子愛慕英雄，英雄難過美人關的曲折考驗。女子們念念不忘曾許配給某人，穿越千山萬水、忍受各種痛苦，就是為了成就這種夙命，但為何男人總是享齊人之福？而女性卻必須忍耐她們的花心？歸根結底仍是父權社會的遺毒。

（二）招撫志士 以德服人

《宋史·楊業 子延昭等》載：「延昭智勇善戰，所得奉賜悉犒軍，未嘗問家事，出入騎從如小校，號令嚴明，與士卒同甘苦。遇敵必身先，行陣克捷，推功於下，故人樂為用。在邊防二十餘年，契丹憚之，目為楊六郎。」（列傳卷三十一）他前後守衛邊境二十多年，威名也為契丹人所畏，他死後，河朔之人多望棺而泣，就連契丹人也舉哀致敬。戲曲中他的形象符合史書所載，如《昭代簫韶》第四本第一齣至第五齣，敘述他死裡逃生，後授為定州嘉山寨都巡檢使，招撫山寇孟良、焦贊之經過，兩員大將願意歸順，乃因被楊景之品格所感動，印證儒家所云「以力服人者，非人服也，力不贍也；以德服人者，中心悅而誠服也。」〔註26〕

楊景上任之初，以先除內患後再圖安邊之計為治策。紅桃花山可樂洞有

〔註26〕見《新譯四書讀本 孟子·公孫丑上》，（台北：三民書局，1991年2月），頁372。

個山賊名曰孟良，他手下有數千名猛士，六員猛將，打家劫舍，民受其殃，楊景與孟良交鋒三次，第一次被楊景箭傷坐騎，奪下葫蘆，孟良不服；第二次中了楊景的圈套，墮入坑洞，孟良仍然不服；第三次中了楊景裡應外合之計，孟良被團團圍住，無路可逃，最後才心服口服地投降。招撫焦贊時，楊景由於太過大意，而被粗豪剛猛的焦贊綁在樹上。焦贊因嘉山寨都巡檢使楊景到任後，禁止行商，斷絕其衣食，已經有很深的恨意了，本欲取楊景心肝下酒，沒想到此時「忽然金光射目，現出一隻白虎」，焦贊心想此人可能是星將下凡，又弄清巡檢使為楊景後，便率眾歸降。此劇在招撫孟良、焦贊的情節有諸葛亮七擒孟獲及民間傳說的色彩，但轉折太快，人物的心理刻畫顯然不足。

由於楊景身先士卒，愛護部將，所以才能與孟良、焦贊結為生死之交，京劇《洪羊洞》渲染此三人深厚的情感，充分詮釋「士為知己者死」的情操。

（三）忠臣孝子 屢遭迫害

宋太祖、宋太宗及宋真宗三位皇帝的忠義觀影響到他們對楊業、楊延昭父子的觀感，楊業是投降宋朝的北漢統帥，雖然他身先士卒與遼征戰，但朝廷卻對他褒貶不一。〔註27〕楊延昭雖從父入宋，但沒有在北漢任職的明確紀錄，不是北漢舊臣，又戍守邊防二十餘年，對宋忠心耿耿，所以當其他大臣向真宗下讒言時，真宗仍稱讚他「忠勇」，且力為保庇。〔註28〕縱然宋真宗極力保庇楊延昭，但戲曲中延昭卻屢次被潘美、王欽若等人陷害，若沒有八王爺、寇準、胡綱正等人搭救，他幾乎要一命歸陰了。

京劇《百箭會》改編自明雜劇《八大王開詔救孤忠》，敘述楊令公及七郎被潘仁美殺害後，六郎欲為父、弟申冤，寇準提示可邀請聖上過府飲筵，並在饅頭裡包下箭頭，再跟皇上訴說冤情。皇上原以為六郎臨陣脫逃，不守邊征北，所以欲意問斬，經八賢王的說明，始知潘仁美公器私用，故意在黑道之日，教楊令公征殺，讓宋損失一員大將，皇上悔恨不已，捉拿潘仁美回朝

〔註27〕宋太祖「陳橋兵變，黃袍加身」，即位之初，還不是一個統一的王朝，所以要借助一些割據政權的降將，如符彥卿歷仕唐、晉、漢、周，後來太祖讓他長期駐守北方軍事重鎮。楊業降宋後也得到太祖的信任與重用，但到了太宗之後，時空環境變了，他特別強調「死事一主」之觀念，而真宗也大力提倡忠節觀念，因此也影響到楊業在朝廷所受到的待遇，真宗稱楊業為「名將」，稱楊延昭「忠勇」之士，就可看出其不同的忠義觀。

〔註28〕參見楊家駱主編《新本宋史并附編三種一》，（台北：鼎文書局，1978年9月），頁8990～8993。

問訊。紹劇《兩狼山》再改編此內容，潘仁美害死了楊令公及七郎後，反奏與遼人戰役成果豐碩，宋君原擬大加賞賜，沒想到此時六郎穿著素服，頭綁訴狀來伸冤，經八王爺堅持，宋君同意調查潘仁美之行為，但因潘仁美是潘妃的父親，仍然偏袒他，只將他外放而沒有嚴懲，八王爺與寇準、六郎密商，埋伏在潘仁美必然會經過的黑森林，動用私刑將他殺害，為朝廷除了一大隱憂。為什麼忠臣良將必須採取殺害潘仁美的方式，甘冒違反皇帝律令的危險呢？因為宋君與潘仁美站在楊家所築成的血肉長城上，只懂得享受勝利的凱歌，卻不斷踐踏楊家的尊嚴，毀損楊家的根苗，如此不公不正的現象，正是他們以生命作賭注的原因。

元雜劇《謝金吾》敘述王欽本是蕭太后心腹，因為楊景（六郎）鎮守三關，所以北番不能得宋尺寸之地，王欽要其女婿謝金吾拆倒清風無佞樓，誘使楊景趕回家，那時再奏明聖上，責他私下三關之罪。謝金吾假傳聖旨拆倒清風無佞樓，又將折太君推下階基，讓她跌破了頭，楊景思母心切，冒著私下三關之罪趕回去見太君。與楊景同行的焦贊，痛恨謝金吾的作為，將他家十七口滅門，還在牆壁下署名：「多來少去關西漢，殺人放火曾經慣。一十七口誰殺來，六郎手下焦光贊」，真是魯莽少智慧，增添楊景不少麻煩。王欽抓住此機會上奏，並定下楊景所犯的罪為「一人造反，九族遭誅」，後當楊景在法場監斬時，皇帝的姑姑帶人去劫法場，宋真宗明瞭事情始末後說：「謝金吾假傳聖語，背地裏嫉妒元勳，清風樓三朝敕建，拆毀做一片灰塵，更無端行兇逞勢，跌損了折太夫人。倚恃著東廳樞密，他本是叛國奸臣，通反書一時敗露，枉十年金紫榮身，上木驢凌遲碎剮，顯見的王法無親。楊六郎合門忠孝，焦光贊俠氣超群。皆是我天朝名將。」於此，宋真宗能洞燭是非曲直，果斷處理叛國奸臣王欽之事，並高度肯定楊六郎及焦光贊，實在可稱之為賢君，這與《宋史・楊業傳 子延昭》所說的「朝中忌嫉者眾，朕力為保庇」是比較接近的，但明代及地方戲曲卻常常將真宗描述成只寵愛佞臣，不顧曲直的庸君，這便是對忠臣「典型化」的刻畫技巧，因為國君的昏庸正可對照延昭的「忠勇」，唯有不向惡勢力屈服，而持續努力抗爭者，才令人真正佩服。

《昭代簫韶》第五本第五齣敘述宋君了解楊景（六郎）並非私下三關，焦光贊寅夜盜殺金吾，雖非楊景所使，罪應坐於主將，但念及二人屢建奇功，故饒兩人不死，配往汝州充軍。汝州知府胡綱正敬慕六郎之忠勇，與他結為

生死之交。某日胡綱正的兩位公子與楊六郎去酒樓喝酒，酒酣耳熱之際，六郎題詩於壁：「王室圖安我靖劻，英雄厄運暫埋藏，他年得遂崢嶸志，定掃遼邦返汴梁。」沒想到這首詩被奸人祖忠移花接木，將劻字去了力字，往返之返改做謀反的反，竟變成一首反詩：「王室圖安我靖匡，英雄厄運暫埋藏，他年得遂崢嶸志，定掃遼邦反汴梁。」楊六郎先前所犯兩重死罪，蒙聖上開恩充軍，如今又被冠上謀反罪名，宋君怒不可遏，派人前往調查，仍然還是誤會了六郎，在此種情況下，六郎的死罪是難免的，汝州知府胡綱正為了救六郎，不惜犧牲長子代死，由於長子面貌酷似六郎，連佘太君都認不出來。胡綱正隱匿六郎，後來宋君被蕭太后困於潼台，六郎奮勇保駕伐遼，乃將功贖罪。

　　六郎命運偃蹇，遭奸人不斷陷害，他並沒寫反詩，後來雖然平反，但胡綱正的長子已犧牲了，胡綱正大義凜然地跟六郎說他捨子之生，留他之命，原本就希望有日他能解救宋室之危巔，去靖邊患掃遼眾，胸襟之大令人感動。六郎能在宋太宗被困時勇敢地站出來，是受到胡綱正的鼓舞，但我們不禁要問難道宋朝已沒人才了嗎？為何只有他能解救皇上的困局？一而再，再而三的陷害情事，難道沒有磨損他的愛國熱忱嗎？

　　楊延昭夜夢父親說他骸骨還留在遼國昊天塔遭受凌辱，他馬上前往遼國盜骨；為了平反父親被潘仁美冠上違反軍紀、統軍不力之罪名，他冒死向皇帝伸冤；為了探望受傷的母親他私下三關，甘冒被羅織罪名的危險……，由上述種種看來他真是個孝順的兒子。但他治軍嚴謹，有時連母親苦苦哀求的私情都放在一邊，正是「吾愛吾母，吾更愛軍紀」的寫照。戲曲《轅門斬子》中因宗保違背軍令，陣前私自成親，他不因父子骨肉之情而有所徇私，母親佘太君低聲下氣地拜託他，卻吃了閉門羹。太君在戰場上睥睨群雄，豈不知軍法之公正無私，然衡諸人情及時空環境，斬宗保不但無法激勵士氣，反倒被批評為冷酷無情。八千歲請他看在曾經為楊令公及七郎伸冤的恩情，饒宗保不死，反被延昭曉以大義，並疾言厲色說「莫把你南清宮看大了，你把我楊延昭哪放心梢」，多麼有原則呀！其實斬子只是激將法，主要目的是引誘穆桂英獻出降龍木，來破天門陣，所以這齣戲仍強調先公後私的愛國精神。

　　戲曲中楊延昭以被迫害的悲劇英雄形象為最大宗，他的身邊有一堆紅粉知己如黃瓊女、王素真等，但真正為他分憂解勞的是賢慧的柴郡主。她，扛

下家、國大任，需要為國效命時，她一馬當先，在天門陣中產子破陣；對國君絕望時，她鼓勵六郎歸耕田園並直斥國君不明事理，其他女性與柴郡主相比便相形見絀，幾已無什麼特色了。

五、蕭太后

蕭太后被遼人喻為一代賢后，由於她是難得的女皇，而且一生頗為傳奇，所以戲曲中頗多渲染她文治武功、感情世界的作品，如京劇《雁門關》、《四郎探母》、《楊八姐智取金刀》《澶淵之盟》、新編京劇《北國情》《蕭太后》、陳美雲歌仔戲《大遼天后蕭燕燕》、上黨梆子《三關排宴》、評劇《契丹魂》、高甲戲《金刀會》等呈現出她的多種樣貌，有的強調她窮兵黷武、殘暴陰狠，有的則強調她雄才大略、胸襟寬闊，形象差距頗大。她有文韜武略，但爭議也不小，如大權獨攬，遲遲不歸政於其子，而且在臨朝主政的過程中，與她的兩個姐姐反目成仇，寵愛韓德讓而引來耳語。優秀歷史劇是遺神而取貌，展現其本質，而非中實地記錄其情事，以下就上述戲曲來分析她的形象。

（一）胸襟寬闊 雄才大略

在史家的心中，蕭太后是一位雄才大略的政治家，《遼史·后妃傳》對其一生評論如下：「后名達治道，聞善必從，故群臣竭其忠；猶知軍政，澶淵之役，親御戎車，指麾三軍，賞罰信明，將士用命；聖宗稱遼盛主，后教訓為多。」〔註29〕她運籌帷幄、親御戎車、縱橫擺闔，是個霸氣十足的女皇帝，因此她的全部希望和熱情，都傾注在入主中原的宋遼大戰上。但楊令公和她侄兒的死對她觸動極大。楊令公是她敬慕的英雄，她想收復他，但那楊令公寧死不屈的精神，促使她返思戰爭，侄兒的慘死讓她意識到：戰爭在毀滅著人類最美好的東西，這對蕭太后來說，不能不是一個重大的打擊。〔註30〕然而正是因為她以「治國平天下」為己任，所以她遲遲不肯歸政予兒子聖宗，直到她願意歸政不久便離開人世，可見她是權利名位的化身，一旦失去權利名位，生命便失去光采，活著也沒甚意義了。

戲曲《北國情》中蕭太后是一個高瞻遠矚的政治家，又是一個慈母的形

〔註29〕見《遼史·景宗睿智皇后蕭氏傳》，宋·葉隆禮，《契丹國志·景宗蕭皇后傳》亦有此記載，（台北：廣文書局），1968 年。

〔註30〕李仲鳴〈談北國情的導演設想〉，（《復興劇藝學刊》第二十六期，1999 年 1 月），頁 111 至 115。

象，在此劇中她始終處在矛盾的漩渦之中，因此她的內心世界是不平靜的、跌宕起伏的。給女兒成親這場戲，一方面能充分表現她的慈母之情，另一方面也能表現她對善的追求。因此楊延輝在她眼裡不是仇人，而是青年英雄，因此她才摒棄前嫌促成了這樁婚事，她派楊四郎遞國書駁戰表，只願能罷兵戈休養生息：「左思謀右考慮權衡利弊，罷爭戰建邦交大勢所趨，待駙馬自揭隱密表心意，派他去勸母罷兵釋前疑，化干戈為玉帛相安互利，應天時順民意造福華夷。」她一心以人民福祉為念，不願天下擾攘不安，擺脫了窮兵黷武的女獨夫形象。又本戲強調出她寬闊的胸襟，如楊業碰李陵碑而死，太后馬上脫掉長斗篷為她覆蓋，顯現對英雄崇拜之情，當她聽說宮女之兄弟因參與對宋作戰戰死，馬上賞賜豐厚的銀兩給宮女，都可看出她的通情達理。在此蕭太后與史書中的形象略有不同，導演要突出的是她那寬闊的胸襟，和對善的追求，並沒有將遼人處理成反面人物。

　　高中戲《金刀會》在楊八姐智取金刀的基礎上改編，對於蕭太后的內心世界頗多著墨。蕭太后是遼景宗耶律賢之妻，耶律賢才質平庸，又染有風疾，曾諭令史官對皇后亦稱「朕暨予」之后，皇后所享的地位同皇帝一樣，這就意味皇后已擔負起日理萬機的重任。景宗耶律賢三十歲病逝於西京焦山行宮，將「齊家治國平天下」的重責大任都留給蕭綽這位不到三十歲的太后。繼遼景宗而立的遼聖宗耶律隆緒，年甫十一，用蕭太后的話來說就是「母寡子弱，族屬雄壯，邊防未靖」。更令蕭太后不安的是，遼景宗所重用的心腹大臣韓匡嗣與宗室親王耶律道隱也相繼去逝，愈發使太后感到勢孤力單。雖說遼景宗在世時，已經徹底地解決遼太宗諸子以及耶律李胡一系對皇位的爭奪，但潛伏在契丹社會內的各類隱患都會因景宗去世而顯露出來，宋軍也會利用這一機會向契丹發起進攻。儘管在遼景宗即位之初也曾遇到類似難題，但那時畢竟是夫妻共同上陣，而如今就需要她獨自去面對種種挑戰了。

　　在本劇中蕭太后非常惜才，雖然楊業是遼的死對頭，她仍讚嘆楊業是個不屈不撓的英雄漢，當遼民為楊令公蓋了一座神廟，耶律斜軫請太后拆毀，然而太后認為這是民心所向，此廟不得拆，又做了順水人情，以假金刀為誘餌祭拜楊令公：「祭金刀悼征魂，撫衿常嘆淚紛紛。壯士去兮不復還，戎馬奔兮金鼓鳴，路窮絕兮矢刃摧，士眾滅兮化作塵。祭金刀悼令公，巍巍氣節傳美名。誠既勇兮又以武，終剛強兮不可凌。魂魄毅兮為鬼雄，身既死兮神以靈。」耶律斜軫認為金刀大會當揚大遼國威，不應祭敵將。蕭太后說明：「他

雖是大遼敵將，卻是大宋忠良，其忠烈之舉，我大遼軍民亦當敬仰。」而且把祭文立碑令公廟前，讓前去盜取金刀的楊八姐非常感動。又蕭太后早就發覺銀花的心上人是楊家神射手，但她卻「且放手，冤冤相報何時了？且寬容，投桃報李也顯我雅量」，看出由此可看出蕭太后人情練達、精明機智，豈是魯莽、衝動的武夫所比得上？

蕭太后雖貴為一國之君，但畢竟也是寡母孤兒，在戲中她心儀失夫喪子的折太君及楊家眾寡婦，當太君率領眾媳婦來道邊關迎接楊八姐，蕭太后也趕往邊庭，並非為了攻打楊門女將，只是想會會她們，在此蕭太后跟太君說：「在太君面前，我也是一個女人、一個寡婦」「休道我蕭綽黷武好逞強，怎不怨你大宋也曾進犯把我傷？不反戈契丹成羔羊，征戰時你敗我也傷。你楊家雪濺留遺恨，我先王蘭摧玉折也斷腸。你一門忠烈人敬仰。我孤兒寡母誰體諒？同是人妻並人母，祈和心愫一樣強。我欲銷戈鑄太平，我欲祈天降吉祥。可惜我欲不戰時宋又戰，仇累恨加怎敢刀槍入庫馬鎖。」這段唱詞頗得太君共鳴，後來蕭太后並說明用假金刀只是為與太君見上一面，並親自奉上真金刀。

作者在此以比較柔軟之筆寫蕭太后的內心世界，挖掘她不為人知的另一面，但歷史上她是位非常果斷武勇的女性，婦人之仁在她身上並不常流露，如果宋遼能夠互相體諒，也不用大動干戈這麼多年。作者最後提到「它年中華成一統，遼何在？宋何在？都被今天的大雪蓋……」，頗有「驪山四顧，阿房一炬……；贏都變做了土；輸都變做了土」〔註31〕的興亡感嘆，宋遼爭雄，最後的結局都化為土，最可憐的還是無辜的老百姓，搞得家破人亡、妻離子散，所以本戲也寄託編劇對和平的祈望，有很深的意涵，值得我們深思。

（二）窮兵黷武 殺戮異己

李學忠編導的評劇《契丹魂》肯定蕭太后是一代傑出的少數民族女王，是位心靈極高、主見極大、追求極多的女人，在蕭綽身上累積了許多異己的力量。對此，蕭綽充分體現出其多方面追求的主體性和強悍性，並以「四不許」的具體行為表達出來。〔註32〕景宗逝世後，太子梁王即位為聖宗，眾官員對此並無異意，但當蕭綽被封為承天皇太后輔佐皇權後，契丹遺老們頗多

〔註31〕張養浩〈山坡羊驪山懷古〉之文句，見《歸田類稿》。
〔註32〕「四不許」為：一、不許奪位，二、不許奪政，三、不許奪智，四、不許奪愛，參見謝伯梁《中國當代戲曲文學史》，北京：中國社會科學出版社，1995年11月，頁363至365。

不屑之態，太后將那位率先口出狂言，謂：「女人當政，陰盛陽衰，乃不祥之兆」者，當庭判死，氣勢令人震憾，使得反對者都禁若寒蟬。

　　陳美雲歌仔戲所演出的《大遼天后蕭燕燕──蕭太后拜玉樹》〔註33〕劇情類似《契丹魂》，也是把蕭太后塑造成一位貪戀權勢的女人。此戲分成八幕：1. 呂不古專權 2. 遼景宗立后 3. 木葉山戀歌 4. 斡魯朵風雲 5. 激戰高梁河 6. 春寒玉樹堂 7. 韓王府疑雲 8. 大遼天后。前五幕敘述她原本有一位論及婚嫁的漢人情人韓德讓，因為母親的強力運作及她的貪戀權勢，讓她無法與韓得讓結合。成為景宗的皇后後，景宗沉迷酒色與女人，政事完全委託蕭燕燕處理，她很努力鞏固朝政，以過人的智慧指揮軍隊，贏得對宋高梁河之役，使得世人對她刮目相看。後三幕敘述姐夫耶律喜隱叛亂，她不惜殺害姊姊依蘭及外甥耶律金子，以保全遼景宗及他兒子耶律隆緒的帝位。為了奪回情人，她殘忍地殺害情敵，讓韓德讓對她又愛又恨。

　　第六幕中的「玉樹」象徵蕭太后的權勢，她姐姐依蘭有一次哀怨地對燕燕說：「這裡有兩棵玉樹，一棵高大而美好；另一棵矮小而且樹葉落盡，從小父母親細心呵護你，現在你又位高權重，就像那棵高大而美好的玉樹；而我的丈夫、兒子被你殺死，現在我獨自一人，就像孤蕊春風寒，就像另一棵即將凋謝的玉樹。」蕭太后拜玉樹主要是感謝玉樹對她的庇祐，她為了鞏固自己和兒子的地位，殺了不少人，鮮血沾滿了雙手。她的姐夫耶律喜隱在雁門關造反，她豪不留情的斬草除根，為了鞏固他兒子的權位，連姐姐唯一的愛子也殺了，雖然她顧及手足之情，沒殺姐姐，但姐姐卻痛恨她，認為她故意折磨她，讓她成了活死人，她憤怒地想毀掉燕燕最喜歡的玉樹，沒想到蕭太后竟下旨要處斬她，嚇得太后兒子耶律隆緒幫姨媽求饒，並責怪母親太殘忍。太后為了怕兒子長大不聽話，於是要借助韓德讓之力量來控制隆緒，她的所作所為似乎只考慮到自己的權勢。

　　為了與韓德讓廝守竟讓殺害其妻李鳳，跟韓德讓說「思君念君暗銷魂，我對遼王無情分，滿腹苦情自己吞，怪來怪去怪自己，貪戀權勢後悔遲」，德讓對她又愛又恨，德讓為了幫助蕭后鞏固政權，答應將其女兒許配給耶律隆緒，但仍然覺得自己愧對太太，不恥蕭后的行徑，與她漸行漸遠，最後選擇隱居山林，離開這是非之地。

〔註33〕陳美雲歌仔戲《大遼天后蕭燕燕──蕭太后拜玉樹》於 2003 年 8 月 16 日於台北中山堂公演，其公演宣傳單有簡要劇情介紹。

遼國蕭太后真可媲美漢‧呂太后，為了掌握權勢，不斷殺戮異己，呂太后為了奪漢高祖的愛，鞏固自己兒子的權位，不惜將戚夫人弄成人彘，其子心地寬厚，看到戚夫人之慘狀，驚嚇過度而失神；耶律隆緒也指責母親蕭燕燕殺姨丈之子耶律金子太沒人性。深宮之中暗潮洶湧，不是你死就是我活，各種可怕的陰謀、技倆在傾軋，所以如果從這個角度來看，她也是值得同情的，畢竟孤母寡子勢單力薄，又有契丹八部大臣虎視眈眈，如果他不殺姐夫耶律喜隱，難免有成為俎下肉之疑慮，只是她到最後已嗜血成性，讓一直對她念念不忘的韓德讓絕望，認為她有能力呼風喚雨，根本不需要他，所以燕燕雖然爬上最高枝，但卻是高處不生寒。

陸光國劇團《蕭太后》〔註34〕的內容主敘述在遼軍大敗宋軍後，韓德讓主張連年戰亂兵困馬疲，宜讓百姓休養生息、勤修武備，且強敵韃靼國虎視眈眈，輕啟事端恐怕會玉石俱焚，不如先以三關為界，待民心漸服後，再大刀闊斧另創盛世；而蕭后之姊齊王妃則別有企圖，她唆使蕭后之子聖宗率先越境，想趁著宋遼交戰之際，與韃靼國聯合拿下蕭燕燕後，自立為王。耶律休哥也認為已生擒楊繼業，去了遼國一大心患，應該要把握此時機南征。主和主戰兩派勢力相當，讓蕭后左右為難，韓德讓為了此事兩次造訪蕭后，並感性地說：「巍巍龍廷多險峻，波詭雲譎當自珍，每見你柔肩奮擔天下任，纖軀險對惡風雲，恨不能化身龍馬並利劍，助你作英主早飛騰，寧使英雄常氣短，不叫柔情誤乾坤。」至情只可酬知己，這番話讓蕭后非常感念，也決定聽從他的建議。

齊王妃眼見主戰之事沒有著落，便渲染韓德讓與蕭后有染，讓聖宗及耶律休哥去蕭后房間捉姦，沒想到齊王妃與耶律壽理密謀叛亂之事反被揭穿。蕭后面對必須賜死親姊齊王妃，心中頗為掙扎，認為這是逆倫的行為，決定斬去自己的四指表示哀痛，並說：「臨刑日，我親自召魂營你返家門」，齊王妃阻止妹妹斬四指的行為，並甘心伏誅。

（三）寬容慈悲　親情無價

清宮大戲《昭代簫韶》〔註35〕中的四郎與八郎在遼邦苟活，卻心繫大宋，心中之大願乃為了能將功贖罪，裏應外合與楊家將殲滅遼人，其形象與後世不忠不孝之形象迥異。其妻瓊娥公主及青蓮公主，知悉嫁給敵人後，雖然很

〔註34〕見華視文化出版的陸光國劇團《蕭太后》錄影帶。
〔註35〕參見《中國戲劇研究資料　第二輯昭代簫韶》第二卷上第一齣，台北：天一出版社，1986年9月。

震驚，但「嫁雞隨雞，嫁狗隨狗」，屢次幫助四郎與八郎，除了幫六郎找回驌
驦馬，幫宗保盜取金刀還幫他們大破天門陣。最後還勸蕭后不要繼續與宋室
為敵，達成簽訂和平協議之功勞。但就蕭后的立場來看，辛勤養育女兒但她
們卻胳膊往外彎，造成國家巨大的傷害，真是情何以堪！後世戲曲針對此部
分多所發揮，讓我們感嘆她是軍事之強人，但卻是糊塗的母親。

　　蕭綽身為大遼天后擁有無上的權利，但她卻常常被女兒、孫子征服。新
編京劇《北國情》裏的蕭太后，像一位慈母，而且觀察入微、善體人意；也能
時時設身處地為別人著想，收放適度，縱己加惠於人，卻並不願使對方知曉。
看出她更有貴為一國之君的氣度——高瞻遠矚，有包容力。對朝中不同意見
或衝突，有精確的判斷力。有當該糊塗時，就決不自示聰明的涵養。她知道
自稱為木易的刺客，其實就是楊四郎，「面對這楊門後無需辨認，為復仇刺本
后膽大包天，恨不得親手將他斬」，然而因女兒挑中他為駙馬，不忍心讓女兒
傷心失神，「見寶劍暗驚嘆小女眼力不一般，有多少王孫公子她不選，卻選中
楊家將一員，金沙灘收令公未能如願，銀安殿招駙馬天賜良緣，南北結親罷
征戰，一舉求得兩朝安。」又此戲與《四郎探母》同樣都是利用小阿哥盜令，
但太后馬上知道女兒桃花的心思，直接點破她：「駙馬思母心切意欲南歸探母」
「這本是人之常情，為何不明說？是這樣偷偷摸摸的矇騙本后？」「或許當上
了君主命該如此！連親生骨肉也處處戒備、事事相瞞。」後來她不准桃花拿
令箭，因為時機尚未成熟，賜四郎令箭，如同叫他去送死，後來決定讓四郎
當遼與宋議和特使，不但可與折太君見面，又可以化干戈為玉帛，太后之通
情達理、思考周密由此可見一般。事實上，她非常欣賞楊家將，在金沙灘一
役，她說「只要活繼業，不要死令公」，雖然收服令公未能如願，但在銀安殿
招四郎為駙馬，也是一償夙願，更重要的如果能化仇家為親家，讓兩國不再
發生戰事，那是多美好的事。

　　上黨梆子《三關排宴》〔註36〕中折太君知道四郎投效遼邦，怒火中燒，
要刀斧手將四郎推出轅門斬首，一改《四郎探母》中充滿母愛形象，反倒是
蕭太后苦苦替四郎求情：「老太君暫息雷霆之怒，休發虎狼之威。當日休怪令
郎之過，也是孤一時失去眼目。你母子相離了十餘年，他還未報你那懷胎之
恩。如今水落石出，你若一怒將他斬首，一來孤的情義何在，二來孤皇兒失
了丈夫，三來還有周歲的孫兒失了父親。此乃三事不足，一點之情。此情看

〔註36〕參見《劇本》雜誌，（北京：劇本雜誌社，1957 年 5 月），頁 46～55。

在我母子之面，老太君你莫斬吧！」這一字一句多麼體貼、設想人情，對蕭太后來說四郎欺瞞他的身分，又娶了他的愛女，她也有殺他的理由，但他卻從兒孫的角度，思考四郎存活的必要性。相對地折太君對蕭太后的懇求毫不領情，他指責四郎不忠天子、不孝母命、不義拋手足又娶夫人，以此三大罪條要他自行了斷，實在是有點不近人情。

田漢改編的《楊八姐智取金刀》一戲中蕭后女銀花有摽梅之思，乍見帶箭傷，混跡在廟中當小道士的楊八姐，便心花怒放、一見鍾情。雖然銀花也曾懷疑為何一個小道士眉目英奇、溫存又風雅，那像深山打柴的普通人。而且小道士武藝高強又有穿耳洞，真怕是南蠻派來的女奸細。但愛是盲目的，銀花相信所有楊八姐編出來的謊言，對他呵護備至，甚至連蕭后最珍視的老令公金刀都願意送給八姐。銀花跟蕭后表達愛慕假扮小道士的楊八姐，蕭后本來表示「芝麻說得西瓜大，可笑銀花把婿誇。荒山破廟窮孩子，怎能夠坦腹帝王家？」嫌他出身低下，不配皇兒帝王花，但銀花認為「渾金璞玉真無價，何必出身將相家」，央求蕭后向楊八姐求婚，蕭后只好要求他在百日之後，擇一良辰吉日，與公主駙馬完婚，也流露出其慈母心。

從這些地方都可看出蕭后身為母親時，對兒女的呵護之情跟一般母親沒有兩樣，雖然貴為國母掌握了生殺大權，但女兒的淚水與嬌嗔都可打動她，因此往往延誤重要大事，但一顆關愛的慈母心卻令人動容。

（四）征鞍孤影　寂寞芳心

《大遼天后蕭燕燕》與《蕭太后》這兩齣戲都渲染蕭燕燕與韓德讓相愛卻又難以在一起的苦戀，並突顯姊妹間宮闈鬥爭之事。陸光國劇團《蕭太后》中有一段唱詞：「只為他咫尺天涯十八春，看前朝漢宮唐殿多風韻，為何卻偏苦我君臣，常年裏羯鼓征鞍伴孤影，更怎堪今夜伴冷月寒星，對故人……」，生動地刻畫一位寡婦、一位女皇位高權重，卻夜長枕寒的寂寞心聲，對昔日戀人可望卻不可及，極度壓抑痛苦的十八年。

陳美雲歌仔戲《大遼天后蕭燕燕》敘述蕭燕燕十八歲被冊封為大遼景宗的皇后，她有很好的家世：外祖父耶律阿保機，母親是大遼公主呂不古。能文章、善騎射的蕭燕燕原有一個論及婚嫁的情人韓德讓，現實環境逼她們成不了夫妻，他們埋藏彼此的情愫於心底。一個安於逸樂的遼景宗，和充滿政治野心的燕燕，自是貌合神離。「木葉山戀歌」、「韓王府疑雲」二幕則從貪戀權勢的角度來刻畫她的愛欲，她在無法自主的情況下嫁給景宗，但韓德讓的

身影常駐她的心房，她重用韓德讓，讓他統管燕雲之地，輔弼小皇帝。當景宗過世後，她為了鞏固自己的地位，毒弒韓德讓之妻，欲讓韓德讓名正言順成為他的夫婿，然而韓德讓自認以前時時刻刻無不思念燕燕，凡事為她打算，已經愧對其妻，現在燕燕為了滿足自己的慾望，竟害死他的結髮妻，他決定離開朝廷不問世事，不再受燕燕擺佈……。

　　評劇《契丹魂》也有類似的劇情，蕭綽年輕時和漢公子韓德讓曾訂有盟約，然而姻緣美夢卻被倉促間打破，在荳蔻年齡被選伴君，在半癱瘓的皇帝身邊一陪就是十三年，當皇帝過世，大權在握，太后欲與韓德讓再續前緣，韓德讓卻堅定地告訴她，他已有了個和睦的妻室。太后相當痛苦，「作為女人，一個握有江山的女人，我不能容忍他身邊再有另外一個女人」，她痛苦她嫉妒，一切專制權力和政治理想最終也要在愛情肉慾上體現並落實，這是所有女政治家的共同天性。正因為此，蕭太后才對齊王妃等人惡意陷害韓相「勾結宋漢，謀我大遼」的荒唐指控將計就計，而採取了一箭雙鵰的做法：她聽任齊王妃派人查抄相府，殺承相夫人後，另一方面又以土牢重兵保護韓相，夜探土牢，誘敵深入，終於使得齊王妃暴露出本來面目。她愛得死去活來正因為韓相不但是初戀情人，還是治國股肱；韓德讓絕情絕義地再三推託，除了維護婚姻貞潔外，更重要是為了契丹大政。

　　蕭綽和韓德讓有革命性的感情基礎，兩人雖沒有結為連理，但同心輔政。在此渲染蕭綽追求韓德讓，追求不到的怨恨，很有戲劇效果，因為權力與財富並不一定買得到愛情，尤其宮闈間爭鬥更是血腥駭人。作為一個女君主，理當可以獲得所有的東西，但卻買不到一個人的心，這分掙扎與痛苦只有蕭綽心裏明白。

第二節　次要人物

　　次要人物是界於主要人物與陪襯人物之間的腳色。正派腳色有楊八姐、寇準、楊四郎，反派腳色有潘美、王欽。他們的戲份分散在眾多劇目，形象頗有特色，除了楊八姐較常擔任主角外，其餘諸人較少有擔任主角的機會。

一、楊八姐

　　楊八姐在《擋馬》、《楊八姐救兄》、《楊八姐智取金刀》、《金刀會》、《楊八妹》等戲曲中多以男扮女裝的模樣出現，丰姿颯爽、俊俏迷人。因為喬裝

易性，不僅表演上需要借用武生唱腔的力度、韻味和發聲技巧，在服裝上或掛寶劍、戴翎子、提馬鞭，身繫絆胸，勾勒出人物健美的體態，或頭套加翎子、狐尾，表示變身為番將。

《楊八姐智取金刀》中楊八姐潛往北國，以自己的機敏與智勇，取回楊老令公的金刀，她策馬塞北，一路上心潮起伏，這裏有一段展示人物內心活動的唱腔：「為取刀敢入那虎穴龍潭」，經過重新組腔，分作了三小節：第一小節「為取刀」三字，在重複中使聲腔一下子繃足了勁；第二小節「敢入那」在念白中鋪平墊穩，蓄勢待發；緊接著第三小節「虎穴龍潭」，行腔在「虎」字處突然拔高，造極之後即刻扳回，坐住尺寸，一鼓作氣地將人物情緒推向高潮，最後在「潭」字處收腔，配合人物揚鞭策馬的動作和造型，刻畫人物激動、亢奮而又冷靜的內心活動，神完氣足，聲驚四座。

楊八姐被招為駙馬，腰挂金牌，闖入禁地，在藏刀樓猛然見到令公金刀，她通過看刀、取刀、試刀三組連貫動作，細緻入微地展示了人物的情緒變化：掏翎、比武、眉眼，凸現人物內心的無限喜悅；取刀在手，權衡分量，從中吸取到巨大的精神力量；左側挽一個刀花，驚嚇身旁的耶律，轉身擰刀橫掃，忽必烈見狀慌忙低頭躲閃，順勢翻轉刀口，在試刀中來一個俊俏矯健的「亮相」，既媚且帥，既柔且剛，於動與靜的變幻之中，表現人物誓取國寶、完璧歸趙的堅定意念。楊八姐智取金刀，最後與銀花公主「夫妻反目」，對壘拼殺。金刀，作為道具，從老生轉到旦行手中，不讓鬚眉地展示出那訓練有素的傳統武功。對於戲曲舞臺時空的駕馭和開拓，使她的唱、念、做、打趨於完美結合，進入一個寫意傳神的藝術境界，既勾畫出「天蒼蒼，野茫茫」的塞外風光，又突現出報效國家、智勇雙全的巾幗形象。八姐奪得金刀後火速趕到邊境與宗保會合，此時銀花公主還不知情況，以為駙馬（八姐）瘋了。天真浪漫的銀花賠了夫人又折兵，不但失去了金刀，又誤認女紅妝為駙馬，是一齣悲中帶喜之歷史劇。

俞大綱新編京劇《楊八妹》，是在崑劇《擋馬》的基礎上改編，[註37] 敘述六郎延昭鎮守邊關，屢上奏章，遼邦意圖侵犯三關，請求派兵增防，但王

〔註37〕俞大綱認為《擋馬》敘述楊八妹刺探軍情，遇到焦贊的侄兒的一段情節，是一齣帶有滑稽意味的玩笑戲，寫得並不成功，於是改編此劇。見《楊八妹》，（收錄於《俞大綱全集——劇作卷》，台北：幼獅文化事業公司，1987 年 6 月），頁 81 至 83。

欽若卻誣陷六郎謊報軍情。八妹於是前往邊關探一虛實，證實遼人攻宋之企圖。最後與張振玉率領的義軍裡應外合，奪取飛狐要塞，擊潰遼軍。俞大綱先生在《楊八妹》一劇提到：「楊八妹的性格及形象，因為舞臺上很少描寫，我大膽的把她塑造成為一個忠孝、機智而且善戰的女英雄，她兼有花木蘭、荀灌娘、梁紅玉等的高貴氣質，但又和她們全有不同之處，更要求她和穆桂英、樊梨花那種略近粗獷的形態有所區別，曾費了一番琢磨工夫。我不知觀眾能否接受這一形象，可是我心口的女英雄確是這一型的人物。為了創造楊八妹的舞臺形象，我儘量避免使用上述各人物的舞臺表現手法，因此，描寫楊八妹扮男裝去遼邦的一段情節（征途）一場，我不採用荀灌娘所唱的「娃娃腔」，而使用快板。「破敵」一場我採用了脫布衫曲子，分段來處理楊八妹的行軍、攻堅、受圍，以及會合義師等情況，與梁紅玉、花木蘭破敵情況的舞臺處理手法迥然不同」。〔註38〕

　　因為楊八妹忠孝、機智、善戰而且高貴，所以她的旁白及唱詞，多了文人之雅趣，少了武將之俚俗，如「脫繡衫換征袍容光別樣，誰識我袖裏乾坤一戰場。那怕他人龍潭風波反掌，那顧得思老母路轉迴腸。來只在古驛道雄關危嶂，勒住了追風馬寶勒絲韁」、「巧連環展身手八步天成。似楊枝擺輕風以柔制勝，挾雷霆翻江海石破天驚。吐光芒效日月周天行運，乍鷹揚還鶻落掉闔縱橫。有朝一日風雲起在疆場效命」，在此用老母路轉迴腸對比她一顆報國雄心，以楊柳之款款擺擺、飛鷹之迅猛，形容她體態輕盈卻精準銳利，以上唱詞幾乎句句押韻，很富有文學意趣，這也是俞先生有意讓她和穆桂英之粗獷有所區別。

　　楊八姊（妹），在戲曲中不管是女裝扮相或男裝扮相都相當漂亮，讓對方傾心不已。如高甲戲《金刀會》敘述八姐喬裝成獵戶到北國，蕭太后之女銀花一見八姐（甄八郎）就動心了，「挽弓月滿盈，箭射如流星，飛騎獵虎好神勇，婉如天將人間行」，稱讚她箭術一流，神清骨秀」，蕭太后亦以蛟龍來讚美他是個非凡的人才。再者如《楊八妹》中的義士張俊亦讚美她「雄姿英發，沖霄劍氣，玉樹臨風，好一個楊家的後根」，可知男扮女裝的八姐有掩藏不住的昂揚風姿，不讓鬚眉，真可謂將門無犬子。以女裝出現者如《楊八姐遊春》，第一場開門見山渲染她國色天香，讓皇帝情不自禁愛上她，繼而發生搶親風

―――――――――――
〔註38〕見《楊八妹》，（收錄於《俞大綱全集――劇作卷》，台北：幼獅文化事業公司，1987 年 6 月），頁 81 至 83。

波，但她拒絕嫁給皇帝，後來換上女靠，耍單槍與眾兵將打鬥，又有壓翎、跪步下腰等表現昂揚姿態之戲曲程式。在《楊八妹》一劇中，她「洗卻了征塵施脂粉，依然還我女兒身。窈窕花枝堆雲鬢，難掩胸中氣凌雲。雖然是嬌養深閨未臨陣，夜行曾作竊符人。」以上透過映襯及直敘的手法，表現她是美貌、武功兼具的女中丈夫，不僅入遼刺探軍情，還帶兵立功。

女扮男裝在古典戲曲中一直蘊藏著浪漫傳奇，祝英台變裝後才能去學堂讀書，才有機會認識梁山伯，與他鋪展出動人的戀情；楊八姐假扮成男性後，才有機會娶公主、盜取金刀、帶兵攻打遼國，由此可看出男女社會地位、掌握社會資源之差異，這樣的迷思寄託著兩性平權之理想。

二、寇準

寇準是宋太宗太平天國時之進士，年方十九，歷官稱職，表現出非凡的政治才能，又直言敢諫，受到朝廷重視，不斷得以升遷，宋太宗曾說「我得寇準，就像唐太宗得魏徵一樣」，但寇準也因個性剛直得罪不少人。在《調寇審潘》、《澶淵之盟》、《背靴訪帥》、《雛鳳凌空》等戲曲中，寇準的形象頗類史書的記載，是位剛強廉正、機智聰明的清官，他是楊家的救星，也是傳說中的四大閻王之一。〔註39〕

（一）剛強廉正

在《澶淵之盟》中，作者是在寇準原有的「好剛使氣」這一點發揮的。真宗拜相時，他要寇準戒一「剛」字，可是寇準卻回答「臣生平別無有奇能出眾，只有這一字剛藏在胸中，臣唯有剛上加剛報答九重」，不但不以皇帝所說的為戒，反而要在這方面加倍發揮。在本劇處處都可看到他這種性情的流露，如促駕親征時，寇準竟不讓真宗有回宮再作猶豫的間隙，當船行到黃河中流，王欽若一直聳恿真宗回朝，而真宗聽到河岸鑼鼓喧囂聲，嚇得不敢去澶州，但寇準告訴他是百姓振奮歡呼聲，並吩咐艄手加急前行。又會盟和議時雖然真宗願意給蕭后金帛百萬，但寇準只准給蕭后銀十萬，又送一金盃，蒙以薄紗給蕭后，她頓時惱羞成怒、勃然變色，接盃的手仍在顫抖，因為這是遼國失敗受辱的見證。

京劇《清官冊》敘述楊延招伸冤，八賢王推薦寇準審理潘仁美是否陷害

〔註39〕中國四大閻王為：包拯、韓擒虎、范仲淹、寇準，參見馬書田《中國人的神靈世界》，（北京：九州出版社，2002年1月），頁431。

忠良、私通敵國，由於潘仁美是皇帝寵妃潘妃的父親，所以潘妃送禮給寇準，寇準一味推拒這份厚禮，顯示他正直的一面，但他還是有疑慮，所以請示八賢王，八賢王認為收下禮物，反而可以做為仁美行賄的佐證，在整個對抗惡勢力的過程中，八賢王是寇準的重要支柱。在這一折中，有一段寇準用近一千字的口白交代了潘洪陷害楊家始末：

> 你命賀朝進帶領五百名雁翎刀手，把住雁門關，傳下一令，命他父
> 子將胡兒斬盡殺絕方可開關，若是斬不盡，殺不絕，不能開關。……
> 那楊老將軍在兩狼山，內無有糧草，外無有救兵，命他七郎孩兒回
> 朝搬兵。誰知你這老賊，想起了打子之仇，將楊七將軍誆下馬來，
> 用酒灌醉，綁在芭蕉樹上，射了他一百單三箭。楊老將軍，在兩狼
> 山不見他七子回營，又命他六郎孩兒回朝打探。可歎那楊老將軍在
> 兩狼山，內無有糧草，外無有救兵，盼兵兵不到，盼子子不歸，只
> 得就碰死在李陵碑下。楊六將軍回朝參下了御狀，聖上命前任劉御
> 史審問你這老賊，不明不白，死在八千歲金鐧之下，才調本御史前
> 來。想你為臣不能盡忠，為子不能盡孝，稱得上不忠不孝、不仁不
> 義賣國的奸賊。

這一段口白很有特色，必須配合鬚生的身段如「敗至兩狼山下」要左手翻水袖，右手遙指，而一些關鍵性的指責，必須配合打擊樂的節奏，以達到「強調」的效果，如「他就碰死在李陵碑下」要打大鑼住頭。總之，這是段高難度的表演，也充份顯露寇準剛正不阿的性格，與史書的記載是契合的。

京劇《雛鳳凌空》敘述當王欽若輕視排風，不讓她掛帥，而皇上心中也無主見時，他相信佘太君推薦排風自有道理，所以力保排風到邊疆：

> 萬歲心中無主見，王欽若一旁心不甘。三關危急不容緩，幸喜有排
> 風武藝勝兒男。怎忍他珠落塵埃光芒掩，怎忍他壯志雄圖化雲烟。
> 怎忍得邊關遭席卷，怎忍得胡馬踏中原！樊籬重重翅難展，雛鳳凌
> 空步步難。罷！罷！罷！老夫還須多照看，且隨排風走一番。

在此用四不忍展現他的憐才之心，為了怕他人不服朝廷派了一個小女娃，他以宰相之尊願意親自隨排風走一番，劇情雖然誇張，但也暗示像排風這般的良馬，需有伯樂發掘，才能展翅翱翔、一飛衝天。此外，《穆桂英掛帥》、《狄楊合兵》等劇，寇準始終是股肱賢才，為國事奔波，擇善固執。當穆桂英對朝廷失望，不願掛帥時，他便去懇請拜託，讓桂英重燃鬥志；當潘虎要掛帥平

南時，他認為不妥，便力排眾議，讓楊金花掛帥，他的剛強廉政，由此皆可看出。

（二）詼諧機智

寇準的機智在明雜劇《八大王開詔救孤忠》、《澶淵之盟》、豫劇《背靴訪帥》等戲可窺出，但明雜劇《八大王開詔救孤忠》在刻畫心境、性格處顯然不足，僅因寇準以潘美老友相稱，並以遭貶的弱者姿態出現：「太師，你乃柱國之臣，又有二位大人，不足憂慮。我想楊家父子，委的無禮，太師所行之事不差。我若在於朝中，與太師同謀，奏准聖人，將楊家父子翦草除根，萌芽不發。爭奈我遭貶無計可施。三位大人在上。咱原是一殿之上，幸得到此處，就是一家一計之人，有話不要相瞞。」潘美就不疑有他，全盤托出殺害楊業父子之始末，令人覺得潘美太單純了，與其形象不符。所以京劇在《清官冊》刻畫了寇準到京城審理潘楊訟之前夕內心的掙扎：

> 一輪明月照窗櫺，有寇準坐館驛，獨伴孤灯。平白地金牌調，慌忙不定，心問口，口問心，暗自私忖。聽譙樓打罷了，二更時分，想起了當年一舉成名，八千歲奏一本我領凭上任，來到了霞磯縣我管轄黎民，譙樓上打三更，人烟寂靜，想起了霞磯縣管轄黎民，早堂接狀，午堂審，午堂收狀審判分明，到晚來接下了無情冤狀，一盞孤燈我審到了天明。聽醮樓打罷了，四更時分⋯⋯

從這段唱詞可看出寇準徹夜不眠、反覆思量，因八千歲的提拔，他得以升官，但此番前去，面對潘、楊及其後面的靠山，真不知該如何是好？當寇準進京，八賢王親自為寇準牽馬，寇準受寵驚愕，大轉身、撩袍，從下場門走蹉步至台中，連忙跪倒在八賢王面前，起唱「自盤古哪有君與臣帶馬」句，讓觀眾感受審理此案的高難度。因為高難度所以才有夜審潘美的奇特審案方式出現，寇準的機智聰明是歷經一番苦思而來的。

《澶淵之盟》一劇，〈午門撞鐘〉一場是寫寇準的急；〈高瓊鬧宴〉一場是寫寇準的不急。寇準在此戲胸有成竹，卻必須有層次地烘托出來。對火急軍報，是由半信半疑，最後在馬繼口中得到真實情報：「遼邦托名行圍獵，號稱百萬是虛名。部卒在後十五萬，騎兵八萬三路行。統領中軍蕭撻攬，一鼓要奪澶淵城。蕭氏母子親臨陣，率領部卒在後軍。虛張聲勢不足懼，丞相數速速發大兵。」掌握了整正的軍情後，他的從容不迫便不使人感到突兀。

在〈風雪澶淵〉一場中遼兵將至，但他仍在風雪夜下棋、高歌、暢飲，對於蕭后要他出兵對抗之挑釁，毫不在意，他唱道：

> 你問我何故不交仗？有幾個緣故聽端詳。宋王爺沿途勞乏須待靜養，二為著風雪茫茫，我賦性粗爽，詩興發作，酒興也狂。未交兵先尋個高歌酣暢，你看這四顧蒼茫，萬里銀妝，帶礪山河，盡入詩囊，笑人生能幾度得此風光。第三次卻為你蕭后著想，我一句話說出來，你切莫着慌。你那裡行圍射獵，號稱百萬，都是虛誑，分明是長驅直入，虛張聲勢，乘其不備，奪取我汴梁。倘若是我立刻傳將令來交仗，怎奈你那馬步全軍二十萬還未到前方。大宋丞相海量，不欺你孤兒寡婦在疆場。

寇準口氣尖酸刻薄，因為知道蕭后根本是借行圍射獵來虛張聲勢，所以才如此從容鎮定，硬把她的氣焰壓下去。真宗也說他：「心寬處境睡個鼻息如雷。既不像晉謝安矯情作偽，也不像空城上羽扇頻揮，分明是賊軍情了然胸內。」由此可知他不是盲目樂觀、輕敵自負，而是對軍情了然於心。周信芳比較〈空城計〉中諸葛亮與此中寇準的不同，說：「諸葛亮在城樓上操琴，是借此故作鎮定。他那大段【西皮慢板】、【西皮二六】，主要是自我表白，並不是對話，所以這時扮演司馬懿的演員，往往背對觀眾，直到諸葛亮唱畢，他才把身子轉過來。可是，寇準在城樓上的大段唱腔，是對蕭太后講話，是對話式的，因此蕭太后就不能像司馬懿那樣僵在一旁，而是應該不時有所反應⋯⋯」[註40]他認為諸葛亮是故作鎮定，而寇準是真正的鎮定從容，也因此才能識破蕭后之陰謀詭計。

豫劇《背靴訪帥》亦強調寇準的機智聰慧，此劇寇準是鬚生，其中的「踢靴子」、「彈鬍子」、「耍帽翅」等特技表演很有特色，表現出他對六郎乍死的高度懷疑，及跟蹤柴郡主時的倉皇謹慎。他與八王爺去楊家弔唁時，看見種種不合情合理的情況，於是判斷六郎乍死，這裡有一大段唱念，配合其「耍帽翅」之表演，刻畫寇準的觀察入微：

> 據臣看有許多玄虛之情，三月前曾託人汝州探省，回來說楊元帥身體康寧，也不知得的是什麼病症？卻把那一口棺運回汴京。今日裏咱君臣前來弔祭，許多事既不合理又不盡情。仔細一想，千歲呀！盡是窟窿。府門外那楊洪託詞傳稟，咱要進，他要攔，推推擁擁不

〔註40〕沈鴻鑫、何國棟《周信芳傳》，河北教育出版社，1996 年 12 月，頁 260。

讓前行，佘太君柴郡主惶惶不定，還有個冒冒失失，亂使眼色，假裝正經的老楊洪。靈堂裡陳設歪三扭四、亂七八糟、多不齊正，八姐九妹孝戴不正，兩個蠟燭一個滅來一個明，郡主他乾嚎無淚，裝得怪樣並不悲痛。小宗保一個爺剛出口，郡主變臉必有隱情，靈堂裡宗保他東張西望，嬉笑玩耍多不寧靜，郡主他又氣又惱又擔驚，只是把眼瞪不敢吭出聲，用手拉他不聽，急得郡主用腳蹬，蹬了又幾蹬，千歲呀！難道說靈堂內你就沒看清？老太君他平日以國事為重，今日她趁謝弔一反常情，匆忙把旨請，辭朝回河東，年老人死了兒，沒見她哭一聲。府門外楊洪的話值得深省，分明是推三阻四把咱瞞哄，說郡主眼哭腫，太君啞了聲，見面後嗓門兒宏亮，兩眼圓睜睜，為臣還抓住一個小小的把柄，柴郡主外穿孝衣，內套大紅。

這段唱念幾乎句句押韻，擅用對比、俚語，再加上寇準擠眉弄眼的表情，感覺趣味盎然。他細細地觀察靈堂上的人事物，覺得破綻百出，後來決定為六郎守夜，以便觀察郡主的行蹤，他背著朝靴光腳走，深怕路滑溜跟不上郡主，深秋夜裡累得汗直流，又當孟賊又當狗，為國操勞後為民憂。郡主忽然感然有聲響，以為他是飢餓的小白鴿，賞了他一個白饅頭，跟蹤到地窖終於發現，六郎及楊家是因對朝廷失望才乍死躲在此地。本劇寇準同樣顯現高度的愛國熱忱，他說：「只要能訪出一個楊元帥，哪怕再挨兩饅頭」，但形象與《清官冊》、《澶淵之盟》等劇略有不同，少了剛強嚴肅，卻多了幽默慧詰。

與正史比起來，戲曲中寇準之形象，除了剛強廉正外，還多了詼諧機智之一面。在楊家將戲曲中，他與八王爺是潘美、王欽若的死對頭，兩股勢力互相傾軋，有了他與八王爺，才能讓楊家化險為夷，並維繫宋室於不墜，相較於楊家將在戰場上為國衝鋒陷陣，寇準是運籌帷幄的文才，令人嘆賞的清廉官吏。

三、楊四郎

戲曲中有關楊四郎的劇目不少，如《昭代簫韶》之《慕少年絲蘿誤結》《埋名婿苦情漫述》、《恩愛重夫唱婦隨》《夢寐酣帳空失刀》及《心向宋二女勸降》等，京劇《四郎探母》、《雁門關》、上黨梆子《三關排宴》、評劇《三關明月》等，他的形象變化頗大，在《昭代簫韶》中，他與八郎及兩位遼邦公主是宋室的內應，不但對宋忠心耿耿，對母親亦有反哺之心。但在地方戲曲則

依違於宋、遼之間，甚至是貪生怕死的牆頭草，這跟時代背景有關，其中最有名的是《四郎探母》，因兩岸分裂，此戲之主題與四郎形象引起很多爭議，還遭到禁演的命運。

（一）依違於宋、遼之南來雁

在《四郎探母・坐宮》一折，楊延輝坐宮院自思自嘆：「我好比籠中鳥有翅難展，我好比虎離山受了孤單，我好比南來雁失群飛散，我好比淺水龍被困在沙灘。想當年沙灘會一場血戰，只殺得血成河屍骨堆山；只殺得楊家將東逃西散；只殺得眾兒郎滾下馬鞍。我被擒改名姓身脫此難，將楊字改木易配良緣。」因為鐵鏡公主救了他並細心照料，所以四郎留在遼邦與她成親，變成蕭太后的女婿，造化弄人，敵對的人竟變成親人，自己的親人卻天涯契闊，他的內心十分矛盾，但至少他認為鐵鏡公主是一位好妻子，蕭太后待他也不薄。

十五年後，蕭天佐在九龍飛虎谿，擺下天門陣，佘太君解押糧草，來到北番，楊延輝思母心切，央求公主盜令讓他探母一面，並保證天明之前會回營。公主顧念夫妻之情幫助他，但卻冒著四郎留在宋營不歸的風險。四郎回到宋營後情緒激動地拜見老母：「孩兒被擒在番邦外，隱姓埋名躲禍災，蕭后待兒恩似海，鐵鏡公主配和諧。兒在番邦十五載，常把我的老娘掛在兒的心懷。胡地衣冠懶穿戴，每年間花開兒的心不開。」說明苟且偷生在北國，但心繫宋室，非常思念親人。對於自己的髮妻為自己守寡十五年，除了不捨也相當無奈，最後還是絕決而去，「只見新人笑，不見舊人哭」血淋淋地在此上演，讓四夫人昏厥於地，他這樣做是堅守對鐵鏡公主回令的承諾，也為了保存楊家之血脈。

「回令」是最受爭議的一折，當蕭后知道木易駙馬竟然是楊家將，心中又惱又怒，欲意斬殺他，但四郎哭號哀求蕭后饒他一命，奴顏卑膝、醜態百出，令人質疑他的人品。所以有人在「回令」，加寫了「見弟」一場，四郎向六郎表示：「為兄的現在番邦，官居駙馬，蕭后十分信任。意欲作內應，與賢弟共破番兵，也好將功折罪。」這樣的構思是前有所承的，如《楊家將演義》一書，雖然四郎份量不重，但被迫招親是有目的的：「吾既被敵擒，死亦無益於國。不如應允，留在他國，或知此中動靜，徐圖報仇，豈不是機會乎？」在故事的結局是他終於找到了「贈糧草暗助祖國」的機會，裡應外合大破遼兵。《昭代簫韶》一書中亦承襲此觀點，所以四郎不但幫助六郎破天門陣，又促

成遼太后與宋朝的議和。今人閻甫所編寫的《北國情》（又名《契丹女》），亦站在此角度幫四郎翻案，四郎跟蕭后說：「延輝在遼十年，寸功未立，今願討一支令箭，一為探望家母，二為疏通南北關係。延輝願把十年來所見所聞所思所想，一一稟告家母。家母深明大義，得悉北國實情，定會向宋室皇帝奏本議和，諦結永好盟約。」由此可看出一般人仍願意相信四郎絕不是貪生怕死之人，他留在番邦一定有不得不的苦衷。

學者指出《四郎探母》一劇美化了四郎，而醜化了楊家將，正在箭拔弩張的戰爭前夜，全家人為一個投降敵國的逆子嚎啕大哭，聽其來，任其去，這哪裡有一點傳統小說戲曲中楊家將的氣概呢？作者是站在緩和民族矛盾的立場去寫這齣戲，因為清代統治者害怕人民鬥爭，所以從思想上去扭轉百姓的意識。〔註41〕傳統戲曲被賦予教化人心的作用，像四郎這樣不忠不孝的人，既背家又叛國實在不值得推崇，所以海峽兩岸都曾引發「禁演」的爭議。但是，如果從「戲劇趣味」這一觀點來看，《四郎探母》在描寫人性、人情的手法上，真是深切動人。因此，就人道的理由來說，楊四郎的「軟弱」似乎是可以諒解的。一般人在大環境的壓抑之下，隨波逐流是無可厚非之事，為什麼一定要以英雄形象來苛求楊四郎？

（二）貪生怕死之牆頭草

上黨梆子《三關排宴》及今人吳祖光《三關宴》中的楊四郎，品格操守令人不恥，為了活命，極力掩蓋真相，企圖討好所有人，最後卻讓所有人都傷心。楊四郎真正的不忠行為表現在其與佘太君的衝突上。當佘太君決心要將楊四郎帶回南朝懲處時，引發了與蕭銀宗、桃花公主的搶人風波，佘太君欲將楊四郎帶回南朝的心意已決，而蕭銀宗一方欲將楊四郎留在遼邦的意志也很堅定，此時的關鍵便在於楊四郎的抉擇，是要回轉南朝接受懲處，作個即時回頭的忠臣孝子，還是要留在遼邦繼續作叛賊逆子。雙方一陣爭奪後，佘太君仍堅持將他帶回南朝，楊四郎心中雖是千百個不願，但驚於佘太君的威嚴，也只得隨太君回去。如此蕭銀宗與桃花公主怎肯，兩方衝突再起。而佘太君的一席話卻又叫蕭銀宗心生疑慮，「是啊，這等人怎保他再無二心。」為測試楊廷輝的忠誠度，蕭銀宗故意言道，「或在南或在北憑你的良心」為了

〔註41〕見翁在思編《京劇叢談百年錄》，（河北：河北教育出版社，1999年12月），頁281。

化解這個對立的衝突，也為了躲避回到宋營後的懲處，楊四郎趕忙對蕭銀宗明志道，「兒情願對母后終身侍奉。」可見他是一個見利忘義，貪生怕死之人，但沒想到這句話不但未化解衝突，反而造成了兩邊更大的衝突。

佘太君聞言後大大的不悅，楊四郎驚恐中瞥見佘太君怒氣的眼神，因而只得又改口道：「也不敢違母命滅了天倫，……三兩月回北國母后放心。」此話一出，反倒是讓蕭銀宗與桃花公主徹底看清了楊四郎的真面目，原來楊四郎竟是個意志如此不堅的背信之人，什麼誓言，什麼情義，只要是哪有利他就往哪裏，是個十足的牆頭草。桃花公主想起出宮之時楊廷輝信誓旦旦的承諾，如今卻出爾反爾，不禁心頭涼了半截。但桃花公主又因為怕楊四郎一去不回，只得退而求全，請求佘太君與蕭銀宗讓她隨駙馬同返南朝。蕭銀宗見事已至此，只有傷心言道：「自家女兒心動搖，還望旁人盡什麼忠。」韓昌亦一旁指責桃花，「再不要惹國主傷心了。」桃花公主眼見自己為了一個不義之人，卻惹得「老母后將我拋棄，眾朝臣各各生疑。」驚覺到楊四郎這一去是怎麼也回不來了，其又何必為了這麼一個背信之人，而作出背叛自己母親及國家的事，遂自縊而亡。

從楊四郎與桃花公主的衝突中可以看出楊四郎並沒有什麼國家民族、忠孝節義的觀念。只要是能苟全性命，他是不僅甘作一個宋朝的叛將，願受千年罵名，必要時也能背叛他生活了十餘載的遼朝，這樣的人根本毫無原則可言。雖然宋君極力為四郎求情，但佘太君卻要四郎自行了斷：「四郎，非是為娘苦苦要兒性命，想你父兄一個個為國身死，兒為堂堂一男子，不勝番邦一女子，娘要留兒在世，那蕭銀宗豈不恥笑為娘！我把畜生，你快快與娘死！快快與娘死！」即使四郎不忠不孝，十足牆頭草，但這也是普天下人的劣根性，不至於要命喪黃泉吧！何況親生他的佘太君，不斷以楊家的忠孝傳家指責四郎的不忠不孝，口口聲聲要他「快快與娘死！」四郎死後她不但不悲痛，還說「兒死得好！」讓人質疑她的鐵血心腸，也讓人同情四郎的牆頭草性格了。

《三關宴》中佘太君在知道了楊四郎，這個尊為楊門之後裔，不能戰死沙場，反而隱匿名姓、編造有辱家風的謊言，屈膝向敵乞饒；聽在佘太君的耳朵裡，當然非常惱火。不過，像佘太君那種能「決戰疆場」，又能「運籌帷幄」的將才，焉能不知「欺敵」之策。其次，楊四耶在那種不歡而散的飲宴之

後，太君升堂問案，四即又跪向乃母面前求饒，說自己是「一念之差、立足不穩，陣前投敵，做了叛臣……」真是豈有此理。楊四郎明明是「被俘」，就是蕭太后也能作證，怎麼自己反而說成「陣前投敵？」身在軍旅焉能不知「陣前投敵」與「被俘」的刑責差異？

　　比較《昭代簫韶》、京劇《四郎探母》、《雁門關》、上黨梆子《三關排宴》及今人吳祖光《三關宴》中的四郎，發覺還是《四郎探母》、《雁門關》的四郎形象最令人動容。《昭代簫韶》對四郎的美化，上黨梆子《三關排宴》對四郎的醜化都令人覺得虛假。依違於宋遼之間，徘徊於忠與孝的兩難抉擇，懸宕在元配與遼公主、母親與丈母娘的掙扎，讓人感受天地之無情與有情，雖然有著深沉的悲哀，卻也是對人性徹底的考驗。

四、自恃專權、殘害忠良——潘仁美

　　在戲劇中稱為潘洪或潘仁美，舞台表演時總是塗著大白臉，象徵是個反派人物。明雜劇《八大王開詔救孤忠》中潘仁美自報家門云：「朝中惟我為班首，勢力專權敢殺人，某乃潘太師是也。今有楊令公父子三人，果然中某之計，攢箭射死楊七郎。某聽知令公那老匹夫，撞李陵碑身亡，止有楊景那小賊，打出陣來，說他往東京告某去了。某著人各處挨拏，如若拏住，翦草除根，萌芽不發。纔稱了俺平生之願。」開門見山地指出其自恃專權，懷恨楊繼業父子三人，所以處心積慮要陷害楊家。

　　潘仁美在《八大王開詔救孤忠》劇中表現得頭腦簡單，與其狡猾虛偽的形象不符。他卸下心防與寇准敘舊，沒想到被寇准套出口供：

> 他父子三人，領人馬與番兵交戰，不想被土金宿將他父子困在兩狼山虎口交牙峪。有楊七郎打出陣來，問某請救軍去，被某不發救軍，他將我毀罵，因此上將那小賊拏住，綁在花標樹上，射死他來。【劉君期云】是我同賀兄助箭來，則說著他耍子哩，不想真箇射死了。雖然是我射他，可是射箭的不是了，如今你倒成了功也。【正末云】又說你不發救軍，楊令公撞李陵碑身死。端的這幾莊事，委的是實麼？【潘太師云】請駕入幽州。折了他弟兄四人。黑道日行兵。射死楊七郎。不發救兵。逼令公撞李陵碑身死。都是我來，件件是實。

他承認聳惑宋君至幽州，以致被遼人所困。幽州一役，楊家父子為了護衛皇上，死了四人，後潘仁美又令楊業、六郎、七郎黑道日行兵，不發救兵解救楊

業，讓他受困兩狼山，隨即將突圍求救的七郎攢箭射死。但由於缺乏懸念、跌宕的劇情轉折，所以京劇《清官冊》才有「假設陰曹」等極富戲劇性的場面。

　　《下邊庭》是老調《潘楊訟》中的一折，為崔澄田的拿手戲。主要情節是呼丕顯以欽差身份到邊庭智擒潘洪回京。崔澄田在《下邊庭》中的「三笑」和「三哭」的表演，寓聲于情，以情傳神。潘洪聞聽「聖旨联關」滿腹狐疑地出帳迎接，在轅外見到是呼丕顯時，先是瞇起雙眼朝下視呼，微笑「喝喝」（一笑），表現潘洪的虛假，敷衍和對其蔑視；當呼丕顯以笑回報後，潘洪兩眼凝視呼，雙眉聚攏，上下翻動，由低逐高地笑「喝、喝、哈哈……」（二笑）表明潘洪不可一世的高傲和對呼丕顯的威嚇；呼丕顯宣完第一道聖旨，潘洪心中的戒備解除，又是一陣笑「啊，哈哈……」（三笑），這是開懷大笑，顯示潘洪傲慢驕橫的本來面目。「三哭」的表演是：當呼丕顯故意問潘洪」為何不請楊家父子前來？」潘洪謊稱「他等貪功冒進，兩狼山身陷重圍，早已全軍覆滅了」時，崔澄田的表演是兩眼直視，兩手一攤，話聲中略帶抽泣（一哭）；呼丕顯又問「太師怎講？」潘洪：「俱已為國捐軀了！」此時的表演是左手抓右手水袖撫案，低頭，出聲地哭（二哭）；呼丕顯哭老令公時，潘洪窺視，突然發現呼也在注視他，急展右手水袖，抹兩下眼淚，放聲人哭：「老令公哇！」（三哭）三次哭，一次比一次聲高，同時也一次比一次使觀眾感到虛假，把潘洪陰險狡詐的性格表現得恰到好處。〔註42〕

　　《清官冊》、《夜審潘洪》是對黑暗政治之反諷，楊家一門忠烈，竟蒙受私通敵國的罪名。身為國丈竟私通敵國還殘害忠良，有何天理可言？但戲劇與歷史往往有些出入，歷史記載中的潘美，他曾從石守信平揚州，爾後南征廣州、定金陵、北伐太原、范陽，成就許多功勞，最後累軍至忠武軍節度使，封韓國公，如此功業彪炳的將軍，為何成了小說戲曲中公報私仇、私通敵國、陷害賢才的奸佞小人呢？原因約有下列幾點：

　　1. 潘仁美位極人臣，擁有無上的權勢，他奸到極點，正可對比出楊家忠到極點，這是戲劇慣用的人物塑造法，在楊家將戲曲中雖然主要的反面人物以潘仁美和王欽若為主，但他倆的力量卻足以傷害楊家一群忠臣烈士，甚至動搖國本。戲曲故事總是善惡二元論，在人性價值的爭鬥中，失敗的一方總是令人同情，所以潘美被醜化，戲劇的衝突矛盾才能彰顯出來。

〔註42〕翁在思編《京劇叢談百年錄》，頁 365～368。

2. 潘仁美身為主帥,對於攻擊遼國之事沒有作出正確的判斷,默許王侁與劉文裕之錯誤主張,致使楊業身陷絕境,後又棄楊業於不顧。根據史傳的記載,楊業臨死前說:「上厚我遇,期討賊捍邊以報,而反為姦臣所迫,致王師敗績,何面目求活耶!」(《宋史》卷二百七十二)這裡所指的奸臣應包括王侁、潘美等人,雖然王侁是主謀,但潘美沒有反對其提議,他就有共謀之罪。

3. 宋帝後來得知楊業無辜受死之後,曾下一詔命將「大將軍潘美降三官,監軍王侁除名,隸金州,劉文裕除名,隸登州。」這一詔命褒楊業之忠,尚能差強人意;而誅潘美等之奸,責罰不當罪,潘美只是降官三階,而王侁與劉文裕只是撤職而已,這種不符合公平正義的判處,使得民眾更加同情楊業,更加憎恨潘美,他們便自己編出一套懲罰的方法,使潘美永遠在民間成為一個萬惡不赦的叛國奸徒。

在許多後世人的詩歌中及論文中也表達對楊繼業的同情及對潘美、王侁等人的批評,如郎伊若〈試刀石弔楊無敵父子〉:〔註43〕

> 一朝敵騎如雲集,侁也嫉賢美無術。轉戰催軍白羽飛,師出不謀占
> 以律。奇計不用無奈何,決起憑鞍行負戈。丈夫有死誓不顧,指揮
> 左右如張羅。援軍不發力已窮,橫槊長號淚霑臆。

郎詩所說的「侁也嫉賢美無術」,指出王侁是主謀,而潘美沒有反對的意見,他就有共謀之罪,詩人的意見具有普遍性,也可解說為何潘美形象被醜化之原因。但宋史專家李裕民先生在〈楊家將新考三題〉中,指出王侁等人逼楊業執行錯誤路線,並在事後對楊業加以污衊,這種污衊需要冒死去雪,只能是給他扣上投敵叛變的帽子。以往,歷史學家多以王為主犯,潘為從犯,但他以為王提出錯誤方案,如果潘堅決反對,這一方案就不可能付諸實施,悲劇就不會發生,就帶兵而言,主要兵權仍在主將手中,楊臨走時對潘說好的,潘當時同意,楊才會部兵於谷口,王逃跑後,如果潘堅守崗位,悲劇也能制止,然而這位主將帶著主力跑走了,所以罪魁禍首是潘美,不是王。〔註44〕

五、城府極深,借刀殺人——王欽

金院本有《打王樞密爨》一齣戲,王樞密即王欽、王欽若或王強,他是

〔註43〕學生書局輯,《新修方志叢刊‧山西代州志第四本》,(台北:學生書局,1986年),頁1096。
〔註44〕參見〈楊家將新考三題〉,(《晉陽學刊》2000年第6期),頁67～73。

蕭后派到宋廷的奸細，從潘仁美被斬起到楊延昭大破幽州為止，是王欽顛覆楊家將與宋朝君主關係的時期，戲曲小說中潘仁美與王欽陷害楊家將的方法略有不同，潘仁美是武將且位高權重，所以直接正面的衝突為多；王欽則是文臣，城府極深，常常借刀殺人，有計畫地實現其陰謀。

《昭代簫韶》第五本卷上《還京恰墮佞臣謀》敘述王強在旅店裏巧遇六郎，王強假稱與潘仁美有仇，所以自告奮勇幫他寫狀紙伸冤，但後來卻不斷地陷害六郎，由此看來，他是有預謀的虛情假意。他是個忝不知恥的人，自云：「身在宋心在遼，不知要受那朝富貴，拼得眾人罵個不沾南不沾北，混帳東西罷了！」他取得皇帝對他的信任後便開始剷除阻礙遼國揮軍中原的楊家將，如借謝金吾的聲勢，唆使宋太宗拆毀天波樓，引起軒然大波，害六郎私下三關探母，焦贊怒殺謝金吾一家十七口，王欽建議將六郎發配到邊遠險惡的汝州，在汝州又因酒後題詩於壁，被奸人誣告寫反詩，因汝州刺使之長子犧牲性命才救了六郎一命。

以上是他借刀殺人陷害楊家將之情事，他有時也採取直接正面的攻擊，在保定老調《狄楊合兵》中，王強看上狄青之子狄虎有勇無謀，南征定遭失利，那時皇上必不再重用狄家，兵權也必將轉入王強之手，所以他保荐狄虎掛帥。但後來寇準認為狄虎脾氣暴躁，不適合掛帥平南，皇上同意設下武場，楊金花奪得勝利，為平南元帥，王強激怒狄虎，狄虎死命糾纏楊金花，不料竟自刺身亡。王強欲挑撥離間狄楊兩家，他告訴狄虎之母雙陽公主：「楊文廣（實為金花）故意殺掉狄虎」，讓雙陽公主怨氣騰騰，認為文廣因狄青奪六郎征衣之陳年舊恨，故意傷害虎兒。折太君特地登門致意，但狄虎之靈堂牌位上醒目地寫著：「冤魂永在」，她不領情，甚至還要殺掉楊家唯一的根苗。狄楊兩家是朝廷最重要的支柱，王強卻不斷地分化兩家，其用心路人皆知，幸賴狄青知道王強的詭計，要兩家以和為貴，才能平服南唐王的叛亂。

除了陷害楊家將外，他跟蕭后裡應外合，欲蠶食宋室，危害甚鉅。《昭代簫韶》第五本載王欽以為六郎已被害死後，就策劃蕭后假投降之事。同台總兵謝庭蘭奏報連克三府，大獲全勝，蕭氏震恐，傾心歸化，奉表乞還三府，特建受降台，請皇上駕幸魏府，待蕭氏納款獻降。寇準晉見云：「昔繼業之威信、楊景之勇謀、遼人尚且不遵歸化，今謝庭蘭碌碌庸夫，偶得遼邦三府之地，蕭氏便肯束手歸降，臣恐期間有詐，請聖懷思之。」寇準的分析非常中肯，但太宗卻認為是其英明遠播，遼人震恐所以才投降，後來果然受困於銅台，賴六郎搭救

才解圍。又《昭代簫韶》第十本記載王欽建議蕭后在天門陣破之際投降，再誘騙太宗到九龍飛虎谷接受降書，然後一舉殲滅宋軍。新編京劇《澶淵之盟》，寇準不斷提醒真宗要防備蕭后假圍獵真作戰，但王欽若卻一直在皇上身邊下讒言說「遼邦行圍射獵，寇準故意興風作浪，而且毀謗萬歲聽信奸言」，諸如此類情事都說明他處心積慮要讓宋君鬆懈，讓蕭后可以長驅直入滅亡宋朝。

為什麼宋君如此信任王欽若這個小人呢？因為他懂得人心，讓宋君認為他非常忠誠，以《澶淵之盟》一劇為例，當寇準極力說服真宗御駕親征，王欽若卻以安全為由，要皇上駕幸金陵，暫避敵鋒。當真宗問北岸何來火光，金鼓聲喧？寇準要李繼隆回答：「火光乃我國軍民防禦賊寇所點；金鼓之聲，乃澶淵將士，歡呼聖駕。」王欽若很機警地告訴真宗：「李繼隆蒙混萬歲，別有居心，萬歲不可渡河。」李繼隆確實別有用心，因為希望真宗無畏無懼遼兵，所以才善意的欺騙，當真宗黑夜渡河時心中甚是惶恐，王欽若很體貼地為真宗披上狐裘，還要艄手小心行船……，真宗忍不住讚美王愛卿欽若的體貼，反而對寇準諸多埋怨。

由此可看出「口蜜腹劍」往往讓人喜愛，對他沒有警覺性，雖然王欽若是天地不容的通敵叛國者，但在皇帝面前卻非常受寵，這也透露出皇帝的荒淫逸樂，小人才能瞞天過海、殘害忠良。王欽若的性格總體特徵在楊家將戲曲中相當一致，他與潘仁美都具有殘害忠良、賣國求榮的小人性格，但其言語、行動、思想、感情又展現其與潘仁美不同之典型性格。

第三節　陪襯人物

陪襯人物是戲曲中的綠葉腳色，出現的劇目較少，而且所呈顯的形象較單一，如楊五郎看破紅塵而出家為僧；楊七郎性格暴烈、魯莽不用大腦；楊排風俏皮活潑、愛國不落人後；楊宗保個性溫吞，常擔任穿針引線的人物，焦贊、孟良性情魯莽性急、剛直暴烈。其餘諸人因出現的劇目更少，形象較單一，茲不贅論。

一、楊五郎

五郎在《昭代簫韶》以前的戲曲劇目只有《昊天塔孟良盜骨》，地方戲曲也僅有《五台會兄》而已。從《昊天塔孟良盜骨》到《昭代簫韶》，雖然五郎出家為僧由避亂、捨世至清修，有層次的差別，但他一直都沒有割捨世間情緣。

元雜劇《昊天塔孟良盜骨》中，五郎在還未與楊景相認時，表現出一副粗魯、叛逆的神態，佛教教義要人有好生之德，不可任意殺生，但他卻說殺生也是一件好事，如同佛門念經超度人一樣。他說「損壞眾生。撲殺蒼蠅，誰待要鵲巢灌頂？」認為殺死人不過和撲殺蒼蠅一樣，誰真要修行成佛？他視韓延壽為寇讎，活活將他打死，打死了還砍下其腦袋，挖出其心肝。其人雖在佛寺，卻全然不像修行、得道之人。但到了明《楊家將演義》中五郎雖也是為了避難出家，〔註45〕但卻意識「我出家之人，誓戒殺生，豈可復臨陣乎？」

「金沙灘」之役後，感於兄弟凋零，權奸用事，五郎毅然出家五臺山，但每當宋軍危在旦夕之時，他便下山襄助。如《昭代簫韶》第四本第十四齣《禪心定五戒難開》敘述六郎有難，孟良前往請求楊春幫忙，但楊春以「我既皈依三寶，如何又開殺戒」、「出家人六根翦斷，五蘊皆空，佛法云：清淨無為，什麼手足之情、濟世之功」，孟良以世俗的觀點罵他：「普天下人，都依了佛法，云：清淨無為、不耕不織、不商不賈。連你僧家的衣食香火也斷絕了，世上人若不這樣忙忙碌碌，虛設天地何用，說什麼出家人六根翦斷，無父無母，難道和尚俱是石頭內鑽出來的不成？」這裡呈顯出世與入世兩種不同的觀點，五郎出家五臺山圖的就是清靜修持，然而弟兄、國家之難卻讓他難享清靜之樂。《昭代簫韶》第六本卷下十七齣《絕歸途孟良縱火》敘述宗保要請五禪師幫忙到木家寨取得降龍木，以備破天門陣之用，不料被木桂英強迫婚配，五禪師要桂英去軍營破陣立功，好替宗保贖罪，無奈桂英不去，於是五禪帥與孟良設下調虎離山之計，焚了賊巢，將桂英之嬭母等親人燒死，斷絕其歸路，讓她同往破陣。第二本第十七齣《避世兄勇氣猶存》中韓德讓對他說：「你既出家，六根翦除的了」，但五郎楊春卻回他：「佛門廣勸尊親上，卻未許五倫撇漾。俺和尚慣戰疆場，殺人心未全降。」在此看出五郎雖出家為僧，但愛國愛家的心態始終不變，為了協助破遼軍金鎖陣，竟死於天門陣中，真可謂身在佛門，心懷魏闕，與楊門的忠誠赤膽呼應。

元雜劇《昊天塔孟良盜骨》中兄弟互相詰問身份是重點戲，在兵荒馬亂之時，陌生人交談都格外小心，六郎剛開始不願透露名姓、籍貫及身份，五

〔註45〕參見《楊家將演義》第九回，楊延德云：「當時鏖戰遼兵，勢甚危迫，料難脫身，遂削髮為僧，直至五臺山來。」（台北：三民書局印行，2002年1月），頁51。

郎威脅他「不肯說老實話，俺這裡人利害也」，表現粗獷的性格。京劇《五臺山》則改成：「掃地我不傷螻蟻，出家人無歹意，你切莫疑心」，呼應其「五臺山出了家修真養性」之風範。突破六郎心防後，五郎細數兄弟之景況，二人時而垂淚，時而抖手，最後終於知道是失散多年的兄弟。

　　湘劇傳統折子戲《五台會兄》，〔註46〕劇中楊五郎屬暗花臉本工，唱作繁重，手、演、腰、腿，功夫要求嚴格。楊五郎有出世思想和迷信色彩，劇中強調楊五郎是金禪羅漢（一說是桂枝羅漢）轉世，很有「佛性」，臉譜勾勒為「紅染四塊玉」，前額有佛字，表演和唱腔（南路）均極悲切。五郎出家是因為宋朝皇帝聽信奸人，不重視楊家將，在對遼戰爭中兵敗無援，兄弟傷亡慘重，故爾悲憤出家。他上場的唱腔，不是傷切，而是悲憤，一開始是醉步踉蹌，但一聽到廟裡有戰馬嘶鳴，頓時警覺了起來，也醒了。師父告訴他有人寄宿，他執意要去盤查，反映楊五郎的人雖然出家，但心憂家國。湘劇演員董武炎對傳統劇目《五台會兄》的唱腔及劇情做了一些變動。他的嗓音高亮，把湘劇唱腔中的虎音、霸音、炸音，結合得圓熟恰當。例如楊五郎棄紅塵作和尚時，他抓住楊五郎被迫出家的悲憤心情，把「作了和尚」四個字，用一聲悲憤撕裂人心的教頭加炸音唱了出來，一下把人物感情推到了最高峰，很符合楊五郎此時的心情。兄弟乍然重逢，不敢馬上相認，他刪去了兄弟相會時的許多過場鑼鼓，使得戲更精練緊湊。當六郎問到五郎下落時，過去楊五郎都是大哭，雙手擦淚。董武炎為了表現楊五郎是不得已出家，不是悲，而是憤，只說了聲：「噫」！當六郎問到五郎下落時，五郎想到七弟死得很慘，因此放大悲聲，全劇唱哭腔，聞者愴然淚下。〔註47〕

　　《昭》劇中五郎楊春的戲份超越元明雜劇及地方戲曲，在此劇中，他依違於出世、入世之間，為了讓桂英下山破天門陣，竟燒死了她的眾親人，簡直與謀略家的技倆沒有兩樣。《五台會兄》是各地方戲曲都有的折子戲，五郎的羅漢式身段表演各有特色，膾炙人口。他雖身離紅塵，但心懷魏闕，最後

〔註46〕參見中國戲曲志・湖南卷編輯委員會編《中國戲曲志・湖南卷》，北京：新華書店，1990年5月。

〔註47〕參見中國戲曲志・湖南卷編輯委員會編《中國戲曲志・湖南卷》。這段戲董武炎表演的特點是：問到每一個兄弟時，因下落、生死不同，而表演、唱腔也不同。他十三歲時向王華太學這齣戲，王華太的老師是章太云，章太云當年也是公認演《五台會兄》很有造詣的演員。董武炎後來又向羅元德學習，博採眾家之長，經過長期藝術實踐後，逐步有所提高。

在協助楊家破天門陣的過程，不幸為國捐軀，讓人感受到他是馬革裹屍的烈性男兒，而非棄絕人世的清修者。

二、楊七郎

楊七郎在楊家眾兒郎中屬暴烈性格，《昭代簫韶》敘述他擂台比武打死潘豹後，自行出首的情形：

> 皂隸應科白：「何人擊鼓？」楊希作闖進科，白：「大人，小將楊希擊鼓。」呂蒙正白：「原來是七將軍，何事擊鼓？」楊希白：「小將打死人命，自行出首。」呂蒙正白：「因為何事？打死何人？從實說上來。」楊希白：「小將打死的，乃潘仁美之子潘豹。」呂蒙正作驚慌科，白：「潘豹乃國戚，你敢擅自打死，忒也魯莽。」楊希白：「大人。」唱……莫怪吾愚魯莽。韻他恃威權力擺豪強。韻要打天下英傑。句俺怒從心上。韻比雌雄讀評高下誰容誰讓。韻白：「大人不信，現有他大言牌在此。」呂蒙正白：「取來我看。」皂隸作呈牌，呂蒙正念科，白：「潘國舅告示。」冷笑科，白：「好個國舅告示。」念科：「一應王孫公子官員百姓，上擂比武，打死不論，好，這個就是証見了。」楊希白：「大人明鑑。」（第一本第七齣《潘楊釁隙於斯始》）

在此說明他極富正義感、不畏強權，但因沒考慮到潘仁美的國戚身分而貿然行事，惹來殺身之禍。在地方戲曲中他的戲份不多，有《打潘豹》、《金沙灘》、《兩狼山》《七郎托兆》等戲齣，是上述潘楊忠奸之爭劇情的展衍。而《楊七郎吃麵》、《楊七娘》及亂彈腔《陰送》則突顯其兒女私情及兄妹至情，展現鐵漢柔情的另一面。

紹劇《兩狼山》〔註48〕根據京劇《楊家將》加以改編，突顯了七郎粗魯莽撞的性格。由於潘美與遼國勾結，要鏟除楊家勢力，兼以七郎曾殺害其子，所以潘美利用其當元帥，楊繼業當先行的機會，故意提前點卯，以先行不到為藉口，要陷害楊家父子，後七郎不服，當眾與潘美起衝突，幸賴呼王爺的說情，七郎死罪雖免，活罪難逃，被打八十大板，他還叫囂「八十大板算甚麼？八百大板爺都不看在眼裡」，後來潘美為了報仇，將呼王爺調去押糧，七郎執意去追回呼王爺，不管是不是違反軍令。當潘美要中軍通知他馬上回營，

〔註48〕由浙江紹劇團演出，浙江文藝音像出版社出版。

他反要中軍回去對潘美老賊說：「咱父子並非造反，而是去追王爺回營，這塊令旗，七爺我將它扭斷了，這塊木牌，七爺我將它敲碎了」之後，他哈哈哈地笑著，並掏翎表示得意。楊繼業知悉後，大罵「畜生好大膽，折斷令箭罪非輕」，要綑綁七郎回營請罪，卻被七郎推倒了。由上科白可看出他處處挑釁潘美，實在是有勇無謀之人，還害得身邊之人都受到牽連。

他的有勇無謀成為他的致命傷，當楊業困兩狼山無糧食與救兵支援，他自告奮勇去向潘美求助，潘美假意幫他接風洗塵，請他喝酒，沒想到他竟毫無戒心，還大刺刺地喝起酒來，小杯不足飲再換大杯，大杯仍嫌不過癮，他搶過中軍的酒甕，喝完並用力甩出酒甕，一副「魯莽貪杯一粗漢」之模樣。之後他就被綑綁在柱子上，配合舞台藍色布幕及藍色燈光，預示窮途末路的下場。他悲悽地唱著「不該忘父命貪嘴誤事，不該見仇人忘卻舊景，到如今落虎口悔之已晚」，為了強調七郎的勇猛，士兵們兩次亂箭射身，竟然都落地不入身，最後潘美要七郎看天上，改射他的三吋咽喉，才終於結束七郎性命。

亂彈腔《陰送》及《昭代簫韶》第八卷十七齣《感神靈陰陽兄妹》呈現七郎愛護妹妹的細膩情意。前者敘述八妹到幽州打探令公父子消息，路遇胡兵不敵敗陣，七郎陰魂急得下落雲頭，護送楊八姐過山；後者敘述七郎死後被封為將官，奉帝命救身陷敵陣的八姐，並將她婚配予胡守信，都展現手足親情動人的一面，可參見第二章第二節，但此劇目現已罕見演出。而在《楊七郎吃麵》、《楊七娘》兩戲描述杜金娥愛慕七郎欲逼七郎成婚，七郎原先不同意，趁金娥作麵時逃走，後被金娥追回，始答應婚事。像金娥這樣豪爽火熱的女子會對七郎一見鍾情，或許被其英雄氣概、或許被其鐵漢柔情所吸引，但這類劇情推展太快，少有對兩人墜入愛河的心裡刻畫，所以當代戲曲《魂斷天波府》對於金娥甘願當一輩子寡婦，提出乃因為與七郎野合並戀棧貞潔烈女之虛名的新情節。

七郎的臉譜象徵其剛猛之性情，是典型的「碎花臉」，由紅、黑、白三種顏色所構成。它的勾法是：畸形眼窩、紅色火燄眉子，灰白臉膛帶有幾道黑紋（或者勾成斜式蝙蝠），在黑色臉門上猶勾白色的一筆虎字，虎的中間一筆直到鼻尖，再加上白色的眉間梭形點子，看上去頗像「十字門」臉型。由於他死時正當青年，所以他的扮相不帶髯口，而勾紅嘴岔。以前還有人在紅嘴岔上勾上左右兩個白色獠牙，以襯托出他猙獰的面貌。以前演「金沙灘」的七郎，還應有「耍牙」的絕技，後來演員們不會耍牙了，才將兩隻獠牙畫出來。

其臉譜是一個非常講究，也是非常突出的武將臉譜之一。勾法甚多，僅僅是這個「一筆虎」，就有五種不同的勾法。以前的名伶，勾此虎字，都有其獨到之處。而且同是一個楊七郎，由於勾法之不同，在「金沙灘」和「托兆」之中，便有著不同的神情，前者能表現出剛猛暴烈的氣概；後者則顯出一種陰森愁苦的神態。一筆虎，代表他本人和眾兄弟都是虎豹；畸型眼窩表示出性情的暴烈浮動；紅色的眉子，象徵了不得善終的血光之災，和美術上的調和之美；兩頰上主色減少後加深的旋轉式線條或是蝠形圖紋，則是光線上掩映的求美作用。所以就他的整個形象而言，是進步化粧與深厚象徵並重的成功譜式，並非只為求美而無深意。〔註49〕

　　七郎屬淨腳又有極出色的臉譜，讓人一看便能大略知其性格，因為「腳色是現實生活中，各種各樣的人普遍性格的初步概括，那麼它必然成為塑造人物典型的基礎」，〔註50〕而他出現的劇目又與潘仁美抗爭為多，自然予人暴烈剛猛之印象，但從他對八妹的愛護，及七娘對他的死心踏地，讓我們看到他溫柔細膩的另一面。

三、楊宗保

　　宗保的生平事蹟不見《宋史》，但有關於他的故事，很早就在民間流傳了。宋末元初徐大焯《燼餘錄》中已有「延昭子為宗保」的說法，山西省代縣楊宗武祠有一刻於大元天曆年間的《題世將楊族祠堂碑記》有「楊延朗之嗣宗保生文廣」。《代州楊氏族譜》收錄《授崇儀使楊宗保征遼大將軍》，中有「楊宗保年方沖幼，英氣過人，摧堅斬敵，破陣平北，聲威大震，不負父志，屢建奇勳，忠勇定嘉……」〔註51〕這些制誥內容有可能不是真實的，因為百姓總會替英勇之人添加神奇的色彩，各地風物傳說也有宗保的影子，但至少可以知道有關楊宗保的事蹟出現很早。

〔註49〕七郎的臉譜有工筆也有寫意的畫法，像錢金福的勾法，便是工整細緻，甚合工筆的畫意；而金少山的勾法，則是筆簡墨少，含有寫意情趣。至於「虎」字之大小的安排，都是依著每個演員臉型的不同所取捨。見高戈平《國劇臉譜藝術》，（台北：書泉書局，1993年10月），頁212～頁214。

〔註50〕見王璦玲《明清傳奇名作人物刻畫之藝術性》，（台北：台灣書店印行，1998年3月），頁65。

〔註51〕現存於山西省代縣楊宗武祠，（轉引自韓軍《楊家將戲曲研究》，南京大學中文所博士論文，2001年6月），頁55。

宗保與穆桂英同時出現時，常常是從屬的腳色。在《穆柯寨》一劇他是小生，一個單純的少年，因為孟良跟他說：「你躲開這兒吧！你聽我說：我二人奉命去盜降龍木，行到穆柯寨，遇到穆桂英，將我二人殺得大敗，因而至此。」宗保問說她武藝高強嗎？焦贊說：「只怕連你也不是她的個兒」，被焦孟一激，他便私自去打穆桂英，結果引出了一段陣前招親、轅門問斬的故事。穆桂英在《轅門斬子》中激昂的對公公說：「你不愛他我愛他」「一千陣、一萬陣、何在話下，何況那，天門陣，一百單八」，表現出她對這份情感的執著，相對於此，宗保只是無奈地表示他陣前招親忤逆父親，願意順著父親的意思做，個性一冷一熱，很明顯看得出來。

在車王府曲本偶戲《天門陣》中，丑三形容楊宗保的相貌：「臉兒生得雪花白，好像抹了桃花粉；眉毛好似兩道黑，眼睛好似一汪水。端正鼻子紅紅腮，白白牙齒小小嘴。將軍打扮有威風，此人好看，誇不到底」，這是利用背面敷粉法強調宗保是個英俊超凡的男子，所以除了桂英外，還有許多女子都愛慕他，如《雙掛印》中遼將白天佐之妻，為了愛楊宗保掛帥，與宋兵交戰，生擒宗保後，竟放掉宗保並表示願意殺夫獻城歸降，宗保一時心軟，但也虛榮地認為有其他女性愛慕，是件得意之事，懇請元帥桂英饒她不死，但桂英知道她要招贅宗保，果斷派焦贊監斬。在戰場上桂英是元帥，宗保只是先行，對他來說常覺得不是滋味，所以在《破洪州》，他故意不聽指揮，私自出兵攻打遼國，換得皮開肉綻的處罰。可能是一種補償心理，楚劇《穆桂英休夫》就寫出宗保在楊家是唯一的根苗，易受婆母的意見左右，五夫人仗恃對宗保疼愛，要求他勸說桂英交出先鋒印：「她（指五夫人）操心你吃喝，操心你睡，怕你受欺負，又怕你犯嬌。練少了怕你功夫不到，擔重了又怕你閃了腰。吃少了怕你長不好，吃多了怕你光長」，他想起五夫人無微不至的照顧，感動不已，竟以此認為桂英要乖巧聽話，讓讓長輩，挑剔她任性、有主見：「想在天波府做媳婦，就照府裏規矩來，少給我惹麻煩。」讓一向較強勢的穆桂英感到萬分委屈，無法原諒宗保的糊塗。

宗保雖然武藝略遜桂英，但卻有神人傳授破天門陣之兵書與刀法。《昭代簫韶》第六本載宗保山中擒虎，來到一廟中，仙人化身老道留他在廟中住宿，並給他紅桃及饅頭吃，後來他身倦神疲便睡著了，其夢魂被引導至金刀聖母處，聖母授予兵書與刀法，指示若有急難或書中不解處，自有真仙來協助，要他不可洩露天機。「誤入、服食」本是屬於道教遊歷仙境小說的母題，在此

卻成為宗保神授兵書的一段插曲，此一情節承自《楊家將演義》，楊宗保十四歲就被真宗封為「嚇天霸王征遼破陣大元帥」，當遼邦設下七十二座天門陣時，楊六郎與令婆推測它可能出於「六甲天書」，卻對破陣之法束手無策。唯有少年宗保動曉兵書，知道天門陣其中奧秘，並識破當中缺漏可攻之處，指揮家族裡的父、祖輩與宋朝軍隊，大破天門陣。《昭代簫韶》第六本第十一齣《併勝負陣前決戰》記載遼國內應王欽利用楊宗保的單純，打聽出天門陣的破綻，然後通知嚴洞賓補強：

> 楊宗保白：「好破者中央通明殿，少天燈七七四十九盞，珍珠日月旗一對，青龍陣上，少九曲水，白虎陣上，少虎睛金鑼二面，虎耳黃旗一對，易破者，不全也。」王欽白：「那難破的呢？」楊宗保白：「迷魂陣、天魔陣、地煞陣，陰陰杳杳，黑霧連雲，必有妖術在陣，故爾難破。」王欽白：「總名什麼陣？」楊宗保白：「原係顛倒八卦，今添上太陰等陣，名曰七十二座天門陣。」王欽白：「何日可去打陣？」楊宗保白：「他用丙申日，支干相剋之期佈陣，應用甲子日，支干相生之期打陣。」

他信任王欽，告訴他破陣之法及打陣之日，卻被敵人知悉軍情，延誤破陣之事，由此也可看出他是位單純的少年，不諳詭譎之世道。

身為楊家的第三代，宗保在元明戲曲的形象還很模糊，到了《昭代簫韶》他成了穿針引線之人，戲份加重了，有去五臺山搬救兵的情節，引出穆桂英招親和轅門斬子之情事，後才有破天門陣之一系列情節。宗保在破天門陣後的情節常影響劇情轉折，但卻沒有在戲中現蹤影，如滇劇《楊門女將》桂英發現宗保的一灘血跡及其留下的血詩後，驚覺有內奸勾結西夏，後來終於揪出張信，才順利平服西夏。揚劇《百歲掛帥》、京劇《楊門女將》本要慶祝宗保壽旦，沒想到生日變忌日，楊門女將沒有因此而崩潰，反而化悲憤為力量，出征西夏，完成殺敵壯舉。他與楊業、楊延昭的英雄形象是不同的，多了風流蘊藉及單純嬌寵的的公子哥色彩。

四、楊排風

《女中傑》是敷衍楊排風戲曲的最早劇作，錄有《女中傑》劇目的地方有二，一為《高腔戲目錄》，一為《昭代簫韶·凡例》。〔註52〕《女中傑》一

〔註52〕《高腔戲目錄》注明《女中傑》名目是從「聚卷堂」的抄寫劇目中輯出的，

劇散佚不全，根據北京首都圖書館的善本《劇本雜抄二十九種》的說明和情節的發展順序，僅存的三本串本其劇目為一、《訴夢》，二、《升帳》，三、《打圍》，四、《出關》，五、《遙祭》，六、《被圍》，七、《求救》。〔註53〕此劇敘述楊延昭夜夢父親，其容甚慘，托來一夢，云屍骨尚存沙漠之地，靈魂渺渺久困泉台，為了盡人子之孝道，他與焦贊、孟良等人到邊關地祭奠，因為燃燒爆竹驚動遼人，而被蕭天左等人俘虜，僅孟良一人逃出，後排風自告奮勇願前往救延昭。《求救》一齣塑造楊排風之形貌，非常生動可愛：

> 休覷俺閨中小苗條，怎知俺手段武藝高，膂力天生妙，能向山中擒虎豹，力能舉鼎階前繞，非是俺自逞英豪，自逞英豪。休道俺小花枝嫩又嬌，俺可也勇相持在疆場鬧，俺可也退番兵能戰鏖，論武藝件件能知曉。呀，哪怕他番兵似海，似海潮，憑著俺抖威風把棍起落，管教他心膽戰，魂魄消。斬敵將，抹旌旗，把烟塵掃，難逃，要降書順表。俺此去滅敵兵退番邊，我看番兵如蒿草，惱一惱，平定蕭后如談笑。〔註54〕

在此突顯出排風的武藝高強、天真爛漫和青春美麗，對後代戲曲的排風形象塑造起重要的影響。排風的高強的武藝與天真爛漫的性格在清代同時期的作品中一直沒變，但排風的外貌却有一百八十度轉變。

《楊文廣南征鼓詞》第二回《楊金花點將 張排風討戰》對排風的刻畫：「只見那樓窗兩扇一齊開，跳出一個女裙釵，骨拐頭兒似柳斗，紅白花兒頭上戴，青臉紅髮多醜陋，倒穿一雙男人鞋，好似天降妖魔鬼，東海夜叉出水來」「渾身香油並醬醋，火燎皮肉成了疤，大喝一聲如雷吼，手提火棍好惡扎」，〔註55〕在此將排風形容成非常醜惡、性格潑辣的女人。在蘇州長篇評話《天波府比武》中，排風是個高齡九十六歲的老嫗，擅長使鎗；《五虎平南演義》中它龍女相貌醜陋，手使一對燒火叉，學者韓軍將它視為楊排風演化的第二階

《昭代簫韶‧凡例》中云：「舊有《女中傑》、《昊天塔》等劇，亦係楊令公父子之事，非正史，又非《北宋演義》，乃演義節外之事。」
〔註53〕參見韓軍《楊家將戲曲研究》，南京大學博士論文，2001年6月，頁41。
〔註54〕這段唱詞是《女中傑‧求救》中楊拍風所唱的【滾繡球】，與《車王府藏曲本‧拍風打棍》同。參見韓軍《楊家將戲曲研究》，南京大學博士論文，2001年6月，頁36。
〔註55〕參見《故宮珍本叢刊》第七百十七冊，（海南：海南出版社發行，2001年1月），頁5～6。

段。〔註56〕這三本作品都牽涉到楊文廣與狄青忠奸之爭，排風被稱為張排風或楊排鳳，她不是容貌甚寢，便是一個老婦人，與後世戲曲的排風形象不同。

戲曲強調視覺的美感，《演火棍》、《雛鳳凌空》中排風青春俏皮的裝扮，手舞火棍的雜耍是比較吸引人的。《演》劇排風展現她火辣辣的脾氣，她穿短打衣，踩蹺〔註57〕展現武旦婀娜多姿之美，以便和武生、武淨有所區別，為了表現她的年輕、活潑俏麗，她在眉心間點痣，頭髮也綁了大辮子，與孟良、焦贊有對打之戲，她對自己的武功很有信心：

> 本是女流膽氣高，膽氣高。提兵調將不用學，上陣去，不用槍，不
> 用刀，全憑演火棍一條，韃兒一見魂魄消。拳打南山豹，腳踢北海
> 蛟，要與國家社稷勞。單等五穀豐登了，五穀豐登、萬國來朝。

這兒的用語頗傳神地配合其身分，活潑而俏皮、生動而有趣。《雛》劇中排風亦以短打衣出現，她有一段長達三分鐘的棍技表演，令人讚不絕口。除了表現出排風的武藝高強，還強調她的智慧，像第二折「夜弈」，她利用平時送茶水給佘太君的時間，觀察學習棋藝，後來竟「青出於藍」，贏過佘太君。宗保說她每天偷看他練武，學得三十六路梅花棍，使槍之本領比他還雖精通。雖然她沒讀過多少書，但六韜、三略及「背水而戰」、「進軍減灶」等兵法的運用卻了然於心，所以太君、寇準才會極力推薦由她掛帥，六郎也讚美她囊錐脫穎現鋒芒。

雖然她膽識高，但「雛鳳凌空步步難」，身分卑賤使得掛帥一事波折不斷，先是王欽若歧視排風是個燒火丫頭，認為由她掛帥有失國體。後來安排她與謝廷方比武，打敗了謝廷方後，寇準自薦願跟隨到三關，才說服皇上由排風掛帥。不料，到了軍營，焦贊也不信任她，並說她連襯刀背、墊馬蹄都不中用。若要是排風能打敗他，將叩頭施禮叫聲「娘」，排風心想「焦二爺說話忒狂妄，耀武揚威天神一般，憑仗他是三關上將，得意洋洋，欺我年幼一姑娘」，如果沒打敗他，如何叫他口服心服再不逞狂？她與焦贊交手的過程，充分運用智慧，先假裝被焦贊打到左肩、右腿，鬆懈其鬥志，後趁焦贊不注意時，打落其棍，並將他撲倒在地，證明她確實是有膽識有智謀的統帥。

〔註56〕參見韓軍《楊家將戲曲研究》，南京大學博士論文，2001 年 6 月，頁 38～39。
〔註57〕根據曾飾演排風的演員如楊蓮英、張美娟的說明，參見廣電基金《俏排風戲
　　　　打焦贊》錄影帶及黃育馥《京劇‧蹺和中國的性別關係》，（北京：三聯書店），
　　　　1998 年 12 月。

排風終於順利出征，她探谷、借風箏傳信，到邊關顧不得鞍馬勞倦，「思念著二位姑娘我焦灼不安。但願得破重圍救她們出險，但願得破遼兵威震三關。」「挽絲韁跨戰馬來到關前，心急好似箭離弦；緊加鞭猶嫌馬行慢，恨不能插雙翅乘風飛向谷口邊。遼兵雖有兵百萬，排風壯志凌九天。探明虛實施妙算，橫掃遼兵凱旋還。」後來她與被困在谷內的八姐九妹內外夾攻，大敗韓昌，沒有辜負折太君及寇準對他的厚愛。「探谷」這一折頗有《楊門女將》一劇的影子，又從第九折到第十四折是屬過場性質，所以河北梆子《雛鳳凌空》只演出到第五場〈打焦〉，如此刪改是好的，情節會比較緊湊、人物的刻畫也會比較集中。

以上我們透過襯托法及直描寫法，知道楊家連一位燒火丫頭功夫都好得不得了，雖然戲曲中以排風為主角的劇目不多，但電視劇《火帥》、《楊門女將》〔註58〕則有較多發揮的空間。由湖南廣電傳媒製作的三十集電視劇《火帥》與以往的《楊家將》故事頗為不同，它以輕鬆、幽默的手法描述了楊排風英勇為國征戰，以及戰後一波三折的府邸生活，劇中的楊排風不僅單獨掛帥，立下赫赫戰功，甚至還在後來的一次解救太子的行動中和楊家世仇潘仁美之孫潘少春相愛。對於這樣的故事，很多有著民族情節的觀眾都難以接受，不過導演李平辯解說：「冤家宜解不宜結，何況爺爺是奸臣，孫子未必不是英雄，既然史書沒有涉及，讓他們有情人終成眷屬也是美事一樁。」創新不意味要顛覆傳統，更何況與仇敵談戀愛、成親，往往是悲劇一場，雖然歷史並無楊排風其人，但穆桂英、佘太君或十二寡婦掛帥出征已深入民心，突然變成楊排風單獨掛帥、建立戰功，實在太譁眾取寵了。

五、孟良和焦贊

孟良和焦贊是在「金沙灘」、「兩狼山」等戰役之後才出現的人物。二人

〔註58〕電視劇《楊門女將》中之楊排風雖然只是楊家的燒火丫頭，但卻有吃重的演出，她與八妹情同姊妹，雖然排風喜歡楊安，但卻祝福楊安與八妹，屢次撮合他們。她痛恨遼人，卻為王貴妃傷口吸血，導至劇毒移植到她身上，最後靠著龍鬚鳳髮才救回一命，可看出她的俠義心腸。在「女兒當自強」劇中排風為了不讓謝金吾拆無佞樓，甘願做牛馬被謝金吾抽打，她背上的衣服都被抽打爛了、鮮血直流，還慶幸自己的犧牲爭取到無佞樓緩拆的時間。為了破任道安所設的天門陣，她長途跋涉找尋程剛，與程剛開展出一段若有若無的情愛，但程剛最後為任道安所傷半身不遂，看在排風的眼裡真是心疼又愧咎，她忠心楊門披肝瀝膽，被折太君視為親生女兒。

原來分別在山西落草為寇，各佔紅桃山、芭蕉山為王，早先曾為了劫糧事大動干戈，後楊延昭出任定州嘉山寨都巡檢使，羅致兩人，兩人才結為金蘭之好。同歸六郎之後，三人感情深厚，猶如桃園三結義，焦贊闖禍被發配到沙漠海島，六郎派人暗中保護，知道兩人因盜令公骨殖不幸身亡後，他憂思成疾，竟一命嗚呼！

　　孟良與焦贊兩人都屬架子花臉，重做工，〔註59〕從臉譜來看一紅一黑，暗示他們性格同樣魯莽性急。戲曲臉譜有著以象徵、寓意為手段，強化腳色性格的藝術特徵，還有間接反應觀眾觀劇心理、烘托與渲染戲劇氛圍的特點。名淨郝壽臣所勾畫的孟良臉譜就因其善以火葫蘆放火殲敵，故在額上畫一火葫蘆象徵之，此一臉譜為「十字門」臉變化而來；焦贊的臉譜為「黑色十字門」，中間一條線代表主色，柳葉眉代表粗中有細。〔註60〕除了臉譜外，服飾穿戴也可暗示人物的性格。戲劇服飾的顏色來自生活常服的顏色，生活常服的顏色，在歷代冠服制度中都有專門的規定，已具有了符號性。因此源自生活服裝的戲劇服飾顏色，也就自然具有了符號性，而且和文化背景互相聯繫，一般說來，顏色在古典戲曲服裝中的符號意義有 1. 指示身分等級 2. 指示方位 3. 指示形象特徵 4. 指示人物性格。〔註61〕《昭代簫韶》中孟良、焦贊的穿綱為「淨扮孟良戴紫巾額、狐尾稚翎，紫靠，持雙斧」、「淨扮焦贊戴高綜帽、草帽圈，紫靠，罩通袖，打腰裙」，〔註62〕雖然沒指出穿何種顏色衣服，但兩人的穿戴指示其山賊的身分，具有了符號性。在楊家將地方戲曲中，孟良的造型為穿紅皂袍、戴紅鬍鬚、配紅葫蘆、拿紅馬鞭；焦贊為穿黑皂袍、戴黑鬍鬚、拿黑馬鞭。「紅」色表火熱躁烈，「黑」色表剛直暴躁，具有強化腳色性格、烘托與渲染戲劇氛圍的特點。

　　在戲曲中他們倆「焦不離孟、孟不離焦」，總是形影相隨，但也常常鬥嘴、

〔註59〕淨行中側重唱工的，稱作「大淨」或「正淨」；側重於身段工架表演的，稱作「二花臉」、「架子花臉」或「副淨」；側重於武打跌撲的，稱作「武花臉」或「武淨」，參見張庚主編《中國戲曲臉譜藝術》，（台北：宏觀文化事業股份有限公司，1995 年 10 月），頁 27。

〔註60〕見高戈平《國劇臉譜藝術‧賞析篇》，（台北：書泉書局，1993 年 10 月），頁 87、88。

〔註61〕見宋俊華《中國古代戲劇服飾研究》，（廣東：廣東高等教育出版社，2003 年 6 月），頁 187、188。

〔註62〕見《中國戲曲研究資料　第二輯昭代簫韶》第四本第二、五齣，台北：天一出版社，1986 年 9 月。

互揭瘡疤，藉以取樂，如《打焦贊》一劇，孟良先已挨了排風的青龍棍，事後和排風飛馬偕至三關，又故意唆使焦贊和排風比棍，讓焦贊挨打還跪地叫娘。《穆柯寨》一劇，焦贊騙孟良上寨搶奪降龍木，又慫恿孟良放火燒山，結果火苗被穆桂英用火扇搧回，連鬍子都燒焦了。孟良說「我又上了你的當了。」焦贊還故意問道：「二哥，你的鬍子呢？」。他倆雖然同樣威猛剛強，同樣魯莽性急，但程度還是有別。如《昭代簫韶》載孟良與焦贊去木家寨找楊宗保，宗保因被桂英強迫招親無法如期回營赴父命，孟良與焦贊又不是桂英的對手，因為怕被六郎處以軍法，所以兩人商量如何找藉口，焦贊說：「公子被女強盜搶上山去招親，不肯放走，所以誤限，這罪名推在桂英身上就沒有宗保的不是了。」孟良說：「說不得，要說五禪師不肯下山，宗保連求三日，方才應準，所以誤限。」後來當六郎責問他們為何延誤期限，孟良堅持是五禪師的關係，但焦贊怕被軍法問斬，竟忍不住推翻孟良的說法，讓六郎滿腔怒火，不解宗保被女賊招贅，而要將他問斬。由此可看出孟良和焦贊性格雖然同樣魯莽性急，但孟良比焦贊細心有智慧，會設想較體貼人情的說法，減低事情的傷害性。又如新編京劇《楊門女將》描寫楊宗保在五十壽旦為國捐軀，柴郡主和穆桂英都極力掩飾心中的悲痛，不告訴佘太君實情，但佘太君發覺柴郡主和穆桂英神情怪異，孟良、焦贊穿著素服，於是問他二人，不料焦贊心直口快，馬上說出「元帥，他臨終之時……」，後來雖然孟良改口說是「元帥，他臨行之時，非臨終之時……」，但已無法欺瞞太君了。

孟良比較細心機伶，所以膺任許多重責大任。在川劇彈戲《桂英打雁》中，孟良奉楊元帥之令，前去木柯寨砍伐降龍木以破天門陣。正值木桂英的寨子操演之期，桂英「箭中雙雁」，孟良搶雁後藉此要他獻上降龍木，方退還雁箭。桂英見孟良拾箭不還，反而強討硬要，有意刁難於他，說：「有了金箔放你走，若無金箔刎人頭」。孟良不服，但殺又殺不退，難以出重圍，只有現出隨身的黃驃馬、萱花斧等，當作買路費，桂英才讓他離開。又如《昭代簫韶》第四本《埋名婿苦情漫述》提到孟良歸附六郎之後，他便立下兩件大功：首先是假扮成樵夫殺死擁有蕭后令旗的漁夫，冒充漁夫之子混入遼邦獻魚給蕭后，再尋求四郎及耶律瓊娥的幫忙，先毒馬讓馬張口流涎，再假裝他有治馬疾的本領，終於偷出驌驦馬，救六郎一命。在車王府曲本《天門陣》〔註63〕

〔註63〕見劉茂烈《車王府曲本菁華》，（廣東：中山大學出版社，1993年10月），頁413～448。

中他自稱是「足智多謀孟火星」，為了救已斷了氣的六郎，假扮成胡人往盜蕭
后頂心裏雌龍髮三根，賴八郎纏住青蓮公主，青蓮公主不顧母女大義，憐夫
婦之情，才能將髮盜出。但當皇帝問如何盜雌龍髮時，孟良卻說是自己親身
盜的，讓皇帝誇獎他將魁元，由此可看出他的機伶。

　　相較於孟良屢立戰功，焦贊則顯得有勇無謀，如《昭代蕭韶》載他怒
殺謝金吾十七口，又將殺人之事題於壁上，做事欠缺考慮，差點害死六郎。
又《打焦贊》一劇，他經不起孟良的戲謔就與排風打起來了，排風先假裝
被他打得弱不禁風，讓焦贊得意洋洋、鬆懈鬥志。焦贊在此有繁重的做工，
尤以鬚口的表演藝術見長，他帶著黑扎，用手臂托髯，表現被挑釁後，怒
火中燒，意欲大戰的心情。之後又有撕紮髯、撒髯、甩髯等表現其焦躁、
威風的動作，配合其哈哈大笑及旋身的舞蹈程式，看出他的輕敵大意，後
來果然被排風打敗了，只見他手捧鬚髯，無限震驚，被孟良逼著跪地叫親
娘。雖然焦贊粗魯，但也表現出該有的風度，他舉起大拇指稱讚排風好武
藝，也願意服從她的指揮，頗有趣味。此外，京劇《洪羊洞》載孟良前往
盜骨，焦贊偷偷跟隨，嘴裡雖說「私自出府去盜骨，去到北國去把功爭」，
但焦贊的心理是想助孟良一臂之力，沒想到此一去竟成了孟良斧下亡魂，
充分顯示其粗爽冒失的性格。

　　以腳色行當而言，孟良與焦贊的臉譜、穿戴服飾、身世、品德、性格特
徵、社會地位，有相同類型之人物特性，但透過中戲曲中孟良屢立戰功，焦
贊冒失失卻機會的性格塑造、情節鋪陳，得出兩人同中有異之個別形象。他
們在楊家將戲劇中雖是陪襯人物，但卻是完全必要的，因為在一齣人數眾多
的劇本裏，陪襯角色可以而且應當設計為類型人物，從而可讓作者騰出更多
的敘寫空間集中刻畫主要人物。

小結

　　經過上述之分析發現每個人物都有其獨特之形象，即使是較類似的人物
如奸臣潘美與王欽，女豪傑穆桂英與楊八姐，男將焦贊與孟良，彼此之間仍
有些不同。這就是所謂的「說何人宜肖何人，議某事宜切某事，賦風不宜說
月，賞花不宜賦草，使所填詞曲賓白，確為此人此事，為他人他事所不能移
動，方為切實妙文。……各人有各人之情景，就本人身上，揮發出來，悲歡有

主,啼笑有根,張三之冠,李四萬萬戴不上去。」〔註64〕舉例來說,穆桂英
山中大王的粗獷豪爽,與楊八姐闖幽州的英勇機智是有區別的;孟良和焦贊
性格雖然同樣魯莽性急,但孟良比焦贊細心有智慧;潘仁美個性直來直往且
位高權重,所以與楊家採正面衝突較多,相對地,王欽城府極深,常常借刀
殺人,有計畫地實現其陷害楊家之陰謀。

　　戲曲人物的形象塑造也受時代環境、觀眾接受心理、編導的旨趣等有關,
如潘仁美雖然不是直接害死楊業的兇手,但他身為主帥,對於攻擊遼國之事
沒有作出正確的判斷,默許王侁與劉文裕之錯誤主張,致使楊業身陷絕境,
後又棄楊業於不顧,所以他以大白臉出現舞台上,形象被扭曲醜化,焦循云:
「特於楊業口中出奸臣二字,美之為奸臣,實以此互見之,有《春秋》之嚴
焉,為此戲者,直並將侁洗出,使罪專歸於美,與史筆相表裏焉。」〔註65〕
說明戲曲有春秋秉筆直書的功能,寄寓著編導、百姓對史事的詮釋與批判,
因為「歷史」有時變成了「強者為王,敗者為寇」,中間摻雜許多狡飾與不實,
在合理的範圍內,演繹與翻案是藝術作品再創造的一種方式,何況這又表達
百姓同情楊業,批評昏庸國君之心聲。又以楊四郎為例,在清·《昭代簫韶》
一書,他的形象被美化的成分較多,與時代背景有關,清代統治者希望塑造
成滿漢融和的良好狀態,所以在此戲中,他雖然娶了遼國公主,却暗中助宋,
並哀求公主顧全大局,讓兩國成為兄弟之邦,不要再干戈擾攘,讓生民塗炭,
與後來京劇中懦弱怕死、現實好利的模樣是不同的。

　　人物是戲曲之鑰,因為每個人都是獨一無二的,所以才有這麼多可喜可
悲的故事,這麼多美麗旖妮的風光,這麼多攸關教化的情節,讓人們去淺斟
低唱、說古道今。楊家將戲曲人物如匯聚河流的大海,汪洋浩大、品類繁多,
仔細品嘗觀看,善人有其美妙之處,而惡人也有我們引以為鑑之處,這就是
戲曲陶冶性情的功能。

〔註64〕見吳梅《顧曲塵談·制曲》(收於隗芾 吳毓華編《古典戲曲美學資料集》,北
　　　　京:文化藝術出版社社,1992年10月),頁472~473。
〔註65〕見焦循《花部農譚》(收於隗芾 吳毓華編《古典戲曲美學資料集》,北京:文
　　　　化藝術出版社社,1992年10月),頁388。